Lucy Foley

# MITTSOMMER

Thriller

Aus dem Englischen
von Ivana Marinović



PENGUIN VERLAG

Die Originalausgabe erschien 2024
unter dem Titel *The Midnight Feast*
bei HarperCollins, London.



MIX
Papier | Fördert
gute Waldnutzung
FSC® C083411

Penguin Random House Verlagsgruppe FSC® N001967

1. Auflage 2025


produktsicherheit@penguinrandomhouse.de

Redaktion: Annika Krummacher
Umschlaggestaltung: bürosüd
Umschlagabbildung: www.buerosued.de unter Verwendung
eines Motivs von © Arcangel / Dave Wall
Satz: Uhl + Massopust, Aalen
Druck und Bindung: CPI books GmbH, Leck
Printed in the EU
ISBN 978-3-328-60400-6

www.penguin-verlag.de

Für Kim,
für zehn wunderbare Jahre
gemeinsamer Arbeit.
Danke für alles!

## DER WALD

Ein laufender Motor am Waldrand bei Nacht.
Eine Botschaft in einem ausgehöhlten Baumstamm.
Eine Beschwörung.

*Ein Fuchs, der im welken Buchenlaub die Spur eines Hasen verfolgt, bleibt stehen. Er reckt den Kopf, die Ohren gespitzt, eine Pfote angehoben, bevor er sich umdreht und flüchtet. Die Eulen unterbrechen ihren nächtlichen Chor und erheben sich wie stumme, bleiche Geister von den Ästen, um sich ein anderes Waldstück zu suchen. Ungleich lauter stiebt ein kleines Rudel von Hirschen auseinander, die durchs Unterholz brechen und eilig davonlaufen.*

*Etwas rührt sich im Wald und stört die nächtliche Harmonie. Schattenhafte Gestalten lösen sich klar umrissen aus dem Dunkel, sie bewegen sich raschelnd durchs Laub, schreiten über den Waldboden, zertreten Zweige und Farn.*

*Tief in den Wäldern versammeln sie sich. Auf derselben Lichtung, die sie schon immer aufgesucht haben. Und vor ihnen ihre Ahnen – seit dem Beginn aller Legenden. Es ist ein merkwürdiger Haufen. Schwarz gewandet, mit Tierköpfen. Geboren in den Untiefen des Waldes – ein Bild wie aus einem mittelalterlichen Holzschnitt oder einem düsteren Volksmärchen, das unartigen Kindern Angst einjagen will. Sie passen nicht in die moderne Welt der Geschäftigkeit, der Eile und der Erreichbarkeit. Aber hier, unter den dichten Baumkronen, verborgen vor Mond- und Sternenlicht, kommt es einem so vor, als wäre die moderne Welt das eigentliche Märchen – anders und befremdlich.*

*Ein Stückchen entfernt sitzt ein alter Mann in seinem*

*Arbeitszimmer, einer umgebauten Holzhütte, umgeben von uralten Bäumen.*

*Durch die offene Tür ist es Wind und Wetter ausgesetzt. Nun, da die Dunkelheit hereingebrochen ist, liegt eine Kühle in der Luft. Sie zieht durch die offene Tür herein und verweht die losen Papiere auf dem Schreibtisch.*

*Vor ihm liegt eine einzelne Feder, ihr schwarzer Flaum wird vom Wind zerzaust.*

*Der alte Mann beachtet sie nicht weiter.*

*Er beachtet sie nicht, denn er ist tot.*

*Juni 2025, der Abend der Eröffnung*

## BELLA

Es ist Eröffnungsabend im The Manor – dem »neuen Juwel an der Küste Dorsets«. Das eigentliche Schauspiel entfaltet sich zwar auf der Vorderseite des Herrenhauses – der schwindelerregende Meerblick, die smaragdgrünen, sich bis zum Klippenrand erstreckenden Rasenflächen, der von Owen Dacre entworfene Infinity-Pool –, doch auf dieser Seite, landeinwärts, befindet sich eine andere Welt. Hier steht ein dichter Wald von uralten Bäumen, den die Gäste vom Hauptgebäude aus über eine Reihe gekiester Pfade erreichen können, die sich zwischen den »Woodland-Hutches« hindurchschlängeln. Eine dieser Hütten ist meine.

Ich sperre die Tür ab und folge im rötlichen Dämmerlicht den Klängen von Musik und Gelächter zum Cocktailempfang, der am Waldrand stattfindet. Unter den Baumkronen betrete ich die stilvolle Version einer künstlich gestalteten, offenen Waldgrotte. Hunderte Laternen hängen von den Ästen herab. Sogar eine Harfenistin spielt. Antike Teppiche und riesige Zierkissen wurden mit gewollt romantischer Nachlässigkeit auf dem Waldboden verteilt. Ich lasse mich auf einem der Kissen nieder, kippe einen *Woodland Spirit-*

Cocktail – aus »Rosmarin-infused Gin und einem Spritzer Birken-Bitter aus lokaler Ernte«.

Die meisten anderen Gäste haben es sich bereits bequem gemacht – angeregt plaudernd sitzen sie da, in gespannter Erwartung eines sonnigen Wochenendes am Meer, an dem es nichts weiter zu tun gibt, als zu essen, zu trinken, zu schwimmen und fröhlich zu sein. Etliche von ihnen scheinen einander zu kennen und kreischen auf, wenn sie beim Herumschlendern einem alten Bekannten über den Weg laufen. Andere fläzen auf den Teppichen und fordern ihre Freunde auf, sich doch zu ihnen zu gesellen. Die Stimmung ist entspannt, wenn auch mit einer leichten Prise Konkurrenzgehabe gewürzt.

Obgleich die Sonne gerade im Untergehen begriffen ist, benötigt keiner die ultraweichen Wolldecken, die man uns zur Verfügung gestellt hat. Es ist immer noch so warm, dass eine Lage Leinenstoff am Körper reicht (und es ist eine Menge Leinen zu sehen). Vermutlich das erste Aufwallen der angekündigten Hitzewelle.

Inmitten dieser Kulisse, einer Elfenkönigin gleich – wie Titania auf ihrem Waldthron – sitzt die Eigentümerin des Manors, Francesca Meadows. Geradezu strahlend in einer blassrosa schulterfreien Kreation aus gewaschener Seide, das Haar in kleinen Wellen über ihre Schultern fließend, das Gesicht von sanftem Kerzenschein erhellt. *Die Erfüllung eines Traums* – so hat sie das Projekt in einem Artikel tituliert. *Ich freue mich darauf, diesen Ort mit allen teilen zu dürfen.* Jedenfalls mit allen, die es sich leisten können. Aber wer will da schon kleinlich sein?

Ich schaue mich noch einmal um. Es ist recht idyllisch hier, zumindest, wenn man mit seinem Partner da ist oder zu einer größeren Gruppe gehört, die hierhergekommen ist, um für die Dauer eines Wochenendes der Großstadt zu entfliehen. Womöglich bin ich also mit meinem Unwohlsein und meiner wenig geselligen Stimmung allein.

Während ich warte, dass der Alkohol seine Wirkung tut, lasse ich den Blick immer wieder zu den dunkler werdenden Schatten zwischen den Bäumen wandern, dann hoch zu dem verschlungenen Gewölbe laternenbeschienener Äste und wieder hinab auf mein eigenes Outfit: auch helles Leinen, ja, aber mit den schnurgeraden Falten, die verraten, dass die Klamotten gerade erst ausgepackt wurden. Am häufigsten jedoch – ich komme nicht dagegen an – verweilt mein Blick auf dem Gesicht von Francesca Meadows. Sie sieht so zenmäßig aus. So verdammt zufrieden.

Auf einmal ist da ein Aufruhr zwischen den Bäumen, und ihre Augen zucken zum Wald. Die Gäste verstummen und spähen in die Dunkelheit. Die Harfenistin hält in ihrem Spiel inne.

Und da kommt auch schon eine Gruppe Neuankömmlinge in die künstliche Grotte geplatzt – nicht in Leinen gekleidet. Vielmehr ein bunt zusammengewürfelter Haufen in klobigen Wanderstiefeln. Der Großteil davon Frauen, ein paar mit Piercings und Tattoos, die grauen Haaransätze herausgewachsen.

Francesca Meadows rührt sich nicht, ihr Lächeln erstarrt. Wie auf einen stummen Befehl hin steuert eine der Angestellten – eine zierliche Blondine in weißer Bluse und Pumps, vielleicht die Managerin – auf die Truppe zu. In diskret gedämpftem Tonfall redet sie auf die Gestalten ein. Doch die Anführerin des wilden Haufens will offenbar nichts davon wissen.

»Das ist mir scheißegal!«, ruft sie. »Hier besteht seit Jahrhunderten ein Durchgangsrecht – lange bevor es dieses Haus überhaupt gab. *Ihr* haltet euch hier unbefugt auf. Die Leute von hier haben sich immer schon frei in diesem Wald bewegt und das Holz genutzt, die Pflanzen, die Tiere. Hier laufen gleich mehrere Ley-Linien zu einem besonderen Ort zusammen. Die Menschen auf derartige Weise von diesem Land fernzuhalten – von *ihrem* Land –, ist gemein. Es ist fast so etwas wie Mord.« Sie blickt über den Kopf der Frau hinweg zu Francesca Meadows und brüllt: »Ich spreche übrigens mit Ihnen! Mir ist egal, dass Sie offenbar den Gemeinderat bestochen haben, mit was auch immer. Dieser Wald gehört uns mehr, als er Ihnen je gehören kann. Also lassen Sie uns wie gehabt hier durch, oder wir können eine *richtige* Szene machen. Wie hätten Sie es gern?«

Die Managerin weicht verunsichert einen Schritt zurück, und einen winzigen Moment lang huscht ihr Blick zur Eigentümerin des Manors. Es hat den Anschein, als neige Francesca Meadows ganz leicht ihr goldenes Haupt, woraufhin die Managerin der kleinen Truppe etwas zuraunt. Was auch immer es ist, es scheint zu wirken, denn nach einer kurzen Beratung setzen die Leute ihren Weg fort – quer über die Lichtung –, wobei sie sich sichtlich angewidert umsehen. Unter der Wucht ihrer erbosten Blicke setzen sich die herumfläzenden Gäste gleich etwas aufrechter hin und streichen ihre zerknitterte Kleidung glatt. Einer der Eindringlinge wirft im Vorbeigehen mit dem Fuß ein Cocktailglas um, und die Gruppe entfernt sich unter dem Geklirre von zerbrechendem Glas.

Die Harfenistin nimmt ihr Spiel wieder auf, der Barkeeper greift nach seinem Cocktail-Shaker.

Doch ich kann es spüren. Etwas in der Atmosphäre hat sich verschoben.

## *Der Tag nach der Sonnenwende*

Kurz vor Morgengrauen fährt das Fischerboot hinaus, das Kielwasser glänzt silbern im Licht der Halogenlampen. Die Fischer steuern tiefes Gewässer an, wobei sie einen großen Bogen um die Giant's Hand machen – die fünf Kalksteinpfeiler, die jenseits der Klippen aufragen wie vier riesenhafte Finger und ein Daumen. Es ist kurz vor fünf. So früh wie heute – am Tag nach der Sommersonnenwende, dem längsten Tag – wird die Sonne das ganze Jahr nicht mehr aufgehen.

Das Blauviolett des Himmels wandelt sich bereits in ein mattes Rosa. Etwas an diesem Morgen ist jedoch merkwürdig. Ein zweiter Farbstreifen ist aufgetaucht, gleich einer Doppelung des Sonnenaufgangs, wenn auch in entgegengesetzter Richtung, über dem Festland. Ein kräftiger Pinselstrich von sattem Scharlachrot.

Später werden sie behaupten, dass sie die Hitze da schon spüren konnten – selbst weit draußen auf dem Meer. Dass sie ihren heißen Atem im Nacken spüren konnten wie die Wärme einer zweiten Sonne.

»Was ist das für ein Licht?« Der Erste, dem es auffällt, deutet zum Festland.

»Was meinst du?«, fragt sein Nebenmann.

»Na, da drüben am Ufer.«

Jetzt blicken sich auch die anderen Männer um. »Das ist kein Licht. Das ist … Was ist denn *das*? Ach, du Scheiße.«

»Das ist ein Feuer.«

»Da brennt was … auf den Klippen.«

Als der Wind dreht, können sie den Rauch auch riechen. Aschepartikel tauchen in der Luft auf, wirbeln um sie herum, setzen sich an Deck und auf den Wellen ab.

»Mein Gott. Das ist doch ein Gebäude, das da brennt.«

»Das ist dieser neue Schuppen. Das Hotel, das gerade erst eröffnet hat … The Manor.«

Sie schalten den Motor aus. Halten an und schauen zu. Für einen Moment verfallen sie in Schweigen und starren einfach nur hin. Entsetzt. Gebannt.

Einer der Männer zückt ein Fernglas. Ein anderer sein Handy. »So richtig leid tun die mir ja nicht«, verkündet er, während er ein paar Schnappschüsse macht. »Bei dem Scheiß, den die abgezogen haben, kommt es einem vor wie die gerechte Strafe.«

Ein dritter Mann schnappt nach seinem Handy. »Nee, Kumpel … lass mal. Gut möglich, dass Menschen gestorben sind. Unschuldige Menschen … Angestellte … Leute aus dem Ort.«

Sie verstummen, als ihnen diese Möglichkeit dämmert, und beobachten den Rauch, der nun in riesigen Aschewolken aufsteigt. Mittlerweile können sie ihn richtiggehend schmecken, beißend brennt er sich in Nasenlöcher und Kehle.

Einer der Männer greift zum Telefon, um die Polizei anzurufen.

Und wieder verändern sich die Lichtverhältnisse. Der

Qualm breitet sich nun in Schlieren aus wie Tinte im Wasser, ergießt sich rasend schnell über das Blau-Weiß des frühen Morgens und verdeckt die soeben erst aufgegangene Sonne. Es ist, als würde die nächtliche Finsternis zurückkehren, um ihr Leichentuch über den Himmel zu ziehen. Als hätte das, was sich da hinten auf den Klippen zuträgt, den Tagesanbruch zunichtegemacht.

*Der Abend der Eröffnung*

## EDDIE

Es ist kurz vor Mitternacht. Meine Schicht ist fast zu Ende. Die Gäste sind immer noch beim Cocktailempfang, weshalb es drinnen in der Hotelbar leer ist. Ich verstaue Gläser in den Regalen und höre dabei Rita Ora über meine Kopfhörer. Die Jungs aus der Rugbymannschaft haben mich wegen meines Musikgeschmacks immer verarscht, aber »I'll Be There« hat mir heute echt dabei geholfen, mich durch Berge von schmutzigen Tellern und Gläsern zu kämpfen – sie einzuräumen, abzuspülen, auszuladen … nur um gleich wieder von vorne anzufangen, da das Geschirr vom Seashard (dem hausinternen Restaurant) in einem fort bei mir abgeladen wird. Ich konnte einen Blick aufs Essen werfen, bevor es rausging – es sah fantastisch aus –, doch jetzt erinnert mich das Zeug auf den Tellern eher an Schweinefutter. Zwar habe ich Hunger, verspüre aber nicht die leiseste Versuchung, einen Bissen abzuzweigen.

Da das Hotel inzwischen voll belegt ist, findet heute auch meine erste richtige Schicht statt. Den Dreh mit dem Sprühschlauch habe ich immer noch nicht raus, dafür habe ich es gleich zweimal geschafft, meine Schuhe damit einzuweichen. Alle Angestellten hier im Manor tragen Sneaker, da eine »ungezwungene Atmosphäre« herrschen soll. Nur dass es sich bei den Tretern um Common Projects handelt, die ich mir nie im Leben selbst kaufen würde, weil sie ungefähr das Dreifache meines Wochenlohns kosten.

Ich erschrecke, als mir jemand einen der Kopfhörer vom Ohr hebt. Aber es ist nur Ruby, meine nette Kollegin von der Rezeption.

»Alles klar bei dir, Ed? Ich wollte mir eine Cola holen.«

Ich greife in den Kühlschrank und reiche ihr eine Dose.

»Ich brauche echt einen Schuss Koffein«, sagt sie. »Bin fix und alle von dem Dauerlächeln den ganzen Tag.«

Ruby ist aus London hergezogen. Die meisten Stellen mit direktem Gästekontakt gingen an Leute von auswärts wie sie, die Berufserfahrung (sie arbeitete davor in irgendeinem Fünf-Sterne-Hotel namens Chiltern Firehouse) und den richtigen Akzent mitbrachten.

Ein Mann in pastellrosa Anzug und schnieken Turnschuhen kommt hereinspaziert. »Haben Sie einen Fünfundzwanziger-Macallan da?« Sein Blick schweift zu dem Regal mit den Whiskys hinter mir. »Nur einen Achtzehner? Hm.« Sichtlich enttäuscht zieht er wieder ab.

Ruby nippt an ihrer Cola. Sobald der Typ außer Hörweite ist, murmelt sie: »Hast du bei manchen Männern auch das Gefühl, ihre gesamte Persönlichkeit erschöpft sich darin, ein reicher weißer Hohlkopf zu sein?« Sie nimmt einen großen Schluck. »Ich glaub, die meisten von denen bleiben übers Wochenende.«

Ruby ist eine der wenigen nicht-weißen Angestellten hier – ihr Vater stammt aus Trinidad. Wenn sie nicht gerade in ihren Arbeitsklamotten steckt, trägt sie einen Ledertrenchcoat und dazu eine kleine Brille im Matrixstil. Und wenn sie nicht gleichzeitig so supernett und ziemlich schlau wäre – sie fängt bald ein Englischstudium in Exeter an –, fände ich sie wahrscheinlich viel zu hübsch und zu cool, um mit ihr zu quatschen. Davon mal abgesehen, ist es völlig ausgeschlossen, dass sie auf strohdumme Dorseter Bauernjungs steht, weshalb ich ohnehin keine Chance hätte, bei ihr zu landen.

Nachdem Ruby weg ist, dimme ich das Licht ein bisschen, drehe die Musik wieder auf und verfalle in meinen früheren Rhythmus, während ich Longdrinkgläser und Tumbler, Martinigläser und Champagnerschalen einräume. Ich spiele ein kleines Spiel, wenn ich das Zeug in den Geschirrspüler lade: anhand von Geruch und Farbe der Getränkereste den Cocktail zu erraten. Klingt womöglich öde, aber ich betrachte es als Übung, weil ich glaube, dass ein guter Barkeeper dazu in der Lage wäre. Die Spezialität der Hotelbar heißt »The Manor Mule« und besteht aus Grapefruit, Ingwer, Wodka und einem Schuss CBD-Öl – das Zeug hauen sie hier praktisch überall rein.

Jedenfalls scheint das Aushelfen auf dem väterlichen Bauernhof zu nichts weiter als zum Geschirrspülen zu qualifizieren. Aber mit irgendwas muss man ja anfangen, oder? Und wenn ich mich im Lauf der nächsten Tage »bewähre«, meinte Michelle, die Managerin, darf ich bei der Veranstaltung am nächsten Samstagabend vielleicht beim Servieren der Getränke helfen und so. Ich möchte Barkeeper werden, um aus Tome, diesem Kaff hier, rauszukommen und ein neues Leben in London anzufangen. So gesehen war mein Kreuzbandriss ein wahrer Segen – ich wollte sowieso nicht mehr Rugby auf dem Level spielen. Es hat keinen Spaß mehr gemacht, der Druck war zu groß. Ich möchte auch nicht an die Uni gehen. Und ganz sicher möchte ich nicht das Leben meines

Vaters führen und seinen Hof übernehmen. Was eigentlich mein Bruder hätte tun sollen.

Aus dem Augenwinkel nehme ich eine Bewegung wahr. Ich schaffe es gerade noch, mir ein Fluchen zu verkneifen, als ich eine dunkle Gestalt erblicke. Wo kommt die denn jetzt her? Sie tritt in den Lichtschein der Bar.

»Hallo«, grüßt die Frau, während sie sich auf einen Hocker setzt. »Könnte ich einen Martini haben?«

Alles an ihr schreit London und Geld: blondes Haar, roter Lippenstift, der Duft von rauchigem, teurem Parfüm. Schon etwas älter. Nicht so alt wie meine Mum, aber auf jeden Fall deutlich älter als ich. Aber sie hat ein hübsches Gesicht, mit netten, natürlichen Augenbrauen. Heutzutage sieht man überall nur noch diese Grusel-Brauen. Meine Ex-Freundin Delilah hatte eine Phase, in der sie sich die Augenbrauen mit Filzstift nachgemalt hat.

Ich wische mir die feuchten Hände an der Jeans ab und räuspere mich. Eigentlich darf ich keine Drinks mixen. Wenn Michelle mich erwischt …

Aber das kann ich nicht sagen. Ich kann mich nicht überwinden, dieser Frau zu erklären, dass ich nur der Typ bin, der den Abwasch erledigt.

»Ähm … Gin oder Wodka?«, frage ich stattdessen.

»Was würdest du denn empfehlen?«

Sollte eine Frau wie sie nicht wissen, wie sie ihren Martini haben möchte? Nun, da ich sie genauer in Augenschein nehme, fällt mir auf, dass sie irgendwie nervös ist. Sie fummelt an den Cocktailservietten herum und fängt an, die oberste in kleine Fetzen zu zerreißen.

Ich räuspere mich. »Das kommt ganz darauf an, was Sie mögen.« Um selbstsicherer rüberzukommen, verwende ich einen Satz, den ich von Lewis, dem Chef-Barkeeper aufgeschnappt habe: »Wenn Sie mich fragen: Im Zweifel für den Gin.« Ganz so, als würde ich jeden Tag Hunderte Drinks mixen. »Ich kann ihn für Sie auch dirty machen oder mit Zitronenzeste.«

Sie schenkt mir ein beinahe schon dankbares Lächeln. »Dann nehme ich Gin. Du hast mein volles Vertrauen. Zwei Martini mit Gin, bitte. Was genau bedeutet dirty?«

Ich erröte. Hoffentlich ist es schummrig genug hier, dass sie es nicht mitkriegt. »Ähm ... das bedeutet, dass man einen Schuss Olivenlake hinzufügt.«

»Dann bitte *dirty*.«

Flirtet sie etwa? Delilah meinte immer, dass ich mich, was Mädels angeht, wie ein kompletter Volltrottel anstelle. »Die könnten rüberkommen, ihre Titten auspacken und sich an dir wundreiben, Eddie, und du würdest immer noch so was sagen wie: Diese Jenny ist aber eine Nette, oder?«, hat sie mal behauptet.

»Zwei Dirty Martini mit Gin – kommen sofort«, verkünde ich so selbstbewusst wie nur irgend möglich. Höre ich mich an wie ein Depp? Wie ein Bauernjunge aus dem West Country, der versucht, etwas zu sein, das er nicht ist? Tja, ich schätze mal, genau das bin ich.

»Weißt du was?« Sie rutscht vom Barhocker. Tatsächlich ist sie kleiner, als ich zuerst dachte, aber andererseits bin ich auch größer als die meisten Leute. »Könntest du sie mir aufs Zimmer bringen? Ich bin in der Woodland-Hutch Nummer ...« Sie fischt einen Schlüssel aus ihrer Tasche und sieht nach. »... elf. Das ist die Hütte, die direkt am Wald liegt.«

»Ähm ...« Ich denke nach. Falls Michelle mich dabei erwischt, wie ich eine Gästeunterkunft betrete, bringt sie mich womöglich um. Erst gestern meinte Ruby, dass Michelle »so psychomäßige Liz-Truss-Augen« hätte. »Mit der willst du es dir echt nicht verscherzen. Das ist so eine, die dir im Schlaf die Kehle durchschneidet«, hat sie gesagt.

»Ich wäre ja so dankbar«, schiebt die Frau lächelnd hinterher. Irgendwie wirkt sie dabei ein bisschen needy.

Aber die Gäste sind immer im Recht. So hat es uns Michelle erst letzte Woche bei der Schulung eingetrichtert. Vor allem Gäste, die eine Location wie diese hier buchen.

»Sicher«, sage ich. »Kommt sofort.«

Zehn Minuten später klopfe ich an der Woodland-Hutch Nr. 11. Mit einem beladenen Tablett ist es eine ganz schöne Strecke über die Kieswege, die nur von kleinen Lampen beleuchtet sind. Und dabei musste ich auch noch nach Michelle Ausschau halten. Der Cocktailempfang ist mittlerweile offenbar zu Ende. Es sind weder Stimmen noch Musik zu hören, nur das Rufen der Eulen und das Rauschen des Windes in den Blättern. Diese Hütte liegt am weitesten vom Hauptgebäude entfernt und schmiegt sich zwischen die Bäume, deren Äste sie von allen Seiten umschließen, so, als wollten sie sie mit sich in den Wald hineinziehen. Ich persönlich würde nicht einmal für Geld hier übernachten wollen.

Die Unterkünfte heißen »Hütten«, weil reiche Leute gerne mal einen auf hartes Leben machen, während sie in Wahrheit in überdimensionierten Betten mit eigenem Außenbad und Regendusche logieren. Die Woodland-Hutches sind die günstigsten Unterkünfte hier, da sie im Gegensatz zu den Clifftop-Cabins auf der Vorderseite des Manors über keinen Meerblick verfügen. Also, ich meine damit, *relativ* günstig im Vergleich zu den anderen Optionen. Die geplanten neuen Baumhaus-Zimmer wiederum werden dann wohl für die reichen Leute sein, die auf ein ähnliches Erlebnis scharf sind, dabei aber ein paar Meter über dem Boden schlafen wollen.

»Hey«, begrüßt die Frau mich etwas heiser, als sie die Tür öffnet. Ihr Lippenstift ist ein wenig verschmiert, und sie ist barfuß. »Du bist aber flott.«

Irgendwie hört es sich anzüglich an, so wie Nigella Lawson, wenn sie sich im Fernsehen über knusprige Würstchen und geschmolzene Butter auslässt (Mum und ich haben früher ständig Kochsendungen zusammen geschaut, und Nigella war mein erster großer Schwarm).

Eigentlich möchte ich etwas Cooles, Schlagfertiges erwidern, aber alles, was ich rausbekomme, ist: »Ja, kein Thema.«

»Wie wäre es, wenn du die Getränke drinnen abstellst?« Sie hält mir die Tür auf. »Komm herein.«

Während ich meine durchnässten Schuhe abstreife (das hat mir Mum von klein auf beigebracht), schaue ich mich verstohlen um. Bisher bin ich in keinem der Gästezimmer gewesen. Keine Ahnung, was genau ich erwartet habe, aber es ist sogar noch schicker, als ich es mir ausgemalt hatte. Der Raum ist zwar nicht groß, aber auf der einen Seite thront ein breites, mit weißen Leinentüchern zugehängtes Himmelbett. Am Fußende stehen zwei dunkelgrüne Samtsessel, die wiederum einen eleganten Beistelltisch aus Glas und Gold flankieren. Die Tatsache, dass es sich um eine Holzhütte handelt, lässt die ganzen noblen Möbel irgendwie noch nobler aussehen. Es *riecht* sogar teuer, so wie im restlichen Manor auch, da in sämtlichen Räumen über Aroma-Diffuser eine »charakteristische Duftnote« verbreitet wird. Ruby meint, dass sie von dem Zeug Migräne bekommt.

Ich stelle das Tablett auf dem Tischchen ab. Wegen des zweiten Martinis erwarte ich, dass gleich ein Ehemann oder Lover oder so auftaucht, aber niemand kommt. Die Frau lässt sich in dem einen Sessel nieder und nimmt sich eines der Gläser. Der Wind muss aufgefrischt haben, denn die Äste scharren draußen an den Fenstern entlang.

»Und der andere Drink?«, frage ich. »Soll ich ihn einfach da stehen lassen?« Ja, okay, ich schinde ein bisschen Zeit, da das hier meine erste – und womöglich einzige? – Chance auf ein Trinkgeld sein könnte.

»Der ist für dich«, antwortet sie.

»Ähm …« Ich habe bei dieser Aktion schon eine Grenze überschritten und vermute stark, dass ich noch mal ein ganzes Stück weiter gehen würde, wenn ich diesen Martini trinke. »Ich weiß nicht …«

»Es ist fast Mitternacht. In der Bar ist keiner mehr. Das geht schon klar. Leistest du mir Gesellschaft?« Sie klopft auf den Sessel neben sich.

Irgendwas ist komisch an der Art, wie sie den letzten Satz gesagt hat. Ihre Stimme war anders. Auf einmal klang sie so … ja, wie nur? Einsam? Ängstlich? Als ob sie nicht allein hierbleiben möchte? Zögernd setze ich mich auf die Sesselkante, wobei mir ernsthaft unwohl zumute ist.

Jetzt kratzen die Äste übers Dach, und ich bemerke, wie sie zusammenzuckt.

»Das war das einzige Zimmer, das sie noch hatten«, erklärt sie. »Ich glaube, ich habe schlicht nicht darüber nachgedacht, wie es ist, nach Einbruch der Dunkelheit allein hier zu sein.«

Meine Schicht ist praktisch zu Ende. Außerdem weiß ich nicht so recht, wie ich Nein sagen soll. Die meisten Leute, die in Läden wie diesen absteigen, sind es gewohnt, ihren Willen zu bekommen.

Fahrig hebt sie das Glas an, und etwas von dem Martini schwappt über den Rand. »Ups!« Sie lacht nervös auf. Dann nimmt sie einen Schluck und sagt: »Du hattest recht.«

Ich blinzle, da ich keine Ahnung habe, wovon sie spricht. »Wie bitte?«

»Im Zweifel für den Gin. Der Martini. Probier mal.«

Ich nehme einen kleinen Schluck, da ich wieder nicht Nein sagen kann. Und schon wieder eine Grenze überschritten – gut gemacht, Eddie. Das Zeug schmeckt so, wie ich mir Feuerzeugbenzin vorstelle, oder wie der erste Schnapsrausch. Ich kann selbst nicht mal sagen, ob der Martini gut ist, aber sie wirkt zufrieden, daher bin ich ziemlich stolz. Außerdem sieht der Drink mit der Olivengarnitur wirklich professionell aus.

»Wie war doch gleich dein Name?«

»Eddie.«

»Hi, Eddie. Ich bin Bella. Du ... bist von hier, oder? Dein Akzent ...«

»Ja, genau. Hier aus der Gegend.« Ich werde ihr ganz sicher nicht verraten, dass ich von der Farm gleich nebenan komme, denn ich habe schon mitgekriegt, wie sich ein paar der Gäste über den Geruch beschwert haben. Auch die Angestellten machen sich darüber lustig, was einer der Gründe ist, warum ich niemandem von den Kollegen erzählt habe, wo genau ich wohne.

Sie mustert mich eindringlich, so, als würde sie über irgendwas nachdenken, und ich spüre, wie ich schon wieder erröte.

»Entschuldige«, murmelt sie. Offenbar hat sie selbst gemerkt, dass sie mich anstarrt. Sie wendet den Blick ab und greift nach ihrem Glas.

Plötzlich ist von draußen ein Geräusch zu hören ... ein Stöhnen. Das ist jetzt aber nicht, was ich denke, dass es ist, oder? Ich merke, wie ich knallrot anlaufe, und bin froh, dass das Licht hier drinnen gedimmt ist. Mag sein, dass etliches im Manor auf dem neuesten Stand ist – aber für die Schalldämmung dieser Luxushütten gilt das offenbar nicht. Ein weiterer Laut, ein Schrei ... dann wieder Stöhnen. Oh Gott. Oh nein. Irgendwo ganz in der Nähe – vielleicht nur ein paar Meter Luftlinie entfernt – scheint jemand superlauten, pornomäßigen Sex zu haben.

Ich weiß nicht, wohin ich gucken soll. Doch da lacht die Frau auf, was eine echte Erleichterung ist, da ich miteinstimmen und so tun kann, als würde ich nicht vor Scham zergehen. Als das Lachen wieder verebbt, fällt mir nichts ein, was ich sagen könnte. Und vielleicht geht es ihr genauso, denn das Schweigen zieht sich so dermaßen in die Länge, dass man es kaum noch mit Worten füllen kann. Es folgen noch ein paar quiekende Schreie und ein rhythmisches Hämmern. Peinlicher geht es nicht mehr. Verglichen mit dieser Geräuschkulisse, ist es hier drin umso stiller.

»Ich weiß auch nicht so recht, was ich hier mache«, platzt es plötzlich aus ihr heraus. Fast so, als würde sie mit sich selbst reden.

»Was, hier in der Hütte?« Damit wären wir wohl schon zu zweit.

»Nein ... Ich meine hier, im Manor. Ich hab aus einer spontanen Laune heraus gebucht, weißt du?« Irgendwie wirkt sie besorgt, ja, fast schon ... ängstlich? »Aber jetzt ... na ja, jetzt, wo ich da bin, frage ich mich, ob das eine so gute Idee war …« Sie stockt. »Scheiße, tut mir leid. Ich rede nur Stuss. Das muss der Martini sein.« Aber sie klingt nicht betrunken. Eher aufgekratzt.

Ich sehe nicht ganz, was schlimm daran wäre, sich drei Nächte an einem Ort wie diesem leisten zu können – einem Ort, wo man über nichts nachdenken muss, außer, ob man lieber an den Pool oder an den Strand geht oder was man zum Frühstück möchte. Reiche-Leute-Probleme eben. Ruby meint, die kriegen es hin, einfach aus allem ein Drama zu machen, denn wenn man im Leben keine echten Probleme hat, dann schafft man sich am Ende eben selbst welche.

»Ich … Mir kommt das eigentlich wie ein ganz netter Ort vor, an dem man es eine Weile aushalten kann?«, entgegne ich zögernd.

»Ja«, erwidert sie. »Ja, das wäre er, wenn …« Sie stockt erneut und lächelt. »Ich bin definitiv ein bisschen beschwipst.« Sie hält das Martiniglas hoch. »Dieses Zeug ist echt gefährlich!« Trotzdem genehmigt sie sich einen weiteren ausgiebigen Schluck.

Als ich kurz darauf den Blick wieder auf sie richte, mustert sie mich dermaßen intensiv, dass ich nicht weiß, wohin mit mir.

»Entschuldige«, sagt sie. »Du hast etwas an dir, das erinnert mich an …« Sie verstummt, hebt eine Hand. »Vielleicht ist es dein Mund. Seine Form … genau da.« Jetzt zeichnet ihr Finger den Umriss meiner Oberlippe nach. Ich spüre ein Kribbeln auf der Haut. Macht sie mich gerade an? Passiert das wirklich?

Aus der nahe gelegenen Hütte ertönt wieder Stöhnen.

Es ist ewig her, dass ich Sex hatte. Und plötzlich scheinen auch die billigsten Sexgeräusche mich anzutörnen.

Ich kann den Alkohol in ihrem Atem riechen. Auch wenn sie schon älter ist, ist sie echt attraktiv. Außerdem hat die ganze Situation etwas Aufregendes, was ebenfalls ziemlich heiß ist.

Sie lächelt mich an – aber anders als gerade eben, als wir zusammen gelacht haben. Ich erwidere ihr Lächeln.

Irgendwie scheinen wir ein bisschen näher aneinandergerückt zu sein.

Ich denke, ich weiß, was gleich passieren wird, aber so recht kann ich es trotzdem noch nicht glauben.

Und dann passiert es tatsächlich. Sie küsst mich. Oder wir küssen uns ... Denn es sieht ganz so aus, als würde ich ihren Kuss erwidern. Macht es mich an? Ich meine, ich habe immerhin einen Ständer. Aber andererseits bin ich neunzehn, ich bekomme wegen fast allem einen Ständer.

Nur dass da ... auch dieses ganze Machtgefälle ist, das sich komisch anfühlt. Werde ich etwa mit einem Gast schlafen, nur weil ich zu höflich bin, um Nein zu sagen? Ich hatte vor dieser Sache hier nur mit einem Menschen Sex. Bedeutet das, dass ich es nicht bringen werde? Bei unserer Trennung meinte Delilah, sie hätte es »meistens sowieso nur vorgetäuscht«. Darüber denke ich öfter nach, als mir lieb ist.

Ich schließe die Augen, um Delilahs Stimme aus meinem Kopf zu verbannen.

Und dann ist es auch schon wieder vorbei. Sie löst sich von mir. Ich öffne die Augen. Sie starrt mich an. Ich habe den Eindruck, als wäre sie überrascht, mich hier sitzen zu sehen, ganz so, als hätte sie jemand anderen erwartet.

»Oh, Scheiße«, sagt sie nach einer Weile. »Ich ... Gott, das tut mir leid. Ich muss ... äh, ich muss mal ins Bad.«

Als sie aufsteht, schwankt sie etwas, und mir wird klar,

dass sie vielleicht doch mehr als nur »ein bisschen beschwipst« ist. Als sie im Badezimmer verschwindet, entdecke ich eine halbleere Sektflasche auf dem Frisiertisch.

Ich bleibe sitzen, warte darauf, dass mein Ständer sich wieder legt, und frage mich, was ich als Nächstes tun soll. »Heikel« trifft als Beschreibung die Situation nicht mal ansatzweise. Denn wenn *sie* betrunken ist, ich aber nicht ... na ja, das sieht alles andere als gut aus.

Gerade möchte ich einfach nur noch abhauen. Solange sie noch im Bad ist, könnte ich das problemlos tun. Aber es wäre auch unhöflich. Außerdem könnte es alles schlimmer machen, wenn ich sie mir damit zur Feindin mache oder so. Sie könnte dafür sorgen, dass ich gleich an meinem ersten richtigen Arbeitstag gefeuert werde.

Ich stehe auf und wende mich zur Tür, wobei ich es natürlich schaffe, gegen die Kommode zu stoßen. Eine Mappe segelt zu Boden, und ein Stapel Papiere rutscht heraus. Mist. Auf allen vieren beginne ich, das Zeug schnell wieder in die Mappe zu stopfen, halte dann aber abrupt inne. Bei den Papieren handelt es sich um Artikel, die aus verschiedenen Zeitschriften und Zeitungen herausgeschnitten wurden. Und in allen scheint es um Francesca Meadows, die Chefin des Manors, zu gehen. Haufenweise Zeitungsberichte, darunter auch einer über ihre Hochzeit mit dem Architekten Owen Dacre vor ein paar Monaten. Ich lese das fett gedruckte Zitat über dem nächsten Artikel: *Ich wollte für unsere Gäste einen Ort erschaffen, wo sie ihrem superstressigen Leben in der Großstadt entfliehen und wo sie Frieden finden können. Ich weiß, manche werden vielleicht einwenden, dass sich der Durchschnittsbürger das nicht leisten kann, aber ich wollte, dass dieser Ort perfekt wird, und Perfektion hat nun mal ihren Preis.*

Auf derselben Seite, direkt darunter, befindet sich ein Foto der Hotelchefin, auf dem sie einen stattlich herausgeputzten weißen Hahn in den Armen hält. Quer über den Artikel hat jemand mit Kugelschreiber das Wort FOTZE gekritzelt. Die Buchstaben wurden offenbar mit so viel Druck aufgetragen, dass der Stift das Papier zerrissen hat.

Der Knauf der Badtür dreht sich. Ich habe das Gefühl, etwas gesehen zu haben, was ich nicht hätte sehen sollen. Rasch werfe ich die Mappe und die Unterlagen auf die Kommode zurück, schnappe mir meine Schuhe und schaffe es mit einem Satz durch die Tür, bevor sie ins Zimmer zurückkommt.

## FRANCESCA

Endlich, der Abend der Eröffnung. Ich habe so lange auf diesen Moment gewartet. Zum ersten Mal wimmelt es im Manor von Gästen, und ich fühle mich einfach nur *blessed*. Das ist das Wort, das ich heute in meinem Tagebuch verwendet habe, um mich im Hier und Jetzt zu verankern. Dabei bin ich wirklich gut darin, im Hier und Jetzt zu leben. Ich verrate euch an dieser Stelle ein kleines Geheimnis: *Blessed* ist tatsächlich ein Wort, das ich an den meisten Tagen reinschreibe. Mir ist klar, dass es mittlerweile zu einer Instagram-Phrase verkommen ist. Aber auf mich und mein Leben trifft es zu, und nur das zählt. Authentizität ist der Schlüssel, nicht wahr?

Ich sitze in meinem Meditationsraum in unserer Wohnung ganz oben im Manor und blicke aus dem Fenster. Es ist noch immer herrlich warm. Der Klimawandel ist eine furchtbare Sache, aber man muss positiv bleiben – und es ist nicht zu leugnen, dass es gut fürs Geschäft ist. Der nächtliche Himmel ist so klar, wie ich ihn noch nie gesehen habe, die Sterne so hell und nah, dass ich beim Anblick des Firmaments an den goldgefassten schwarzen Opal an meiner linken Hand denken muss. Meine Steine und Kristalle lassen mich nie im Stich. Sie haben für mich eine so große Bedeutung, dass jedes unserer Zimmer hier eine kleine Auswahl handverlesener Steine bereithält, um den Bedürfnissen unserer Gäste entgegenzukommen. Mir ist bewusst, dass es Details wie diese sind, die das Manor von anderen Locations abheben. Wusstet ihr, dass der schwarze Opal für die Reinigung von Körper und Geist steht? »Nicht, dass du das nötig hättest«, meinte mein frischgebackener Ehemann Owen neulich zu mir. Abgesehen davon bietet der Opal einen Schutzschild gegen negative Energien.

Vor zwei Stunden erst habe ich ein Bedürfnis nach diesem Schutz verspürt. Bei dem kleinen Zwischenfall während des Cocktailempfangs – diese Eindringlinge, die in die wunderschöne Waldidylle geplatzt sind, die wir geschaffen hatten. Ich möchte mich ja nicht daran aufhängen, aber mal im Ernst: Man sollte meinen, sie würden langsam akzeptieren, dass sie verloren haben. Herrgott, wir sind hier auf dem Land – es gibt jede Menge Platz, wo sie sich herumtreiben können, ohne dabei über Privatgrundstücke trampeln zu müssen.

Mit den Fingerspitzen streiche ich über den schwarzen Stein. *Einatmen, ausatmen.* Ich schaue auf den Rasen hinab, auf das Meer, das in das schimmernde Silber des Mondscheins getaucht ist. Mein Königinnenreich.

Von ein paar kleinen Ärgernissen mal abgesehen, ist einfach alles hier perfekt. Das erste ist die Seaview-Farm gleich die Straße runter. Der Bauer … nun ja, ich möchte über niemanden schlecht reden – das ist einfach nicht meine Art –, aber meine Güte, was für ein Grobian. Und auch der Hof selbst ist ein Schandfleck. Von dem Geruch will ich gar nicht erst anfangen! Die Tiere wirken so traurig, als würden sie um ein besseres Leben betteln. Es ist wirklich das Letzte, was man erwarten würde, bevor man durch unser Tor fährt. Ich darf gar nicht daran denken, was ich daraus machen könnte! Man stelle sich diesen Hof einfach mal sauber und hübsch hergerichtet vor – mir persönlich schwebt da eine Mischung aus Soho-Farmhaus und Daylesford Organic vor: clean trifft auf rustikal. Unsere Gäste könnten in eigens designten Gummistiefeln die Gegend erkunden, an Führungen teilnehmen, Lämmchen mit der Flasche füttern und ihre Frühstückseier selbst sammeln. Im Moment ist das alles zwar noch ein Traum, aber in den Papieren meines Großvaters bin ich da auf einige interessante Dokumente gestoßen, aus denen sich ableiten lässt, dass die Eigentümerschaft des Bauern über einen großen Teil des Farmlands durchaus bezweifelt werden darf. Jedenfalls habe ich bereits mit meinen Anwälten geplaudert und beim Gemeinderat einen Antrag eingereicht. Also darf man gespannt sein! Ich habe nämlich mittlerweile ein paar neue Freunde im Gemeinderat. Nichts ist unmöglich – das habe ich gelernt, als ich den ehemaligen Fußweg umleiten ließ.

Wisst ihr, ich fand schon immer, dass sich in meinem Leben immer alles fügt, nein ... viel mehr als nur fügt. Nehmen wir dieses Hotel: Kaum, dass wir das Buchungssystem freigeschaltet hatten, war es auch schon für sechs Monate ausgebucht! Daher starten wir genau so, wie es dann weitergehen soll: mit einem rauschenden Fest. Als mir klar wurde, dass unser Eröffnungswochenende auf die Sommersonnenwende fällt, erschien mir das geradezu schicksalhaft. Da war sie, unsere Möglichkeit, allen mitzuteilen, dass wir angekommen sind: im Rahmen eines ansprechend inszenierten Erlebnisses – ein Mitternachtspicknick unter freiem Himmel. Heutzutage reicht es nun mal nicht mehr, mit allen erdenklichen Annehmlichkeiten und erstklassigem Essen aufzuwarten. Die Gäste erwarten mehr. Ein bisschen *Magie*. Etwas, wovon sie erzählen können, wenn sie nach Haus kommen, und ja ... auch etwas, um bei Freunden, Familie oder Social-Media-Followern Neid zu wecken (obwohl wir hier offiziell von der Handynutzung abraten, um sicherzustellen, dass unsere Gäste auch wirklich zu sich finden und sich erden). Aber mit einer Prise gesundem Neid lässt sich arbeiten!

Außerdem hat die Gegend eine reiche heidnische Geschichte, die ich aufgreifen möchte, mit alten ländlichen Traditionen, wie die Jahreszeiten gefeiert werden ... Aber das Ganze mit einem frischen, zeitgemäßen Touch. Ihr wisst schon, nichts Makabres. Denn manche dieser Legenden sind etwas düster geraten. Und ich möchte auch nichts, was altbacken wirkt. *Pagan Chic* – so könnte man es nennen. Meine Vision sieht vor, die Feier Samstagnacht im Freien unter einem klaren Sternenhimmel stattfinden zu lassen. Die Wettervorhersage zeigt, dass ich meinen Wunsch manifestiert habe. Seht ihr? Ich bekomme immer, was ich möchte. Die Sache wird großartig. Das kann ich spüren.

Ich schließe die Augen, um die Energie des Mondes auf meinem Gesicht zu fühlen. Es ist so wichtig, alle Sinne miteinzubeziehen, um dich mit deiner Umgebung zu verbinden. Erst da werde ich mir des dumpfen *bumm, bumm, bumm* von Bässen in der Ferne bewusst. Dann ein Schrei und Gelächter. Das kommt ganz klar vom Strand unten. Sie sind also wieder zurück. Ich hätte nicht gedacht, dass sie so dreist wären, auch noch nach der Eröffnung hier einzudringen. Das ist *mein* Strand.

Ich greife nach meinem Telefon und rufe Michelle an.

»Hallo, meine Liebe«, begrüße ich sie beschwingt. »Es passiert schon wieder. Kümmerst du dich?«

»Schon erledigt, Francesca. Kein Problem!« Michelle ist stets so dienstbeflissen. Ihre Stimme sirrt förmlich vor Aufregung angesichts dieser Gelegenheit, sich zu beweisen. In den vergangenen sechs Monaten war sie jeden Tag an meiner Seite. So treu und gehorsam wie ein dressierter Spaniel.

»Du bist ein *Star*«, sage ich. »Das weißt du doch, oder? Vielen lieben Dank.«

Kaum, dass ich auflege, dröhnt abermals der Bass drauflos. Und *wuuusch* … schon lodert die Flamme blanker Wut in mir hoch, und zwar so abrupt, dass mir der Atem wegbleibt.

*Nein, Francesca. Atme ein. Das bist nicht du. Du bist so viel größer als das. Greife nach dem Licht. Finde den Ort der Stille. Atme aus.*

## BELLA

Oh, Scheiße … Was habe ich mir nur dabei gedacht?

Ich verlasse das Badezimmer, nachdem ich mir ordentlich kaltes Wasser ins Gesicht geklatscht habe, und fühle mich gleich nüchterner. Ich meine, natürlich bin ich immer noch betrunken, das ja, aber auf einmal bin ich mir aller peinlichen Details von dem, was gerade passiert ist, schmerzhaft bewusst.

Die Hütte ist leer, die Eingangstür fällt ins Schloss. Eddie, der Barkeeper, ist gegangen. Ich bin erleichtert, schäme mich aber auch zu Tode. Hatte der Junge etwa das Gefühl, er müsse vor mir abhauen?

Herrgott noch mal, ich bin eine Mutter. Vielleicht sogar alt genug, um als seine durchzugehen?

Es ist nur so: Ich wollte nicht allein sein hier, so nah am Wald.

Ich habe diese Unterkunft schon vor Monaten gebucht und mich seitdem mit dem Aufenthalt hier befasst, aber nun, da ich angekommen bin, plagen mich die Zweifel. Denn ich bin mir nicht sicher, ob ich mutig genug bin.

Nachdem ich mir eine lange, heiße Dusche genehmigt habe, setze ich mich an den Frisiertisch und versuche, meine

Gedanken zu ordnen. Ich habe den weichen, waldgrünen Gästebademantel an: *THE MANOR* ist auf die Brusttasche gestickt, der gleiche Schriftzug wie auf dem kleinen Schreibset, das hier bereitsteht. Außerdem liegt da noch ein Räucherbündel aus Salbei – angeblich, um den Raum zu »reinigen« – und daneben eine Streichholzschachtel mit dem Hotellogo, was in dieser Umgebung geradezu kühn wirkt. Zur Krönung gibt es noch eine *persönlich zugeschnittene Auswahl von Kristallen.* Das ist typisch Manor: total eso, aber dennoch geschmackvoll. Wie mir die junge Frau an der Rezeption erklärt hat, gehören ein kleiner Samtbeutel und eine von einem angesagten jungen Schmuckdesigner entworfene Goldkette dazu, die man während des Aufenthaltes um den Hals tragen kann. Ich hebe einen der Steine hoch – er ist klein, schwarz und glattpoliert – und lasse ihn in meiner Handfläche hin- und herrollen. Das beigelegte Heftchen auf dem Tisch verrät mir: *Ihre Steine und Kristalle wurden allesamt aufgeladen und sind bereit für ihre heilende Verwendung.* Ich frage mich, wie man einen Kristall auflädt, und denke an mein eigenes seelisches Leiden. Eine chronische Erkrankung, die mir seit meiner Jugend zu schaffen macht. Irgendwie glaube ich ja nicht, dass Kristalle da was reißen.

Als ich in den Spiegel sehe, bekomme ich einen Schreck. Ich erkenne kaum die Person, die mir entgegenblickt. Im gedämpften Licht wirkt mein Lippenstift wie eine rot klaffende Wunde. Meine Augen funkeln schwarz.

Der heutige Abend war ein Experiment. Ich glaube, ich habe noch nie zuvor in meinem Leben einen Martini bestellt. Und auch diese Sache mit dem Barkeeper, das war absolut nicht ich. Aber irgendwie passt das auch, schließlich bin ich im Moment nicht *ich*. Diese Frau da im Spiegel, dieses Zimmer, die Kleidung, die im Schrank hängt, selbst der Name auf der Buchung … sie gehören nicht zu mir. Eine der Marotten des Manors bestand darin, dass ich vorab einen Lebenslauf einschicken musste: *Wir wissen gerne Bescheid, wen wir hier in unserer Familie willkommen heißen.* Während ich ihn verfasste, fiel mir wieder ein, wie viel Vergnügen mir das kreative Schreiben an der Schule immer gemacht hatte, und ich musste an die Tagebücher denken, die ich damals führte. Es machte fast schon Spaß, eine neue Rolle für diese Person in der geliehenen Designerkleidung zu entwerfen. Die Frau da im Spiegel arbeitet in einem ominösen Sektor der Filmbranche. Sie gehört zu diesen Menschen, die über so viel Selbstvertrauen verfügen, dass sie gerne mal ein Wochenende allein in einem Hotel verbringen. Offenbar gehört sie auch zu denen, die es genießen, das Personal zu verführen.

Mein Blick fällt auf die beiden Samtsessel, und ich muss daran zurückdenken, wie wir zu zweit mit unseren Drinks dasaßen. Und an den Moment, in dem mir klar wurde, dass Eddie wartete – ja, dass er sogar darauf wartete, einen Schluck aus seinem Glas nehmen zu dürfen, das er so unbeholfen in der Hand hielt. Es war an mir, den Takt vorzugeben. So müssen sich Männer fühlen, dämmerte mir. Ältere Männer, wohlhabende Männer. Diese Macht fühlte sich ungewohnt an. Gefährlich. Zudem schien er ein lieber Kerl zu sein. Es ging etwas Unschuldiges, etwas von Grund auf Gutes von ihm aus. Solche Typen sind heutzutage ein Auslaufmodell. Oder zumindest hatte ich das geglaubt. Dabei kannte ich mal einen Jungen wie ihn, einen Jungen mit dem gleichen Mangel an Härte.

Ich ziehe ein Taschentuch aus der Schachtel und wische den Lippenstift weg. Sonst trage ich nie Rot und verwende generell nicht so viel Schminke. Die Fremdartigkeit meines eigenen Spiegelbildes macht mich richtiggehend irre. Als ich das Taschentuch sinken lasse, stelle ich fest, dass ich den Lippenstift unter dem einen Mundwinkel verschmiert habe. Ich sehe aus wie ein Sukkubus, eine bösartige Dämonin, die sich verjüngt, indem sie nachts das Blut junger Barkeeper trinkt. Außerdem wirke ich betrunken und um einige Jahre älter, als ich eigentlich bin.

Ich lege den Kopf in die Hände und versuche nachzudenken. Versuche, normal zu atmen.

Was zum Teufel mache ich hier?

Mein Blick fällt auf die Kommode, auf der die Zeitungsausschnitte und die leere Mappe liegen. Also hat Eddie sie gesehen. Ich versuche, mir vorzustellen, wie schräg ihm das vorgekommen sein muss. Vielleicht sah es ja nur so aus, als würde ich mich gründlich informieren, bevor ich irgendwo absteige? Aber ich schätze mal, das Foto mit dem drübergekritzelten Wort FOTZE drauf hat diese Theorie gleich wieder zunichtegemacht.

Die Aufnahme von Francesca Meadows gehört zum Artikel aus dem *Harper's Bazaar*. Das seidige Haar ergießt sich in sorgfältig frisierten ätherischen Wellen über die schimmernden entblößten Schultern. Sie scheint vollständig nackt zu sein, allerdings reicht das Foto nur bis unterhalb der Ellbogen, und ihr Oberkörper wird von dem weißen Hahn verdeckt, den sie in den Armen hält. Das Federkleid glänzt so üppig wie ihr Haar, während der Kamm das Erdbeerrot ihrer Lippen aufgreift.

Die Überschrift lautet: *Lernen Sie die Eigentümerin eines neuen Garten Eden auf dem Lande kennen.*

Irgendwer hat mir diesen Artikel geschickt. Das ist das

eigentlich Merkwürdige daran – das, was mich seither nachts wachhält und mich fragen lässt: Wer? Und warum?

Ich weiß noch, wie die Post durch den Briefschlitz fiel. Wie ich sie aufhob, während ich auf einer Toastscheibe herumkaute. Wie ich den Umschlag öffnete und den Artikel herauszog.

Mittlerweile kann ich den Text praktisch schon auswendig.

*So glückliche Erinnerungen an meine Zeit dort …*

*Idyllische Sommertage …*

*Ein einziger Spaß. Mit Mitternachtspicknicks und Partys im Baumhaus. Es geht mir darum, eine Erwachsenenversion dieser Erlebnisse zu erschaffen.*

Dann war da dieses seltsame Fiepen in meinen Ohren.

Ich weiß noch, dass ich würgen musste, weil mir der Toast im Hals stecken blieb. Kurz dachte ich, ich müsste mich übergeben.

*Die Buchung ist in wenigen Tagen möglich,* hieß es weiter in dem Artikel.

Unterbrochen wurde ich vom Weinen meiner Tochter Grace, die oben aus ihrem Nickerchen erwacht war.

Mist, mir fällt ein, dass ich vergessen habe, anzurufen, um zu fragen, ob es mit dem Zubettgehen geklappt hat. Grace schläft bei meiner Mutter, während ich hier auf »Geschäftsreise« bin, einem »Teambuilding-Wochenende«. Weil ja Empfangsmitarbeiter in Immobilienmaklerbüros auch ständig zu so was eingeladen werden. Dabei ist das hier genau die Art von Unterkunft, wie sie unsere Kunden buchen würden – diejenigen unter ihnen, die auf der Suche nach einem Zweitwohnsitz auf dem Land sind. Nicht meine Wenigkeit. Was Mum wohl sagen würde, wenn sie wüsste, wo ich stecke?

Ich sollte nicht hier sein, sollte das alles nicht tun.

Ich sollte nicht durch die Gegend rennen und in betrunkenem Zustand junge Barkeeper anbaggern. Ich sollte überhaupt nichts tun, was mich auch nur Zentimeter vom warmen, kleinen Körper meiner Tochter entfernt – von diesen winzigen, klammernden, überraschend kräftigen Händchen, diesen ernsten, dunklen Augen, die wie von einer uralten Weisheit beseelt direkt in mich hineinzublicken und zu fragen scheinen: *Wer bist du?*

Ich gehöre nicht an diesen Ort. Es fühlt sich so merkwürdig an. Als würde ich mich unerlaubterweise aus meinem eigenen Leben entfernen.

Nein, rufe ich mir in Erinnerung. Das ist *der* Ort. Das hier muss sein. Und auf seltsame Art tue ich es ja für sie, für meine kleine, hilflose Tochter. Was will ich an sie weitergeben? Wer möchte ich für sie sein?

Aber ich sollte ehrlich sein: Ich mache es auch für mich.

Wieder kratzen diese Zweige über das Dach. Wenn ich aus den Fenstern nach draußen blicke, sehe ich, wie sie sich gegen die Scheiben pressen. Ich stehe auf und ziehe die Vorhänge zu, fühle mich danach aber nicht viel besser.

Erneut kommen mir die Fragen, die mich heimsuchen, seit ich das erste Mal von der Eröffnung des Manors gelesen habe. Wer hat mir diesen Artikel geschickt? Warum? Und, was noch viel wichtiger ist: Was weiß diese Person?

## *Der Tag nach der Sonnenwende*

Mittlerweile haben die Fischer das Boot gewendet und sind näher ans Ufer herangefahren, um einen besseren Blick auf die Ruine des Gebäudes zu erhaschen. Immer noch quillt Rauch daraus hervor, während es bis auf sein Gerippe abbrennt – ein gewaltiges schwarzes Skelett, das auf den Klippen kauert.

Da runzelt einer der Männer die Stirn. Er schirmt die Augen mit der Hand ab und tritt an den Bug. Zeigt ein Stück den Strand runter. »Was ist denn das da drüben? Seht ihr's auch?«

»Wo?«

»Am Fuß der Klippe. Gleich unterhalb der Farm. Das sieht doch aus wie ...« Er unterbricht sich selbst, da er es nicht aussprechen möchte, bevor er sich nicht vollkommen sicher ist.

»Scheiße«, murmelt einer der Männer.

Es ist nicht das erste Mal, dass sie auf eine Leiche stoßen. Auf dem Meer bekommt man allerhand zu Gesicht – im Grunde alles, was einem ins Netz geraten oder aber an die Oberfläche steigen und auf dem Wasser treiben kann. Aber das hier ist anders. Zum einen das Blut. Bei Ertrunkenen sieht man gemeinhin kein Blut. Und meist haben sie dann kaum noch etwas Menschliches an sich – bedauernswerte, aufgedunsene Kreaturen, emporgestiegen aus den Untiefen und vom Salzwasser in etwas Fremdartiges, etwas Unbekanntes verwandelt.

Hier jedoch offenbart sich das Grauen Stück für Stück. Ein ausgestreckter blutiger Arm – die Finger an der Hand so bleich wie Kalkstein im frühen Morgenlicht. Die in grotesken Winkeln verdrehten Gliedmaßen. Das Haar, das in den ersten Sonnenstrahlen aufschimmert. Der Rest des Kopfes … nein! Es ist zu schrecklich, als dass man länger bei diesem Anblick verweilen wollte. Der Aufprall aus einer solchen Höhe … Das Gesicht ist völlig zerstört.

*Der Abend der Eröffnung*

## FRANCESCA

Ich betrete den mondbeschienenen, taunassen Rasen barfuß, um mich besser mit der Erde zu verbinden. Immer noch kann ich das blecherne Gejaule der Musik und das Wummern der Boxen hören. Ich schließe die Augen und lasse alle Sorgen los. Michelle ist an der Sache dran.

Da ist nur noch eine Kleinigkeit, die ich tun muss, bevor dieses Wochenende so richtig losgeht. Eine andere Form des Loslassens. Eine Reinigung. Rasch werfe ich einen Blick über die Schulter, um sicherzustellen, dass mich niemand beobachtet.

In einer Hand halte ich die Urne mit der Asche meines Großvaters. Sein ursprünglicher Wunsch war es, neben der Orangerie verstreut zu werden, dort, wo auch sein alter Labrador Kipling begraben ist, aber ich wollte keine makabren Schwingungen neben dem Gebäudeteil riskieren, in dem sich nun unser Behandlungszentrum befindet. Ich bin mir sicher, dass er das verstehen würde. Immerhin war er Pragmatiker durch und durch.

Grandma starb vor Grandpa. Nach ihrem Tod stellte sich heraus, dass dieser Ort in Wahrheit ihr gehörte und dass sie ihn mir treuhänderisch überlassen hatte. Ich vermute, das war eine Art Abrechnung, ein kleiner Hieb – gegen meinen Großvater wegen seiner zahlreichen Indiskretionen, gegen meine Mutter, die als Erwachsene so gut wie nie einen Fuß in dieses Haus gesetzt hat, und gegen meine älteren Brüder, die sich hier vollkommen rücksichtslos aufgeführt haben. Offensichtlich sah sie mich als ihre rechtmäßige Erbin.

Wüsste sie, dass ich dieses Haus nun für zahlende Gäste geöffnet habe, würde sie wohl eine ihrer tadellos gepflegten Augenbrauen hochziehen. Aber man muss mit der Zeit gehen. Außerdem werden unsere Gäste sorgfältig ausgewählt. Es ist die richtige Sorte Leute. Deshalb bezeichne ich sie auch gern als unsere »Familie«.

Ich öffne die Urne. Mit anmutigen schwungvollen Bewegungen verteile ich Großvaters irdische Überreste in der milden Brise, die ihn über die Klippen hinaus aufs Meer trägt.

Nun denn. Für immer fort. Um eine Last erleichtert.

Als eines der ersten Dinge, die ich erledigte, nachdem mein geliebter Großvater von uns gegangen war: Ich ließ sein Arbeitszimmer im Wald beseitigen. Es war die Hütte, in der er seinen tödlichen Herzinfarkt erlitten hatte, sodass sie unangenehme Assoziationen weckte. Traurigerweise war Grandpa gegen Ende etwas wunderlich geworden. Er verbrachte seine gesamte Zeit in der Hütte, da er glaubte, immer noch wichtige Arbeit für die Regierung zu erledigen. Zwar kam mir die Sache recht harmlos vor, und natürlich wäre es nicht richtig gewesen, den lieben alten Mann unmittelbar nach Antritt meines Erbes in ein Seniorenheim abzugeben … dennoch begann ich damit, eine Baugenehmigung zu beantragen.

Das letzte Mal, als ich herfuhr, um ihn zu besuchen (und einem neuen Freund im Gemeinderat persönlich eine ganz besondere Flasche Whisky vorbeizubringen), hatte er eine sonderbare Obsession entwickelt. »Du musst dich mit den Vögeln gut stellen«, trichterte er mir immer wieder ein. »Verärgere nicht die Vögel.« So ging es die ganze Zeit. Was für ein Jammer – dabei war er mal ein so kluger Kopf gewesen.

»Ja, Grandpa«, beschwichtigte ich ihn. Armer alter Mann. Offenbar war er ein bisschen gaga geworden und hatte angefangen, den mythischen Quatsch hier aus der Gegend zu glauben.

Doch da setzte er sich abrupt im Bett auf und packte mein Handgelenk so fest, dass es wehtat. »Du darfst die Vögel nicht verärgern. Hast du verstanden?«

»Du *liebe* Güte, Arthur«, sagte seine Pflegerin, die gerade ins Zimmer kam, »nicht *schon wieder* diese Vögel.«

Ich werfe die letzte Handvoll Asche in den Wind. Vergewissere mich, dass die Urne leer ist. Schaue mich ein zweites Mal um, ob auch wirklich niemand Zeuge meines geheimen mitternächtlichen Rituals geworden ist. Es fühlt sich feierlich an und erscheint mir nur passend. Ein Schlussstrich, der unter die Vergangenheit gezogen wurde.

Ich war schon immer gut darin, die Vergangenheit hinter mir zu lassen.

## EDDIE

»Oh, da bist du ja, Eddie«, sagt Michelle.

Ich stehe wieder hinter der Bar und gebe mir Mühe, mir den Heidenschreck nicht anmerken zu lassen. Michelle hat diese Art, wie aus dem Nichts aufzutauchen, als würde sie nur darauf warten, einen beim Faulenzen zu erwischen.

Verstohlen werfe ich einen Blick auf ihr Gesicht. Sie sieht aus, als wäre sie sauer wegen irgendwas. Ich warte schon darauf, dass sie mir verkündet, sie wisse ganz genau, was ich gerade getrieben habe, und dass ich – an meinem ersten richtigen Arbeitstag! – gefeuert werde, aber da seufzt sie schwer und sagt: »Ich hatte gerade ein Pärchen am Telefon, das mich bat, von ihrer Waldhütte in eine mit Meerblick verlegt zu werden – *natürlich* sind keine verfügbar. Was glauben die eigentlich, was wir sind – ein beschissener Campingplatz? Hier findet gerade das Eröffnungswochenende statt! Beinahe hätte ich ihnen gesagt, dass sie dann eben nicht so geizig hätten sein sollen!«

Bei Michelle heißt es immer *wir*. Sie hat diese Nummer mit der »Manor-Familie« total verinnerlicht. Ich schätze mal, *sie* darf so über die Gäste reden, aber würde *ich* so was sagen, würde ich auf der Stelle entlassen. Trotz der Ermäßigungen wegen der noch laufenden Bauarbeiten kosten die Woodland-Hutches immer noch mehrere Hundert Pfund die Nacht. Ich kann bloß raten, was Michelle hier verdient – mehr als ich, ja, aber so viel dann auch wieder nicht. Tja, ich schätze mal, wenn man an Orten wie diesem arbeitet, gehen die Maßstäbe dafür, was normal ist, schnell flöten.

Sie kommt zu mir hinter die Theke, und ich bekomme einen so heftigen Schwall von ihrem Parfüm ab, dass ich einen Schritt zurückweiche. Wir wurden angehalten, die Düfte zu tragen, die man im hoteleigenen Shop – dem Manor Market – kaufen kann. Angeblich sind sie »unerlässlich, um ein ansprechendes Ambiente zu schaffen«. Jedenfalls riecht es so, als hätte Michelle sich mit dem Zeug übergossen, als wollte sie demonstrieren, was für eine loyale Mitarbeiterin sie ist.

Sie öffnet den Kühlschrank, nimmt eine Flasche Weißwein heraus und gießt sich das Glas fast bis zum Rand voll.

»Kommst du zurecht, Eddie?«, erkundigt sie sich.

»Ja«, erwidere ich zaghaft.

Während unserer Schulung hier ist mir aufgefallen, dass Michelle sich manchmal so verhält, als wäre sie deine beste Freundin, und im nächsten Moment dann wieder so, als wäre sie die Königin des Universums und du nur ein Stück Dreck, das an ihrer Schuhsohle klebt.

Sie nimmt einen kräftigen Schluck, und prompt ist die Hälfte des Weins weg. Ich habe schon Sorge, dass das Glas zerbrechen könnte, so fest presste sie es in der Hand zusammen. Muss wohl alles ziemlich stressig für sie sein. Ich jedenfalls werde nicht derjenige sein, der sie daran erinnert, dass sie heute noch fahren muss (die meisten Mitarbeiter sind mit dem Auto hier). In diesem Eckchen von Dorset ticken die Uhren eben noch anders: Auf den Landstraßen hier sind die Leute ständig besoffen unterwegs, als wären wir noch in den Siebzigern.

»Warum wollten sie so dringend umziehen?«, frage ich.

»Wie bitte?« Irritiert sieht sie mich über den Rand ihres Glases hinweg an.

»Die Gäste – warum wollten sie aus ihrer Woodland-Hutch raus?«

»Oh. Sie meinten, die *Atmosphäre* würde ihnen nicht behagen. Dass die Bäume viel näher seien, als sie gedacht hatten. Außerdem haben sie behauptet, sie würden seltsame Geräusche aus dem Wald hören und Lichter sehen. So was eben.« Sie verdreht die Augen. »Keine Ahnung, ob sie das beobachtet haben, bevor oder nachdem sie ihre Gratisflasche Sekt geleert hatten. Du weißt schon, was ich meine?«

Nicht, dass ich es Michelle gegenüber zugeben würde, aber ich kann es den Leuten nicht verdenken. Mum hat mich immer gewarnt, nie nach Einbruch der Dunkelheit im Wald spielen zu gehen. »Da ist es nicht sicher«, sagte sie. »Man weiß nie, wer sich zwischen den Bäumen herumtreibt.« Ich ging immer davon aus, dass sie total paranoid war, wegen dem, was mit meinem Bruder passiert ist. Aber die Menschen hier glauben an allerlei Geschichten über diese Wälder. In letzter Zeit habe ich wieder mit etwas angefangen, was ich früher als Kind immer getan habe: jeden Abend die Vorhänge so sorgfältig zuziehen, dass auch ja kein Spalt bleibt. Sonst habe ich das Gefühl (ja, ich weiß, wie bescheuert das klingt), als würde der Wald mich beobachten.

»Deine Schicht ist zu Ende, oder?« Michelle schaut auf ihre Uhr.

»Ähm, ja«, sage ich. »Um Mitternacht war Feierabend.«

»Folgendes. Da sind wieder ein paar Jugendliche unten am Strand.« Die Art, wie Michelle »Jugendliche« sagt, lässt sie wie achtzig klingen, obwohl sie nicht älter als fünfunddreißig sein kann. »Francesca hat mich darauf angesprochen. Jetzt, da wir geöffnet haben, bereitet ihr das große Sorgen.«

Allein, wie Michelle Francescas Namen ausspricht – als würde er ihr diesen gewissen Kick bescheren. Ruby glaubt ja, dass sie ein bisschen verknallt in unsere Chefin ist. »Dabei bezweifle ich, dass Francesca überhaupt ihren Namen weiß«, hat sie gesagt. Doch da irrt Ruby sich. Die Chefin scheint alle beim Namen zu kennen. Auch wenn sie so rüberkommt, als würde sie ständig nur durch die Gegend schweben und lächeln, glaube ich nicht, dass ihr irgendwas entgeht.

»Wie dem auch sei, Eddie, würdest du hingehen und mal mit ihnen reden?« Jetzt ist Michelles Stimme wieder in diesem gruseligen Vorgesetztenmodus. Es ist klar, dass man sich nicht mit ihr anlegen sollte. Alles an ihr wirkt scharf und kantig: die weiße Bluse mit dem gestärkten Kragen, der akkurate blonde Bob, die spitz zulaufenden Schuhe.

»Äh …«, mache ich. »Ich glaube nicht …«

»Du willst doch hinter der Theke arbeiten, oder?« Wenn sie lächelt, wirkt sie gleich noch gruseliger. »Lass es mich so sagen: Wenn du solche Dinge übernimmst, wird man es dir nicht vergessen.« Sie tippt sich vielsagend mit dem Finger an die Schläfe. »Denk an deine Beurteilung, Eddie!« Sie mustert mich von oben bis unten. »Du bist ein großer Junge. Ich glaube an dich. Ich habe dich ganz gezielt ausgesucht, weil ich denke, dass du die Gegend hier besser kennst als die meisten anderen. Habe ich recht?« Sie fixiert mich so lange mit dem Blick, bis ich die Augen senke. Weiß sie, dass ich in meiner Bewerbung eine falsche Adresse angegeben habe? Dass ich eigentlich von nebenan, von der Seaview-Farm komme? Ich würde ihr glatt zutrauen, dass sie es irgendwie herausgefunden hat. Genauso würde ich ihr zutrauen, diese Tatsache gegen mich zu verwenden, wenn ich nicht spure.

»Äh …«

»Schön«, sagt Michelle, obwohl ich zu gar nichts Ja gesagt habe. »Manchmal müssen wir als Mitarbeiter auch über uns hinausgehen. Wir müssen Dinge tun, bei denen wir uns unwohl fühlen. Ich bin mir sicher, du verstehst das.«

Ich schiebe mein Fahrrad aus dem Unterstand hinter dem Hauptgebäude und stelle es neben dem Tor am Rand der Klippe ab. Es ist fast Vollmond, und die Kalksteinfelsen der Giant's Hand draußen auf dem Meer werden so erleuchtet, dass sie aussehen wie riesige silberne Finger, die aus dem schwarzen Wasser emporgreifen. Weiter hinten, jenseits der dunklen Weite des Meeres, erkenne ich die schwachen Lichter der Isle of Wight. Die Sterne stehen klar am Himmel. Mein Bruder kannte sich ein bisschen mit Sternen aus. Das gehört zu den letzten Erinnerungen, die ich an ihn habe. »Das da ist der Große Bär«, höre ich ihn sagen. »Das bin ich. Und das da bist du, der Kleine Bär.« Ich weiß, würde ich jetzt nach diesen Sternzeichen Ausschau halten, könnte ich sie finden, aber meist vermeide ich es, nachts in den Himmel zu sehen.

Von weiter unten ertönt ein Schrei. Ich habe so gar keine Lust auf das hier. Aber zu Michelle sagt man nicht Nein, also gebe ich den Code für das Tor zu den Klippenstufen ein. Es ist vom Festland aus der einzige Zugang zum Strand, und der Weg hierher führt über den privaten Rasen des Manors, also müssen die Jugendlichen mit dem Boot gekommen sein.

Und ja – ich kann die Umrisse eines kleinen Schlauchbootes erkennen, das sie an Land gezogen haben. Sie haben außerdem ein großes Lagerfeuer am Strand entfacht. Ich sehe einen Haufen Gestalten mit hochgezogenen Kapuzen drumherum sitzen und die orange glühenden Pünktchen ihrer Kippen und Joints, die im Dunkeln aufglimmen. Aus einer Anlage dröhnt Stormzy. Ich hole tief Luft und gehe dann die Stufen hinunter.

Sobald ich den sandigen Strand erreicht habe, rufe ich »Hey! Leute?« Wenn auch nicht wirklich laut. Was soll ich denen überhaupt sagen? Sie sind zu zwanzigst oder so, und ich bin allein. Außerdem ist das hier ein freies Land, sie dürfen sich hier aufhalten. Ich schätze mal, die Musik ist das eigentliche Problem. Das würde Michelle sicher sagen. Aber ich glaube kaum, dass sie darauf einsteigen, nach dem Motto: »Oh ja, na klar, Eddie – tut uns echt leid, Alter!«

Noch könnte ich die Stufen wieder hochgehen. Ich glaube nicht, dass mich einer von ihnen bemerkt hat. Ich stehe im Schatten der Klippe und könnte Michelle gegenüber einfach behaupten, dass ich es versucht hätte …

Der Schlag kommt von hinten, aus dem Nichts. Schon liege ich bäuchlings auf dem Boden, knirschenden Sand in Mund und Nase. Ein solcher Schmerz in den Rippen, als hätte ich mir was gebrochen. Sämtliche Luft wurde aus meinen Lungen gepresst.

## FRANCESCA

Innerlich gereinigt kehre ich in die Wohnung zurück. Auch mein Schatz Owen ist nach seiner Fitness-Session wieder da – er trainiert gern spätabends, weil das seinen Schlaf verbessert.

»Wie lief der Cocktailempfang?«, erkundigt er sich. Er ist ein Mann weniger Worte, der sich vor allem über seine Werke ausdrückt (er steckt hinter all den architektonischen Innovationen des Anwesens).

»Oh, einfach nur *magisch*«, erwidere ich. Es bringt nichts, sich am Negativen aufzuhängen und unsere Eindringlinge zu erwähnen. »Komm und lass mich dich ansehen, mein Schöner.« Ich greife nach seinem Gesicht und halte es zwischen meinen Händen, während ich die dunklen Linien seiner Brauen und seines Haaransatzes mustere, die markante römische Nase, die ausgeprägten Wangenknochen. Ich habe mich schon immer zu schönen Dingen und Menschen hingezogen gefühlt. Doch auch zu kaputten. Und Owen ist definitiv ein bisschen kaputt. Seine Mutter hat die Familie verlassen, als er noch ein Teenager war. Von dem wenigen, was er mir darüber erzählt hat, ist klar, dass sie einen an der Klatsche hatte. Sorry – ich meine natürlich: mit seelischen Problemen zu kämpfen hatte. Ich wünschte nur, er würde sich mir mehr anvertrauen. Ich möchte ihm bei seiner Heilung helfen. Außerdem kann ich mich, was abwesende Mütter angeht, sehr gut einfühlen – denn ehrlich, es ist ein Wunder, dass ich bei meiner Vergangenheit eine solche emotionale Intelligenz entwickelt habe.

Aber es wäre gelogen, würde ich sagen, dass ich seine dunkle Seite nicht attraktiv gefunden hätte. Das war eine Sache, die mir bereits bei unserem ersten Treffen in einem privaten Londoner Members' Club auffiel, bei dem wir meine Vision für das Manor besprechen wollten. Es war nicht zu übersehen, wie sich die Leute nach ihm umdrehten. Gebannt von seiner Anziehungskraft, seiner schieren Präsenz. Der geheimnisvollen Aura. Ich erhaschte einen Blick auf unser beider Erscheinung im großen Spiegel an der Wand gegenüber und kam nicht umhin festzustellen, dass wir zusammen einen fantastischen Anblick abgeben. Seine Dunkelheit gepaart mit meinem Licht. Ein gelungenes Zusammenspiel.

Ich weiß noch, wie ich einen kleinen Schluck von meinem Sparkling Tea nahm und fragte: »Nun? Was reizt Sie an diesem Projekt?«

Er dachte nach, bevor er antwortete. Die Sätze meines Liebsten sind so präzise und reduziert gestaltet wie seine Entwürfe. »Als Ihr Büro mich anrief, wollte ich zunächst ablehnen. Ich habe seit Jahren nicht mehr in Großbritannien gearbeitet. Aber ich musste immer wieder an das Projekt denken.« Hinter seiner Zurückhaltung konnte ich intuitiv eine bedeutungsschwere Tiefe wahrnehmen – vielleicht auch einen Schmerz. Und dann noch etwas anderes, aus dem ich nicht ganz klug wurde.

»Mein Büro hat Sie angerufen?«, erwiderte ich verwirrt. Da lag eindeutig ein Missverständnis vor. Mein Büro hatte nichts dergleichen getan. *Er* hatte doch den Kontakt hergestellt, als er uns seinen Pitch zukommen ließ? Ich dachte mir nicht viel dabei, denn ich konnte spüren, dass hier die Hand des Schicksals am Werk war. Als er dann seine Pläne mit mir durchging, hatte ich angesichts seiner Vision und der Größenordnung, in der er dachte, förmlich den Eindruck abzuheben. Er teilte meine Ambitionen, wusste genau, was dieser Ort benötigte. Es kam mir so vor, als wären wir beide – unsere Partnerschaft, auch wenn sie damals noch rein professionell war – füreinander bestimmt.

Wir haben erst vor zwei Monaten geheiratet, nach einer turbulenten Zeit des gegenseitigen Werbens. Man weiß es einfach, wenn es passt. Ihr versteht schon.

»Bereit fürs Bett?«, frage ich und lasse den Vintage-Kimono von der einen Schulter gleiten. Ich reibe mich jeden Tag mit Süßmandel- und Rosmarinöl ein und weiß, dass meine Haut im gedämpften Licht schimmert wie Satin.

Er nickt stumm.

Ich schenke ihm ein strahlendes Lächeln. »Da ist nur noch eine Kleinigkeit, die ich klären wollte: Die Bäume werden doch morgen gefällt, oder?«

Er nickt. »Morgen Vormittag. Mit den Grabearbeiten beginnen wir danach.«

»Das sind ja ganz wunderbare Neuigkeiten.« Auch wenn ich wünschte, die Baumhäuser wären termingerecht fertiggestellt worden. Ich habe versucht, Owen zu vermitteln, wie wichtig sie für mich sind! An diesem besonderen Wochenende sollten wir eigentlich keine Baufahrzeuge hier herumstehen haben müssen. Das macht sich nicht gut. Aber optimistisch, wie ich nun mal bin, habe ich das Buchungssystem schon für den Herbst freigeschaltet, deshalb können wir uns keinen Tag Verzug mehr leisten.

Beruhige dich, ermahne ich mich. Gleichmut und Ruhe. Das ist es, was alle von mir erwarten, auch Owen.

Ich nehme seine Hand und führe ihn ins Schlafzimmer, wobei ich die Schwielen an seinen Fingern spüren kann. Eigentlich nicht das, was man von den Händen eines Architekten erwarten würde.

Als wir uns dem Bett nähern, erblicke ich etwas auf dem Kissen. Eine einzelne schwarze Feder. Sonderbar. Die Fenster standen offen, daher könnte sie hereingeweht worden sein. Trotzdem werde ich morgen ein Wörtchen mit der Reinigungskraft sprechen, da es doch ein wenig schlampig ist, so etwas zu übersehen.

Vorerst jedoch werde ich in diesem Augenblick aufgehen. Ich fege die Feder vom Kissen. Dann lasse ich den Kimono zu Boden gleiten – ein raschelnder Hauch von Seide auf Parkett.

Jetzt kann ich wirklich ich selbst sein.

# OWEN

Ich liege da und lausche dem abgehackten Geräusch meines eigenen Atems. Meine rechte Schulter schmerzt. Herrje. Ich fühle mich wie ausgewrungen. Ich fühle mich ... benutzt. Irgendwie brutal zugerichtet. Aber auf die gute Art. Glaube ich jedenfalls.

Francesca im Bett ist ... völlig anders, als sie in allen anderen Lebensbereichen agiert. Man sollte meinen, bei ihr gäbe es nur sanften Kerzenschein und Musik, tiefe Blicke und vielleicht noch ein bisschen Tantra dazu. *Liebe machen.*

Aber nichts dergleichen. Das ist Ficken pur. Anders kann man es nicht nennen. Jedenfalls fühlt es sich nicht an, als wäre Liebe im Spiel. Der Sex ist wild und dunkel. Oft auch ein bisschen grob. Das geht von ihr aus, nicht von mir. Ich bin (meist) ihr williges Opfer.

Heute Abend bin ich nicht gekommen. Ich war zu ... ja, was eigentlich? Durch den Wind? Nun spüre ich auch das Brennen der Kratzer, die ihre Nägel hinterlassen haben ... Ich glaube, dieses Mal hat sie mir ernsthaft die Haut aufgerissen. Und tatsächlich, als ich den Kopf drehe, um nachzusehen, sind da winzige dunkle Blutstropfen auf meiner rechten Schulter.

Ich schätze, das macht den Kick aus. Jedenfalls trifft es definitiv mehr meinen Geschmack als Kerzenlicht und Tantra. Trotzdem irritiert es mich nach wie vor, und ich muss mich fragen, ob meine Partnerin nicht vielleicht eine ganz andere Seite hat. Eine, auf die ich im Schlafzimmer einen kurzen Blick erhasche – so wie bei manchen Menschen, wenn sie betrunken oder high sind und ein verborgener Teil von ihnen freigesetzt wird. Fran trinkt nicht und konsumiert natürlich auch sonst nichts, daher ist Sex für sie vielleicht das einzige Ventil. Vielleicht ist es aber auch bloß Sex. Vielleicht interpretiere ich zu viel hinein.

Fran dreht sich zu mir um und nimmt mein Gesicht zwischen ihre Hände. »Das war wunderbar, mein Liebster. Für dich auch?«

Und schon sind sämtliche Spuren des wilden Tieres von vor ein paar Minuten wie weggefegt. Ohne zu blinzeln, blickt sie mir in die Augen. Ich bin der Erste, der wegschaut – wie immer. Es gibt da Dinge über mich, die ich ihr nicht erzählt habe. Ich denke nicht, dass man von Geheimnissen sprechen kann. Aussparungen trifft es viel eher – das geflissentliche Verschweigen jener Aspekte, die nicht zu der Version von mir passen, die ich ihr präsentiere. Aber tun wir das bis zu einem gewissen Grad nicht alle? Inszenieren wir nicht alle ein Bild von uns? Die Liebe eines Architekten zum Detail ist in dieser Hinsicht nicht von Nachteil. So betrachtet bin ich womöglich mein gelungenstes Konstrukt.

»Ist es nicht verrückt, wie das Universum uns zusammengebracht hat?«, sagt sie. »Es ist, als hätte ich um dich gebeten, und schon kamst du in mein Leben spaziert. Denkst du auch manchmal darüber nach? Wie das Schicksal dich zu mir geführt hat?«

Nun ja, Schicksal wohl nicht unbedingt. Eher ein Telefonanruf (»Hier ist das Büro von Francesca Meadows«) mit der Einladung, einen Entwurf für das Umbauprojekt zu liefern. Fran wirkte verwirrt, als ich das bei unserem ersten Treffen erwähnte. Sie meinte, ihr Büro habe nicht bei mir angerufen. Ich habe versucht, mich an die Stimme am Telefon zu erinnern, aber ich hatte nicht einmal registriert, ob sie männlich oder weiblich war, so eingeschossen war ich auf das gewesen, was sie sagte. Tome Manor – das historische Herrenhaus an der Küste von Dorset. Ob ich je davon gehört hätte? Ob ich Interesse hätte? »Wir denken, Sie wären perfekt für dieses Projekt.«

Ich höre schallendes Gelächter vom Strand, ein paar kreischende Schreie und das unverkennbare Dröhnen von Musik – jetzt vielleicht noch lauter als zuvor. Kaputter Abschaum aus dem Ort, der nichts Besseres zu tun hat. Der bloße Gedanke an diese Leute deprimiert mich. Seit Beginn des Sommers sind sie fast jeden Abend aufgetaucht. Und jeden Morgen in der Frühe schickt Francesca Personal runter, um den Sand von dem verbrannten Holz, den kleinen Poppers-Glasampullen und leeren Bier- und Ciderdosen zu reinigen. Manchmal helfe ich schnell mit, da ich als Erster dort unten bin – jeden Morgen kurz nach Sonnenaufgang gehe ich surfen.

Fran zieht sich wieder den seidenen Morgenmantel über und schlendert zum Fenster, um einen Blick nach draußen zu werfen. »Dabei hat Michelle mir versichert, dass sie das im Griff hat.«

Dieses Weib. Ich verziehe das Gesicht.

»Ich weiß, dass du sie nicht ausstehen kannst, Liebster. Ich verstehe nur nicht ganz, warum. Sie ist ein Geschenk des Himmels.«

»Sie ist eine Wichtigtuerin. Außerdem ist sie doch etwas

abgeschmackt für das Ambiente, das du hier vermitteln möchtest, oder?«

Fran rümpft die Nase. »Ich werde mich mal mit ihr über diese Strähnchen unterhalten müssen. Vielleicht könnte ich sogar meinen Stylisten kommen lassen, damit er sich einen Tag lang ein paar von den Mitarbeitern vorknöpft – schließlich gibt es unter ihnen noch mehr, die etwas Hilfe nötig hätten.« Sie lächelt. »Aber du musst zugeben, dass sie sehr effizient ist.«

Das Lächeln verschwindet abrupt, als erneut ein gellender Schrei vom Strand zu hören ist – mehr Tier als Mensch. Sie seufzt. »Warum können diese Leute einfach nicht respektieren, was wir hier erschaffen haben? Ich habe mir doch alle Mühe mit ihnen gegeben. Wir haben sogar einen Einheimischenabend für sie ausgerichtet. Weißt du noch?«

»Lässt sich kaum vergessen.« Immerhin ist die Aktion erst eine Woche her – angedacht als versöhnliche Friedensmission. Zwar hatte ich mich aus diversen Gründen davon ferngehalten, aber ich habe alles erzählt bekommen. Getränke gab es zum »halben Preis« (obwohl ich zufällig erfahren habe, dass Fran günstigeren Alk bestellt hatte, da sie davon ausging, dass die Leute den Premium-Mezcal und die Craft-Gins ohnehin nicht zu würdigen wüssten). Sie kamen, ließen sich volllaufen, machten sich über alles lustig und eskalierten völlig. Der Abend endete damit, dass jemand einen Scheißhaufen im Pool zurückließ. Einen menschlichen Scheißhaufen. Kann man sich so was vorstellen? Verdammte Tiere.

»Das war einfach so … enttäuschend«, fährt Fran fort. »Und du weißt ja, ich will das nicht an der sozialen Schicht festmachen. Wirklich nicht. Aber mit manchen Menschen *kann* man einfach nicht.«

Ja, Schicht und Klasse sollten im Jahr 2025 keine Rolle mehr spielen. Aber sie tun es. Vielleicht sogar mehr denn je. Außerdem ist meine wunderbare Frau – auch wenn sie in jeglicher Hinsicht so gut wie perfekt ist – vielleicht doch auch ein kleiner Snob. Aber das geht in Ordnung. Ich verstehe das. Vielleicht bin ich auch einer geworden, nun, da ich ebenfalls in dieser Welt lebe.

Fran sagt immer, dass sie mich gern *wirklich* kennen und verstehen möchte. Sie möchte, dass ich ihr gegenüber »ganz offen und verletzlich« bin. Sie ist ein sehr sensibler Mensch (außerhalb des Schlafzimmers). Und auf meine Art habe ich ihr Einblicke gewährt. Sie weiß nur nicht, wie selektiv ich dabei vorgegangen bin. Das Wesentlichste weiß sie: dass ich eine beschissene Kindheit hatte und vernachlässigt wurde. Wobei es sich – trotz privilegierter Herkunft – auch nicht gerade so anhört, als ob ihre Mutter in Sachen Kindererziehung eine Offenbarung gewesen wäre. Da haben wir also etwas gemeinsam.

Ich ziehe das Laken hoch und bemerke, dass das makellose Weiß von Blutflecken verschandelt ist, die vermutlich von den Kratzern an meiner Schulter stammen. Aber das ist okay. Genauso wie die Herkunft dieser Laken – feinstes belgisches Leinen mit allem Drum und Dran. Denn so ist mittlerweile mein Leben. Schon irre. Ein Teil von mir kann immer noch nicht so recht glauben, dass ich hier schlafe, Wildleder-Sneaker für vierhundert Pfund trage und einen James-Bond-Schlitten fahre – ein Geburtstagsgeschenk von Francesca. Dass ich jeden Morgen in diesem Herrenhaus aufwache wie ein moderner Lord.

Ich bin so ein verdammter Betrüger.

## EDDIE

Ich spucke Sand aus. Mein Körper fühlt sich an, als wäre ich gerade richtig fies auf dem Spielfeld umgenietet worden. Ich rolle mich auf den Rücken und schaue hoch.

»Eddie, Eddie, Eddie. Oi, oi, oi!« Der Typ hockt vor mir auf den Fersen und blickt auf mich herab.

Scheiße. Nathan Tate. Jeder in meinem Alter kennt ihn – vor allem, weil er der Typ ist, der jede Party und jeden Rave im Umkreis von dreißig Kilometern mit fragwürdigem Stoff versorgt. Sobald es irgendwo Ärger gibt, kann er nicht weit sein, das weiß jeder. Früher hing er mit meinem großen Bruder ab – heute verbringt er seine Zeit immer noch mit Neunzehnjährigen, auch wenn sein schwarzes schulterlanges Haar an den Schläfen schon schütter wird. Er trägt ein schwarzes T-Shirt mit der Aufschrift: *Bück dich, Fee, Wunsch ist Wunsch,* und ertappt mich dabei, wie ich an dem Spruch hängen bleibe. »Na, Eddie, durcheinander? Bei euch war wohl mehr so Teelichter, Ed Sheeran und Missionarsstellung angesagt. Hab ich recht?«

Damit muss er Delilah meinen. Ich rapple mich auf und zögere. Eigentlich sollte ich ihm dafür eine verpassen. Aber dann lasse ich es bleiben. Ich schätze mal, ich lasse die meisten Sachen bleiben. Das ist auch der Grund, warum ich, obwohl ich ein großer Kerl bin, noch nie in eine richtige Prügelei verwickelt war, bis auf das bisschen Rumgeschubse auf dem Rugbyfeld (das allerdings nie von mir ausging). »Mein sanfter Riese«, nennt mich Mum. »Du kannst ja noch nicht mal eine Scheißspinne töten«, motzte Delilah, nachdem sie mich mal gebeten hatte, eine Spinne unter ihrem Bett zu erschlagen. Trotzdem glaube ich, dass jeder seine Grenzen hat – ich habe meine nur noch nicht gefunden.

Tate grinst, aber der Ausdruck in seinen Augen will nicht dazu passen. Ich kann den toten braunen Eckzahn sehen, auf den er fast schon stolz zu sein scheint, so wie sich sein Grinsen auf der einen Seite aufhängt. Auf derselben Seite wie das Ohr, in dem er drei goldene Kreolen trägt, die ihm wahrscheinlich den Look von Johnny Depp in *Fluch der Karibik* verpassen sollen. Tun sie aber nicht.

»Wie *geht's* dir, Eddie, Eddie, Eddie?« So wiederholt klingt mein Name total bescheuert. »Wo kommst du gerade her?«

Ich schaue zum Lagerfeuer und bemerke, dass die anderen sich zu uns umgedreht haben.

»Vom Manor«, murmle ich.

»Vom *Manor*?«, wiederholt er betont affektiert. »Wie *vornehm*! Wohnst du da auch, Eddielein? In der Penthouse-Suite?«

Ich antworte nicht.

Er hält ein Feuerzeug in der Hand und lässt die Flamme immer wieder mit einem Klicken aufflackern. »Hab gehört, sie veranstalten da so ein beschissenes Mittsommerfest. Ein Kumpel von mir arbeitet für einen Hof, der Cider aus Bioäpfeln herstellt. Er meinte, sie hätten die größte Bestellung aller Zeiten bei ihnen aufgegeben. Kann's schon richtig vor mir sehen: ein Haufen Großstadtwichser, die am Wochenende die Sau rauslassen. Also …« Er vollführt eine übertriebene Verbeugung. »Was führt dich in unser bescheidenes Königreich herab?«

Ich denke an die Beförderung, von der Michelle gesprochen hat. Keine durchweichten Sneaker mehr. Dafür selber Cocktails mixen. Ich stelle mich etwas aufrechter hin. Immerhin bin ich einen halben Kopf größer als er.

»Ich … ich komme, um euch zu sagen, dass ihr den Strand verlassen sollt. Die Musik … ihr stört die Nachtruhe.«

»Ach ja?« Nathan feixt. »Schau dich an, Eddie! So richtig erwachsen. Nee, Alter … die können mich mal. Das hier ist gemeinschaftliches Eigentum, *nicht wahr*?« Manchmal benutzt er so vornehme Formulierungen, was sich mit seinem Dorseter Akzent aber ein bisschen komisch anhört. »Hör mal, die haben alles versucht, um uns den Zugang vom Land her abzusperren, aber sie können nichts dagegen tun, dass wir mit dem Boot kommen.« Er dreht den Kopf und blickt über seine Schulter. »Oh, schau mal, wer da ist! Komm zu uns, Babe.«

Ich spähe an ihm vorbei und sehe, dass sich noch jemand aus der Gruppe gelöst hat. Erst als sie näher kommt, erkenne ich, dass es Delilah ist. Das hat jetzt einen Moment gedauert, da sie ihr Haar von Wasserstoffblond zu einem dunklen Rot umgefärbt hat. Sie bleibt mit verschränkten Armen neben Nathan stehen.

»Hey … Lila«, grüße ich, wobei ich versuche, freundlich zu klingen.

»Eddie«, erwidert sie – kein bisschen freundlich.

»Du siehst anders aus.«

Sie schwingt das Haar über die Schulter und feixt. Mir ist

bewusst, dass ich sie anglotze. »Tja, dann schau dir ganz genau an, was dir entgeht, du Trottel.«

Ich habe letztes Jahr mit Delilah Schluss gemacht. Erst konnte ich es gar nicht glauben, dass sie sich auf der Party entschieden hatte, ausgerechnet mich anzubaggern. Dass sie danach weiter mit mir rummachen wollte – und auch den ganzen Rest. Aber irgendwann begann mich dieser ganze Fitness-Influencer-Kram zu langweilen. Ich kann darauf verzichten, ihr TikTok-Freund zu sein. Vielleicht hätte ich es ja respektieren können, wenn sie tatsächlich mal eine Übung gemacht hätte, aber sie hat sich einfach nur mit Olivenöl eingeschmiert, in knallenges Lycra gepackt und mich Tausende von Clips filmen lassen, wie sie in ihrem Trainingsoutfit twerkt, nur um sich gleich danach mit einem Becher Instantnudeln aufs Sofa zu hauen und sich eine Folge *Selling Sunset* anzuschauen. Und dann diese ganzen gruseligen Kommentare, die wahrscheinlich von fünfzigjährigen Perversos stammten. Ist ja nicht so, als ob sie damit Geld verdient hätte. Alles, was sie bekam, waren billige Leggins und fragwürdige Nahrungsergänzungsmittel, um dafür Werbung zu machen. Tatsache ist, dass Delilah zwar mega in Form ist, aber auf Social Media gibt es Tausende – wenn nicht Millionen – anderer Mädchen, die das ebenfalls sind, die aber vor ihr da waren und sich schon eine Followerschaft aufgebaut haben. »Ich brauche bloß den einen großen Durchbruch«, sagte Delilah immer. »Und ich bin mir ziemlich sicher, es ist nur eine Frage der Zeit, bis PrettyLittleThing mit einem Werbedeal bei mir anklopft.«

»Diese Titten werden dich dein Leben lang verfolgen«, erwiderte sie, nachdem ich ihr erklärt hatte, dass das mit uns nicht funktionierte. »Was Besseres wirst du nicht finden.«

Aber ich möchte mehr als nur Titten, dachte ich bei mir (auch wenn ihre Brüste großartig sind). Ich möchte jemanden, mit dem ich lachen kann. Jemanden, um gemeinsam Pläne zu schmieden. Und auch jemanden, für den Khloé Kardashian nicht unter *#lifegoals* läuft.

Obwohl nichts von alldem der wahre Grund war, sondern das, was im Wald passiert war. Was wir dort gefunden hatten. Jedes Mal, wenn ich sie ansah, musste ich daran denken. Jedes Mal, wenn wir Sex hatten, musste ich daran denken, wie wir es gerade im Wald hatten treiben wollen, als wir diesen Laut hörten. Diesen Schrei.

Tate legt eine Hand auf ihren Hintern. Abartig. Ich sehe Delilah an. *Nathan Tate, dein Ernst?*, frage ich stumm. *Wag es* ja *nicht, deine Scheißklappe aufzumachen*, erwidert ihre Miene. Ich schlucke. Vor ihr habe ich wahrscheinlich noch mehr Angst als vor Michelle.

Tate dreht sich zu ihr um. »Was geht, Babe?«, fragt er. Dann steckt er ihr die Zunge in den Hals. Ich schaue an ihnen vorbei zum Lagerfeuer. Endlich beendet Tate den Kuss mit einem eklig-feuchten Plopp. »Meine Lilo hier hat eine verdammt geile Stimme«, verkündet er. »Du steigst bei der Band ein, stimmt's, Babe?«

Ich weiß nicht, was schlimmer ist. Dass er sie gerade wie eine wandelnde Luftmatratze behandelt hat und sie das anscheinend okay findet – oder der Mist mit der Band. Wir haben uns immer über Tate lustig gemacht. Dass er sich in Tome aufführt, als wäre er eine Berühmtheit, nur weil er und seine Band angeblich mal einen Auftritt auf dem Glastonbury Festival weit abseits der Hauptbühne hatten. Allerdings ist das über fünfzehn Jahre her, und er hängt immer noch hier rum und tut so, als wäre er eine Riesennummer.

»Ich dachte, du wärst Fitness-Influencerin«, sage ich zu Delilah.

»Ich bin neunzehn, Eddie«, erwidert Delilah. »Ich kann verdammt noch mal sein, was immer ich will. Und überhaupt geht es dich auch nichts mehr an, falls es das je getan hat. Du bist nicht der Einzige, der hier ums Verrecken wegwill.«

Tate dreht sich zu Delilah. »Eddie hat mir gerade gesagt, dass wir uns nicht auf dem Strand aufhalten dürfen. Dass wir Leine ziehen sollen.«

Delilah zieht eine Augenbraue hoch. »Tja, das liegt daran, dass er sich für was Besseres hält. Nur weil er in dem Schuppen arbeitet. Weißt du, was er dort macht?« Sie kichert. »Er ist der verdammte Tellerwäscher.« Gespielt bekümmert schüttelt sie den Kopf. »So wird das nichts, Eds.«

»Tatsächlich bin ich befördert worden«, behaupte ich. »Zum Barkeeper.« Nur dass es erbärmlich klingt – wie die Lüge, die es nun mal ist.

»Oh, gut gemacht«, flötet Delilah. »Barkeeper. Wette, jetzt fühlst du dich wie was ganz Besonderes.«

Ich weiß, dass Delilah sich für eine Stelle im Spa beworben hat. Nach der Schule hatte sie in Poole eine Ausbildung zur Kosmetikerin angefangen. Sie hat den Job nicht bekommen. Nun, da ich im Manor arbeite, ist mir klar, dass sie nie eine Chance hatte. Bis auf Julie – eine erfahrene Kosmetikerin hier aus dem Ort (Papa schwört Stein und Bein, dass sie in Wahrheit eine »Hexe« ist) – stammen alle Spa-Mitarbeiter aus exklusiven Wellness-Retreats und piekfeinen Hotels in Los Angeles und London, auf Ibiza und Saint-Barthélemy. Die Leute vom Service kommen entweder von auswärts oder haben zumindest sämtliche Spuren ihrer Herkunft aus unserer Gegend hier gut kaschiert. Ruby ist sich sicher, dass Michelle Sprechunterricht genommen hat, um sich den richtigen Akzent zuzulegen.

*Klick* – schon wieder flackert die kleine Flamme aus Tates Feuerzeug empor und erlöscht dann. Er führt sich auf wie ein pyromanisch veranlagter Zwölfjähriger.

»Und?«, fragt er. »Wie ist es so, für die ganzen reichen Trottel zu arbeiten? Du weißt aber schon, dass dich das nicht zu einem von ihnen macht, oder?«

»Ja, aber er möchte einer von ihnen werden«, sagt Delilah. »Das ist nämlich sein heimlicher Plan.«

Sie spielt an ihrer goldenen Halskette herum. Ich glaube, sie ist neu, aber ich möchte nicht zu genau hinsehen, damit sie nicht denkt, dass ich ihr auf die Brüste glotze.

»Wissen deine Leute, dass du dort arbeitest?«, fragt sie, wobei sie mich mustert.

»Keine Ahnung.« Ich zucke mit den Schultern, so als wäre das egal.

Sie kneift die Augen zusammen. »Ah, verstehe ... Ich glaube nicht, dass du es ihnen erzählt hast. Ich hab neulich erst deine Mutter in der Stadt getroffen. Sie meinte, sie sei froh, dass wir uns so prächtig verstehen, und wie nett es doch sei, dass wir so viel Zeit miteinander verbringen.« Wieder dieser eiskalte Blick – Michelle ist nichts dagegen. »Wie hat sie das gemeint, Eds? Für mich klingt das, als ob du ihr nicht erzählt hättest, wo du in Wahrheit jeden Tag hingehst?«

*Bitte*, versuche ich ihr stumm zu vermitteln. *Erzähl Mum nichts davon.* Das würde mir alles vermasseln.

Aber schon schaltet Tate sich wieder ein, so als wäre er der Meinung, ihm gebührt die komplette Sendezeit. »Ich find's ja genial, dass die hier einen Privatstrand für die Gäste machen wollen. Schau …« Er zeigt auf die neu erbauten Holzstufen, die vom Rasen runterführen, und auf die weißgrün gestreiften Holzhütten daneben, die aussehen wie die Dinger, die in viktorianischen Zeiten als Umkleide gedient haben. »Sie haben den alten Weg, den wir früher benutzt haben und der mit dem Klippenpfad verbunden war, komplett plattgemacht. Und den Zugang zu den Stufen mit einem elektrischen Tor gesichert. Aber das hier ist unser Strand. Sie werden ihn uns nicht wegnehmen. So wie sie sich den Campingplatz von meinem Vater unter den Nagel gerissen haben …« Er verstummt. Für einen Moment ist das ganze großkotzige Gehabe weg, und ich habe das Gefühl, den Blick abwenden zu müssen. Selbst mir ist zu Ohren gekommen, dass der alte Graham Tate mittlerweile jeden Abend so lang im Crown's Nest an der Theke sitzt, bis er vom Hocker fällt und nichts mehr zu trinken bekommt.

Ja, ich weiß, wie es sich anfühlt, wenn der eigene Vater vor deinen Augen vor die Hunde geht.

»Scheiß auf diesen Laden!«, flucht Nathan. »Scheiß auf diese Francesca Meadows. Weißt du, was ich denke? Es ist an der Zeit, dass jemand den Spieß umdreht.«

Und wieder betätigt er das Feuerzeug. *Klick, klick, klick.* Er ist hibbelig, sein Blick zuckt unruhig hin und her. Wie es aussieht, ist er total drauf. Hat er das Boot hierhergesteuert? Delilah und ich mögen vielleicht nicht mehr zusammen sein, aber egal ist sie mir deswegen noch lange nicht.

»Lila?«, frage ich. »Können wir uns kurz unter vier Augen unterhalten?«

Sie schüttelt den Kopf. »Nenn mich nicht mehr so. Du hast kein Recht dazu.«

»Nee, nee, nee«, macht Tate. »Jetzt heißt es nämlich Tate'n'Lyle, stimmt's, Babe?« Aus der Anlage am Lagerfeuer ertönt »Hail« von Kano, woraufhin er sich zu seinen Kumpels umdreht, die Faust in die Luft reckt und den Text mitkrakeelt.

Ich schaue Delilah an. Tate'n'Lyle? Echt jetzt?

Womöglich ist es auch Delilah ein bisschen peinlich, da sie meinem Blick ausweicht. Stattdessen wirft sie ihr Haar über die Schulter und spielt wieder an der Halskette herum. Der Anhänger rutscht oben aus ihrem Ausschnitt, und mich durchläuft es eiskalt.

»Delilah«, flüstere ich und starre sie an. »Was zum Henker?«

»Oh.« Sie senkt den Blick. »Das ist bloß eine Feder, Eddie. Keine große Sache.«

»Aber, das ist doch die von … von damals. Als wir ihn gefunden haben, oder nicht? Die, die auf dem Schreibtisch lag?«

»Ja, schon. Aber er wird sie ja wohl kaum vermissen, oder?«

»Wir hätten sie für die Polizei dort liegen lassen sollen.«

»Herrgott noch mal, Eddie. Du weißt doch, was sie gesagt haben: Das war ein Herzinfarkt.« Sie sieht mich an, und kurz meine ich zu erkennen, dass sie an jene Nacht zurückdenkt, daran, wie schrecklich es war. Ich könnte schwören, dass einen Moment lang Angst in ihren Augen aufflackert. Doch genauso schnell ist sie auch wieder verschwunden, und Delilah sagt: »Warte mal. Du willst mir jetzt aber nicht erzählen, dass du ernsthaft an sie *glaubst*?«

Tate dreht sich um. »Was faselt ihr zwei da?« Er kann es nicht ertragen, nicht im Mittelpunkt zu stehen.

»Eddie spinnt wegen meiner Halskette herum«, erklärt Delilah. Schützend bedeckt sie die Feder mit ihrer Hand.

»Das tu ich nicht …«

»Er hat Schiss vor den Vögeln«, fährt sie fort. »Er glaubt ernsthaft an sie.«

Jetzt macht sie sich über mich lustig. Dabei habe ich gesehen, wie verängstigt sie war, als wir damals den toten alten Mann mit diesem schrecklichen Ausdruck im Gesicht fanden, während die Tür in den Angeln quietschte. *Oh mein Gott, Eddie. Glaubst du … glaubst du …*

Tate zieht sich die schwarze Kapuze über. Nun liegt sein gesamtes Gesicht im Schatten. »Brennen soll es, bis auf die Grundfesten«, krächzt er. Und obwohl ich weiß, dass er nur Spaß macht, gruselt es mich. Dann reckt er das Kinn, und ich sehe sein schiefes Gebiss, den toten braunen Eckzahn, sein gestörtes Grinsen. »Eddielein, jetzt erzähl mir nicht, dass du Angst vor ein paar Vögelchen hast?«

# BELLA

Ich liege auf der bequemsten Matratze, die mir je untergekommen ist, aber noch nie war mir weniger nach Schlafen zumute.

»Ich muss Sie darauf aufmerksam machen, dass Ihre Hütte direkt am Waldrand gelegen ist«, erklärte die Rezeptionistin, als ich anrief, um zu buchen, nachdem ich zuvor einen Teil meiner bescheidenen Ersparnisse auf mein derzeitiges Konto überwiesen hatte. »Außerdem wird es während Ihres Aufenthaltes Bauarbeiten in der Nähe der Unterkunft geben. Daher möchten wir Ihnen einen beträchtlichen Rabatt anbieten.«

»Wie viel?«

»Fünfzig Prozent. Allerdings muss ich Sie darauf aufmerksam machen, dass insbesondere diese Hütte zeitweise von Baustellenlärm gestört werden wird.«

Ich holte tief Luft. »Ich nehme sie.«

Es sind nicht die Sorgen wegen der anstehenden Bauarbeiten – damit komme ich klar –, sondern vielmehr das Gefühl, dass der Wald mich von allen Seiten umschließt. Diese Bäume, die sich mit ihren Ästen gegen die Fensterscheiben pressen, als würden sie versuchen, zwischen den Vorhängen hineinzuspähen und alles genau im Auge zu behalten.

Ich verabschiede mich von dem Gedanken an Schlaf und scrolle stattdessen durch Instagram, bis ich den offiziellen Account des Manors finde. Über jedem Foto, jedem Video liegt eine Art sonniger Dunstschleier, als handle es sich um eine andere Dimension, eine, die etwas perfekter und schöner ist als unsere. Und auf jedes hinreißende Bild des Anwesens – das georgianische Hauptgebäude, dessen Silhouette sich vor der untergehenden Sonne abzeichnet, das vom Pool reflektierte glitzernde Licht, der in voller Blüte stehende Kräutergarten, der Wald, aus dem der Morgennebel aufsteigt – folgt eine ebenso malerische Aufnahme oder ein Reel von Francesca Meadow, auf dem sie einen mit Rosmarin gefüllten Weidenkorb über dem Arm trägt, sich in einem fließenden schlichten Leinenkleid vorbeugt, um ein unwahrscheinlich sauberes Schwein hinter dem Ohr zu kraulen, oder barfuß Wildblumen auf einer Wiese pflückt wie in einer Parfümwerbung. Die Bilder von ihr scheinen immer die meisten Likes und Aufrufe zu bekommen. Ich scrolle und scrolle, bis meine Augen schmerzen. Aber ich kann nicht aufhören, sie mir anzusehen.

Dann ein Geräusch – von draußen. Mein Kopf schnellt in die Höhe. Das Handy rutscht mir aus der Hand und fällt klappernd auf die Dielen. Plötzlich bin ich hellwach. Aus der Richtung des Waldes ertönt ein tiefes, kehliges Ächzen.

Und dann ... nichts. Binnen einer Sekunde ist es wieder vorbei. Nur die Stille scheint nachzuhallen. Ich gleite aus dem Bett, schlüpfe in den Bademantel und knote ihn zusammen. Meine Nervenenden kribbeln. Als ich in den Spiegel schaue, sehe ich, dass meine Augen geweitet sind vor Angst.

Ich sperre die Tür auf. Die Luft draußen fühlt sich geradezu fremdartig an. Es herrscht eine fast vollkommene Ruhe.

Da ist nichts als das Säuseln des Windes, der in den Baumkronen raschelt. Der Himmel ist von einem tiefen, samtigen Schwarz, wie man es nur auf dem Land kennt, und die Sterne wirken aberwitzig hell und so nah, wie ich sie seit vielen Jahren nicht mehr gesehen habe. Das Geräusch von eben ist vorbei. Schon jetzt fällt es mir schwer, mich richtig daran zu erinnern und zu fassen zu bekommen, was ich da gehört habe. Vielleicht kam der Laut ja auch gar nicht aus dem Wald, wie ich dachte, sondern aus einer der anderen Hütten. Vielleicht ist das laute Sexpärchen wieder zugange. Allerdings glaube ich das nicht. Davon abgesehen möchte ich gar nicht daran denken, was für eine Art Sex solche Laute hervorrufen würde. Das klang eher nach einer Kreatur, die Schmerzen erleidet.

Doch da bemerke ich etwas … am Rande meines Blickfelds. Erst kommt es mir vor wie eine optische Täuschung, wie diese kleinen silbernen Pünktchen vor den Augen, wenn man zu schnell aufsteht. Kleine nadelstichartige Lichter, die sich zwischen den Bäumen bewegen. Der Cocktailempfang ist längst vorbei, das kann es also nicht sein. Als meine Augen sich etwas an die Dunkelheit gewöhnt haben, erkenne ich, dass die Lichter eher wie Flammen aussehen: flackernd, schwankend und ein gutes Stück über dem Boden schwebend – auf Kopfhöhe oder vielleicht sogar höher.

Und da erblicke ich noch etwas anderes. Eine Gestalt am äußersten Waldrand, womöglich mit einer Art Kapuze. Sie steht reglos da, etwa fünfzehn Meter entfernt, und wird gerade noch von der Außenbeleuchtung erfasst. Ich bin mir nicht sicher, ob es sich nicht vielleicht um eine optische Täuschung handelt. Sollte es ein Mensch sein, lässt sich kaum sagen, wo seine Konturen enden und wo die Schatten beginnen. Angestrengt spähe ich in die Finsternis. Jetzt meine ich, dort drüben so etwas wie eine Bewegung auszumachen. Aber auch das könnte ein Streich sein, den der Wind mir spielt – Schatten, die sich im Dunkeln neu formieren. Vielleicht ist es auch bloß ein anderer Gast, der in der nächtlichen Ruhe seine Zigarette genießt.

Aber da kratzt und scharrt etwas an den Rändern meiner Erinnerung. Etwas, das ich nicht aus seinem Käfig lassen möchte …

Schnell schließe ich die Tür und sperre sie ab. Mein Herz hämmert wie verrückt. Eine kleine Melodie spielt in Dauerschleife in meinem Kopf – vage folgt sie den Versen von »The Teddy Bears' Picnic«, diesem alten Kinderlied, das vor den wilden Tieren warnt, die sich im Wald treffen. Nur dass in der Version, die ich kenne, etwas viel Schlimmeres auf der Lauer lag als ein paar Teddybären.

## *Der Tag nach der Sonnenwende*

Das Fischerboot fährt noch ein Stück näher heran – so nah, wie die Fischer es wagen können, ohne auf Grund zu laufen. Die Felsen, die an diesem Küstenabschnitt unter der Wasseroberfläche liegen, sind berüchtigt.

Von hier aus haben sie einen etwas besseren Blick auf die Leiche mit ihren von sich gestreckten Gliedmaßen.

»Muss vom Klippenpfad gefallen sein«, überlegt einer von ihnen laut.

»Das ist ein ziemlich tiefer Sturz.«

»Da fragt man sich schon … wie viel man noch mitbekommt, bevor man aufschlägt?«

»Herrje, Alter. Red nicht so einen Scheiß.«

Der Wind frischt auf. Ein Teil der Kleidung bläht sich auf wie ein Segel – der weiße Stoff ist voller Blutstriemen.

»Das ist jemand von denen«, sagt ein anderer. »Muss es sein. Von dem Laden da oben. Gestern Abend hatten sie doch ihre Eröffnungsfete, oder? Man konnte die Musik bis runter nach Tome hören.«

Was für eine Erleichterung. Also keiner aus dem Ort. Sondern jemand von *denen*. Den Fremden. Den Eindringlingen.

»Die Ebbe wird die Leiche bald mit sich ziehen«, sagt einer. »Sollen wir …«

»Scheiße, nein. Wir gehen da nicht näher ran. Wir haben schon die Bullen gerufen. Unser Job ist erledigt.«

Im Westen füllt weiterhin Rauch den Himmel. »Da muss es doch einen Zusammenhang geben? Zwischen der Leiche und dem, was da drüben gerade passiert.«

»Gestern Abend im Pub«, wirft einer ein, »wurde über die Vögel geredet.«

»Das kannst du deiner Großmutter erzählen, Junge.«

Ein Schulterzucken. »Ich sag ja nur, was ich von Joe Dodd gehört habe.«

»Ah, der alte Joe. Alles klar. Der und seine Märchen. Lass mich raten, er hatte schon ein paar Bier intus, stimmt's?«

»Keine Ahnung. Vielleicht. Aber es wird schon eine Weile gemunkelt, dass ein paar Leute von hier die da drüben auf dem Kieker haben. Könnte doch sein, dass jemandem vollends die Hutschnur geplatzt ist …«

Sie verstummen, als Martinshörner aufheulen und blinkendes Blaulicht über der Klippe auftaucht.

»Na also, da sind sie ja. Ist also nicht mehr unser Bier. Ich frag mich, was für einen Reim die sich auf das hier machen werden.«

Wieder verfallen sie beim Anblick der Leiche in Schweigen. Trotz des ganzen Blutes ist womöglich das Haar das Schlimmste daran. Es ist die Art und Weise, wie es sich bewegt. Wenn der Wind es zerzaust, vermittelt es den trügerischen Eindruck von Lebendigkeit.

*Der Abend der Eröffnung*

## EDDIE

Als ich heimkomme, ist Mum in der Küche. Sie steckt in ihrem alten Frotteebademantel und Pantoffeln und hält einen Becher Tee in der Hand. Es ist fast zwei Uhr nachts, und ich hatte nicht erwartet, dass sie noch wach ist. Dabei hätte ich vielleicht davon ausgehen sollen. Schon seit meiner Kindheit hat sie Schlafprobleme. Wahrscheinlich seit der ganzen Sache mit meinem Bruder.

»Wo warst du, Ed?«, fragt sie.

»Ich war draußen ... unten am Strand, mit Lila und den anderen.« Das ist keine Lüge.

»Hast du getrunken?«

»Nein.«

»Du bist nicht durch den Wald gefahren, sondern hast die Straße genommen, oder?«

»Ja, Mum.«

»Gut. Aber du musst trotzdem aufpassen. Diese Hotelgäste rasen seit heut Vormittag die Straße hoch. Die fahren wie die Verrückten.«

»Alles gut, Mum. Ich passe immer auf mich auf.«

»Sogar die *Good Housekeeping* hat einen Artikel über diese Frau gebracht. Die hat von irgendwelchen Erdgöttinnen geredet. Was für ein Bockmist. Man raubt den Leuten doch nicht einfach die Lebensgrundlage und beschneidet ihre Wegerechte. Wenn du mich fragst, hat sie was Böses an sich. Diese Hitzewelle, die kommen soll … ich hab gehört, morgen soll der heißeste Tag seit sechzig Jahren werden. Ich hoffe, die schmelzen alle dahin, du nicht auch?«

Es ist ziemlich schockierend, Mum »Bockmist« sagen zu hören – so nah ist sie einem Fluchen noch nie gekommen. Und das ist genau der Grund, warum ich meinen Eltern unmöglich verraten kann, wo ich arbeite.

»Ja, schon«, erwidere ich unverbindlich.

»Soll ich dir einen Horlicks kochen, Liebes?«, fragt sie. »Du kannst ihn ja mit ans Bett nehmen?«

Ich werde ihn bestimmt nicht trinken, da es draußen immer noch um die fünfundzwanzig Grad warm ist und damit definitiv kein Wetter für ein heißes Malzgetränk herrscht, aber ich weiß auch, dass es ihr Freude macht, es zuzubereiten und mich zu umsorgen. »Ja, gerne. Danke.«

Sie erwärmt die Milch auf dem alten Standherd, der nach Öl stinkt und mein kleines Zimmer direkt über der Küche zweifellos noch mehr aufheizt als ohnehin schon. Nachdem sie das Glas mit dem Horlicks-Pulver herausgenommen hat, knallt sie die Schranktür zu, und als sie sich umdreht, sind ihre Wangen knallrosa. Das mit dem schnellen Erröten habe ich von ihr, nur dass sie gerade nicht vor Verlegenheit rot wird, sondern vor Wut. Dad ist ständig auf hundertachtzig, das fällt einem schon gar nicht mehr auf. Aber Mum ist einfach nur meine liebe, sanfte Mum … bis sie wie aus heiterem Himmel explodiert. »Deine Mum ist so nett«, hat Delilah einmal gesagt. Und das stimmt. Aber sie kann auch ziemlich furchteinflößend sein, wenn man es sich mit ihr verscherzt.

»Die haben einen sogenannten Hofladen«, murmelt sie.

»Ach ja?«, frage ich. Dabei habe ich ihm neulich einen Besuch abgestattet. So glänzende und perfekte kleine Erdbeeren (sie werden in diesen niedlichen Weidenkörbchen verkauft) oder Müsli mit so vielen verschiedenen »Superfoods« drin (zehn Kröten die Packung) hatte ich noch nie gesehen. Heute erst bekam ich mit, wie ein paar Gäste mit riesigen vollgepackten Papiertüten aus dem Laden spaziert kamen, als hätten sie gerade ihren Wocheneinkauf erledigt – wobei ich nicht kapiere, was sie mit dem ganzen Zeug anstellen, da sie doch sowieso alle Zimmerservice haben oder im Seashard-Restaurant essen.

»Sie haben groß herumgetönt, dass sie lokale Produkte verkaufen würden.«

Mir wird etwas mulmig zumute. »Oh …«

»Ja. Ich habe deinem Vater davon erzählt. Denn was könnte lokaler sein als der Bauernhof gleich nebenan? Zuerst war er natürlich dagegen, aber ich glaube, am Ende war er recht begeistert.« Ich versuche, mir Dads »Begeisterung« für irgendetwas vorzustellen, doch es will mir nicht gelingen. »Du weißt ja, wie die Supermärkte mit ihm umspringen, immer kleinere Bestellungen aufgeben und all das. Also hat er mit einer ganzen Ladung Milch und Käse bei denen vorbeigeschaut.«

Plötzlich habe ich dieses furchtbare Bild von Dad vor mir, wie er in seinen riesigen schlammigen Arbeitsstiefeln, der fleckigen Jacke und mit dem dichten graumelierten Bart ins Manor gestapft kommt – einen Sack voll Milcherzeugnisse auf dem Rücken wie ein Weihnachtsmann für Arme.

»Er hat ihnen gezeigt, was er mitgebracht hatte, aber sie haben gemeint …« Sie hält kurz inne und fährt mit hochnäsiger Stimme fort: »›Oh, wir haben bereits unsere Lieferanten, besten Dank. Außerdem bieten wir hier nur Bioprodukte an.‹ Sie haben sich nicht mal herabgelassen, zu fragen, ob unsere Milch bio ist.«

Das ist sie nicht – zu viel Papierkram, meint Dad, außerdem hat er nicht das Geld, um die Produktion umzustellen.

»Ach, Mum, das sind doch nur dumme Snobs«, sage ich.

Sie fährt sich mit der Hand übers Gesicht. »Es ist noch viel schlimmer, Eds.«

»Wie meinst du das?«

»Dein Dad hat über die Jahre die Bürokratie schleifen lassen. Grundbucheinträge und solchen Kram …«

»Wie meinst du das?«

Sie schüttelt den Kopf, als hätte sie besser gar nicht davon angefangen. »Mach dir keine Sorgen. Ich bin mir sicher, am Ende ist es nichts.«

Das klingt nicht nach nichts, aber sie hat ihre Lippen zu einem schmalen Strich zusammengepresst, und das heißt, dass sie mir nichts mehr dazu sagen wird.

»Ist Dad schon im Bett?«, frage ich.

Mum hat mir den Rücken zugewandt, während sie das Horlicks-Pulver in die Milch rührt.

»Nein, er ist noch nicht zu Hause.«

Wo zum Henker steckt er um diese Uhrzeit? Nach zwölf kann man in ganz Tome nirgendwo hingehen. Mum zieht ihren Morgenmantel enger um sich, auch wenn ihr unmöglich kalt sein kann. Wir schauen uns an, und ich weiß, dass wir beide an jenen Tag vor ein paar Jahren zurückdenken, als Dad sich im Traktorschuppen einschloss …

»Fertig«, sagt Mum, als hätte sie beschlossen, nicht mehr darüber nachzudenken. Sie stellt den dampfend heißen

Becher vor mir ab. Allein bei dem Anblick bricht mir der Schweiß auf der Stirn aus. »Gute Nacht, Liebes.« Sie streckt den Arm aus, um mir durchs Haar zu wuscheln. Dann dreht sie sich um und steigt schleppend die Treppe hoch.

Sie tut mir leid, weil sie hier herumsitzt, auf uns zwei wartet und sich fragen muss, wo Dad steckt, wo sie doch ohnehin schon den ganzen Tag allein hier war. Bestimmt fühlt sie sich manchmal einsam. Während ich ihr nachschaue, wie sie mit gebeugten Schultern die Stufen hochsteigt, denke ich: Sie sieht alt aus. Meine Eltern haben mich ziemlich spät bekommen. Mum hat mir einmal (nach zu viel Weihnachtssherry) verraten, dass ich ein Unfall gewesen sei. »Aber ein glücklicher!« Sie hatte nicht einmal damit gerechnet, überhaupt noch Kinder bekommen zu können. Zwischen meinem Bruder und mir lagen dreizehn Jahre. Deshalb habe ich ihn auch nie wirklich gekannt.

Eine Stunde später höre ich unten die Haustür knarren. Dad ist zurück. Ich frage mich, ob Mum es auch hört. Ich bin wach geblieben und habe nach ihm gelauscht, während ich mir Delilahs Social-Media-Profile angeschaut habe. Sie hat ihren ganzen alten Fitness-Influencer-Kram gelöscht, und auf Instagram ist nur ein atmosphärisches, mysteriöses Schwarz-Weiß-Foto von ihr mit ihrem neuen dunkleren Haar zu sehen. Der Text darunter lautet: *Macht euch auf was gefasst. Bald kommt was GROSSES!* Das Gleiche auf TikTok, nur dass sie sich hier mit einem langsamen, geheimnisvollen Zwinkern zur Kamera dreht.

*Nathan Tate*, denke ich. *Echt jetzt?*

Ich höre, wie Dad unten im Flur herumstolpert und sich fluchend aus seinen Stiefeln kämpft. Er trägt das ganze Jahr über das gleiche Paar, tagaus, tagein, bei Regen wie bei Sonnenschein. Es ist diese Sorte von Stiefeln, auf die man eine Axt fallen lassen könnte, ohne dass sie einen Kratzer abbekommen. Ich schleiche mich aus dem Zimmer, um ihn vom oberen Treppenabsatz aus zu beobachten, und sehe ihn leicht schwanken. Er muss einen sitzen haben. Aber im Pub kann er nicht gewesen sein, zumindest nicht die letzten Stunden, da er längst geschlossen hat. Heißt das, er ist betrunken von irgendwo anders hergefahren? Aber ich glaube nicht, draußen den Automotor gehört zu haben.

Er wendet sich der Treppe zu, und ich schleiche in mein Zimmer zurück. Ich möchte ihm nicht in dem Zustand begegnen. Das wird nur peinlich, und zwar für uns beide. Doch da muss ich niesen – Scheiße. Wahrscheinlich hat Dad mich zum Niesen gebracht, weil er so viel Zeit mit den Kühen verbringt, dass er komplett mit ihrem Speichel und ihren Haaren bedeckt ist.

»Wer ist da?«, ruft Dad. »Eddie?«

»Äh, ja, Dad. Hi.« Ich trete auf den Treppenabsatz, und das kleine Nachtlicht geht an.

Als er oben ankommt, warte ich darauf, dass er sagt, wo er war, oder fragt, warum ich so spät noch auf bin. Doch er schaut weg. Er wirkt irgendwie betreten, ja, sogar schuldbewusst.

»Na dann«, sagt er schroff. »Nacht, Sohn. Lass uns nicht hier herumstehen und quatschen. Ich will deine Mum nicht aufwecken.«

Ich betrachte seinen Rücken, während er weitergeht und die Treppe zum Schlafzimmer meiner Eltern im Dachgeschoss hochsteigt. Keine Erklärung, wo er die letzten Stunden gewesen ist, nichts.

# OWEN

Auf der Suche nach einem Absacker schließe ich die Tür zum Weinlager auf. Hier werden die exklusiveren Tropfen gelagert: außer Wein auch Schnaps und sonst alles, was man dem billigen Personal nicht anvertrauen kann. Fran bewahrt oben in der Wohnung nichts auf, was mehr Promille hat als Kombucha, aber ich brauche etwas zum Einschlafen.

Ich erspähe eine Flasche englischen Pinot noir (anscheinend der neueste Hype unter den Weinkennern, und Francesca folgt gern den aktuellen Trends) und strecke mich, um sie aus dem Regal zu angeln.

»Guten Abend.«

»Jesus!« Meine Hand stößt gegen die Flasche, und ich schaffe es gerade noch, sie im Flug aufzufangen.

Es ist Francescas Schoßhündchen, diese Michelle, die gerade wie ein verfickter Dschinn aus dem Nichts aufgetaucht ist. Keine Ahnung, wie sie es geschafft hat, sich in diesen Schuhen so leise anzupirschen, wo sie doch sonst herumstöckelt, als ginge es darum, ihre Gegenwart so laut wie irgend möglich zu verkünden. Warum trägt sie überhaupt diese spießigen Pumps mit den kleinen Absätzen, wenn der Rest der Angestellten in Sneakers arbeitet?

»Oh, Sie sind es, Mr Dacre«, sagt sie.

»Für Sie Owen«, erwidere ich. Weniger, weil ich Wert auf Vertrautheit lege, als vielmehr, weil irgendwas an der Art, wie sie meinen Nachnamen ausspricht, befremdlich klingt.

Vielleicht ist es ihr Kauderwelsch: ein seltsamer Mischmasch aus dem geschliffenen Englisch des Königshauses und einigen Brocken des breiten Dorseter Akzents. Als wichtiges Mitglied des repräsentativen Personals ließ Fran sie ein Sprechtraining absolvieren, denn sie hatte den Eindruck, dass der hiesige Akzent »nicht so recht« dem Ambiente entsprach. Doch bei Michelle hat sich diese Maßnahme nur bedingt bezahlt gemacht, und das Ergebnis – ein krudes Sammelsurium verschiedener Betonungen – hört sich fast noch schlimmer an.

»Owen«, berichtigt sich Michelle. »Entschuldigung.« Sie steht zu dicht vor mir, was mir nicht gefällt, und ich spüre, wie sie mich mustert und ihren Blick über mein Gesicht wandern lässt. Ich bin froh über die gedimmte Beleuchtung hier drin. »Wissen Sie«, fährt sie fort, »ich glaube, es ist das erste Mal, dass wir einander richtig begegnen, Sie und ich.«

Es ist definitiv das erste Mal, dass wir uns auf so engem Raum befinden. Bisher ist es mir gelungen, ihr aus dem Weg zu gehen. Ich trete einen Schritt zurück.

»Sie ist so kompetent«, hat Fran bei Michelles Einstellung gesagt. »Und so begierig. Sie will diesen Job wirklich, das merkt man. Sie wird so dankbar sein dafür.« Würde ich meine Partnerin nicht besser kennen, würde ich sagen, dass sie vor allem jemanden wollte, den sie vollständig kontrollieren konnte. »Außerdem, mein Schatz, ist es wichtig, auch einige Einheimische unter den Angestellten zu haben«, hat sie erklärt. »Der Gemeinderat bevorzugt Arbeitnehmer aus der Gegend, und ich möchte unbedingt, dass sie auch unseren zukünftigen Plänen mit Wohlwollen entgegensehen.«

Michelle nickt in Richtung der Flasche, die ich versucht habe, hinter meinem Rücken zu verbergen. »Ah«, sagt sie, »ich habe mich schon gewundert, warum die Bestände nicht stimmen. Dachte, jemand vom Personal steckt dahinter.« Sie tippt sich seitlich an die Nase und lächelt. »Keine Sorge – Ihr Geheimnis ist bei mir sicher.«

Ich schaue sie finster an. Herrgott noch mal. Schon ärgere ich mich, dass ich überhaupt Anstalten gemacht habe, den Wein zu verstecken. Ich komme mir vor wie ein Schulschwänzer, der beim Rauchen hinter dem Fahrradschuppen erwischt wurde. Dabei bin ich ihr Vorgesetzter – genauer gesagt ihr Chef. Wenn ich etwas aus dem Lager mitnehmen will, werde ich das verdammt noch mal auch tun.

»Ich habe nichts zu verbergen.«

»Nein. Natürlich nicht.« Sie schüttelt mit Nachdruck den Kopf, wobei das billig gesträhnte Haar ihr um die Schultern fegt.

Sieht Francesca gar nicht, wie stillos diese Frau ist?

Dann lächelt Michelle. »Hier aus der Gegend, stimmt's?«

»Was?«, frage ich ungehalten.

Sie nickt in Richtung Flasche. »Das ist einer der Rotweine von hier, richtig? Ich finde nicht, dass er mit den Franzosen mithalten kann. Schmeckt immer ein bisschen komisch im Abgang, falls Sie meine bescheidene Meinung wissen wollen.«

»Tja, ich glaube nicht, dass ich das wissen will.« Meine Antwort fällt noch harscher aus als beabsichtigt, und ihre Augen weiten sich. Ich merke, dass meine Hände die Weinflasche umklammern und ich die Schultern hochgezogen habe wie ein Boxer, der sich auf einen Kampf vorbereitet. Ich zwinge mich, meine Haltung zu entspannen. »Entschuldigen Sie.« Dumm von mir, so überzureagieren.

»Kein Problem«, erwidert sie, wirkt aber immer noch etwas erschrocken. »Dürfte ich vielleicht …?«

Da geht mir auf, dass ich vor der Tür stehe und ihr den Ausgang versperre. Ich trete beiseite.

Als sie an mir vorbeigeht, kreuzen sich unsere Blicke. Ihre Miene ist eine Mischung aus Skepsis und heimlicher Faszination. Ich wende den Blick als Erster ab, und sie schlüpft durch die Tür.

Erst als mir die Flasche aus der Hand rutscht und auf den Steinfliesen zerschellt, wo der Wein eine große rote Lache bildet, wird mir bewusst, wie sehr ich durch den Wind bin.

*Der Tag vor der Sonnenwende*

## EDDIE

»Eddie, hast du die Hühner gefüttert?«

»Ja.«

»Guter Junge.« Mum schenkt mir eine Tasse Tee ein, während ich mir Rice-Krispies in den Mund schaufle. Gleich muss ich zur Arbeit aufbrechen – heute habe ich geteilten Dienst. Dad sitzt schweigend zwischen uns wie ein Bär mit einem Brummschädel. Er hätte schon vor zwei Stunden mit dem Melken loslegen sollen, aber er ist gerade erst aufgestanden und riecht nach Alkohol. Außerdem trägt er seine Arbeitsjacke, was meiner Allergie nicht gerade zuträglich ist. Ich habe den Nieser so lang unterdrückt, dass er, als er schließlich doch kommt, umso explosiver ausfällt und die Rice-Krispies nur so über den Tisch fliegen.

Dad sieht mich böse an. Mit glühenden Wangen senke ich den Kopf und gucke in meine Schale. Warum muss ich ausgerechnet gegen Kühe allergisch sein? Kein Mensch ist allergisch gegen Kühe.

»Man braucht kein Abitur, um einen Traktor zu fahren«, meinte mein Vater, als ich mich am College einschrieb. Das war nicht als Witz gemeint gewesen. Eigentlich sollte mein Bruder den Hof übernehmen. Er wäre großartig darin gewesen. »Hat schon mit zwölf den Traktor gelenkt, als hätte er ihn sein ganzes Leben gefahren«, hat Dad einmal gesagt. Er spricht sonst nie über meinen Bruder. Ich schätze, das ist auch der Grund, warum mir dieser Satz so im Gedächtnis geblieben ist. Das und der Umstand, dass ich mir deswegen gleich wie ein Totalversager vorkam.

Ja, wollte ich schreien, aber er ist nicht mehr da. Tut mir leid, aber jetzt bin nur noch ich übrig. Der doofe Allergiker-Eddie, der nicht mal in die Nähe der Rindviecher darf.

Es klopft an der Tür. Es ist Kris, einer der beiden Landarbeiter (die anderen fünf musste Dad wegen des Brexits und der gestiegenen Lohnkosten entlassen). Kris hat mittlerweile die britische Staatsbürgerschaft erhalten – er kommt ursprünglich aus Polen.

»Guten Morgen allerseits«, grüßt er höflich. Dann wendet er sich an Dad. »Harold, Ivor ist verschwunden. Er ist weder auf dem Feld noch im Stall. Das Stalltor steht offen. Weißt du vielleicht irgendwas?«

Dad schüttelt den Kopf.

Kris verzieht das Gesicht. »Dann muss ihn jemand gestohlen haben.«

Ivor ist der dienstälteste Bulle der Farm. Er hat wahrscheinlich mit ungefähr tausend Kühen Sex gehabt, und in der Vergangenheit habe ich öfter mal darüber nachgedacht, dass das neunhundertneunundneunzig mehr sind, als ich auf dem Konto habe – nur dass ich natürlich von Sex mit Menschen spreche, nicht mit Kühen, ganz gleich, was die Leute über Dorset erzählen.

»Warum sollte jemand Ivor stehlen?«, frage ich.

»Vielleicht, weil sie nicht wissen, wie es um ihn steht«, antwortet Mum. Ivor hat ein angeborenes Leiden, das ihm zusehends Schmerzen bereitet, weshalb Dad ihn bald zum Schlachter wird bringen müssen. »Abgesehen davon gehört er immer noch zu einer seltenen Rasse und ist ein wertvolles Tier. Aber wenn ihn jemand gestohlen hätte, dann hätten wir doch sicher einen Motor gehört oder Lichter gesehen oder so etwas. Ivor wiegt über eine halbe Tonne – so ein Tier steckt man nicht einfach in den Kofferraum.« Sie dreht sich zu Dad um. »Harold, hast du etwas mitgekriegt? Als du unterwegs warst?«

»Nö.« Kurz begegnet Dad ihrem Blick, dann schaut er wieder weg.

Mum seufzt. »Tja, ich benachrichtige mal besser die Polizei. Überlasst das mir. Auch wenn sie der Sache wohl keine große Aufmerksamkeit schenken.«

Erst zehn Minuten später, als ich oben meine Zähne putze, überlege ich: Warum ist Dad eigentlich nicht ausgerastet wegen Ivors Verschwinden? Auch wenn Ivor vielleicht nicht mehr der Bulle ist, der er einst war, hätte ich trotzdem erwartet, dass Dad stinksauer wird. Ja, dass er vielleicht sogar irgendwie das Manor dafür verantwortlich macht. Er hat nämlich schon mal Francesca Meadows die Schuld dafür gegeben, dass die Milch sauer wurde: »Ich sag euch, da ist Hexerei im Spiel«, beharrte er.

»Um Himmels willen, Harold«, erwiderte Mum. »Bitte komm zurück ins 21. Jahrhundert, ja? Ich glaube, das hat mehr mit deinem altersschwachen Kühlsystem zu tun als mit schwarzer Magie.«

Als ich wieder nach unten komme, sind weder Mum noch Dad da. Wenn sie nur zu zweit sind, reden sie kaum. Dieses Schweigen ist schlimmer als jeder Streit. Manchmal frage ich mich, ob sie einander überhaupt noch mögen. Ich kann mich nur noch vage daran erinnern, wie sie zusammen gelacht und sich umarmt haben und so Sachen. Aber das ist ewig her. Bevor unsere Familie auseinanderfiel. Bevor Dad sich damals mit laufendem Traktormotor im Schuppen einschloss und Graham Tate (als er noch den Campingplatz betrieb und kein heruntergewirtschafteter Säufer war) das Tor mit einer Axt einschlagen musste.

Es ist gerade mal sieben Uhr morgens, aber draußen ist es schon so heiß, dass ich auf der kurzen Strecke mit dem Fahrrad zum Manor spüre, wie mein T-Shirt unter den Achselhöhlen feucht wird. Im Radio habe ich gehört, dass es dieses Wochenende eine »Affenhitze« geben soll. Auf dem Anwesen komme ich an einer Gruppe Frauen in Yogaklamotten vorbei, die den Rasen ansteuern. Ein paar von ihnen taxieren mich von Kopf bis Fuß, wobei ihre Blicke kurz an bestimmten Stellen hängen bleiben – an meinem Gesicht, an meinen Schultern, und bei manchen auch auf meinen … ähm … Kronjuwelen. Das hat erst die letzten zwei Jahre so richtig angefangen, und ich habe mich immer noch nicht daran gewöhnt.

Gerade als ich mein Fahrrad an die Rückseite des Manor schieben will, wo sich der Personaleingang zur Küche befindet, sehe ich sie in meine Richtung kommen: die Frau von gestern Nacht, mit einer dunkelgrünen Hotel-Stofftasche über der Schulter. Bei Tageslicht und ohne den roten Lippenstift sieht sie anders aus, ein bisschen älter zwar, aber immer noch heiß auf diese typische Reiche-reifere-Frauen-Art. Heute früh beim Aufwachen hat es mich wieder eingeholt, und ich konnte gar nicht fassen, dass ich einfach so zu ihr aufs Zimmer gegangen bin und … na ja, den ganzen

Rest. Ich hatte gehofft, dass wir uns nicht noch mal über den Weg laufen.

Sie nähert sich. Ich schätze, sie hat sich verlaufen. Hier gibt es für Gäste nichts zu finden – außer ein Holzschild mit der Aufschrift ZUTRITT NUR FÜR PERSONAL, das sie vermutlich übersehen hat. Was angesichts der fetten Großbuchstaben aber eher unwahrscheinlich ist.

Ich sollte zu ihr hingehen und meine Hilfe anbieten, oder? Einen auf cool und professionell machen, vortreten und ihr den richtigen Weg weisen. Aber das packe ich nicht. Ich weiß gar nicht, was ich sagen sollte. Ich spüre, wie mir bei der bloßen Vorstellung diese dämliche Röte in die Wangen steigt. Und so werfe ich das Rad ins Gras neben dem Kiesweg und springe hinter eine der großen blauen Mülltonnen in Deckung, auch wenn ich jetzt definitiv zu spät zu meiner Schicht komme.

Ich höre das Knirschen des Kieses, als ihre Schritte näher kommen. Mittlerweile müsste ihr wirklich klar sein, dass sie am falschen Ort ist: Hier gibt es nichts außer Mülltonnen und Generatoren und dahinter den steinernen Torbogen, der zum Innenhof unterhalb von Francescas und Owens Privatunterkunft führt. Die Schritte halten inne, und ich riskiere einen Blick hinter der Mülltonne hervor: Sie betrachtet mein Fahrrad. Das Hinterrad dreht sich immer noch. Sie schaut sich um, als wäre sie auf der Suche nach dem Besitzer.

Dann geht sie weiter und betritt den Hof – trotz des riesigen Holzschilds mit der Aufschrift PRIVAT. Ich schiebe mich hinter der Mülltonne hervor und schleiche mich einige Schritte weiter bis zum Steinbogen, um dahinter in den Hof zu spähen.

Da steht sie, mit dem Rücken zu mir, am Fuß der Treppe,

die zur Privatwohnung hinaufführt, und blickt sich um wie ein Tier, das nach einer Raubkatze Ausschau hält.

Ich sollte etwas tun. Ihr sagen, dass sie hier nichts verloren hat. Aber da ist die Sache mit gestern Nacht. Klar, sie hat sich an mich rangemacht, aber letzten Endes fallen solche Sachen immer auf den Angestellten zurück. Wenn sie auch nur ein Wort sagt, bin ich so was von gefeuert.

Jetzt steigt sie die Stufen zu Francesca Meadows Wohnung hoch. Wird sie anklopfen? Sie wirft einen raschen Blick über die Schulter, als wolle sie sich vergewissern, dass sie nicht beobachtet wird. Dann scheint sie etwas aus ihrer Umhängetasche zu kramen, aber ich kann nicht erkennen, was.

Jetzt dreht sie sich um. Mit einem Satz verschwinde ich wieder hinter der Mülltonne, und wenig später eilt sie auch schon an mir vorbei. »Scheiße, Scheiße, Scheiße«, murmelt sie.

Was hat sie gerade getan?

Ich schaue auf meine Uhr. Verdammter Mist. Ich bin fünfzehn Minuten zu spät. Jetzt muss ich mich wirklich sputen. Ich bin so darauf konzentriert, nicht von Bella entdeckt zu werden, dass ich nicht darauf achte, wohin ich gehe, und beinahe mit einer Reinigungskraft zusammenstoße, die mit tief in die Stirn gezogener Mütze aus dem Personaleingang kommt und einen dieser großen Wagen vor sich herschiebt, die sie zur Zimmerreinigung verwenden.

»Hi«, grüße ich. »Guten Morgen!« Mir ist schon aufgefallen, dass einige Mitarbeiter die Reinigungskräfte ziemlich mies behandeln, als würden sie über ihnen stehen oder als wollten sie auf diese Weise betonen, dass es einen gewaltigen Unterschied zwischen ihrer Arbeit gibt. Aber ich bin besser erzogen.

»Eddie?« Der letzte Mensch, den ich hier erwartet hätte, starrt mich an. Oder vielleicht der vorletzte.

»Mum?«, frage ich ungläubig.

Sie wirkt genauso überrascht – nein, schockiert –, mich zu sehen.

»Was zum Henker tust du hier, Mum?« Ich verspüre beinahe so was wie Wut: Das hier ist mein Revier. Dann, endlich, dämmert es mir – die Uniform, der Putzwagen ...

»Du arbeitest hier?«, frage ich im selben Moment, in dem Mum sagt: »Ich dachte, du triffst dich die ganze Zeit mit Lila.«

Wir starren einander sprachlos an.

»Das darfst du deinem Vater nicht erzählen«, stößt Mum schließlich hervor. »Das ... Es würde ihn zerstören. Du weißt ja, was er von diesem Ort hält.«

»Ich weiß! Mir ist schon klar, dass Dad stinksauer wäre. Aber du hasst diesen Ort doch auch!«

Mum läuft feuerrot an. »Na ja ... es sieht gerade nicht gut aus, Eds. Dein Dad könnte finanzielle Unterstützung gebrauchen, aber er ist zu stolz dafür. Außerdem möchte ich nicht untätig herumsitzen, und dein Dad lässt mich nicht auf dem Hof mithelfen.«

Als ein wild gewordener Ochse vor ein paar Jahren Mum den Fuß halb zertrümmerte, beschloss Dad, dass die Arbeit zu gefährlich für sie ist. Ich habe mich schon oft gefragt, ob Mum sich, was den Hof angeht, genauso unnütz vorkommt wie ich.

»Also habe ich ihm erzählt, ich hätte einen Job beim Spar bekommen«, fährt sie fort. »Da setzt er nie einen Fuß rein, und Maggie deckt mich.« Maggie ist eine alte Freundin von Mum, die im Supermarkt hinter der Kasse arbeitet.

»Aber warum arbeitest du denn nicht einfach beim Spar?« Das wäre viel besser, überlege ich. Mir gefällt es nicht, Mum im Putzfrauenoutfit zu sehen. Auch wenn ich weiß, dass das irgendwie versnobt klingt. Vielleicht bin ich ja doch keinen Deut besser als die anderen Mitarbeiter.

»Im Moment brauchen sie dort niemanden. Nicht mit den neuen Selbstbedienungskassen. Das bedeutet lange nicht, dass mir der Laden hier gefällt. Davon kann keine Rede sein. Aber wir brauchen das Geld. Und, wie heißt es so schön: Die Not kennt kein Gebot.« Sie macht einen aufrichtig angewiderten Eindruck. »Darum bin ich also hier und sammle andrer Leute Schmutzwäsche ein.«

Ich werfe einen Blick auf den Putzwagen. Obenauf liegt ein eingerolltes Bündel schmuddelig aussehender Laken. »Ist das … Blut?«, frage ich, als mir ein kleiner roter Fleck ins Auge springt.

Mum schürzt die Lippen. »Ganz ehrlich, Eddie, du würdest es nicht glauben, aber es spielt überhaupt keine Rolle, wie viel Geld diese Leute haben. Im Vergleich dazu sind die Rindviecher auf unserem Hof Sauberkeitsapostel.« Dann lacht sie plötzlich. »Jetzt schau sich einer uns beide an. Ich glaube, das ist einer dieser Momente, in denen man lachen sollte, um nicht zu weinen. Komm her, mein Schatz.« Sie öffnet die Arme, und ich werfe einen Blick über die Schulter, bevor ich vortrete, um sie kurz zu umarmen. Dann macht sie selbst einen Schritt rückwärts, während ihre Hände auf meinen Schultern ruhen. »Aber du hast mir noch gar nicht gesagt, als was *du* hier arbeitest?«

Ich bin kurz davor zu behaupten, dass ich Barkeeper bin, aber ich kann Mum nicht anlügen. Außerdem wird sie es wahrscheinlich sowieso herausfinden.

»Ich kümmere mich ums Geschirr«, antworte ich. »Und hier und da auch um andere Sachen. Aber ich will mich zum Barkeeper hocharbeiten.«

Mum wuschelt mir durchs Haar. »Ich bin sehr stolz auf dich, mein Schatz.« Und dann, leiser: »Ich weiß, dass Dad es ebenfalls ist. Auch wenn er es nicht immer zeigt.«

Ich schäme mich, als ich ein Brennen in meinen Augen spüre. Dann räuspere ich mich und blinzle heftig. »Danke, Mum.«

»Und das hier bleibt unser kleines Geheimnis. Da sind wir uns einig, ja? Denn, falls dein Dad es herausfindet, das könnte ihm den Rest geben …« Sie hält inne. »Wie auch immer. Was ich eigentlich damit sagen möchte, ist, dass es Zeiten gibt, in denen ist es besser, ein Geheimnis vor seinen Liebsten zu haben, als ihnen mit der Wahrheit wehzutun. Ist es nicht so?«

»Ja.« Ich muss an Dads spätes Nachhausekommen gestern Nacht denken. Lange nachdem der einzige Pub im Ort geschlossen hatte. Anscheinend sind wir nicht die Einzigen, die Geheimnisse haben.

# BELLA

Mit klopfendem Herzen eile ich aus dem Innenhof hinaus und an der Rückseite des Manors entlang. Ich schlängle mich über einen kleinen Parkplatz, der vermutlich für das Personal gedacht ist, doch selbst ich erkenne, dass es sich bei dem glänzenden silbernen Cabrio um einen Aston Martin handelt. Auf dem Nummernschild steht: D4CRE.

Ich marschiere quer durch den von Mauern umgebenen Bauerngarten, der wie ein perfekt gestalteter Teppich aus verschiedenen Gemüsesorten aussieht – mit leuchtend grünen und dunkelroten Salatköpfen, durchsetzt von den üppigen Wedeln des Karottengrüns, die sich sanft im Wind wiegen. Angeblich ist alles im Restaurant »biologisch angebaut, aus lokaler Ernte oder von Hand gesammelt«. Am anderen Ende des Gartens steht das steinerne Gärtnerhäuschen, das man (für mehrere Tausend Pfund pro Nacht) für sich und seine Freunde mieten kann, um seine Mr-MacGregor-Fantasien auszuleben.

Durch das Gartentor geht es auf die Hauptauffahrt hinaus, die zwischen smaragdgrünen, taubenetzten Rasenflächen verläuft. Ein paar Leute sitzen mit gesenkten Köpfen im Kreis. Das muss die »Morgenmeditation« sein, die an der Rezeption ausgehängt war. Dahinter befinden sich das Meer und die Klippen und unterhalb davon ein Streifen Sandstrand. Das weiß ich auch ohne die handgezeichnete Karte, die ich beim Einchecken erhalten habe.

Auf der anderen Seite der Auffahrt, hinter den Hecken, kann ich den oberen Teil des Netzes erkennen, das den Tennisplatz umzäunt, und höre trotz der frühen Uhrzeit das dumpfe Schlagen des Tennisballs. Ich kann mir die schönen Menschen vorstellen, die hinter dieser Hecke spielen: sonnengebräunt und mit glänzendem Haar, wie sie sich gegenseitig anfeuern, lachen und abklatschen. Ich fühle mich wie eine arme Stipendiatin in einem ultranoblen Internat auf dem Land.

Ich warte, bis sich das große schmiedeeiserne Tor öffnet und mich aus dem Gelände des Anwesens entlässt. Auf den zwei steinernen Torpfosten thront jeweils eine mit Flechten bedeckte Statue eines sitzenden Fuchses. Unter dem einen stehen in Stein gemeißelt die Worte: TOME MANOR.

Die Straße vor mir beschreibt eine Kurve landeinwärts und führt vom Meer weg. Ich finde das Hinweisschild für den Fußweg, der in die andere Richtung, zu den Klippen hin abzweigt: *TOME 1¾ Meilen.* Ich spaziere einen Korridor aus Hecken und Büschen entlang, die in ihrer vollen sommerlichen Pracht stehen. Links und rechts sehe ich nichts anderes als grüne Blätter und den Himmel, der im intensiven Blau einer Gasflamme erstrahlt. Einen Moment lang bleibe ich stehen und sauge die Luft in mich ein. Dieser Geruch. So unverwechselbar … so vertraut. Das seifige Aroma von Wiesenkerbel vermischt mit dem penetranten Gestank von Kuhmist.

Plötzlich stehe ich an den Klippen. Im hellen, klaren Morgenlicht glitzert das Meer geradezu mediterran. Der Wind, der mir entgegenschlägt, ist mild. Sieht aus, als wäre jemand noch früher aufgebrochen als ich – ein Kitesurfer ist bereits auf dem Wasser.

Auf Höhe der Seaview-Farm führt die Landstraße wieder zu den Klippen zurück. Der Bauernhof macht einen heruntergekommenen Eindruck: verbogene Wellblechdächer, kaputte Zäune, ein rostiges Durcheinander von landwirtschaftlichen Geräten. Schwarze Abdeckplanen knattern im Wind, von Flöhen zerbissene Hühner scharren im Hof herum. Ich habe das Gefühl, beobachtet zu werden. Vielleicht liegt das an den Kühen im Stall, die mir mit ihren großen dunklen Augen nachschauen.

Rasch gehe ich weiter, da ich mich hier nicht aufhalten möchte. Man kann die Traurigkeit an diesem Ort förmlich schmecken. Aber vielleicht projiziere ich da irgendwas von mir hinein.

Hinter der nächsten Kurve nähere ich mich dem Campingplatz. Um die hundert Wohnwagen stehen etwas zurückversetzt hinter einem Lattenzaun, von dem die Farbe abblättert. Die Wohnwagen sind fleckig und unbewohnt, Unkraut wuchert um ihre Stützen. Auf die schmutzig-beige Wand des nächstgelegenen Wagens hat jemand mit blutroter Farbe geschmiert: DAFÜR WERDET IHR BEZAHLEN, IHR GROSSSTADT-WICHSER.

Nein … nein, das passt nicht zusammen. Hier gehören bunte Blumenampeln hin und salzverkrustete Neoprenanzüge, die im Wind trocknen, das Geschrei von Kindern, die einen Fußball umherkicken, der Duft von verkohlten Grillwürstchen, das Klirren von Besteck, das die Luft mit Leben füllt.

»Oh Gott!«, entfährt es mir erschrocken. Erst jetzt habe ich den Mann entdeckt, der auf einem alten Liegestuhl sitzt. So in sich zusammengesunken und verlottert, dass er auf den ersten Blick wie eine Art bizarre Vogelscheuche aussieht – bis der Kopf sich in meine Richtung dreht und ich das rote Säufergesicht unter dem Taschentuch sehe, das er sich um den Kopf geknotet hat. Ich schaffe es nicht, den Blick abzuwenden. Das kann unmöglich …

»Was gibt's zu glotzen, Mädel?«, lallt er, wobei ihm der Whisky aus der offenen Flasche über die Hand schwappt. »Bist du hergekommen, um den armen alten Graham anzugaffen? Verpiss dich bloß.«

Schockiert eile ich weiter. Ich kann nicht glauben, was aus ihm geworden ist.

Jetzt befinde ich mich an der richtigen Stelle. Ich hole tief Luft und verlasse den Fußweg. Für jeden anderen könnte es aussehen, als würde ich gleich von den Klippen springen. Aber wenn man weiß, wonach man sucht, dann findet man hier einen schmalen Pfad, der sich, verborgen unter dichtem Brombeergestrüpp, vorne am Kalksteinfelsen hinabwindet. Als ich die versteckte Bucht erreiche, ziehe ich meine Schuhe und Socken aus, um den nassen grobkörnigen Sand zwischen meinen Zehen zu spüren. Die Ebbe hat kleine Salzwassertümpel zwischen den flachen Felsen hinterlassen, auf denen jemand einen Rucksack und einen kleinen Stapel Kleidung abgelegt hat. Ich kraxle zum nächstgelegenen Tümpel und spüre dabei die rauen Seepocken und den glitschigen Seetang unter meinen nackten Sohlen. Unter der glasigen Wasseroberfläche ist ein ganzes Universum enthalten. Zwischen dem schwebenden Seegras halte ich nach Anzeichen von Leben Ausschau, nach einer Krabbe oder einem winzigen Fisch. Nur eine kleine Ablenkung, während ich den Mut sammle, das zu tun, was ich tun muss.

Und da ist sie schon: die Höhle. Genau da, wo ich sie in Erinnerung hatte. Die feuchte Kühle beim Betreten steht im krassen Kontrast zur morgendlichen Hitze. Das düstere Innere wirkt, als wäre es von Geistern bevölkert.

Ich möchte nicht tiefer hinein, doch genau deswegen bin ich hier. Ich steure den hinteren Teil der Höhle an, wo es noch finsterer ist. Meine Handytaschenlampe spendet so viel Licht, dass ich die Öffnung in der Höhlenwand erkennen kann, die sich auf Höhe meines Brustbeins befindet. Ich stütze mich am Felsen ab und stemme mich hoch. Ich weiß nicht, ob es funktionieren wird. Ich bin zwar schlank, aber das Mädchen, das früher hier hineingeklettert ist, war eine richtige Bohnenstange. Es gelingt mir, mich in den Tunneleingang emporzuhieven. Dann krieche ich bäuchlings hinein, flach wie eine Eidechse, wobei ich versuche, nicht an das massive Gestein zu denken, das mich von allen Seiten einschließt. Tastend strecke ich eine Hand aus. Der Gedanke, dass es noch immer hier sein könnte, erscheint mir verrückt. Und wenn nicht – was dann? Was würde das bedeuten?

Endlich streifen meine Finger etwas Kleines, in Plastik Verpacktes. Mein Herz schlägt so heftig, dass ich meine, das Echo im Gestein zu hören. Ich ziehe das Päckchen aus dem Spalt und setze mich rückwärts in Bewegung.

Als ich wieder im Freien bin, betrachte ich meine Beute. Auch wenn es in mehrere Plastiktüten eingepackt ist, sieht es so aus, als wäre es nach Urzeiten ausgegraben worden. Ich entferne die erste Spar-Plastiktüte – rissig, ausgeblichen –, dann die zweite, die besser erhalten zu sein scheint, dann die dritte, die zwar ein bisschen klamm, aber ansonsten so gut wie neu ist. Und da ist es. Der Einband aus Karton ist leicht fleckig, die Seiten innen von der Feuchtigkeit gewellt, aber der Zustand ist trotzdem bei Weitem nicht so schlimm, wie ich erwartet hätte. Nach all der Zeit ist es im Grunde immer noch intakt.

Ich will es gerade öffnen, als mir ein Farbtupfer ins Auge springt. Ich hebe den Kopf und erblicke ein grellgrünes Kitesegel. Der Kitesurfer trifft auf eine Welle, und das Board hebt ab. Ich merke, dass ich den Atem anhalte. Wenn man bei dieser Geschwindigkeit ins Wasser fällt, ist es, als würde man auf Beton prallen, aber der Mann landet tadellos, wobei er eine weiße Schneise in die Wellen schneidet.

Er nimmt Kurs Richtung Strand, läuft in die Bucht ein, springt anmutig ins Wasser und zieht das Board an Land. Er hat mich noch nicht entdeckt, und ich komme mir vor wie ein Voyeur, als er den Reißverschluss seines Neoprenanzugs öffnet und das Oberteil abstreift. Ich betrachte seinen breiten gebräunten Rücken mit der großen schwarzen Tätowierung, die sich als Raubvogel mit ausgebreiteten Schwingen entpuppt, deren Spitzen knapp seine Schulter berühren und sich perfekt auf die Leinwand seiner Haut fügen.

Jetzt zieht er den Neoprenanzug weiter nach unten, und ich stelle zwei Sachen fest: erstens, dass sein gesamter Körper von der gleichen bernsteinfarbenen Bräune überzogen ist, und zweitens, dass er unter dem Neoprenanzug nichts anhat. Er muss wirklich glauben, dass er allein hier ist. Er dreht den Kopf zur Seite, und ich sehe das stolze Profil, die Römernase. Es ist Owen Dacre – junger Toparchitekt und laut Presse ein »herausragendes Talent seiner Generation«. Außerdem vermutlich der Besitzer des Aston Martin Cabriolets. Der Typ, der sämtliche modernen Anbauten fürs Manor entworfen hat. Francesca Meadows Partner in zweifacher Hinsicht. Auf der Hochzeitsfotostrecke in der Zeitschrift gaben sie ein umwerfendes Paar ab. Er sah aus wie ein von Mr Porter ausstaffierter Jim Morrison. Sein verruchter Look stand im Kontrast zu ihrer strahlenden Gesundheit. Und dann die Art, wie er sie auf diesen Fotos ansah – als ob er ihr völlig verfallen wäre.

Jetzt dreht er sich ganz um – oh Gott – und schreitet mit nacktem Hintern auf die Felsen und den Rucksack zu, der, wie mir gerade klar wird, ihm gehören muss. Ich kauere mich zusammen und weiß, dass ich wegschauen sollte, schaffe es aber nicht. So sehe ich ihm dabei zu, wie er sich mit einem Handtuch abtrocknet, seine Kleidung anzieht und die Ausrüstung in seinen Rucksack stopft. Schließlich dreht er sich in meine Richtung. Jetzt müsste er mich sehen. Er zuckt zusammen und murmelt etwas.

Ich hebe zum Gruß die Hand. »Hey!«, rufe ich.

Er bleibt weiterhin reglos stehen, wenn auch mit der hochkonzentrierten Energie eines Fuchses, der beim Reißen seiner Beute gestört wurde.

»Was machen Sie hier?«, fragt er unvermittelt.

»Ich bin Gast im Manor«, antworte ich.

Seine Miene verfinstert sich. »Es ist gefährlich für Sie, hier schwimmen zu gehen – unter der Wasseroberfläche gibt es verborgene Felsen. Und die Kletterpartie nach unten …«

»Alles gut«, unterbreche ich, verärgert über seinen herablassenden Tonfall. »Ich war schon mal hier.« Ich stocke. War das dumm von mir? Es ist mir einfach so herausgerutscht. Aber wahrscheinlich ist das nur meine Paranoia. Immerhin ist das ein recht beliebter Urlaubsort an der Küste.

Ohne ein weiteres Wort verlässt er den Strand über den

Klippenpfad, und ich sehe ihm nach, bis ich ganz sicher sein kann, dass ich allein bin. Ich atme tief durch. Dann lege ich das Notizbuch auf meinen Schoß. Als Allererstes blättere ich zur letzten Seite, wobei ich meine zitternden Finger beschwören muss, mir nicht den Dienst zu versagen. Da ist sie ja. Eine mit Kugelschreiber gezeichnete Karte: das Haus, die Klippen, der Wald.

Ein X markiert die Stelle.

Es ist an der Zeit, die Vergangenheit schreiend und zappelnd ans Licht zu zerren.

Ich blättere zum Anfang zurück und lese die erste Zeile. Spüre das plötzliche Brennen der Tränen in den Augen.

Dummes kleines Mädchen.

# SOMMERTAGEBUCH

## Der Wohnwagen – Tates Campingplatz

*23. Juli 2010*

Heute habe ich ein Mädchen am Strand kennengelernt. Noch nie habe ich jemanden getroffen wie sie.

Den Sommer über sind wir in Dorset, weil meine Eltern in den Schulferien nicht unterrichten müssen. Mum und ich haben für die Algarve gestimmt, aber die Kohle hat nicht gereicht. Dafür ist das Wetter hier gar nicht so kacke, wie ich dachte. Auf der Fahrt hierher habe ich mir an einer Tanke noch dieses billige »Sommertagebuch« gekauft, weil ich immer etwas brauche, um meine Gedanken loszuwerden. So ist das halt, wenn man ein Einzelkind ist.

Ich habe ein Fossil gefunden. Wobei – eigentlich kommt es mir so vor, als hätte es mich gefunden.

Während Mum und Dad am Auspacken waren, bin ich zum Strand runter und habe in den Gezeitentümpeln zwischen den Felsen herumgestochert. Mit sechzehn ist man für so was eigentlich zu alt, aber am Strand waren lauter braun gebrannte Jugendliche mit Bodyboards, die sich schon kannten, und ich wollte nicht allein rumsitzen wie eine Loserin. Oder wie der einzige andere Einzelgänger dort: ein Junge, zwölf oder dreizehn, dürr, mit selbst geschnittenem dunklen Haar.

Ich beobachtete ihn gerade, als ich etwas an meinen Zehen

spürte. Ich schaute nach unten, und da blickte dieses Ding zu mir hoch: eine Augenhöhle, eingeschlossen in einen Steinbrocken, mit einem versteinerten Knochen, der aussah wie ein Schnabel oder ein Kiefer. Mit winzigen gezackten Zähnen. Megagruselig. Vielleicht habe ich versehentlich aufgekreischt? Denn plötzlich war da diese Stimme neben mir, die sagte: Wow, so einen habe ich noch nie gefunden. Es war einer von den Typen mit den Bodyboards. Ich konnte ihn nicht direkt ansehen, denn was Jungs angeht, bin ich eine Komplettversagerin (das hat man davon, wenn man auf die Streatham-Privatschule für Mädchen geht), vor allem, wenn es sich um hübsche Jungs handelt. Auf jeden Fall hatte er karamellbraunes Haar und roch nach Salz und Schweiß (bei dem richtigen Jungen ein guter Geruch).

Dann kamen seine Kumpels rüber, und die meisten von ihnen inspizierten das Fossil. Einer von ihnen rief dem kleinen dunkelhaarigen Jungen zu: He, Shrimp, sag deiner Mutter, dass ich es ihr heut Abend nicht besorgen kann, weil ich zu beschäftigt bin. Ich weiß ja, dass sie's nötig hat. Ein paar von den anderen Jungs kicherten, aber der mit dem karamellfarbenen Haar sagte: Sei nicht so ein Arsch, Tate. Dafür mochte ich ihn. Der kleinere Junge antwortete nichts darauf, sondern zog nur den Kopf ein.

Auf einmal verstummten alle und machten Platz für drei Neuankömmlinge: ein Mädchen und zwei ältere Zwillingsjungs. Als wären sie von einem anderen Planeten runtergebeamt worden. Und so, wie man Shrimp einfach ansah, dass er arm war, konnte man sehen, dass die drei reich waren. An ihren Haaren, an ihren Zähnen, sogar daran, wie sie dastanden. Das Mädchen kam direkt auf mich zu und sagte mit dieser tiefen, piekfeinen Stimme: »Das ist richtig cool.« Sie streckte ihre Hand aus. Ich gab ihr den Stein, ohne nachzudenken. Sie trug eine große schwarze Sonnenbrille mit silberner PRADA-Aufschrift auf dem Bügel und hatte ein Bauchnabelpiercing. Ich hatte Mum anbetteln müssen, nur um mir Ohrlöcher stechen zu lassen.

Hey, sagte sie und hob das Fossil hoch. Kann ich das haben? Bevor ich etwas erwidern konnte, sagte sie: Und wenn du Lust hast, kannst du morgen zu uns ins Manor kommen. Grandma und Grandpa haben einen Pool. Das ist viel besser als der Strand. Und ohne Einheimische.

Dann berührte sie meinen Arm. Es wird total cool, wenn du kommst. Sie lächelte mich an, obwohl ich ihre Augen hinter der großen Sonnenbrille nicht sehen konnte.

Ich sagte: Ja, klar. Keine Ahnung, warum, aber von all den Kids am Strand hat sie mich ausgewählt.

*24. Juli 2010*

Es gibt doch diese Stelle im Narnia-Buch, wo sie durch die Rückseite des Kleiderschranks gehen. Heute war es genauso. Der Tag begann in einem Wohnwagen und endete in einem Palast. Na gut, in einem Herrenhaus … aber trotzdem.

Dad hat mich mit dem Corsa zum Manor rübergefahren. Das klingt jetzt schlimm, aber ich wünschte, unser Auto wäre nicht so klein und alt. Vor dem geschlossenen Tor hielt er an. Links und rechts waren zwei große Säulen mit steinernen Füchsen drauf, und in die eine Säule war TOME MANOR eingemeißelt. Dad hat gefragt: Bist du sicher, dass sie das herrschaftliche Anwesen gemeint hat? Ich möchte nämlich nicht von der Zwölfkaliber-Büchse irgendeines verdammten Lords über den Haufen geschossen werden.

Da öffneten sich die Torflügel mit einem Quietschen, und wir fuhren im Schneckentempo die Auffahrt hoch. Endlich erschien auch dieses RIESIGE Haus vor unseren Augen – auf der einen Seite das Meer, auf der anderen Seite ein dunkler, unheimlicher Wald. Vielleicht hört sich das jetzt bescheuert an, aber mir kam der Gedanke, dass das Fossil wie so ein magisches Amulett in einem Märchen war, das mich in eine andere Welt geführt hatte.

Auf halber Strecke zum Haus stellte Dad den Motor ab und sagte so etwas wie: Hör mal, Kleines, Leute, die an solchen Orten leben, die sind nicht wie wir …

Er checkt es nicht. Genau darum geht es doch. Wann hätte ich in Südlondon schon die Chance, an einem Ort wie diesem abzuhängen?

Wir wollen doch nur eine Runde im Pool schwimmen, Dad, sagte ich. Also fuhr er weiter, bis wir das Mädchen sahen, das vor dem Haus auf uns wartete. Sie stand in einem knallrosa Bikinioberteil und abgeschnittenem Minirock da, die eine Hand in die Hüfte gestemmt. Ich winkte, doch sie winkte nicht zurück. Dafür schirmte sie mit der anderen Hand die Augen vor der Sonne ab, also hatte sie mich vielleicht einfach nur nicht gesehen.

Auf geht's, Kleines, sagte Dad. Dann überlasse ich dich jetzt deinem Schicksal.

*27. Juli 2010*

Ich war seither jeden Tag auf Tome Manor, und es war im wahrsten Sinne des Wortes unglaublich. Der Pool ist so schön. Und Frankie (so heißt das Mädchen) ist supergroßzügig … Sie hat mir sogar einen Bikini zum Sonnenbaden geschenkt (das Preisschild war noch dran … 40 Pfund!!!). Sie hat gemeint: Der ist zu klein für meine Brüste, aber du bist ziemlich flach, also passt er perfekt. Außerdem, Sparrow, alles ist besser als dieser schreckliche Tankini. Sparrow ist seit meinem ersten Besuch ihr Spitzname für mich, weil ich dünne Beine habe wie ein Spatz. Sie hat auch gesagt, dass ich mich um meine »Schamhaar-Situation« kümmern müsste. Dafür hat sie mir ein paar Wachsstreifen mitgegeben, aber ich hab viel zu viel Schiss, sie auszuprobieren.

Frankie jammert die ganze Zeit darüber, wie langweilig es hier sei und dass man nichts unternehmen könne. Dabei ist es FANTASTISCH. Das Herrenhaus hat mehr Räume, als ich zählen kann! Es hat eine eigene Bibliothek. Einen riesigen Keller. Zwanzig Schlafzimmer oder so. Und dann ist da noch dieser riesige Wald dahinter voller jahrhundertealter Bäume.

In dem Wald musst du dich vorsehen, ermahnte mich Frankie, als ich neulich Abend bei ihr war und wir gemeinsam *Blair Witch* schauten, ihren Lieblingsfilm. Besonders nach Einbruch der Dunkelheit. Oder sie kommen dich holen. Sie mögen nämlich keine Fremden.

Wer?, fragte ich. Wer mag keine Fremden?

Sie brach in Gelächter aus. Du müsstest mal dein Gesicht sehen! Ich hab nur Spaß gemacht. Das ist alles nur Quatsch. Grandma sagt, das ist Humbug, den sich die Bauern erzählen.

Ihre Großmutter ist eine vornehme Dame, dünn und ein bisschen furchteinflößend. Sie verbringt ihre ganze Zeit mit Gartenarbeit. Frankies Großvater habe ich erst heute kennengelernt, als wir am Pool lagen und Zeitschriften lasen. Ein Schatten fiel über uns, und da stand dieser Mann: groß, mit nach hinten gekämmtem weißen Haar und einem fiesen Zug um den Mund. Ziemlich alt, aber mit so einer Aura von Macht. Wie das Porträt von einem römischen Kaiser, das ich mal in einem Museum gesehen habe, nur mit roter Cordhose. Er hat einen Labrador namens Kipling und sagte so etwas wie: Du bist also Francescas neue Spielgefährtin. Verbringst du den Sommer hier?

Und ich so: Ähm, ja, ich bin mit meinen Eltern auf dem Campingplatz.

Ah, Graham Tate ist einer unserer Pächter, meinte er. Dann musterte er mich eindringlich (in dem Moment wünschte ich mir, ich hätte mehr angehabt als den knappen Bikini) und sagte dann: Das heißt wohl, wir haben dich hier gleich doppelt zu Gast.

Ich lächelte verlegen. Was sollte ich darauf erwidern?

Als er fort war, verdrehte Frankie die Augen. Kümmer dich nicht um ihn. Er hat sich gerade erst wieder mit Grandma vertragen. Er hatte nämlich eine Affäre mit seiner Sekretärin.

Ich muss das Gesicht verzogen haben, während ich mir vorstellte, wie ein so alter Knacker Sex hat, denn Frankie sagte: Ja, voll eklig, oder? Na ja, jedenfalls lässt er sein Ding wieder stecken. Gott sei Dank, denn Grandma hat schon davon gesprochen, das Anwesen zu verkaufen und sich eine Wohnung in Marylebone zu nehmen. Es ist zwar scheißlangweilig hier, aber keine Ahnung, was ich tun würde, wenn ich nicht jeden Sommer herkommen könnte. Vor allem, weil meine Mutter, diese blöde Kuh, damit beschäftigt ist, sich am Mittelmeer in der Sonne zu aalen, statt sich um uns zu kümmern. Das hier ist mein Zuhause, verstehst du?

*28. Juli 2010*

Heute kam Graham Tate, der Besitzer vom Campingplatz vorbei, um mit Mum und Dad ein Schwätzchen zu halten. Er ist ein großer, sonnenverbrannter Typ, der sich ein Taschentuch um den Kopf geknotet hat wie so eine Comicfigur. Den ganzen Tag spaziert er herum und unterhält sich mit jedem, den er trifft. Er zieht gerne Dad auf, weil Palace (seine Lieblingsfußballmannschaft) momentan ziemlich abkackt.

Als ich aus dem Wohnwagen kam, zeigte Dad auf mich und meinte (mit so einem Etepetete-Tonfall): Die Dame treibt sich seit Neuestem auf Tome Manor herum. Graham brummte: Tome Manor, ja? Nimm dich bloß in Acht, wenn du dort bist, Mädel. Mehr kann ich nicht sagen, da ich ihr Pächter bin. Aber denen würde ich nicht über den Weg trauen. Die interessieren sich nicht für Leute wie uns – haben sie noch nie. Vor langer Zeit hat der damalige Lord sich ein paar reinrassige Schimmel gehalten. Er hat sie nicht vernünftig dressiert, deshalb waren sie noch halb wild. Eines Tages war er im Wald auf der Jagd und ist über einen Weg geprescht, wo ein Mädchen aus dem Ort gerade Blumen gepflückt hat. Das Pferd bäumte sich auf und erwischte sie mit den Hufen. Das Mädchen war tot. Aber ein paar Tage danach hörte man, wie sich der Lord bei seinen reichen Freunden darüber beschwert hat, dass ihm der Fuchs entwischt war. Es gab keine Entschädigung für die Familie. Nichts.

Mum natürlich gleich: Oh, wie schrecklich!

Und klar ist es schrecklich, aber was soll so eine uralte Geschichte mit dem heutigen Anwesen oder mit Francesca und ihren Brüdern zu tun haben? Selbst wenn die Geschichte stimmt, dann ist das doch Jahrhunderte her?

Das war aber nicht alles, fuhr Graham Tate mit gruseliger Stimme fort. Eines Nachts, als der Nebel dicht über dem Meer lag, wurden die Ställe geöffnet, und die Pferde gelangten ins Freie. Am nächsten Morgen stellte sich heraus, dass sie über die Klippen gestürzt waren. Alle miteinander.

Also hat irgendjemand seine Hände im Spiel gehabt?, wollte Mum wissen. Und hat die Pferde über die Klippen getrieben?

Nicht irgendjemand, erklärte Graham mit dieser unheimlichen Stimme. Sondern etwas. Die Vögel.

Vögel?, wiederholte Dad skeptisch.

Nicht irgendwelche Vögel, antwortete Graham Tate und tippte sich an die Nase. Mehr kann ich dazu aber nicht sagen.

*29. Juli 2010*

Habe heute mit Frankies Brüdern gesprochen – den Zwillingen. Hugo hat so eine weiße Strähne in seinem Haar und ist lauter als Oscar, allerdings sind sie beide nicht gerade leise. Sie tragen diese typischen Reiche-Jungs-Sportklamotten: Jogginghosen mit RUGBY 1 ST XV-Aufdruck an der Seite. Am Strand wirkten sie wie Abercrombie-Models, aber aus der Nähe betrachtet sind sie zwar groß und muskulös, sehen aber nicht besonders gut aus. Sie lachen wie die Hyänen in *König der Löwen*. Heute kamen sie in die Küche, während ich gerade auf Frankie wartete, die Nagellack holen war (um sich damit meine »krassen« Zehennägel vorzuknöpfen). Die beiden rochen nach Lynx-Deo und abgestandenem Schweiß. Sie kippten nacheinander Milch direkt aus der Flasche. Sobald sie da waren, fühlte sich die Küche viel kleiner an. Hugo griff direkt an meinem Bauch vorbei, um ein Messer aus der Schublade zu holen.

Netter Bikini, meinte er.

Ein Teil von mir wollte einfach nur weg. Ein anderer Teil nicht. Ihr wisst schon?

Dann bist du also die Neueste, meinte er.

Ich so: Die Neueste?

Die Neueste in der Sammlung!

Ich stieß so ein blödes nervöses Lachen aus, dann meinte ich: Ähm … das kapiere ich nicht ganz?

Und er so: Na ja, du weißt doch, wie manche Leute gern Dinge sammeln? Fußballkarten und so? Oder diese Vögel, die Glitzerzeug für ihre Nester sammeln? Unsere kleine Schwester sammelt gern Leute. Er setzte eine gespielt traurige Miene auf. Mummy hat ihr einfach nie genug Liebe geschenkt.

Beide grinsten sie. Ich lächelte, um zu zeigen, dass ich den Witz verstanden hatte, fand es aber nicht wirklich lustig. Irgendwie hatte ich das Gefühl, als ob ich die Witzfigur dabei wäre.

Ich schätze mal, du bist die neue Nummer eins, sagte Oscar.

Ja, sagte Hugo, bis die Nächste daherkommt.

Ich war froh, als Frankie zurückkam. Sie schwenkte das dunkellila Fläschchen vor meiner Nase. Das ist der Farbton, Sparrow. Midnight Lagoon. Apropos, da fällt mir ein, wir könnten doch bald mal ein Mitternachtspicknick machen. Hättest du Lust drauf?

Klar, sagte ich, klingt gut (obwohl sich Mitternachtspicknick für Frankies Verhältnisse eher wie Kinderkram anhörte).

Die Zwillinge sahen einander an. Dann kommen wir auch, meinte Hugo und zeigte sein Hyänengrinsen. Und ich weiß auch schon, was ich vernaschen möchte.

# OWEN

Auf dem Heimweg vom Strand nehme ich die Abkürzung durch den Bauerngarten. Ein Typ in teuren Trainingsklamotten joggt affig die gekiesten Wege entlang. Was für ein Depp. Er hat das komplette Anwesen, um herumzurennen, was also hat er hier verloren? Ich hoffe, er stolpert und schlägt sich am Hochbeet den Schädel ein oder ersäuft im Karpfenteich.

Als gestern die ersten Autos die Auffahrt hochkamen, fühlte es sich an wie eine Invasion. Nichts von alledem habe ich für diese Leute gebaut – es ist alles für *sie*. Ich glaube, ich habe es geschafft, mir einzureden, dass die Gäste nie wirklich eintreffen würden. Tja, jetzt sind sie da. Keine vierundzwanzig Stunden, und schon kommt es mir so vor, als würden sie diesen Ort beschmutzen. Sie hinterlassen fettige Fingerabdrücke auf den Glasfronten des Seashard-Restaurants, verschrammen die Lackierungen, verteilen ihre Handtücher in feuchten, muffigen Haufen rund um den Pool, und ihre unansehnlichen Körper zappeln so im Wasser herum, dass die klaren Linien des Designs nicht mehr zu erkennen sind. Es kommt einer persönlichen Beleidigung gleich. Mir ist schon klar, dass es sich um ein notwendiges Übel handelt. Ich verstehe, dass es beim Manor um die Gäste geht. Aber meiner Meinung nach war es deutlich besser, bevor sie hier eingefallen sind. Als das Ganze fertig und perfekt, als unsere Vision verwirklicht und noch unverdorben war. Ich hatte hier etwas Transformatives erschaffen, etwas, was eine Wandlung markierte. Nicht nur für dieses alte Gebäude, nicht nur für Fran, sondern auch für mich. Etwas, das mich zu heilen begann.

Die Gäste sind eine Plage. Sie sind unersättlich. Und warum schauen die alle so verdammt verkniffen drein? Eine Visage, als hätten sie einen Stock im Arsch, würde mein Dad sagen. So ein Gesicht zieht man, wenn man im strömenden Regen auf den Bus wartet. Aber sie gastieren hier in der »angesagtesten ländlichen Erholungsoase Englands«. Sie haben Hunderte – manche von ihnen auch Tausende – für dieses Privileg hingeblättert. Sie haben alles, was sie sich wünschen könnten.

Und bald werden es noch mehr sein. Das ist auch der Grund, warum wir die Baumhäuser weiter in den Wald hineinbauen. Sie sind trotz der massiven Bauverzögerung bereits für den Herbst ausgebucht. Das ist dummerweise meine Schuld … immer wieder habe ich die Entwürfe vermasselt. Schon schräg, aber jedes Mal, wenn ich versuchte, die Bäume vor meinem inneren Auge zu visualisieren, begann mein Kopf zu spinnen. Mir war nicht klar gewesen, dass Fran das Buchungssystem für die Baumhäuser bereits freigeschaltet hatte. Jedenfalls müssen wir auf der Stelle mit dem Bau beginnen. Sie ist nicht gerade begeistert, dass das ausgerechnet am Eröffnungswochenende passiert, das ist mir klar, aber ich habe versucht, sie davon zu überzeugen, dass das zu unserem Vorteil sein könnte: Die ganzen Veranstaltungen drumherum werden für Ablenkung bei den Gästen sorgen, und wir können die lautesten Arbeiten über die Bühne bringen. Dazu gehört vor allem, die tiefreichenden Wurzeln der gefällten Bäume auszuheben, um Platz für die neuen Fundamente zu schaffen. Daher mussten wir das Buchungssystem für diesen Zeitraum nicht schließen. Fran mag nach außen hin zwar wie ein Freigeist scheinen, aber im Kern ist sie eine extrem umsichtige Geschäftsfrau.

Mein Rückweg vom Strand führte mich auch an dem deprimierenden Anblick von Tates Campingplatz vorbei – ein Schandfleck inmitten der Landschaft. Ich kann es kaum erwarten, Frans Pläne dafür in die Realität umzusetzen: Glamping pur, mit malerischen Zirkuswagen und Regenduschen im Freien. Da wir für die Baumhaus-Unterkünfte mehr verlangen, hatten sie natürlich Vorrang.

Mittlerweile ist der Jogger dazu übergegangen, an einer der schmiedeeisernen Bänke Dehnübungen zu machen, wobei er sich so richtig reinhängt. Seine Shorts sind kürzer, als sie es bei einem Kerl sein sollten. Ich bin mir sicher, dass ich jeden Moment mit dem Anblick eines verschwitzten herumbaumelnden Eis konfrontiert werde.

Nicht einmal die versteckte Bucht ist den Gästen heilig und bleibt verschont. Diese Frau auf den Felsen gerade eben – wie zum Henker hat sie den Weg dorthin gefunden? Nur wenige von den Einheimischen kennen ihn, und wenn, dann machen sie sich wegen des brenzligen Abstiegs trotzdem nicht die Mühe. Morgens habe ich die Bucht immer für mich allein – so, wie ich es mag. Es ist der einzige Ort außerhalb des Anwesens, den ich wirklich gern besuche.

Als ich zum ersten Mal hörte, dass Tome Manor einen Architekten suchte, war ich davon überzeugt, dass ich dafür nicht in Frage kam. Ich hatte kaum in Großbritannien gearbeitet. Zu meinen jüngsten Projekten gehörten das Feriendomizil eines isländischen Schauspielers in den Westfjorden und ein Hotel in Costa Rica. Aber ich konnte nicht aufhören, darüber nachzudenken.

»Glauben Sie nicht«, gab meine Therapeutin zu bedenken, »es könnte sich lohnen, herauszufinden, warum Sie der Meinung sind, dass Sie das ›nicht können‹? Manchmal gelingt es uns, Ängste zu besiegen, indem wir gerade die Dinge tun, die uns Angst machen.«

»Ich werde einen kurzen Pitch schicken«, erwiderte ich. »Das kann ich auf jeden Fall machen.«

Ich ging zu jenem ersten Treffen in der Erwartung, mich meinen Dämonen zu stellen. Doch stattdessen traf ich auf meinen Engel – ihre Gestalt war in einen Sonnenstrahl getaucht, der durchs Fenster fiel, ihre Schultern wurden von den goldenen Wellen ihres Haars umspielt.

Ein paar Sitzungen später erzählte ich der Therapeutin davon.

»So, wie Sie über diese Frau sprechen … könnte man nicht auch sagen, dass Sie nach einer Mutterfigur gesucht haben?«, fragte sie.

»Sie ist *kein bisschen* wie meine Mutter«, fuhr ich sie an. »Fran ist perfekt.«

»Ist denn wirklich irgendwer perfekt?«, sinnierte meine Therapeutin. »Ein solches Etikett ist für einen Menschen schwer zu tragen.«

Typisches Schmalspurpsychologen-Gewäsch. Meine nächste Sitzung sagte ich ab, denn zu dem Zeitpunkt hatte ich keine Therapeutin mehr nötig. Ich hatte Fran.

Als ich mich wieder beruhigt hatte, stellte ich merkwürdigerweise fest, dass sie *tatsächlich* Seiten an sich hatte, die mich an die besseren Eigenschaften meiner Mutter erinnerten. Die Schönheit. Die großen Träume. Aber im Gegensatz zu meiner Mutter ist meine Frau durch und durch positiv. Und zielstrebig. Wenn ich zurückblicke, kann ich nicht so recht sagen, in was ich mich zuerst verliebt habe – in das Projekt oder in Fran. Aber ganz sicher habe ich mich noch nie zuvor so mit meiner Arbeit verbunden gefühlt.

Hinter einem der Spalierbirnbäume bleibe ich stehen, vergewissere mich rasch, dass ich nicht beobachtet werde, und ziehe dann einen losen Ziegelstein aus der Mauer. In dem Hohlraum dahinter lagere ich meinen Notfallvorrat an Tabak. Schnell drehe ich mir eine labbrige Kippe. Trotz allem kaufe ich immer noch den Drehtabak von Benson & Hedges – kein anderer schmeckt so. Fran glaubt, ich hätte das Rauchen schon lange aufgegeben. Ich bezweifle, dass sie jemals auch nur eine Zigarette probiert hat – so unschuldig und rein ist sie. Na ja. Außer im Schlafzimmer.

Als ich unseren privaten Innenhof betrete, bleibe ich stehen und runzle die Stirn. An der Tür, die zu unserer Wohnung hochführt, hängt etwas. Etwas Weißes, Zerfetztes. Kleine Teile davon haben sich halb abgelöst und flattern in der heißen Brise.

Der erkaltete Tabakrauch in meinem Mund schmeckt plötzlich ranzig.

Ich trete näher. Obwohl ich nicht so genau weiß, was ich da sehe, überzieht Gänsehaut meinen gesamten Körper.

Noch ein Schritt. Jetzt kann ich es riechen, und ich erkenne den animalischen Gestank. Es ist ein totes Tier.

Mein Gott. Die Erkenntnis schrillt in meinen Ohren. Das ist ein Vogel. Jemand hat einen toten Vogel an unsere Tür genagelt. Nicht irgendeinen Vogel – es ist der weiße Hahn aus dem Gehege in dem ummauerten Garten. Derjenige, mit dem Francesca sich für die *Harper's Bazaar* hat fotografieren lassen.

Ich bin wirklich nicht zimperlich, weiche aber dennoch zurück, als ich eine Made aus einer der leeren Augenhöhlen kriechen sehe. Mein erster Gedanke ist: Ich muss dieses Ding entsorgen, bevor Francesca es zu Gesicht bekommt. Sie hat so schon zu viel um die Ohren.

Ich mache mich dran, die tote Kreatur von dem Nagel zu befreien, auch wenn mir bei dem Gestank die Galle hochkommt. Die Hitze dürfte ihren Beitrag geleistet haben. Ich wende den Kopf nach unten, um Luft zu holen, und mein Blick fällt auf einen kleinen weißen Umschlag, der unter die Tür geschoben wurde. Ich bücke mich, verstaue ihn in meiner Hosentasche und wende mich dann wieder dem Vogel zu. Was ich nicht alles für Fran tue. Andererseits tue ich alles für sie, weil sie mir eben alles bedeutet. Ohne sie bin ich nichts.

»Hallo, Owen.«

Ich zucke zusammen.

Herrgott noch mal. Nicht schon wieder die. Unwillig drehe ich mich um und erwische Michelle dabei, wie sie den Blick über mich schweifen lässt.

»Ganz schön heiß, nicht wahr?«, sagt sie, und plötzlich komme ich mir vor wie in einem schlechten Porno. »Ich wette, Sie wären gerne noch draußen auf dem Wasser.«

Oberflächlich betrachtet ist an ihren Worten nichts Seltsames. Es ist kein Geheimnis, dass ich meistens schon frühmorgens auf meinem Board rausfahre. Aber irgendetwas daran stößt mir doch auf.

»Oh mein Gott.« Ihr Blick fällt auf das tote Ding an der Tür hinter mir.

»Ja«, sage ich. »Da hat offenbar jemand eine wirklich kranke Vorstellung von einem gelungenen Streich.« Obwohl ich zugegebenermaßen nicht den Eindruck habe, dass es sich um einen Streich handelt. Kein bisschen.

»Ich gehe Francesca holen«, bietet sie an. »Sie muss das sehen.«

»Nein, das tun Sie nicht«, schreie ich sie beinahe schon an. Das ist das Letzte, was Francesca jetzt gebrauchen kann. Das muss dieser dummen Trutsche doch klar sein?

Ich reiße mir mein Hemd vom Leib. Italienisches Leinen – mittlerweile habe ich einen ganzen Kleiderschrank voll davon. Ich packe das Ding und wickle es zu einem gruseligen Bündel zusammen, das ich zu einer der großen Mülltonnen am Personaleingang trage. Als ich es hineinwerfe, sickert bereits Blut durch den Stoff des Hemdes.

Ich drehe mich um und muss ein Schaudern unterdrücken. Michelle beobachtet mich mit einem leicht missbilligenden Ausdruck im Gesicht. »Sie haben da etwas«, sagt sie. »Genau da.« Noch bevor ich ausweichen kann, schnellt ihre Hand hervor, und sie fährt mit einem Finger über mein Schlüsselbein. Ich spüre, wie ihr Nagel über meine Haut schrammt. Dann hebt sie die Fingerkuppe hoch, um mir einen purpurroten Fleck zu zeigen.

# FRANCESCA

Nur ein kleiner Pikser. Ich stoße die Nadel in die Vene. Schließe meine Augen. Da kommt es schon, das Hoch. Mein Kopf fällt auf das Kissen zurück.

*Ja.*

Mittlerweile verfüge ich über genug Erfahrung, um mir die Infusion selbst zu legen, und außerdem traue ich niemand anderem zu, es richtig zu machen.

Die Vorstellung von dem Vitamincocktail, der durch meinen Blutkreislauf strömt, beschert mir einen Kick. Ich muss für dieses Wochenende – und vor allem für das morgige Event – in Topform sein.

Es ist ein perfekter Morgen. Die versprochene Hitzewelle wird bald schon über uns kommen. Vor zwei Tagen haben wir eine Eilbestellung für ein paar weiße Fächer aus Federn aufgegeben, um unseren Gästen morgen Abend eine stilvolle Möglichkeit zur Abkühlung reichen zu können. Die Krönchen wurden bereits auf die Zimmer geliefert. Die von einem visionären Künstler in Hackney angefertigten Weidenskulpturen werden später geliefert. Zwar habe ich mir einige Künstler aus der Gegend angesehen, aber ehrlich gesagt ist das kein Vergleich. Dieser Typ hat erst kürzlich eine Installation für The Vampire's Wife gemacht. Er. Ist. Unglaublich. Und die Leute, die hier gastieren, erwarten nun mal Londoner Qualität, wenn ihr versteht, was ich meine – wenn auch in einem ländlichen Setting. Die gleiche Art von erhabener spiritueller Ästhetik wie die eigens angefertigten Halsketten mit unseren Kristallsäckchen. Das Ganze wird *atemberaubend* – und einfach nur großartig für die sozialen Medien. Diese Art von Geschenk, das sich immer weiter verschenkt.

Vorsichtig ziehe ich die Nadel heraus. Der Infusionsbeutel ist fast leer. Ich kann bereits spüren, wie sein Inhalt mich nährt, mich erneuert.

Aber *das hier* – ich schalte meinen Laptop ein – ist vielleicht das, was mich am meisten nährt. Ich klicke auf das kleine Symbol einer Linse. Wenn man nicht weiß, worum es sich handelt, mag es wie eine schwarz glänzende Kristallkugel aussehen – was es in gewisser Weise auch ist. Die Vorstellung gefällt mir, denn sie verleiht dem Ganzen eine magische, mystische Aura. Mir ist durchaus bewusst, dass Technologie die Wurzel unzähliger Übel und blaues Licht das Werk des Teufels ist … aber das hier ist etwas anderes.

Ich gebe das erste Passwort ein, dann das zweite. Glücklicherweise handelt es sich um ein wirklich sicheres System. Und schon nehmen sie vor meinen Augen Gestalt an: Hunderte winziger Miniaturansichten, die sich jeweils auf einen anderen Feed beziehen. Die im gesamten Hotel installierten Kameras sind winzig klein – für das menschliche Auge kaum sichtbar. Man würde sie allerdings ohnehin nie entdecken, da sie so gut versteckt sind. Das Ganze wurde von einem Mann eingerichtet, dessen früherer Arbeitgeber … nun, sagen wir einfach, es handelt sich um Leute, die sich wirklich mit so etwas auskennen.

Niemand sonst im Manor weiß davon, nicht einmal Owen. Ich habe alles installieren lassen, während er wegen eines anderen Projekts unterwegs war. Die andere gute Sache an dem Mann, der die Kameras eingebaut hat: Er gehört zur verschwiegenen Sorte.

Ich fange an, mich durch die Symbole zu klicken: Es gibt jeweils mehrere Feeds für die öffentlich zugänglichen Bereiche – um sämtliche Blickwinkel einzufangen – und je einen Feed für jedes Zimmer.

Mir ist klar, dass es, streng genommen, möglicherweise nicht vollkommen legal ist, Kameras in den Zimmern fremder Menschen anzubringen. Aber es geschieht mit der besten Absicht, ehrlich. Eine von Großvaters Maximen (die er zweifellos seinen Erfahrungen mit Regierungsgeschäften verdankte) lautete: Bereite dich auf das Schlimmste vor, dann wird es nie eintreten! Ich möchte, dass das Manor die sichere und glückliche Umgebung bleibt, die es ist. Ich möchte, dass unsere Gäste das Gefühl haben, dass wir ihnen vertrauen. Es gibt doch nichts Schlimmeres, als wenn Etablissements dieser Klasse ihre Kundschaft mit diebstahlsicheren Kleiderbügeln und unschönen Warnungen, doch bitte nicht das Duschgel mitgehen zu lassen, drangsalieren. Daher auch die handelsüblichen Badeöl-Flaschen aus Glas und die wertigen Streichholzschachteln auf den Frisierkommoden. Gleichzeitig jedoch muss man über einen Notfallplan verfügen. Und letztendlich ist das hier so viel mehr als ein Hotel. Es ist ein *Zuhause*. Man hat das Recht, sein Zuhause zu schützen, nicht wahr?

Ich beobachte meine Gäste dabei, wie sie ihren Geschäften nachgehen. Ein wahres Kaleidoskop menschlicher Aktivitäten! Viele sind auf der Toilette, einige machen Liebe (ein Pärchen in einer wahrhaft erstaunlichen Stellung – mir war nicht klar, dass irgendwer die Beine derart anwinkeln kann!). In einem Zimmer hat ein Pärchen offenbar gerade einen handfesten Streit. Ich runzele die Stirn: Solche Vibes wollen wir hier wirklich nicht haben! Oh mein Gott – da ist ja mein Bruder Hugo, mit dieser *schrecklichen* Frau, die er mitgeschleift hat. Ich bin mir sicher, dass sie eine Art Escort-Nutte ist. Ich hoffe bloß, dass er mich dieses Wochenende nicht blamiert. Oscar ist etwas stubenreiner. Die beiden sind ebenfalls an diesem Projekt beteiligt, allerdings rein finanziell. Angesichts der Tatsache, dass Grandma sie beim Erbe übergangen hat, indem sie das Anwesen mir überließ, dachte ich, es wäre nur klug, ein Familiengeschäft daraus zu machen und ihnen so die Chance zu geben, ebenfalls von diesem Ort zu profitieren. Außerdem sind sie in diesem Bereich gut vernetzt – sie sind mit einigen Investoren befreundet, die dieses Wochenende ebenfalls zu Gast sind. Wie auch immer, ich klicke schnell weiter, da ich nichts Unappetitliches mitansehen möchte.

Es gibt nur ein Zimmer mit Einzelbelegung – eine Frau. Ich sehe zu, als sie gerade ihre Woodland-Hutch betritt, eine unserer wunderschönen dunkelgrünen Tragetaschen über der Schulter, aus der sie nun ein Handtuch und irgendein Buch herauszieht. Schon witzig. Fast alle anderen Gäste sind als Pärchen gekommen – wir haben sogar eine Ménage-à-trois zu Gast. Ich frage mich, was sie allein hier macht. Ich meine, natürlich ist das total stark von ihr! Aber es ist das Eröffnungswochenende ... feierlich und gesellig. Irgendetwas an ihr will nicht so recht passen. Ich schaue den Namen in der Buchungsliste nach. Bella Springfield. Hübscher Name, wenn auch ein bisschen gewöhnlich. Wenn sie tatsächlich in der Medienbranche arbeitet, wie es ihre Biografie andeutet, habe *ich* jedenfalls noch nie von ihr gehört. Seltsam.

Wie auch immer. Hier sind sie nun endlich. Meine Gäste. Hier, in diesem magischen Königreich, das ich für sie erschaffen habe. Wäre ich von meinem Ego getrieben, würde ich wohl behaupten, dass es mir ein Gefühl großer Macht verleiht. Aber so bin ich nicht. Ich habe im Lauf der Jahre an mir gearbeitet. Sagen wir also, dass es eine Art mütterliche Liebe ist, die ich für sie alle empfinde. Ich werde nicht müde, es zu wiederholen: Wir sind hier eine große, glückliche Familie!

Als Nächstes schaue ich mir die Außenaufnahmen an. Da ist der Pool, der ummauerte Garten, und da ist … Ich halte inne. Klicke zurück zum Innenhof. Warum um Himmels willen redet Owen mit Michelle? Er verabscheut die Frau! Und warum hat er kein Hemd an? Ich zoome näher heran. Die Körpersprache der beiden hat etwas seltsam Aufgeladenes.

Ich schließe die Augen. *Ein* … zwei, drei, vier – *aus* … zwei, drei vier, fünf, sechs, sieben, acht. Ah. Na also. Geht schon wieder. Es ist gut, wenn Owen und Michelle besser miteinander auskommen. Mir ist es wichtig, dass alle harmonieren. Wie ich schon sagte, wir müssen eine glückliche Familie sein.

Als ich Schritte auf der Treppe vernehme, öffne ich die Augen, werfe einen Blick auf den Monitor und sehe, dass Owen aus dem Blickfeld verschwunden ist. Ich schaffe es gerade noch, den Laptop zuzuklappen, bevor er die Tür aufstößt.

»Hallo, Liebster«, begrüße ich ihn. »Wie war es draußen auf dem Wasser?«

»Gut«, erwidert er.

Allerdings wirkt er nicht wie ein Mann, der gerade erfrischt von seinem Frühsport zurückkommt. Er macht einen nervösen Eindruck. Und er bringt einen rauchigen Gestank mit sich. Er denkt, ich wüsste nichts von seinem geheimen

Tabakvorrat, aber es gibt hier nur sehr wenige Dinge, von denen ich nichts weiß. Was *er* nicht weiß, ist, dass ich das widerliche Billigzeug, das er in dem Päckchen aufbewahrt, gegen eine Biosorte mit niedrigem Teergehalt getauscht habe. Das ist doch allemal die bessere Alternative, oder?

Während Owen duscht, trage ich mit großer Sorgfalt ein äußerst dezentes Make-up auf. Es ist wichtig, dass die Leute glauben, dass ich nicht mehr als Sonnenlicht, acht Stunden Schlaf und Antioxidantien benötige, um so auszusehen. Das ist Teil des Gesamtpakets. Ich versuche, in sämtlichen Bereichen vollkommen authentisch zu sein, versteht ihr? Aber manchmal muss man den Menschen geben, was sie wollen. Und sie wollen nun mal *nichts* von Laser- und Tränenrinnenbehandlungen oder der gelegentlichen kleinen Botox-Injektion wissen. Ich bin nicht von Natur aus schön. Mittlerweile kann ich es ganz ohne Groll zugeben. Ich glaube, die meisten Menschen wären schockiert, wenn sie auf den zweiten Blick feststellen müssten, dass ich recht habe. Meine Augen stehen eine Spur zu eng beieinander, mein Kiefer ist zu klobig. Früher hat mich das geärgert. Aber ich habe gelernt, dass sich das mit Tweakments (ganz subtil!) und dem richtigen Make-up kaschieren lässt. Am wichtigsten ist natürlich, was von innen aus einem herausstrahlt, aber Hautfüller haben ebenfalls ihren Anteil.

Owen kommt aus der Dusche und trocknet sein feuchtes Haar mit einem Handtuch ab. Ich beobachte seine Rückenmuskulatur, die sich bewegt und dem riesigen Adlertattoo auf seinen Schulterblättern den Anschein von Lebendigkeit gibt, als würde er sich jeden Moment in die Lüfte erheben.

Mein Liebster geht nicht einfach zum Ankleideraum, um sich seine Klamotten zu holen – er *streift* durchs Zimmer. Das Leinenhemd, für das er sich entscheidet (er legt großen

Wert auf seine Kleidung, sein Geschmack ist tadellos), verleiht ihm ein etwas zahmeres Aussehen. Oder zumindest verdeckt es das Tattoo. Doch trotzdem bleibt der Eindruck eines Raubtiers unter dem feinen Stoff – ein Wolf im Schafspelz. Mir entgeht nicht, wie er die Tür zum Ankleideraum zuwirft. Er sieht aus wie ein Mann, der etwas auf dem Herzen hat.

»Ich hoffe, es macht dir nichts aus, wenn ich das sage, mein Schatz, aber du siehst nicht gut aus. Belastet dich irgendetwas?«

Owen zuckt mit den Schultern. Da ist ein winziges Zögern. »Nein. Bin wohl nur müde vom Surfen.«

»Nun, es stehen einige arbeitsreiche Tage an. Ich bin so froh, dass du etwas Zeit für dich hattest.«

»Nicht ganz für mich. Wir sollten die Gäste davor warnen, an den versteckten Strand runterzugehen.«

Ich runzle die Stirn. »Wie meinst du das?«

»Eine Frau ist heute Morgen die Klippe runtergeklettert.«

»Sicher, dass es keine Einheimische war?«

»Definitiv ein Gast. Sie hatte eine unserer Tragetaschen dabei.«

Als visuell veranlagter Mensch kann ich nicht anders, als mir die Begegnung bildlich vorzustellen. Die beiden zusammen an diesem abgelegenen Strand. Ich frage mich, ob er sie attraktiv fand. Ein Bild flackert vor meinem inneren Auge auf: zwei Gestalten in der sandigen Bucht, die sich näher kommen, sich umarmen … Und mit dem Bild ein Gefühl von Verlust, das rasch zu etwas Dunklerem, etwas Zornigerem heranwächst …

Ich blinzle, und es verschwindet wieder, wie Meerwasser, das im Sand versickert.

Meine Güte. Was ist nur mit mir los? Ich atme noch einmal tief durch. Nein. Mittlerweile habe ich so kleinliche Gefühle wie Eifersucht absolut hinter mir gelassen, mich weiterentwickelt. Das ist ja so befreiend. Wir sind alle Geschöpfe Gaias, und die Anziehung zu anderen schönen Kreaturen ist in unserer Biologie begründet. Außerdem reden wir hier von Owen. *Owen*. Er verehrt mich. Er ist – ein anderes Wort gibt es nicht – völlig besessen von mir. Aber nicht auf eine ungesunde Weise, versteht ihr? Nur in dem Sinne, dass seine Seele untrennbar mit meiner verbunden ist.

Ich lehne mich zu meinem Spiegelbild vor und sage in einem möglichst leichten Tonfall: »Ich frage mich, wie sie den Weg da hinuntergefunden hat. Immerhin habe ich früher jeden Sommer hier verbracht und ihn auch erst als Teenagerin entdeckt.« Ich führe behutsam die Wimpernzange an mein Auge.

»Tja, sie meinte, sie wäre schon mal hier gewesen, daher würde sie den Weg kennen.«

»Au, Scheiße!« Ich zucke zusammen. Offenbar habe ich mit der Metallklammer die zarte Haut meines Augenlids erwischt. Während ich die Tränen wegblinzle, bemerke ich Owens überraschten Blick. Francesca Meadows flucht *nie*. »Ups.« Ich lächle, um ihn zu beruhigen.

Mir fällt die Frau ein, die ich gerade dabei beobachtet habe, wie sie mit der grünen Tasche ihre Hütte betrat. Die Alleinreisende. Sie war das am Strand, da bin ich mir plötzlich ganz sicher. Wenn ich jetzt darüber nachdenke, irritiert mich ihr Name irgendwie – obwohl ich nicht genau weiß, warum.

Während Owen in seine Jeans schlüpft, nehme ich mir vor, mir diese Bella Springfield mal genauer anzusehen. Nur aus reiner Neugier. Nichts weiter.

*Der Tag nach der Sonnenwende*

## DETECTIVE INSPECTOR WALKER

Detective Inspector Walker parkt den Audi oben auf der Klippe neben dem alten Campingplatz. Er begutachtet sein Konterfei im Rückspiegel und fährt sich mit der Hand über die frisch gestutzten Borsten. Gerade mal Anfang dreißig und schon die ersten grauen Stellen im Haar. Wann ist das bitte passiert?

Er holt seine Thermosflasche heraus und gießt sich einen Espresso ein. Seine Hand mit der Tasse zittert ein wenig – das Adrenalin. Ein Klopfen am Fenster, und prompt verschüttet er die brühheiße Flüssigkeit auf seinen Daumen. Scheiße.

Detective Sergeant Heyer späht durch die Glasscheibe herein. Mittlerweile sind sie sich bei der Arbeit schon mehrfach über den Weg gelaufen. Die Kollegin wurde in den frühen Nullerjahren geboren und gibt Walker das Gefühl, steinalt zu sein.

Er setzt seine Sonnenbrille auf und steigt aus.

»Hey, Chef.« Sie klingt so, als wäre sie außer Atem. »Nette Sonnenbrille.«

»Danke.«

Sie blickt ihn stirnrunzelnd an. »Sie wohnen doch in New Forest, oder? Die Fahrt muss ja eine Stunde gedauert haben. Gab es denn niemanden, der näher dran war?«

Walker zuckt mit den Schultern. »Ich bin Frühaufsteher. Hab es wohl als Erster mitbekommen. Alles klar bei Ihnen?«

Auch Heyer sprüht förmlich vor Adrenalin – da ist dieses Funkeln in ihren Augen, die Art und Weise, wie sie auf den Fußballen auf und ab wippt.

»Ja ... schon. Ich schätze mal, bei der Met in London kommt einem so was öfter unter, oder? Hier unten kriegt man so was ja nicht so oft zu sehen.«

»Was meinen Sie? Tote?«

»Eher solche Leichen. Sonst sind es immer nur Unfälle mit landwirtschaftlichen Maschinen oder Rentner, die die Treppe runterstürzen. Einer meiner Ersten war ein alter Herr, der in seinem Arbeitszimmer im Wald einen Herzinfarkt hatte. Solche Geschichten. Aber nicht so was.«

»Nun. Wir wissen ja noch nicht, worum genau es sich bei diesem ›so was‹ handelt, oder? Aber jetzt erzählen Sie mal, was Sie bisher haben.«

»Die Leiche wurde heute früh von ein paar Fischern entdeckt«, beginnt Heyer. »Sie warten unten am Strand. Die Spurensicherung knöpft sich gerade den Fundort vor. Aber die Klippen hier sind wirklich steil – wir müssen zu Fuß zum nächsten Strand und uns dort mit dem Boot abholen lassen. Hier entla...«

»Die werden Sie nie schnappen«, meldet sich eine lallende Stimme aus unmittelbarer Nähe.

Heyer zuckt erschrocken zusammen und flucht leise. Walker dreht sich um und erblickt einen Typen, der am abblätternden Zaun des Campingplatzes steht und angestrengt in ihre Richtung blinzelt. Eine seiner fleischigen Pranken umklammert eine Flasche Whisky der Marke Bell's. Er hat die rot-violett gefleckten Wangen eines starken Trinkers, trägt eine schmuddelige Weste und ein schief geknotetes Taschentuch auf dem Kopf. Selbst aus dieser Entfernung kann Walker noch den Fusel riechen.

»Was soll das sein?«, kräht der alte Mann und zeigt auf Walkers Sonnenbrille. »Scheiß *Miami Vice*, oder was?« Er stößt ein gackerndes Lachen aus, das sich in einen schleimigen Husten verwandelt.

Walker geht nicht weiter darauf ein und fragt stattdessen: »Sie sagten gerade eben etwas davon, dass …«

»Was ist das denn für'n Akzent? Wo sin' Sie her?« Der Mann beugt sich vor und glotzt ihn unverhohlen an. Wäre da nicht der Zaun, der das Gewicht seiner massigen Unterarme trägt, würde er sich kaum auf den Beinen halten können.

»Von überall und nirgends«, antwortet Walker unverbindlich. Das Beste ist, so unpersönlich wie möglich zu bleiben. »Also … haben Sie etwas gesehen? Letzte Nacht?«

»Ja«, erwidert der alte Mann gedehnt. »Ich hab alles gesehen. Bin die ganze Zeit genau dort gesessen.« Er dreht sich um und deutet mit einer schwungvollen Geste auf einen ausgeblichenen Liegestuhl ein paar Meter weiter und die heruntergekommenen Wohnwagen dahinter. Wieder lacht er gackernd. »Willkommen in meinem Reich, junger Mann. Sie wollen es zerstören. Sie wollen es mir wegnehmen. Nur über meine Leiche. Hören Sie? Nur über meine …« Eine erneute Hustenattacke unterbricht seine Rede.

»Und Sie sagten, Sie hätten alles gesehen?«, hakt Walker nach.

Der Mann dreht sich langsam wieder zu ihm um und erwidert seinen Blick. Der Ausdruck in seinen Augen hat sich verändert. Sie sind nun fast vollkommen schwarz. Als er wieder spricht, ist seine Stimme tief und heiser. »Ja«, sagt er. »Ich hab sie gesehen. Zumindest einen davon.«

»Einen davon?«, fragt Walker vorsichtig.

Der Mann antwortet mit einem langsamen Nicken. »Einen von den Vögeln.«

Walker runzelt die Stirn, etwas an dem Gesichtsausdruck des Mannes irritiert ihn. »Wenn Sie Vögel sagen ...«

»Groß«, unterbricht ihn der alte Mann wild gestikulierend. »Ungefähr wie Sie. Ganz in Schwarz. Er hatte kein Gesicht, dafür einen verflixt großen Schnabel, scharf wie ein Rasiermesser. Und solche Flügel.« Er breitet seine Arme aus, so weit er kann. »Ich hab ihn so klar und deutlich gesehen, wie ich Sie jetzt vor mir sehe. *Die* haben das getan. Klar waren die das.«

»Darf ich fragen, wie Sie das meinen?«

»Die haben schon mal jemanden getötet ... den alten Lord Meadows. Das waren sie ganz sicher. Und sie werden wieder töten.«

Unwillkürlich verspürt Walker ein Schaudern. »Und bei was genau haben Sie diesen ... äh ... *Vogel* beobachtet?«

»Na, er hat seine Beute über die Klippe gejagt«, sagt er, als ob das ganz offensichtlich wäre. »Und dann«, fährt er düster fort, »ist er weggeflogen.«

Walker entgeht nicht, wie Heyer einen leisen Seufzer von sich gibt. »Er ist ... weggeflogen?«, wiederholt er sicherheitshalber.

Der alte Mann nickt langsam. »In diese Richtung.« Er deutet den Klippenpfad entlang zu jener Stelle, von der noch immer Rauch zum Himmel aufsteigt. »Sie können fliegen und alles«, verkündet er todernst. »Klar können sie fliegen. Es sind Vögel.«

»Der hat früher mal den Campingplatz geführt«, erklärt Heyer, nachdem sie Graham Tates Daten aufgenommen und ihn dann wieder seinem Whisky überlassen haben. »Sein Sohn Nathan ist so was wie der Unruhestifter im Ort: kleinere Drogendelikte, Bagatelldiebstähle, solche Sachen. Kurz dachte ich ja, dass er vielleicht etwas Nützliches beizutragen hätte. Aber die Leute hier in der Gegend glauben teilweise seltsamen Kram. Abgesehen davon hat er ganz offensichtlich einen an der Klatsche und ist voll wie eine Haubitze.«

»Na ja, wer weiß«, entgegnet Walker. »Könnte trotzdem nützlich sein. Vielleicht ist ja doch irgendwo ein Körnchen Wahrheit dran.«

»Oder vielleicht …« Heyer runzelt die Stirn.

»Was?«

»Na ja, ich dachte mir nur … ob er nicht doch mehr damit zu tun haben könnte, als er vorgibt? Hat er überhaupt ein Alibi? Könnte doch praktisch für ihn sein, das Ganze auf irgendwelche Ammenmärchen zu schieben.«

»Guter Gedanke«, lobt Walker, woraufhin Heyer sich gleich ein bisschen aufrichtet. »Am besten verhören wir ihn, sobald er ausgenüchtert ist.«

Heyer verzieht das Gesicht. »Ich bin mir nicht sicher, ob das so schnell der Fall sein wird.«

»Jetzt lassen Sie uns erst einmal zu unserem Opfer runtergehen.« Walker steuert die Klippe an und bleibt am Rand stehen. »Schauen Sie mal. Sehen Sie die geknickten Brombeerranken, das zertrampelte Gestrüpp? Wir sollten die Spurensicherung raufschicken, damit sie den Bereich absperren.«

»Ja.«

»Da ist jemand richtig durchgeprescht. Hat kein bisschen aufgepasst. Was doch ein paar Fragen aufwirft, oder?

Schauen Sie nur, wie groß diese Dornen sind. Dafür müsste man schon ziemlich außer sich sein. Man müsste sich schon wirklich von der Klippe stürzen *wollen*. Oder aber es ist so, wie Graham Tate behauptet hat: Die Person wurde verfolgt.«

»Scheiße.« Heyer schneidet eine Grimasse. »Ausgerechnet so zu sterben. Ich meine, es gibt ja keine gute Art, oder? Aber über eine Klippe in den sicheren Tod gejagt zu werden ...« Sie schüttelt sich. »... das ist schon ganz schön heftig. Oh ...« Sie späht ins Gestrüpp. »Da hat sich was in den Ranken verfangen, schauen Sie.«

Walker folgt ihrer Aufforderung und entdeckt es ebenfalls: einen kleinen schwarzen Stofffetzen. »Das sollte sich die Spurensicherung auch mal anschauen.«

Er tritt noch näher an den Klippenrand und späht in die Tiefe. Unwillkürlich verspürt er jenen merkwürdigen Impuls zu springen, der einen oft in großen Höhen überkommt. Er kann die Beamten von der Spurensicherung und einige Kollegen sehen, die sich unten am Strand versammelt haben. Mehrere Festrumpfschlauchboote ankern draußen im Meer. Etwa auf halber Höhe der Klippe gibt es einen Vorsprung, auf dem sich ein rostroter Fleck abzeichnet. Das Opfer muss auf dem Weg nach unten dort abgeprallt sein. Womöglich hatte das ja ein rascheres Ende zur Folge. Und dann erblickt er ihn: einen Arm – den einzigen Körperteil, der von hier aus sichtbar ist. Die Handfläche ist nach oben gekehrt, und die Finger strecken sich zum Meer hin, als würden sie um Gnade flehen.

*Reiß dich zusammen, Walker*, ermahnt er sich.

Dann reckt er den Kopf noch weiter vor. Nur noch ein bisschen, dann kann er vielleicht ...

»Um Gottes willen, Chef!«, schreit Heyer, als er fast das Gleichgewicht verliert und zurückspringen muss, wobei er ein paar Steinchen lostritt, die in den Abgrund prasseln. Zwei Beamte unten am Strand heben den Blick. Das wird wohl noch warten müssen. Er geht die Klippe entlang, findet eine Stelle, die nicht ganz so zugewuchert ist, und dreht sich zu Heyer.

»Hier, schauen Sie. Da wo der Ginster sich lichtet, da ist ein schmaler Fußpfad.«

Heyer schluckt. »Sieht ziemlich gefährlich aus. Die anderen sind alle mit dem Boot gekommen.«

Walker verspürt eine kribbelnde Ungeduld. »Sie können hier warten, wenn Sie möchten. Aber ich nehme diesen Weg runter.«

Als sie den Sandstrand erreichen, wendet sich Heyer an ihn. »Chef, nur damit eins klar ist, das war kein Weg, okay? Das war eine verdammte Schlitterpartie in den Tod.« Die Hände auf die Knie gestützt, beugt sie sich vor. »Mann. Viel zu früh am Morgen für so was. Dort auf halber Höhe dachte ich schon, ich muss gleich mein Frühstück wieder von mir geben.«

»Ja, tut mir leid, das war steiler, als es aussah.«

Gemeinsam legen sie die kurze Strecke zu der Stelle zurück, wo die Spurensicherung um die Leiche herumwuselt. Walker ist gespannt, was ihn dort erwartet, doch die Beamten in ihren weißen Schutzanzügen bilden mit ihrem geschäftigen Hin und Her eine Sichtsperre – er erhascht nur flüchtige Blicke auf die ausgestreckten Gliedmaßen, das satte Rot des Blutes.

Da schnappt Heyer nach Luft und streckt den Finger aus. Sie deutet auf eine Stelle ein paar Meter vor ihnen, unweit der Leiche. Dort, halb im Sand vergraben, liegt sie: eine zerbrochene Flasche Bell's-Whisky.

*Der Tag vor der Sonnenwende*

## BELLA

Das Reinigungspersonal war bereits in meiner Hütte. Alles ist blitzblank, die Cocktails von gestern Nacht wurden abgeräumt. Dafür wurde auf der Frisierkommode ein verschlungenes Gebilde aus grün belaubten, zu einem Kreis geflochtenen Zweigen hinterlassen. Kurz erschrecke ich – das Ding wirkt fast lebendig. Ich hebe es hoch und lese die beigefügte Notiz:

*Beehren Sie uns morgen bei unserem*
*festlichen Mitternachtspicknick.*
*Kleiderordnung: Waldkronen und Weiß.*

Einen Moment lang stehe ich einfach nur da und starre entgeistert die Einladung an. Mitternachtspicknick? Sie nennt es tatsächlich Mitternachtspicknick? Wie kann sie es nur wagen! Wie krank, wie bösartig, wie verkommen muss …

Gleich darauf senke ich den Blick und merke, dass ich sowohl die Einladung als auch die »Waldkrone« in Stücke gerissen habe. Blätter und Papierfetzen übersäen die Dielen. Ich sammle sie auf und werfe sie in den Mülleimer. Sollen sich die Reinigungskräfte ihren Teil denken.

Zwanzig Minuten später, als ich beim Frühstück sitze, versuche ich, so ungezwungenen wie möglich zu wirken, während ich den Blick durchs Seashard-Restaurant schweifen lasse – wie eine Frau, die an einem sonnigen Morgen einfach ihr Frühstück auf dem Land genießt. Allerdings ist das gar nicht so leicht, wenn gefühlt jede Faser des Körpers in höchster Alarmbereitschaft, jeder Nerv zum Zerreißen gespannt ist. Es ist auch nicht gerade hilfreich, dass ich mir dabei wie auf dem Präsentierteller vorkomme – allein, umgeben von all den Pärchen, die über den Tisch hinweg Händchen halten, so als könnten sie es kaum ertragen, sich nicht anzufassen, während sie ihr Birchermüsli knabbern.

Der Lärmpegel des Restaurants steht ein wenig im Kontrast zu der auf Zen getrimmten Einrichtung. Einige Gäste unterhalten sich so laut, als wollten sie, dass alle Nachbartische mithören.

»Wir haben ein Riesenevent im Metaverse geplant. Das wird so krass. Wir sind so was wie ... Internet-Memes, aber mehr so Banksy-mäßig. Elon ist einer unserer größten Sammler. Ich meine, wer bitte schön sagt, dass explodierende Kätzchen keine Kunst sein können?«

Oder: »Wisst ihr, tatsächlich habe ich den Großteil vom Lockdown in Tulum verbracht. Mexiko ist echt abgefahren! Es waren so viele Leute da. Ein Wahnsinns-Gemeinschaftsgefühl Eigentlich wollte ich nur eine Woche hin, bin dann aber paar Monate geblieben. Nur um die Cenoten musste man einen Bogen machen, das waren die reinsten Corona-Brutstätten.«

Oder: »Ich sag's dir, Microdosing ist *das* Ding. Natürlich kein LSD – und den ganzen Pharmamist kannst du auch vergessen. Jetzt sind nur noch Pilze angesagt und andere Bioprodukte. Gleich am Morgen haue ich mir einen Schuss Lion's-Mane-Pulver in meinen Smoothie, und dann, wenn ich einen kleinen Extra-Boost brauche, eine Prise gutes altes Psilocybin. Das. Hat. Mein. Leben. Verändert.« Der Typ spricht wirklich so, als würde auf jedes Wort ein Punkt folgen.

Ich verschwinde kurz ans Frühstücksbuffet, um mir nicht noch mehr anhören zu müssen. Hier gibt es Köstlichkeiten im Überfluss. Bei einigen Früchten in der riesigen Obstpyramide wüsste ich nicht einmal, wie sie heißen. Bei anderen handelt es sich angeblich um Erzeugnisse aus den Hotelgärten. Daneben liegt goldbraunes Gebäck, das irgendwie niemand zu essen scheint. Ich nehme mir ein buttertriefendes Croissant.

Es gibt genug Essen, um jeden gleich mehrfach satt zu kriegen – vor allem in Anbetracht des Durchschnitts-BMI der Anwesenden. Ein guter Teil davon wird weggeworfen werden. Und dennoch verströmen die Hotelgäste etwas leicht Panisches, während sie sich um das Futter drängen, als würde es gleich ausgehen. Diese Leute können einfach nicht entspannen – nicht einmal hier auf dem Land. Oder womöglich liegt es gerade daran, dass sie hier sind, in einer Muss-man-gesehen-haben-Location. Sie sind die Vordrängler, die Ellbogen-Fraktion, die Aus-dem-Weg-ich-bin-hier-Mitglied-Schicht der Gesellschaft. Ich kenne diesen Menschenschlag von der Arbeit. Es sind diejenigen, die zu Beginn der Pandemie in die Agentur kamen, um Zweitwohnsitze zu erstehen, und die in den eigens dafür vorgesehenen privaten Besprechungsraum geführt wurden, um »Ihre Anforderungen durchzugehen« (will sagen: die erste Zahl des siebenstelligen Budgets zu klären).

Als ich wieder am Tisch sitze, vibriert mein Handy. Es

ist Mum. Scheiße, ich habe ganz vergessen anzurufen. Ich gehe ran.

»Wie geht es ihr?«, erkundige ich mich schuldbewusst.

»Sie hat ganz traumhaft aus dem Fläschchen getrunken und dann bis sieben durchgeschlafen.«

Erleichtert atme ich auf. »Super.«

»Ist das ... Moment, ist das eine Möwe, die ich da im Hintergrund höre?«, fragt Mum. Ich verfluche die offenen Fenster. Ärgerlicherweise hatte Mum schon immer ein Gehör wie eine Fledermaus.

»Ja«, erwidere ich vorsichtig. »Habe ich es dir nicht erzählt? Wir sind hier direkt am Meer.«

»Nein. Eigentlich hast du mir gar nicht viel erzählt. Wo am Meer?«

»Es ist in der Nähe von ...« Ich überlege rasch. »Southampton!« Das ist plausibel, oder? Eine große Stadt mit guter Anbindung an London.

»Ach so«, sagt sie. »Southampton.« Glaubt sie mir nicht? Aber es ist ja nicht so, als könnte ich mit der Wahrheit rausrücken. Was würde sie wohl sagen, wenn sie wüsste, dass ich hierher zurückgekehrt bin?

Abgesehen davon ist mein Aufenthalt hier einer Geschäftsreise gar nicht mal so unähnlich. Die vergangenen Jahre ist es zu einer Art Zweitjob für mich geworden – mich auf dem Laufenden zu halten. Vor allem ab dem Zeitpunkt, als Francesca Meadows dieses Anwesen hier geerbt hat. Mein Job an der Rezeption ist nicht besonders anspruchsvoll für eine Frau, auf die einst ein Studienplatz an einer Spitzenuniversität gewartet hat (den sie nie antrat). So blieb mir genug Zeit, mich mit anderen Dingen zu beschäftigen und mich meinen Recherchen zu widmen.

»Liebling, ich lege besser auf«, sagt Mum. »Die Kleine hat gerade …«

Ich kann es mir gerade noch verkneifen, Mum zu fragen, ob Grace mich vermisst. Das wäre, wie in offenen Wunden zu stochern. Meine Schuldgefühle plagen mich so schon genug.

Ich lege auf und genehmige mir einen Schluck von meinem Flat White (ich musste extra nach Kuhmilch fragen, als wäre das etwas Verwerfliches), während ich mich erneut im Raum umschaue.

Und da entdecke ich sie. Inmitten des regen Treibens um sie herum. Ein Sinnbild der Ruhe, das stille Zentrum, um das sich alles dreht. Wie ein Engel auf einem mittelalterlichen Gemälde ist sie in ein Licht gehüllt, das fast schon zu hell ist, um sie direkt anzusehen. Da kapiere ich, dass sie direkt unter dem in der Decke eingelassenen Oberlicht sitzt, durch das die Morgensonne auf sie herabstrahlt. Zufall oder Absicht? Ein heiteres Lächeln umspielt ihre Lippen, während sie ein Glas mit einem Getränk an den Mund führt, das die gleiche sonnengelbe Farbe hat wie das schulterfreie Leinenkleid, das sie trägt.

Ich habe den Bericht über ihre Pilgerreise gelesen – bei der sie sich »selbst fand« und sich »selbst heilte«, während sie in einem Ashram am Fuße des Himalayas meditierte. Ausführlich schilderte sie, wie viel sie an sich selbst gearbeitet habe. Wie sie zu jener inneren Klarheit gelangt sei, die ihr offenbart habe, was sie als Nächstes mit ihrem Leben anstellen sollte: ein Wellness-Retreat der Spitzenklasse für Frauen mit einem Überschuss an Cortisol und Geld zu gründen. Und so kam es, dass sie diesen Ort hier erschuf.

Ich beobachte sie wie gebannt. Und damit bin ich nicht

allein. Etliche von denen, die gerade nicht damit beschäftigt sind, das Gebäck zu bewachen, das sie nie essen werden, haben den Blick auf sie gerichtet. Drei, vier berühmte Gesichter sind ebenfalls darunter: Zwei Schauspielerinnen, glaube ich, und dann ist da noch ein Milchbubi, bei dem es sich um einen Sänger handeln könnte. Doch irgendwie verblassen sie alle im Vergleich zur strahlenden Erscheinung von Francesca Meadow.

Da dreht sie den Kopf, und einen Moment lang kreuzen sich unsere Blicke. Irgendetwas erzittert in der Luft zwischen uns. Doch an ihrem Lächeln ändert sich nichts, und schon wandert ihr gleichmütiger Blick weiter durch den Raum. Ich senke das Kinn, verberge mein Gesicht hinter meinen Haaren. Aber sie hat mich gesehen, da bin ich mir sicher. Ein Schauder durchläuft mich. Es ist das Gefühl, das gemeint ist, wenn man sagt, man habe seinem Tod ins Antlitz geschaut.

## SOMMERTAGEBUCH

### Der Wohnwagen – Tates Campingplatz

*31. Juli 2010*

War total heiß heute. Wir haben am Pool gelegen und haben The Cure über Frankies rosa iPod gehört, der an kleine tragbare Lautsprecher angeschlossen war. Frankie hat sich auf den Bauch gedreht, um ihren Rücken zu bräunen. Morgen steigt unser Mitternachtspicknick, Sparrow! Freust du dich schon?

Ähm, ja, sagte ich, obwohl ich nicht wusste, warum sie deswegen so aus dem Häuschen war.

Frankie las weiter in *Legends of Tome*, das sie sich in diesem schrägen kleinen Buchladen im Ort gekauft hatte. Ich lese gerade ein Buch von Jilly Cooper, das ich im Leihregal auf dem Campingplatz gefunden habe: *Bella*. Das Cover ist echt beschissen, meinte Frankie. (Darauf ist eine Blondine mit so einer schrecklichen hochtoupierten Siebzigerjahrefrisur und türkisfarbenem Lidschatten zu sehen.) Aber Bella ist ein cooler Name, sagte sie und tippte auf den Umschlag. So könntest du dich doch auch nennen.

Ich fragte: Was ist so schlimm an Alison?

Sie erwiderte: Das ist einfach nur ein bisschen … Wo kommst du noch mal her?

Aus Streatham, bei London, antwortete ich, und sie zuckte

mit den Schultern und meinte, Bella ist ein cooler Name, das ist alles.

Im nächsten Moment sprang sie auf und deutete aufs Meer. Siehst du das Boot da? Einer der Fischer spannt direkt zu uns rüber. Dieser Perversling! Siehst du sein Fernglas glänzen? Sie rannte ins Haus, holte das Fernrohr ihres Großvaters, schaute hindurch und meinte: Oh, das ist nur so ein Junge, und reichte es an mich weiter. Es war Shrimp, der dunkelhaarige Einzelgänger vom Strand. Sie grinste und meinte: Ich werde ihm mal was zum Glotzen geben. Dann riss sie ihr Bikinioberteil hoch, als wäre nichts dabei.

Genau deswegen hänge ich so gern mit ihr ab. Man weiß nie, was sie als Nächstes tun wird. Das ist aufregend. Ich hab nur Schiss, dass sie dahinterkommt, wie uncool ich bin, und mich bald langweilig findet. Ich wünschte, ich könnte mehr wie das Mädchen sein, das ich im Duschhaus auf dem Campingplatz beim Schminken getroffen habe. Sie war älter als ich … und definitiv cooler. Sie war vielleicht Ende zwanzig und hatte kleine Fältchen um die Augen. Ihr schwarzes Haar hatte sie wie Amy Winehouse auf dem Kopf aufgetürmt, mit richtig vielen filigranen Tattoos auf den Händen und Armen und massenhaft klimpernden Armreifen um die Handgelenke. Sie muss gemerkt haben, dass ich sie anstarrte, denn sie grinste, und dabei sah ich, dass einer ihrer Zähne abgebrochen war, was bei den meisten Leuten abartig ausgesehen hätte, aber bei ihr war es irgendwie cool – ich schätze, einfach weil sie so hübsch ist.

Hi, sagte sie. Ich bin Cora. Bist du hier zu Besuch?

Ich sagte Ja. Sie trug Eyeliner am inneren Augenrand auf, womit sie wie eine wunderschöne Katze aussah.

Das kriege ich nie hin, ohne es zu verschmieren, sagte ich zu ihr.

Soll ich das für dich machen?, bot sie an. Ich sagte Ja. Als sie anfing, tränten meine Augen, und der keltische Knoten von ihrem Fingerring stieß kühl gegen meine Wange. Ihr Atem roch nach Zigaretten und Pfefferminzkaugummi, und sie meinte: Steht dir. Und ich schaute in den Spiegel und kam mir vor wie ein anderer Mensch.

Wie heißt du?, wollte sie wissen.

Bella, antwortete ich.

*1. August 2010*

Heute Abend habe ich meinen Wecker auf 23:30 Uhr gestellt und mich dann mit ein paar Packungen Knabberzeug und Dairy-Milk-Schokoriegeln (aus Mums Snack-Vorräten für den Strand) aus dem Wohnwagen geschlichen. Es war unheimlich, den Pfad über die Klippen zu gehen, allein im Mondlicht, mit dem tiefen Abgrund auf der einen Seite. Als ich auf das dunkle Meer hinausblickte, musste ich an Graham Tates Geschichte von den Pferden denken, die eines Nachts über die Klippen gejagt wurden.

Ich bekam einen Riesenschreck, als ich den Blick wieder auf den Weg richtete und drei große Typen auf mich zukommen sah. Aber da meldete sich einer von ihnen mit: Hey, du bist es! Und mir wurde klar, dass es der Typ vom Strand mit dem karamellbraunen Haar war. Er fragte, ob alles okay sei und ob ich mich verlaufen hätte, und ich antwortete, dass ich mit meiner Freundin verabredet war.

Die aus dem Manor? Er verzog das Gesicht.

Diese schnöseligen Wichser, meldete sich einer der Typen, mit denen er unterwegs war.

Aber er so: Halt die Klappe, Nate. Dann sagte er zu mir:

Falls dir dort langweilig werden sollte, dann komm doch irgendwann mal wieder runter an den Strand, okay? Wir könnten zusammen abhängen?

Ich war froh, dass es dunkel war und er mein Gesicht nicht sehen konnte. Aber den ganzen Weg zum Manor musste ich daran denken und grinste total trottelig vor mich hin.

Frankie wartete am Tor auf mich. Die Zwillinge waren auch da. Sie hatten ein Mädchen mit so einer seitlich geknöpften Kappa-Jogginghose dabei. Als ich Frankie nach ihrem Namen fragte, meinte sie: Ach, das ist nur so ein Mädel aus dem Ort. Die Zwillinge alberten herum und versuchten, sie zum Lachen zu bringen.

Wir gehen in den Wald, verkündete Frankie. Komm schon.

Sie trug eine kleine perlenbesetzte Tasche über dem Arm und hatte das Fossil dabei, das ich im Gezeitentümpel gefunden hatte. Ich zeigte ihr die Snacks, die ich aus dem Wohnwagen stibitzt hatte, und sie sagte: Oh Gott, Sparrow, du bist echt zum Schießen! Das ist zwar nicht die Art von Mitternachtspicknick, aber ich schätze, was zu essen kann nicht schaden.

Wir spazierten in den Wald hinein. Ich bin noch nie irgendwo gewesen, wo es so still war. Da die Bäume so nah beieinanderstehen, drang kaum Mondlicht hindurch, aber Frankie hatte eine Taschenlampe dabei. Ich gab mir Mühe, nicht an *Blair Witch* zu denken. Als Erstes kamen wir an diesem toten weißen Baumstamm mit den zwei abstehenden Ästen vorbei.

Das ist der Wünschelrutenbaum, erklärte Frankie. Hier entlang. Die Zwillinge gingen hinter uns – sie spielten sich auf, ahmten Wolfsgeheul nach und so. Eigentlich ist es schon komisch, denn obwohl die beiden älter sind, ist Frankie definitiv die Anführerin. Ich konnte das Mädchen kichern hören. Sie fragte immer wieder: Was machen wir hier? Aber niemand antwortete ihr.

Frankie führte uns weiter zu einer Lichtung, wo ein paar Steine in einem Kreis um einen großen Baum angeordnet waren. Sie erinnerten mich an einen Besuch von Stonehenge mit meinen Eltern, aber die Miniversion davon.

Wir sollten nicht hier sein, sagte das Jogginghosen-Mädchen. Das ist der Ort, wo sie sich versammeln.

Frankie meinte: Wen meinst du mit sie?

Das Mädchen antwortete: Die Vögel. So wie sie es sagte, klang es wie dieser Filmtitel: Die Vögel. Mir fiel wieder Graham Tates Geschichte ein, und ich bekam ein bisschen Angst. Ich musste irgendwie kichern und war aufgeregt. Aber hauptsächlich hatte ich Angst.

Frankie lachte nur und leuchtete mit ihrer Taschenlampe an dem Baum in der Mitte des Steinkreises hoch. Da waren jede Menge seltsame Formen in die Rinde geritzt. Ich versuchte, darauf zu kommen, woran sie mich erinnerten, als das Jogginghosen-Mädchen sagte: Sie nennen ihn den Baum mit den hundert Augen. Und genauso sah er aus – als würden all diese Augen in sämtlichen Größen und Formen in alle Richtungen gleichzeitig starren.

Frankie streckte ihren Arm aus. Da, schaut mal, sagte sie und zeigte auf einen langen, schmalen Spalt im Baumstamm. Ich musste an einen Briefkastenschlitz oder einen Mund denken. Sie drehte sich zu mir um und sagte: Wetten, du traust dich nicht, deine Hand da reinzustecken.

Ich lachte und sagte: Auf keinen Fall.

Los, mach schon, drängte Frankie. Tu es.

Also tat ich es, und ich weiß, das klingt jetzt bescheuert,

aber ich hatte das Gefühl, dass ich die Hand vielleicht nie wieder rausbekommen würde.

Und in dem Moment sagte das Mädchen: Du darfst den Baum nicht anfassen, außer, du willst ihn benutzen.

Frankie drehte sich zu ihr. Ihn benutzen?

Ja. Das Mädchen klang etwas verlegen. Man kann Botschaften im Stamm hinterlassen und so.

Botschaften?

Ja, wenn man will, dass sie etwas für einen erledigen. Aus Rache zum Beispiel.

Frankie leuchtete dem Mädchen mit der Taschenlampe direkt ins Gesicht. Wie süß! Du glaubst den Quatsch wirklich, oder? Und sie lachte.

Das Mädchen lachte auch, aber ich glaube nicht, dass sie es so lustig fand.

Danach gingen wir zu diesem alten Baumhaus. Ich konnte eine wackelige Leiter erkennen, die in die Baumkrone hinaufführte, und so eine Art dunklen Klotz, der in den Zweigen hockte. Da oben war es stockfinster. Es roch nach altem modrigen Holz, und der Boden unter meinem Hintern war feucht. Wir fünf passten gerade so hinein. Dann öffnete Frankie ihre kleine Tasche und leuchtete hinein.

Gute Arbeit, Schwesterchen, lobte Hugo. Oscar lachte. Scheiße, Mann, du hast ihr echt nichts übrig gelassen. Frankie kippte die Tasche vor mir aus. Das ist unser Picknick, erklärte sie. Meine Mum ist zwar eine dumme Kuh, aber hier und da ist sie doch für was zu gebrauchen. Stell dir nur ihr Gesicht vor, wenn sie mit ihrem Lover in St. Tropez ankommt und merkt, dass sie ihre Glückspillen nicht dabeihat. Das geschieht ihr ganz recht, dafür, dass sie uns jeden Sommer hier ablädt.

Ich wurde panisch. Ich hatte noch nie Drogen genommen … und war bisher nur einmal betrunken gewesen. Ich nahm eine Pille und steckte sie mir in den Mund, aber als Frankie nicht hinsah, spuckte ich sie schnell wieder aus, sodass ich nur den Überzug abbekam.

Die Zwillinge und das Mädchen warfen sich ihre Pillen ein. Dann beugte sich Hugo vor und sagte leise etwas zu Frankie, und sie packte mich am Arm und meinte: Komm, lassen wir sie eine Weile allein.

Wir spazierten zurück zur Lichtung. Frankie kramte ein paar Teelichter aus ihrer Tasche hervor, stellte sie zwischen den Steinen auf und zündete sie an. Dann legte sie das Fossil in die Mitte. Das wird uns bei der Beschwörung behilflich sein, erklärte sie.

Ich fragte, was wir beschwören würden. Meine Stimme war mittlerweile ganz zittrig. Als ich ein Rascheln und Scharren im Gebüsch in der Nähe hörte, sagte ich mir, dass es nur ein Kaninchen sei.

Frankie sagte: Die Vögel, du Dummerchen. Die Sache ist nur, was wir wirklich dafür brauchen, ist ein Menschenopfer.

Ich gefror zu Eis.

Sie lachte mich aus. Ich mach doch nur Spaß! Oh mein Gott, du bist so leichtgläubig, Sparrow.

Dann überredete sie mich dazu, mich mit ihr in das welke Laub zu legen. Der Boden war feucht und kalt, aber sie nahm meine Hand, und ihre war ganz warm und trocken.

Vielleicht hatte ich doch mehr von der Pille abbekommen, als ich dachte, weil ich den Boden unter meinem Rücken nicht mehr wirklich spüren konnte. Es war ein bisschen so, als ob ich schweben würde, außerdem spürte ich mein Herz klopfen wie verrückt und konnte nicht richtig atmen.

Plötzlich war da dieser Laut, wie ein Schrei. Und Frankie sagte: Autsch, verdammt noch mal, Sparrow, meine Hand! Ich hatte nicht gemerkt, wie fest ich sie gepackt hatte.

Was war das?, fragte ich. Hast du das auch gehört? Und Frankie meinte nur so: Keine Ahnung. Vielleicht hat es ja funktioniert. Vielleicht waren das die Vögel! Dann lachte sie und sagte: Das war wahrscheinlich ein Fuchs. Die geben echt schreckliche Laute von sich, wenn sie Sex haben. Aber ich hatte ein ungutes Gefühl und warf einen Blick in Richtung des Baumhauses.

Später gesellten sich die Zwillinge zu uns. Das Mädchen sei nach Hause gegangen, sagten sie. Dann, kurz bevor ich ging, umarmte mich Frankie fest und meinte: Das hat doch Spaß gemacht, oder? Und ich sagte Ja, weil es auch irgendwie Spaß gemacht hat. Auf eine gruselige Art und Weise. Dann sagte sie: Aber nächstes Mal schluckst du die Pille, Sparrow. Das ist nicht lustig, wenn du nicht mitmachst. So als würdest du mich im Stich lassen. Mich enttäuschen. Ich hasse es, wenn Menschen mich enttäuschen.

# FRANCESCA

Ich dachte, es würde sich gut machen, mich heute Morgen unter die Gäste zu mischen. Zu zeigen, dass ich eine von ihnen bin.

Es war ein bisschen unangenehm, wie sie sich alle nach mir umdrehten, als ich das Restaurant betrat. Ich nehme an, dass jeder von ihnen weiß, wer ich bin. Für viele Leute bin ich »das Gesicht des Manors« (das könnte tatsächlich der genaue Wortlaut aus dem *Harper's Bazaar*-Artikel sein).

Ich nippe an meinem Getränk, einem veganen Kurkuma-Shake – wir pressen hier unsere eigene Mandelmilch. Schmeckt leider nicht so toll. Ich hebe einen Finger und zitiere Georgina, die Seashard-Managerin, herbei. »Georgina, Liebes – das ist aber sehr wässrig, oder? Wir können unseren Gästen doch nichts anbieten, was sie auch aus jedem x-beliebigen Tetrapak bekommen können!«

Georgina nickte kleinlaut.

»Okay, dann lauf und bring das in Ordnung. Und danke dir, meine Liebe. Ich weiß das sehr zu schätzen.«

Schon ist sie auf und davon.

Allerdings ist mein Problem nicht die Mandelmilch. Etwas anderes ist nicht in Ordnung. Ähnlich dem Gefühl, wenn man im Meer ist und an eine Stelle schwimmt, an der das Wasser auf einmal viel kälter ist, ohne ersichtlichen Grund. Ja, genau so fühlt es sich an: ein kalter Strom negativer Energie. Auf solche Dinge reagiere ich überaus sensibel.

Ich lasse meinen Blick durch den Frühstücksraum schweifen, um mich zu erden. Um mir in Erinnerung zu rufen, dass dies mein Raum ist. Hier kann mir nichts etwas anhaben …

Urplötzlich erstarre ich. Irgendwo in der Menge entdecke ich ein Gesicht. Ein Gesicht, das … nicht hier sein sollte. Ich versuche, es in dem regen Treiben wiederzufinden. Es ist, wie wenn einem ein Wort auf einer Buchseite ins Auge gesprungen ist und man sich hinterher nicht mehr erinnern kann, an welcher Stelle genau es sich befand.

Nein, ermahne ich mich. Das ist nicht möglich. Wir haben die Gäste gebeten, kleine Kurzbiografien einzureichen, damit wir sie »bestmöglich empfangen und den Aufenthalt entsprechend gestalten können«. Ich möchte wissen, wer bei uns zu Gast ist. Ganz ohne Hintergedanken. Es geht mir schlicht darum, ein echtes Gefühl von Gemeinschaft zu gewährleisten. Ich bin sie persönlich alle durchgegangen. Um jeder Unstimmigkeit zuvorzukommen. Warum aber fühle ich mich dann so furchtbar – so, als wäre ich vergiftet worden? Ich will mir gar nicht vorstellen, wie viel Cortisol gerade meine Adern flutet.

Ich nehme noch einen Schluck von dem Getränk und spucke es beinahe aus. Widerlich. Ich habe einen scheußlichen metallischen Geschmack im Mund. Abrupt stehe ich auf, und mein Stuhl schrammt über die Fliesen. Die Gäste am Nebentisch heben die Köpfe. Ich sehe, wie der Mann auf meinen Mund blickt und zusammenzuckt. Instinktiv hebe ich meine Finger an die Lippen. Ich hatte es gar nicht bemerkt, aber ich muss hineingebissen haben, denn an meinen Fingerkuppen ist Blut.

# OWEN

Ich ziehe meine Arbeitsstiefel an und mache mich auf in Richtung Wald. Ich freue mich schon darauf, bei dem praktischen Teil der heutigen Arbeit abzuschalten: den Boden für das Baumhausprojekt vorzubereiten. Die Unterkünfte werden mit Seilpfaden, Baumbrücken und Holzleitern in mehreren Metern Höhe versehen sein. Außerdem werden sie mit Himmelbetten, hochmodernen Stereoanlagen und elektrisch einziehbaren Dachpaneelen ausgestattet, die den Gästen ermöglichen sollen, in die Baumkronen emporzuschauen und so in den vollen Genuss eines »Waldbad-Erlebnisses« zu kommen.

Ich sehe den Baumpfleger in seinem Schnittschutzoverall am Waldrand warten, neben ihm auf dem Boden die Werkzeuge, die schon bereitliegen.

»Hey.« Er streckt mir die Hand entgegen, als ich näher komme. »Ich bin Jim, ich ...«

»Die Bäume, die gefällt werden sollen, habe ich mit einem weißen X markiert«, unterbreche ich ohne weitere Einleitung. »Da, sehen Sie? Mit der Gruppe können Sie loslegen.«

»Ja, also, äh ...« Da ist irgendwas in seinem Tonfall, was mich veranlasst, mich umzudrehen und ihn mir genauer anzusehen. Er steht mit verschränkten Armen da, seine Haltung hat etwas Defensives. »Die möchte ich nicht fällen.«

»Wie bitte?« Ich muss mich wohl verhört haben.

»Ich hab gesagt, dass ich die nicht fällen möchte.« Wenigstens hat er den Anstand, verlegen dreinzuschauen.

Für so etwas habe ich keine Zeit. »Warum zur Hölle nicht? Genau dafür werden Sie doch bezahlt.«

Er deutet mit dem Kopf zu den Bäumen hinüber. »Das da vorne ... das sind Holunderbäume.«

»Ja, das weiß ich, danke.« Die Zweige biegen sich unter dem Gewicht der penetrant duftenden weißen Blütendolden.

»Sie wissen, was passiert, wenn man einen Holunderbaum fällt?«

Ich bin mir vage bewusst, dass die Bäume mit irgendeinem Aberglauben in Verbindung gebracht werden. Meine Mutter hatte ein Faible für solche Sachen. Aber ich habe nicht vor, ihm die Peinlichkeit zu ersparen – soll er es ruhig aussprechen. »Nein. Was erzählt man sich denn?«

Er kratzt sich hinterm Ohr. »Na ja, dass es Pech bringt, oder? Man darf nur einzelne Äste abschneiden, und selbst dann muss man ...« Er räuspert sich und sieht noch verlegener drein – so verlegen, wie ein erwachsener Mann, der so einen Scheiß verzapft, es auch sein sollte, »... erst um Erlaubnis bitten.«

»Um Erlaubnis bitten?«

Jetzt guckt er sogar noch belämmerter. »Ja, bei der ... ähm ... der Holundermutter. Dem Geist, der im Baum wohnt. Aber wenn man den ganzen Baum fällt ... nun ja, dann handelt man sich richtiges Pech ein, heißt es.«

»Einen Augenblick. Lassen Sie mich das klarstellen: Sie

wurden beauftragt, diese Bäume zu fällen, und jetzt sagen Sie mir, dass Sie sich weigern, es zu tun?«

»Das steht sogar auf meiner Webseite: ›Keine Holunderbäume‹. Das ist ... na, Sie wissen schon ... eine meiner Bedingungen.«

Was stimmt eigentlich nicht mit den Leuten in diesem Winkel der Erde? Immer noch dieses sture, rückständige Festhalten an Hexerei und diesem versponnenen Kram. Sicher, Francesca interessiert sich ebenfalls für Spirituelles. Aber sie geht das Thema auf eine erfrischend vernünftige Art und Weise an. Selektiv, könnte man sagen. Im Hinblick darauf, ob es ihr von Nutzen sein kann. Manche würden es vielleicht als zynisch bezeichnen – ich finde es pragmatisch.

Mir fällt auf, dass Jim mich beobachtet, vermutlich, weil er auf meine Reaktion wartet.

»Okay, ich werde die Holunderbäume selbst fällen. Dann können Sie die Eichen übernehmen. Diejenigen, die gefällt werden müssen, habe ich mit dem Spray markiert. Ein weißes X.«

Jim runzelt die Stirn. »Sie sind aber nicht der Einzige, der sie markiert hat.«

»Wie meinen Sie das?«

»Schauen Sie.«

Er winkt mich rüber. Dann zeigt er mir eine Markierung am nächsten Baum. Sie ist nicht aufgesprüht wie meine X, sondern in die Rinde geritzt. Es sind frische Schnitte, die das nasse, rohe Holz darunter bloßlegen. Sie müssen kürzlich angebracht worden sein. Ich trete einen Schritt zurück, um das Zeichen besser in Augenschein nehmen zu können. Es erinnert an die primitive Zeichnung eines fliegenden Vogels.

Unwillkürlich spüre ich eine unheilvolle Vorahnung in mir aufsteigen, wie ein übler Geschmack, der sich in meinem Rachen ausbreitet.

»Gut«, sage ich zu mir selbst und zu Jim. »Dann hatten ein paar Vandalen aus der Gegend also ihren Spaß. Jetzt erzählen Sie mir aber bitte nicht, dass es mehr zu bedeuten hat.«

Jim verzieht das Gesicht. »Ich glaube, es bedeutet: Fällen Sie diesen Baum nicht. Ich denke, es bedeutet: Wenn Sie das tun, könnte etwas Schlimmes passieren.«

»Herrgott noch mal. Erst haben sie versucht, uns über den Gemeinderat aufzuhalten, und jetzt versuchen sie es so. Das ist erbärmlich.«

Wir haben uns im Ort einige Feinde gemacht. So ist das eben in dieser Gegend – Hass auf jeglichen Fortschritt, jede Veränderung. Seitdem die Baugenehmigung für die Baumhäuser erteilt wurde, haben wir ein paar ziemlich üble Nachrichten erhalten – Drohungen und Beleidigungen.

»Außerdem«, fahre ich fort, »sind sie hierfür illegal auf Privatgrund eingedrungen. Tja, es wird mir eine umso größere Freude sein, diese Bäume zu fällen. Na dann, lassen Sie uns loslegen.«

»Ja, nun.« Jetzt sieht dieser Jim richtig betreten drein. »Schauen Sie, es tut mir wirklich leid, aber ich kann das einfach nicht. Das ist mir nicht geheuer.«

»Aber Sie wurden bezahlt ...«

Er hebt kapitulierend die Hände. »Sie können Ihr Geld

zurückhaben. Ich will den Job nicht. Das ist es nicht wert. Dies ist ein seltsamer Ort, verstehen Sie? Tome, meine ich. Es gibt hier Dinge, mit denen möchte man nichts zu schaffen haben.« Er wirft einen nervösen Blick ins Waldesinnere. »Auf dem Weg hierher war ich im Pub frühstücken. Die Leute sind nicht gerade glücklich über das Ganze hier.« Er schüttelt den Kopf. »Ganz und gar nicht.«

Ich frage mich, was genau er gehört hat, hake aber nicht weiter nach. Es ist besser, gar nicht erst drauf einzusteigen.

»Hören Sie«, beginne ich. »Sie können Ihr Geld behalten, was meiner Meinung nach verdammt anständig von mir ist, aber dafür werde ich Ihre Kettensäge benutzen. Kapiert? Die Baumgeister werden Sie schon nicht holen, wenn ich sie schwinge, oder? Und ich nehme dieses Risiko gerne auf mich.« Fordernd deute ich zur Motorsäge. Sollte es so etwas wie böse Geister geben, dann hatten sie mit mir bereits ihr Vergnügen.

Nach kurzem Zögern reicht er mir die Kettensäge. Knurrend erwacht sie zum Leben, als ich sie starte.

Ich halte sie an die Rinde der nächstbesten Eiche und spüre die umherfliegenden Splitter, als das Sägeblatt sich ins Holz zu fräsen beginnt, während ich gleichzeitig versuche, einen leichten Anflug von Unbehagen zu unterdrücken. Plötzlich meine ich die klingelnde Melodie eines alten Kinderliedes zu hören: »The Teddy Bears' Picnic« – mit seinem seltsam drohenden Versprechen einer geheimen Zusammenkunft im Wald.

Ich beiße die Zähne zusammen und übertöne die Melodie in mir mit dem Dröhnen der Maschine. Als ich einen raschen Blick zu Jim rüberwerfe, hat er mir den Rücken zugewandt, so, als könne er es nicht ertragen, hinzusehen.

Anschließend lasse ich mich auf einem der gefällten Baumstämme nieder, um mir eine Kippe anzustecken. Es ist seltsam. Ich habe das Gefühl, beobachtet zu werden – ein leichtes Kribbeln im Nacken. Ich schaue ein paarmal über meine Schulter, aber da ist niemand. Vielleicht liegt es nur am Schweiß, der mir in die Augen rinnt, dass ich zwischen den Bäumen eine merkwürdig flirrende Bewegung wahrnehme. Aber das Unbehagen bleibt. Das Bild des toten Hahns an der Tür erscheint immer wieder vor meinem inneren Auge.

Während ich so dasitze und rauche, spüre ich hinten an meinem Oberschenkel ein Piksen. Ich greife in meine Hosentasche und ziehe den kleinen cremefarbenen Umschlag hervor. Nachdem ich mich um das halb verweste Federvieh kümmern musste und dann von Michelle aufgehalten wurde, hatte ich das Kuvert ganz vergessen.

Ich lese den Namen, der auf die Vorderseite gekritzelt ist: FRANKIE.

Wer ist Frankie?

Schlagartig wird es mir klar. Der Umschlag muss an Francesca adressiert sein, auch wenn ich noch nie gehört habe, dass jemand sie Frankie nennt. Und gerade, weil ich es noch nie gehört habe, kann ich nicht widerstehen, drehe das Kuvert um und reiße es auf. Der Zettel, der herausgleitet, ist mir bekannt – *The Manor* prangt in grünen Lettern am oberen Rand, darunter die Anschrift und eine filigrane Zeichnung des Herrenhauses.

*Komm um Mitternacht in den Wald.*
*Wie in alten Zeiten? Unter dem Baum*
*mit den hundert Augen. Es ist lange her.*
*Wir haben viel zu besprechen.*

Das gefällt mir nicht. Der Spitzname. Die Vertraulichkeit. Ein mitternächtliches Treffen im Wald. Stammt das Schreiben von derselben Person, die auch den Hahn an die Tür genagelt hat? Falls ja, verleiht das dem Ganzen eine verdammt unheimliche Note. Zumal der Verfasser offenbar Zugriff auf das hoteleigene Briefpapier hat, was es schwierig macht, es als Scherz irgendeines Einheimischen abzutun. Und selbst wenn es nicht von der Person stammt, die für den Kadaver an der Tür verantwortlich ist, gefällt mir das trotzdem kein bisschen, weil es einen Eindruck von Intimität vermittelt. Von einer gemeinsamen Vergangenheit. Als ich es abermals lese, bleibe ich an zwei Formulierungen hängen:

*Es ist lange her*

*… viel zu besprechen.*

Beide füttern sie die Unsicherheiten, die ich bezüglich unserer Beziehung habe. Wir sind erst kurze Zeit zusammen, unser Wissen übereinander ist im Grunde noch recht oberflächlich. Mir ist bewusst, wie wenig ich bislang von mir selbst preisgegeben habe. Aber Francesca schien mir, aufgrund ihrer gesunden Art, ihrem Beharren auf »radikaler Ehrlichkeit«, immer wie ein offenes Buch. Zum ersten Mal kommt mir der Gedanke, dass es da bei ihr möglicherweise noch etwas anderes gibt, eine Vergangenheit, von der ich nichts weiß.

*Frankie.*

Ich falte den Zettel zusammen und schiebe ihn in meine Hosentasche zurück. Aber ich kann sie spüren, die scharfen Kanten des Umschlags. Dieser Brief mit seiner Andeutung eines Geheimnisses gefällt mir nicht. Und ich hasse es, wenn Leute irgendwelche beschissenen Geheimnisse haben – vor allem, wenn es jemand ist, der mir nahesteht.

*Der Tag nach der Sonnenwende*

## DETECTIVE INSPECTOR WALKER

Walker schlüpft in einen Schutzanzug, wie ihn auch die anderen weiß gekleideten Beamten am Strand anhaben. In einiger Entfernung stehen die Fischer in einem Grüppchen herum – die Männer, die die Leiche gefunden und sie gemeldet haben. Sie geben ein unbehaglich dreinschauendes, wenn auch aufmerksames Publikum ab.

Ein erneuter Schwall von Adrenalin schießt durch Walker hindurch, als er sich dem Opfer nähert. Wegen der steigenden Flut war keine Zeit, ein Zelt über der Leiche zu errichten. Da ist der blutgetränkte Stoff der Kleidung, der sich im Wind fängt. Der gebrochene Hals und die puppenhaften Gliedmaßen, die in obszönen Winkeln abstehen. Das entstellte Gesicht – seine einstigen Züge durch den Aufprall völlig zerstört.

*Nicht dass es aus dieser Höhe viel gebracht hätte, auf dem Sand statt auf dem Felsvorsprung zu landen. Aber immerhin hätte es nicht so eine Schweinerei gegeben.*

Erst als er aufblickt und den Gesichtsausdruck seiner Mitarbeiterin sieht, wird ihm klar, dass er den Gedanken laut ausgesprochen hat. Sie wirkt schockiert. Und tatsächlich ist er selbst geschockt von seinem Mangel an Feingefühl. Normalerweise achtet er sehr darauf, den Opfern gegenüber respektvoll zu sein und auch im Tod ihre Würde zu wahren.

»Chef?« Er dreht sich um und sieht die Leiterin der Kriminaltechnik vor sich stehen. Zwischen ihren behandschuhten Fingern baumelt ein kleiner, durchsichtiger Asservatenbeutel. »Wir haben das hier gefunden«, sagt sie stirnrunzelnd. »Es befand sich in der Hand des Opfers.«

Hinter ihnen ist ein Aufschrei zu hören. Walker dreht sich um und sieht, dass mehrere der Fischer den Beweisbeutel anstarren. Wer hat ihnen erlaubt, sich dem Tatort so weit zu nähern? Sie sollten nichts von dem hier zu sehen bekommen, aber jetzt ist es schon zu spät. Er beobachtet, wie einer von ihnen die Hand hebt, um sich rasch zu bekreuzigen.

»Ist das …?« Auch Heyer ist näher getreten, um einen Blick auf den Gegenstand zu werfen. »Ist das eine …?«

»Sie scheint von einem Rabenvogel zu stammen«, erklärt die Kriminaltechnikerin. »Von einem Raben oder einer Krähe … Von was genau, müssen wir noch feststellen.«

Walker mustert den Fund durch das Plastik hindurch. Den öligen Glanz, den dunklen Flaum am Schaft, direkt oberhalb des spitzen Kiels.

Eine kleine schwarze Feder.

*Der Tag vor der Sonnenwende*

## BELLA

Es ist noch nicht einmal Mittag, aber ich nippe bereits an einem »Manor Margarita«, während ich auf einer grün-weiß gestreiften Sonnenliege am Pool sitze und meinen nächsten Schritt plane.

Von hier aus habe ich einen Blick auf die direkt darunter gelegene sandige Bucht. Unter der strahlenden Junisonne erscheint das Meer aquamaringrün, ein sattes Dunkelblau markiert die Stelle, wo es am Horizont auf den wolkenlosen Himmel trifft. Die Stufen zum zehn Meter tiefer gelegenen Strand sind mit einem kleinen bemalten Schild und einem Seilhandlauf versehen. Mehrere Angestellte stehen wie Lakaien bereit, um den Gästen grün gestreifte Sonnenschirme, farblich passende Plüschhandtücher und Kühlboxen mit Getränken und Gourmet-Snacks runterzutragen.

Der Infinity-Pool ist eine architektonische Meisterleistung von Owen Dacre. Er vermittelt die Illusion eines steil über die Klippen abfallenden Abgrunds, direkt hinein in das offene Meer. Die Fliesen sind in einem gedämpften Graugrün gehalten. Ich selbst sehe noch die uralten fleckigen Steinplatten vor mir, die von Flechten überzogenen Wassernymphenstatuen und das Poolhaus, gerammelt voll mit allerlei Krimskrams. Die Vergangenheit flimmert wie eine Fata Morgana über dem Wasser.

Ich erinnere mich, wie ich dort mal nach einer Handvoll Pfundmünzen umhergetastet habe. Und daran, wie sie mir von der Sonnenliege aus zurief: »Wenn du sie findest, kannst du sie behalten!« Wie ich mich zum Trocknen auf die warmen, rauen Steine legte, um zuerst die Liebkosung der Sonne und dann ihre stechende Hitze zu spüren. An den beißenden Geruch vom Chlor, der in der Nase brannte.

Meine Sonnenliege steht auf der »Infinity«-Seite des Pools, die näher am Meer liegt. Fast alle Plätze sind belegt. Diejenigen, auf denen sich keine makellosen Instagram-Körper (hauptsächlich Frauen) oder Aktienfonds-Wampen (hauptsächlich Männer) räkeln, sind mit Handtüchern reserviert. Offenbar spielt es keine Rolle, wie reich man ist – keiner ist sich zu schade, sein Revier abzustecken wie ein Pauschalurlauber.

Ich stehe auf und trete ans Becken. Meinen Kopf werde ich nicht untertauchen. Bei Blond muss man aufpassen, hat mich mein Friseur gewarnt – in Chlorwasser wird es grünstichig. Das wäre dem Eindruck, den ich hier zu vermitteln versuche, nicht gerade dienlich. Ich steige die Stufen hinab und tauche ein ins kühle Nass. Selbst das Wasser fühlt sich teuer an – eine Textur wie Seide. Meine Zehen betasten den Grund. Nein, in diesem Pool gibt es keinen schleimigen Belag unter den nackten Sohlen.

Danach lasse ich mich wieder auf dem heißen Segeltuchstoff meiner Sonnenliege nieder. Aus den Lautsprechern dringen sinnlich-träge House-Rhythmen.

Gesprächsfetzen von den Nachbarliegen wehen zu mir herüber.

»Wow, schau dir mal den Vorbau an.«

»Ich persönlich interessiere mich mehr für die Beine. Diese sexy kleine Rezeptionistin – das ist schon eher mein Ding.«

»Du hast also auch ins Manor investiert?«

»Ja. Hab ein bisschen Cash reingepumpt, als ich die Firma verkauft habe. Dachte mir, ich greife meinem Schwesterchen unter die Arme. Wir haben so viele Sommer hier am Pool verbracht. Schon seltsam, wieder am Ort des Geschehens zu sein. Klar, damals war hier noch dieses scheußliche nierenförmige Ungetüm – kein Vergleich zu diesem Becken –, aber wir dachten, es ist total angesagt.«

Plötzlich sind alle meine Sinne hellwach.

»Das muss man Fran wirklich lassen: Sie hat die Hütte auf Vordermann gebracht.«

Ich traue mich kaum, den Kopf zu drehen. Doch hinter meiner Sonnenbrille werfe ich einen Seitenblick nach rechts. Genug, um rosa Badeshorts zu sehen, die eine eher unglückliche Kombi mit dem sich anbahnenden Sonnenbrand bilden. Über dem Bund sehe ich einen schwammigen Bauchansatz. Mein Blick wandert zu dem teuer frisierten Haar, das an der Stirn schon etwas zurückweicht – aber nicht so weit, dass es den markanten weißen Haarschopf am Scheitel verborgen hätte.

Hugo!

»Mist!« Ich habe etwas von der Margarita auf meine Brust gekleckert. Schnell tupfe ich das Getränk mit dem Zipfel meines Handtuchs ab. Mir entgeht nicht, dass die beiden Typen sich zu mir umdrehen – zweifelsohne, um einen Blick auf die verrückte Einzelgängerin zu werfen, die sich zu dieser frühen Stunde bereits einen Cocktail hinter die Binde kippt.

Ich möchte nichts lieber als aufstehen und gehen. Aber

plötzlich ist mir vor lauter Unbehagen so schwindlig, dass ich nicht weiß, ob ich dazu noch in der Lage bin. Stattdessen senke ich den Kopf, sodass mir mein Haar vors Gesicht fällt, und bleibe, wo ich bin, während der Puls in meinen Ohren dröhnt. Dann erst greife ich mit ungeschickten Fingern in meine Tasche und ziehe meine Poollektüre heraus. Das abgewetzte alte Notizbuch fällt ein wenig ab neben den Finanzratgeber-Schinken und Buchpreis-Gewinnern, die all die anderen Gäste »lesen« (tun sie nicht, die Bücher liegen einfach nur zu Dekorationszwecken auf den Sonnenliegen herum).

Ich nehme noch einen großen Schluck von meinem Cocktail. Dann blättere ich weiter, bis ich die gesuchte Stelle gefunden habe.

»Ja, Francesca hat wirklich ganze Arbeit geleistet«, höre ich Hugo Meadows' Begleiter sagen.

Gott sei Dank, sie unterhalten sich wieder. Ich spüre, wie der Fokus ihrer Aufmerksamkeit nachlässt.

»Ja«, erwidert Hugo. »Trotzdem musste ich lachen, als ich die hübsch getrimmten Kiespfade gesehen hab, die in den Wald führen. Wenn ich daran denke, wie wir darin herumgerannt sind, wie eine Horde Irrer!«

»Hört sich toll an.«

»Ja. Wir hatten da draußen jede Menge Spaß.«

Der letzte Satz trifft mich wie ein Schlag in die Magengrube.

## SOMMERTAGEBUCH

### Der Wohnwagen – Tates Campingplatz

*2. August 2010*

Heute Vormittag lagen Frankie und ich mit unseren Büchern am Pool, und sie sagte: Das hat Spaß gemacht, oder? Im Wald?

Ja, sagte ich. Obwohl ich letzte Nacht schlecht geträumt habe.

Dann beugte sie sich vor, tippte auf mein Buch und sagte: Du liest Jilly Cooper wegen der Sexstellen, oder? Deshalb habe ich *Polo* von ihr gelesen.

Und ich nur so: Äh … vielleicht.

Da drehte sie sich mit ihrem Gesicht so nah zu mir um, dass ich ihren Juicy-Tubes-Lipgloss riechen konnte, und meinte: Du hattest doch schon Sex, oder? Und dann (als könnte sie mir ansehen, dass ich bisher nur einen Jungen geküsst hatte): Oh mein Gott, hast du nicht! Ist das süß! Da müssen wir was dagegen unternehmen. Auch wenn die Auswahl hier echt mies ist.

Beinahe hätte ich ihr von dem Typen mit dem karamellbraunen Haar erzählt, von dem Tag, als ich das Fossil gefunden hatte. Ich sehe ihn manchmal unten am Strand, wenn ich den Klippenpfad entlanggehe. Er hat ein orangenes Paddelboard, aber ich würde ihn auch ohne das Brett erkennen.

Er hat einen hammermäßigen Körper. Er und seine Kumpels schwimmen manchmal sogar zur Giant's Hand raus und springen da von den Felsen. Er wirkt dabei so locker, als würde es ihm überhaupt keine Angst machen. Neulich Abend hob er den Kopf und sah mich oben und winkte mir zu, und letzte Nacht, als ich allein in meinem Zimmer lag, musste ich an die Kontur seiner Hüften über dem Bund seiner grünen Badeshorts denken, und habe ---------

Mum, falls du das hier liest, KLAPP ES GEFÄLLIGST ZU.

Am Ende habe ich Frankie aber doch nicht von ihm erzählt. Sobald es um die Einheimischen geht, kann sie ganz schön komisch sein. Und außerdem, vielleicht möchte ich ihn auch für mich behalten?

*3. August 2010*

Heute Abend habe ich wieder diesen Typen gesehen, den sie Shrimp nennen. Es gibt da einen Wohnwagen, der etwas abseits von den anderen steht. Er ist schmuddeliger und älter und sieht aus, als würde da drin ernsthaft jemand wohnen – mit Wäscheleine, alten Blumentöpfen und so. Der Typ saß zusammengekauert auf den Stufen vom Wohnwagen.

Er spielte mit einer Schachtel Streichhölzer, zündete eins nach dem anderen an und beobachtete die Flamme so lang, dass sie ihm eigentlich schon die Finger verbrennen musste. Es gibt doch an jeder Schule dieses eine Kind, das gehänselt wird, weil es irgendwie komisch ist oder arm oder abgetragene Kleidung trägt? Ja, man konnte ihm ansehen, dass er so ein Kind war. Ich hatte Mitleid mit ihm.

Als ich Hallo sagte, nuschelte er irgendwas. Da habe ich ihn gefragt: Du heißt Shrimp, oder? Und er hat nur gemurmelt: Was geht dich das an? Ich sagte: Ist ja gut. Dabei habe ich nur versucht, nett zu sein.

Als ich weitergehen wollte, hörte ich erst das Geräusch – dieses RRRATSCH vom Streichholz – und erschrak. Dann schaute ich hin und sah die Flamme, die sein Gesicht von unten erleuchtete. Megagruselig.

*4. August 2010*

Heute sind zwei Dinge passiert. Zwei schlimme Dinge.

Gestern Nacht gab es einen Sturm. Ein richtiges Gewitter mit Donner und Blitzen draußen auf dem Meer. Aber heute Morgen war es wieder heiß, also bin ich mit Frankie zum Pool gegangen. Auf der Abdeckplane lag ein Haufen Blätter und anderes Zeug. An einer Stelle war eine Beule darunter ... ich dachte erst, dass vielleicht ein Schwimmreifen darunter feststeckte. Frankie begann damit, sie zurückzukurbeln, und als sie halb geöffnet war, sah ich dieses Ding unter dem Plastik hervorragen, das aussah wie ein kleines Bündel Zweige. Dann erkannte ich, dass es eine Vogelkralle war. Frankie kurbelte einfach weiter, bis der ganze Vogel zum Vorschein kam, total zerschlagen und verstümmelt. Voll eklig. Und so groß. Mir war nicht klar, dass die so groß sind. Am Himmel sehen sie viel kleiner aus.

Muss von einer Sturmböe hergeweht worden sein, sagte ich.

Ja, meinte Frankie und starrte mich an. Aber wie ist er dann <u>unter</u> die Plane geraten?

Ich fragte, wie sie das meinte.

Ich glaube, das waren die Vögel, sagte sie. Vielleicht haben wir sie doch heraufbeschworen. Geh schon und hol den Kescher, Sparrow. Ist im Poolhaus.

Das Poolhaus finde ich gruselig. Es ist muffig und dunkel und wahrscheinlich voller Spinnen. Der Lichtschalter funktionierte nicht, und ich konnte den Kescher nirgends entdecken. Nur zerbrochene Glaskrüge, leere Blumentöpfe, Gartenschnur, verstaubte alte Taschenbücher.

Da sah ich den Kescher in der Ecke lehnen. Ich machte einen Schritt nach vorn, um ihn mir zu schnappen. Da spürte ich Hände um meine Taille. Ich gab dieses quietschende Geräusch von mir wie unser Kater Widget, wenn man ihm auf den Schwanz tritt. Kurz wusste ich nicht, ob ich aufgeregt war oder verängstigt. Dann lachte er und stieß mich nach hinten in die Ecke. Da bekam ich es mit der Angst zu tun. Er war so viel stärker als ich, als er mich zu sich herumwirbelte. Ich verschränkte die Arme vor meinem Bauch, konnte mich aber nicht ganz bedecken, und er presste sich an mich. Er stand im Licht, sodass ich bloß die weiße Haarsträhne sehen konnte. Alles, was ich roch, war sein Lynx-Deo und seinen Schweiß. Er schob mir die Zunge in den Mund, und ich musste würgen bei der Mischung aus Marihuana und Doritos. Auf einmal waren seine Finger in meinem Bikinihöschen. Ich riss mich los. Lass mich gehen, brachte ich heraus.

Er meinte: Jetzt stell dich nicht so an. Ich seh doch, wie du mich anschaust und in deinem Bikini vor mir rumstolzierst. Dreckiges kleines Flittchen. Ich wollte dir nur einen Gefallen tun. So flach wie du bist, werden sich nicht viele Typen um dich reißen.

Als ich nach draußen lief, war ich geblendet von dem grellen Licht. Zurück am Pool schob Frankie wie ein Filmstar ihre Sonnenbrille die Nase runter und sah mich über den Rand hinweg an. Oh, da bist du ja, sagte sie. Hast du gefunden, wonach du gesucht hast?

*5. August 2010*

Ich möchte aus dem Vorfall im Poolhaus keine große Sache machen. Ich möchte auch nicht zu viel darüber nachdenken. Ich möchte nicht, dass es mir das Manor verdirbt. Heute bin ich wieder hin, weil ich so tun möchte, als wäre alles ganz normal. Aber ich muss ständig an Hugos Zunge denken, wie sie sich in meinen Mund schiebt. Heute früh bin ich aufgewacht und hatte das Gefühl, keine Luft zu bekommen.

Vielleicht ist es ja gar nicht so schlimm? Vielleicht habe ich ihm tatsächlich einen falschen Eindruck vermittelt? Vielleicht wird alles wieder gut, wenn ich einfach Abstand zu ihm halte.

Ich wünschte nur, ich müsste nicht ständig darüber nachdenken. Über das, was er über meinen Körper gesagt hat. Das Wort, das er benutzt hat. Dreckig.

Zum Glück hat er mich heute komplett ignoriert. Stattdessen hatte er einen Riesenstreit mit Oscar, bei dem es irgendwie um einen Jogginganzug ging. Hugo bestand darauf, dass Oscar ihm seinen geklaut hätte, aber Oscar meinte: Da ist doch mein verficktes Namensschild drin, du Spast!

Oh Mann, die gehen mir so was von auf die Nerven, sagte Frankie. Die haben mir die Hälfte von meinen Pillen geklaut, jetzt bleibt mir für den Rest vom Sommer nur noch eine Handvoll.

Frankie habe ich nichts von der Sache erzählt. Was, wenn ich es tue und sie komisch reagiert? Mich in einem anderen Licht sieht und denkt, ich hätte es drauf angelegt? Oder, noch schlimmer … was, wenn ich ihr in die Augen schaue und sehe, dass sie es schon weiß?

*6. August 2010*

Frankie hat mich heute Abend ins Crow's Nest eingeladen. Das ist dieser uralte Pub in Tome mit niedrigen Decken und Holzbalken. Ich dachte, es kämen nur wir beide, aber die Zwillinge, die in Oscars lindgrünem Golf GTI vorgefahren waren, saßen schon dort. Ich erstarrte, als ich Hugo am Tisch sah. Aber er sagte nur: Hi! Und lächelte freundlich, als wäre nichts passiert, als hätte er diese schrecklichen Dinge nicht getan oder gesagt oder als wäre alles nicht so schlimm gewesen wie in meiner Erinnerung (aber wenn das nicht so schlimm war, warum habe ich dann Albträume davon?). Er hat mich sogar gefragt, ob ich etwas trinken möchte. Aber die Wirtin wollte uns nicht bedienen, weil niemand einen Ausweis dabeihatte (obwohl die Zwillinge alt genug sind). Ich hatte das Gefühl, als würden uns alle im Pub anstarren.

Wir wollten gerade gehen, als jemand sagte: Oh, hey! Du bist es! Es war Cora, die ich im Duschhaus auf dem Campingplatz getroffen hatte. Sie trug ihre Amy-Winehouse-Frisur, eine enge Lederhose und ein weißes Tanktop. Die Zwillinge sabberten, und Frankie konnte nicht aufhören, sie anzuglotzen, und ich war irgendwie stolz, dass sie sich an mich erinnerte. Cora meinte: Ich arbeite hier, und ich hab auch das Schild draußen gemalt, schau! Sie hielt ihre Handflächen hoch, die mit goldener Farbe bedeckt waren. Aber jetzt brauche ich erst mal einen ordentlichen Drink. Als sie lächelte, sah ich den abgebrochenen Zahn und die dunklen Ringe unter den Augen, aber sogar die sahen irgendwie gut aus an ihr.

Frankie sagte: Die wollen uns nicht bedienen, aber Cora winkte ab. Darum kümmere ich mich schon, meinte sie und fragte, was wir wollten. Hugo gab ihr einen Zwanziger. Sie kam mit den Getränken zurück und sagte: Ich habe mir einen doppelten Gin Tonic rausgelassen, hoffe, das geht in Ordnung? Hugo nickte nur wie ein schüchterner kleiner Junge. Sie setzte sich zu uns und bestellte uns drei Runden, bevor diese Frau vorbeikam. Cora, können wir kurz reden? Als sie zurückkam, sagte sie: Na klasse! Ausschank von Alkohol an Minderjährige. Ich schwöre, die hat bloß drauf gewartet, mich feuern zu können. Tja, wieder einen Job los. Aber sie können mir nicht verbieten, mein Glas leerzutrinken. Mittlerweile wirkte sie ein bisschen angetrunken und erzählte, wie sie »in ihrem alten Leben« aufs Glastonbury Festival gefahren sei, während die anderen gebannt an ihren Lippen hingen. Ich stand auf, um aufs Klo zu gehen, und fragte Frankie, ob sie ebenfalls müsse. Sie schaute mich nicht einmal an, als sie Nein sagte.

Als ich aus der Toilette kam, stieß ich mit einem großen Typen zusammen, und kurz schob ich Panik. Bestimmt war es Hugo, der mir gefolgt war, um zu zeigen, dass die ganze Netter-Junge-Nummer am Tisch nur Show gewesen war. Aber dann sah ich hoch und bemerkte die silberne Halskette – der Junge vom Strand. Hey, sagte er, ich wollte mir gerade nebenan Fish und Chips holen. Willst du auch? Ich heiße übrigens Jake.

Das kam mir allemal besser vor, als an den Tisch zurückzukehren und Hugo gegenüberzusitzen, also sagte ich Ja. Wir gingen durch den Hinterausgang raus.

Ich war gerade dabei, mich zwischen Schellfisch und Kabeljau zu entscheiden, als ich erkannte, wer hinter der Theke stand, und erstarrte. Es war das Mädchen, das in der Nacht vom Mitternachtspicknick mit uns im Wald gewesen war.

Als sie den Frittierkorb mit den Pommes hochheben wollte, sah ich, wie ihre Hand zitterte. Heißes Öl spritzte auf ihren Arm, und sie stieß einen leisen Schrei aus. Ich fragte, ob alles mit ihr in Ordnung sei.

Das geht dich einen Scheiß an, erwiderte sie.

Aber ich glaube, jetzt weiß ich, was im Baumhaus mit ihr passiert ist. Ich wollte gerade etwas sagen, um ihr zu zeigen, dass ich sie verstand, aber da kamen Frankie und die Zwillinge herein. Wo zum Henker steckst du, Sparrow? Wenn du mitfahren möchtest, wir gehen jetzt. Als ich mich wieder umdrehte, schwang die Tür hinter dem Tresen gerade zu. Das Mädchen war verschwunden. Ich schaute zu Jake, um irgendeine lahme Entschuldigung vorzubringen, aber er lächelte nur, zuckte mit den Schultern und sagte: Ein andermal?

Im Auto fragte mich Frankie: Wer war dieser Junge? Ich antwortete total beiläufig: Ach, Jake? Dem bin ich nur ein paarmal über den Weg gelaufen. Aber ich glaube, meine Stimme hat sich ein bisschen seltsam angehört. Frankie rümpfte die Nase. Aber du STEHST nicht ernsthaft auf den, oder?

Ich fragte: Wieso? Und sie zuckte mit den Schultern. Na ja, wenn du auf so was abfährst, meinte sie, aber diese Halskette … so was von billig! Und dieser Bauerntrottel-Akzent! Kannst du dir vorstellen, wie der klingt, wenn er kommt? Das wäre so, als würde man den Typen aus der Milchreis-Werbung vögeln. Ooh, arrr! Dann schaute sie mir ins Gesicht und meinte: Süße, ich pass bloß auf dich auf, okay? Wie auch immer. Morgen wieder Mitternachtspicknick?

Als ich nicht sofort antwortete, sagte sie: Wenn du nicht kannst, frage ich vielleicht Cora. Sie ist cool, oder?

Ich sagte, ich würde kommen.

Als ich zum Campingplatz zurückkehrte, saß Shrimp neben dem Eingang und spielte mit seiner Streichholzschachtel. Er bemerkte mich nicht, und als die Flamme sein Gesicht erhellte, sah ich, wie er den Klippenpfad anstarrte. Seine Augen sahen so groß und dunkel aus. Und ja, er hat sich arschig benommen, als ich versucht habe, mit ihm zu sprechen, und es war ein bisschen schräg, dass er uns von diesem Fischerboot aus durch sein Fernglas beobachtet hat. Aber er tat mir leid, denn in diesem Moment sah er einfach nur aus wie ein verlorener kleiner Junge.

*7. August 2010*

Letzte Nacht war …

Ich werde es einfach hier aufschreiben.

Frankie verkündete: Ich habe Brownies gebacken! Das wird ein richtiges Mitternachtspicknick. Wir aßen sie auf dem Weg in den Wald. Nimm noch einen, Sparrow, sagte Frankie und wedelte mit der Dose vor mir herum. Sonst esse ich sie alle allein auf.

Es war so warm, dass wir nur T-Shirts und Shorts trugen. Die Sterne waren unglaublich schön und klar. Frankie hakte sich bei mir unter. Die Zwillinge liefen ein Stück vor uns und machten ihr eigenes Ding. Mir ging es in jeder Hinsicht wieder besser. Die Nacht war so magisch, dass ich so tun konnte, als hätte es das Poolhaus nie gegeben.

Als wir am Baumhaus ankamen, hatte ich ein komisches Gefühl – so, als würden meine Füße über dem Boden schweben. Und Frankie so: Ha, Sparrow! Du hast gleich ZWEI Hasch-Brownies verputzt, was dachtest du, was passiert?

Dann schnappte sie nach Luft und packte meinen Arm. Oh

mein Gott, Sparrow! Schau! Sie leuchtete mit der Taschenlampe zum Baumhaus hoch. Mir verschlug es den Atem. Das Baumhaus war über und über mit Symbolen bemalt. Es waren Hunderte. Und die Farbe, ein dunkles Rot … sah aus wie Blut. Ich werde versuchen, hier eines zu zeichnen:

Scheiße, sagte Hugo.

Und Frankie so: Oh mein Gott, ich weiß, was das ist. Das hab ich im Buch *Legends of Tome* gesehen. Das ist ihr Zeichen. Es sieht aus … wie ein Vogel, oder? Sie umklammerte meinen Arm so fest, dass es wehtat. Sparrow! Scheiße … glaubst du, wir haben sie gerufen? Ich hätte nicht gedacht, dass das wirklich funktioniert …

Ich stellte fest, dass die Zwillinge genauso viel Schiss hatten wie wir. Hugo war mucksmäuschenstill, dabei ist er nie still, und Oscar murmelte etwas von wegen, dass wir abhauen sollten.

Da rief Frankie: Schaut, da oben im Baum! Sie richtete die Taschenlampe auf die Äste, die das Baumhaus trugen. Dort erblickte ich die »Nester«, etwa zehn Stück. Aber sie sahen nicht aus wie andere Vogelnester, die ich bisher gesehen hatte. Sie waren groß und wirr und schienen mit einer schwarzen Schnur zusammengebunden zu sein. Außerdem – hätten wir sie nicht längst gesehen, wenn sie neulich Nacht schon da gewesen wären?

Lasst uns oben nachschauen, sagte Frankie.

Scheiße, nein, meinte Hugo.

Und sie so: Angsthase.

Er meinte: Fick dich. Und um zu beweisen, dass sie keine Angsthasen waren, kletterten er und Oscar als Erste hoch. Frankie und ich folgten. Eigentlich wollte ich gar nicht dort hinauf, aber ich wollte auch nicht allein unten bleiben.

Bevor ich selbst sehen konnte, was sich darin befand, hörte ich Hugo murmeln: Was zur Hölle … Er klang richtig verängstigt. Und dann sah ich es auch.

Im Baumhaus war eine Leiche. Sie lag einfach so da, ein großer, dunkler Körper, der schlaff an der Rückwand lehnte. Ich wäre beinahe auf der Stelle abgehauen, aber Frankie hielt mit der Taschenlampe direkt drauf, und da sahen wir, dass es sich um so eine Art Puppe handelte, wie man sie in der Bonfire Night verbrennt – nur ein paar mit Stroh ausgestopfte Klamotten.

Das ist ja mein verfickter Jogginganzug, stieß Hugo erstickt aus.

Schau dir das Gesicht an, sagte Oscar.

Frankie leuchtete es mit der Lampe an und schrie auf.

Die Puppe hatte den Kopf eines Vogels. Mit einem riesigen Schnabel, dunklen Federn und diesen großen, leeren Augenhöhlen.

Hugo drehte sich zu Oscar um und meinte: Echt witzig, du Arsch, ich wusste doch, dass du meinen Jogginganzug geklaut hast. Man konnte ihm ansehen, dass er stinksauer war, und er schubste Oscar, der sagte: Ich war das nicht, ich schwör's, ich war es nicht. Verdammte Scheiße. Er klang verängstigt. Dann schob er hinterher: Glaubst du, das ist, weil … Glaubst du, sie hat …

Hugo brüllte: Halt einfach die Klappe! Halt die Fresse! Das ist nichts! Schau, das ist bloß eine dämliche Maske aus einem Kostümladen. Er hob das ganze Ding hoch und stieß es aus dem Baumhaus, wo es mit einem dumpfen Geräusch unten auf dem Boden aufschlug. In dem Moment fiel es mir schwer, mir klarzumachen, dass es keine richtige Leiche war.

Da rief Frankie: Wartet mal. Da ist noch was … Schaut. Sie hob es auf. Es war ein Zettel, der genau an der Stelle lag, wo die Puppe gelehnt hatte. Mit seltsam krakeliger Handschrift stand darauf: DIE VÖGEL SEHEN ALLES.

## BELLA

»Da brennt etwas«, meldet sich die junge Frau auf der Liege neben mir, und sofort werde ich in die Gegenwart zurückkatapultiert – raus aus der kühlen Dunkelheit des Waldes, rein in die Hitze und das Sonnenlicht. Mit gereckter Nase sitzt sie aufrecht da. Ihr Gefährte schaut träge zu ihr rüber. »Das ist wahrscheinlich der Pizzaofen in der Außenbar«, sagt er.

»Nein«, erwidert sie, »das kommt vom Strand.« Und vielleicht dreht genau in dem Moment der Wind, denn plötzlich sind wir von einer beißenden Wolke aus bläulichem Holzrauch eingehüllt, die so dicht ist, dass man die andere Seite des Beckens kaum noch sehen kann.

»Wahnsinn«, sagt der Mann und setzt sich aufrecht hin. »Wer macht denn bei so einer Hitze ein Feuer?«

»Schau doch!«, ruft die junge Frau mit schriller Stimme und deutet auf etwas.

Erneut dreht sich der Wind, und der Rauch verzieht sich, sodass ich unten auf dem Sand ein paar Gestalten neben einem kleinen Schlauchboot ausmachen kann. Ein Grüppchen junger Leute. Der Qualm steigt von einem Lagerfeuer auf, das sie mitten am Strand entfacht haben.

Dann ertönt das *putt-putt-putt* eines Motors, und ein weiteres kleines Boot kommt an, dessen mit Badeshorts bekleidete Insassen – allesamt junge Männer – ins seichte Wasser springen und es an Land ziehen. Durch meine Sonnenbrille beobachte ich ihre schlanken Körper. Haben sie auch nur die leiseste Ahnung, wie gut sie aussehen? Ich denke an Eddie und daran, wie er gestern Nacht errötet ist. Man müsste schon etwas zynisch sein, um sich bereits in diesem jungen Alter seiner Wirkung auf andere bewusst zu sein. Die männlichen Gäste hier verbringen wahrscheinlich zusammengerechnet ganze Lebensspannen im Fitnessclub und investieren mehrere Hundert Pfund in diese maßgeschneiderten Badehosen, aber im Vergleich dazu wirken sie blass und schwammig und haben dem ungeschliffenen Glamour dieser Jungs mit ihren straffen braunen Körpern und den schäbigen Badeshorts nichts entgegenzusetzen. Der einzige Mann vom Manor, der vielleicht mithalten kann, ist der, den ich heute früh in der kleinen Bucht getroffen habe: Owen Dacre.

Ein drittes Boot kommt nun in einem irrwitzigen Tempo herangebraust. Erst kurz bevor es den Strand erreicht, bremst es. Mittlerweile verfolgen alle am Pool das Geschehen. Und dann schlendert ein Mädchen mit Cherry-Cola-rot gefärbten Haaren aus dem Wasser auf den Sand. Bis auf einen schwarzen Bikinitanga hat sie nichts an. Sie sieht aus wie eine punkige Meerjungfrau oder die Gen-Z-Version von Botticellis Venus. Ihr langes Haar hängt ihr nass und glatt über den Rücken, ihre Haut ist blass wie Meeresschaum und von blau-schwarz kontrastierenden Tätowierungen überzogen. Da ich selbst nie richtig Oberweite hatte, bin ich verblüfft von ihren Brüsten – trotz des schlanken Körperbaus sind sie riesig und scheinen der Schwerkraft zu trotzen. Die eine

Hüfte kokett nach vorne gestreckt, wringt sie völlig unbefangen ihre Mähne aus. Sie muss wissen, dass sie Publikum hat.

»Holy shit«, höre ich den Kerl neben Hugo Meadows schnaufen, der rasch seinen Schritt mit seiner *GQ*-Ausgabe bedeckt. Ich bin neidisch auf die Figur des Mädchens, klar bin ich das. Aber noch mehr beneide ich sie um ihren Mut, ihr Selbstvertrauen oder einfach nur ihre Unverfrorenheit – wie auch immer man es nennen will.

Jetzt formieren sich die etwa zwanzig jungen Leute zu einer langen Reihe quer über den Strand. Ihr Anführer sieht älter aus als der Rest. Er ist fast schon mittleren Alters, trägt eine Art Band-T-Shirt und hält ein Megafon in der Hand. Plötzlich heben sie alle die Köpfe in unsere Richtung. Einer von den Typen macht eine unmissverständliche Geste.

Das Gequassel hier oben ist vollkommen zum Erliegen gekommen. Es ist so still, dass man die Geräusche des Pool-Filtersystems und das Vogelgezwitscher hören kann. »Sie können aber nicht hier hochkommen, oder?«, murmelt die junge Frau links von mir.

»Nein, Liebling«, sagt ihr Gefährte, »das Tor ist verschlossen.«

Aber plötzlich scheint das nicht mehr zu genügen.

Der erste Stein fällt in den Pool – wie in Zeitlupe. Die glatte Oberfläche des Wassers gibt nach, um ihn aufzunehmen, bevor sie zerbirst und die Wellen sich zu allen Seiten ausbreiten.

»Was zur Hölle …«, flucht jemand in der Nähe, als auch schon der nächste Stein fällt und der übernächste und der überübernächste … bis sie überall um uns herabhageln, im Pool landen, auf die Sonnenliegen treffen, auf die schutzlos entblößte Haut. Kurz herrscht ein absolutes Schweigen vor Schock und Entrüstung, dann fangen die Gäste an zu schimpfen und zu schreien. Sie brechen eilig auf und werfen in der Eile die Sonnenliegen um. Gläser und Kaffeetassen zersplittern, Handtücher und Handys werden zurückgelassen, eine Oliver-Peoples-Sonnenbrille wird unter den Füßen zertrampelt.

»Ruf doch jemand die Polizei!«, kreischt ein Mann. Doch da scheint das Bombardement schon wieder vorüber zu sein. Ein letzter Kiesel fällt mit einem Plopp in den Pool, wie um einen Schlusspunkt zu setzen, und dann ist da nur noch das knatternde Dröhnen mehrerer Außenbordmotoren zu vernehmen. Kurz bevor sie davonrasen, verkündet eine Stimme durch ein Megafon: »Da, wo das herkam, gibt's noch mehr davon, ihr schnöseligen Wichser! Genießt euren Aufenthalt!«

## FRANCESCA

Michelle hat gerade angerufen, um mir mitzuteilen, dass es am Strand zu einem unschönen Zwischenfall gekommen ist. Einheimische mal wieder. Sie versichert mir, dass alles unter Kontrolle ist, dass ich mir jetzt keine Sorgen mehr machen muss. Trotzdem ... Ich berühre meinen schwarzen Opalring. Normalerweise beruhigen mich seine Schwingungen sofort, aber im Augenblick fühlt er sich einfach nur an wie ein kalter, toter Stein. Für gewöhnlich würde ich eine energetische Reinigung durchführen und mich sofort besser fühlen, aber im Moment wird das nicht funktionieren. Ich weiß, was ich brauche. Ich brauche Julie.

Auf dem Weg zur Orangerie komme ich an einigen Gästen vorbei. Ich schenke ihnen mein heiterstes Lächeln. »Haben Sie einen nährenden Aufenthalt bei uns?«, erkundige ich mich. Ist meine Stimme etwas höher als gewöhnlich? Ein bisschen schrill?

Sie sind auf dem Weg zum Mittagessen. Zumindest glaube ich, dass sie das gesagt haben. Es ist ein bisschen so, als würde ich ihre Stimme durch ein statisches Rauschen hindurch hören.

»Nun, das freut mich aber sehr«, erwidere ich und strahle

sie an. »Ich hoffe, wir sehen uns morgen Abend bei unserer Mittsommerfeier!«

Die »Orangerie« liegt etwas versteckt an der Westseite des Haupthauses – ich persönlich fand ja schon immer, dass das Wort »Spa« etwas von Billigangebot, von Rabattgutscheinen und Pflegeartikeln aus dem Drogeriemarkt hat, ihr versteht schon? Außerdem diente der ursprüngliche Gebäudeteil meinen Großeltern tatsächlich als Orangerie, daher herrscht dort eine unglaublich lichte und luftige Atmosphäre, die Owen geschickt in die Gestaltung der Behandlungsräume übertragen hat.

Ich bin ja so stolz, dass wir hier über eine hochmoderne Wellness-Infrastruktur verfügen. Alles, was man in London – oder L.A. – erwarten kann, findet man nun auch hier, versteckt an diesem malerischen Fleckchen Erde im Süden Englands. Wir haben zudem eine eigene Hautpflegelinie entwickelt, deren Formel sich aus heimischen Moosen und einer kleinen Prise Chemie zusammensetzt. Aktuell wird sie ausschließlich hier verkauft, aber schon bald (das ist noch ganz vertraulich!) wird sie auch bei SpaceNK, Liberty und Cult Beauty erhältlich sein, damit jeder die Chance hat, in den Genuss ihres Zaubers zu kommen. Ziemlich demokratischer Ansatz, wenn man mal den Preis außer Acht lässt! Dem Geschäft wäre es nicht zuträglich, zuzugeben, dass ich alle vier Wochen eine medizinische Gesichtsbehandlung bekomme, die wahrscheinlich mehr für meinen strahlenden Teint tut als irgendein Serum. Aber natürlich verwende ich unsere Produkte. Manchmal zumindest – meine Kosmetikerin ist ziemlich anspruchsvoll.

Sobald ich die Orangerie betrete und den Kräuterduft einatme, geht es mir besser. Ich gehe direkt zur Rezeption, wo alle lächeln und nur darauf warten, mich willkommen zu heißen.

»Hallo ihr Lieben«, sage ich. »Suze, wie geht es deiner Familie?«

Suze strahlt. »Gut, Francesca, danke. Sol ist gestern drei geworden, also haben wir eine kleine Feier veranstaltet …«

»Oh, wie wunderbar! Bestimmt war das ein ganz besonderer Tag.« Es ist so wichtig, seine Mitarbeiter gut zu behandeln. Ich habe ein faszinierendes Buch darüber gelesen. Wusstet ihr zum Beispiel, dass Menschen tatsächlich niedrigere Löhne akzeptieren, wenn sie glauben, dass sie an ihrem Arbeitsplatz wirklich wertgeschätzt werden? »Also gut, meine Lieben«, flöte ich. »Jetzt muss ich zu Julie.«

»Hm.« Suze prüft stirnrunzelnd die Reservierungen. »Um eins hat sie eine Kundin.«

»Das ist schon in Ordnung«, erwidere ich fröhlich. »Ich bin mir sicher, ihr zwei werdet das ganz wundervoll hinbekommen und einen anderen Termin für die Dame finden. Nicht wahr?«

»Ähm …« Suze mustert angestrengt den Bildschirm. Sie wird es möglich machen. Ich meine, niemand würde es jemals zugeben, aber ihr bleibt keine große Wahl. »… ich glaube schon.« Glauben reicht nicht aus, und das weiß sie auch. Rasch verbessert sie sich. »Natürlich werde ich das. Überlass das mir, Francesca. Ich kläre das umgehend.«

»Super! Dann gehe ich einfach direkt zu ihr durch, ja?«

Sobald ich außer Sichtweite bin, spüre ich, wie mein Lächeln nachlässt und dann in sich zusammenfällt wie ein Segel, das den Wind verliert. Aber Julie wird mir helfen. Ganz ehrlich, sie ist die Beste. Ich hatte Reiki bei ihr, als ich hier unten die Renovierungsarbeiten beaufsichtigte und hin und wieder einen schnellen Selfcare-Boost brauchte. Ihre »Klinik« befand sich nicht bei ihr zu Hause, sondern in einem klammen Cottage am Stadtrand von Tome – auf den ersten Blick eine letzte Zuflucht, wenn einem gar nichts anderes mehr übrig bleibt. Allerdings reden wir hier von einem versteckten Juwel. Ich konnte sofort spüren, dass sie Talent hat – denn ich bin ziemlich gut darin, Menschen zu »entdecken«, das Beste aus ihnen herauszuholen.

Julie ist älter als die meisten unserer Angestellten hier – Mitte sechzig –, aber das signalisiert Erfahrung. Die Menschen sehen Falten und denken an Weisheit. Außerdem sieht sie viel eleganter aus, seit sie Kleidung in eierschalenfarbenem Leinen trägt. Darum habe ich sie höflich gebeten, denn ihre alten Marks & Spencer-Strickjacken und Jeggings vermittelten irgendwie nicht eine »spirituelle Heilerin«.

»Hallo, Francesca«, begrüßt sie mich jetzt. Julie hat einen sehr direkten Blick.

»Ich bin ein bisschen … hibbelig«, erkläre ich ihr. »Es ist, als ob …« Ich suche nach einer passenden Formulierung für das, was ich empfinde. »… als ob ich gerade vier Tassen Kaffee getrunken hätte, obwohl ich, abgesehen von einem Schüsschen Matcha, nie Koffein zu mir nehme.«

Sie nickt. »Seit wann geht es dir schon so?«

»Erst seit Kurzem.« Ich kann mich nicht überwinden, ihr von dem Gesicht zu erzählen, das ich beim Frühstück gesehen zu haben glaube. »Vielleicht liegt es daran, dass gerade so viel los ist«, fahre ich fort. »Mit der Eröffnung, du weißt schon. Das ist ganz natürlich!«

Sie bittet mich, auf der Liege Platz zu nehmen. Ich schließe die Augen, während sie meinen Kopf mit ihren Händen umfasst und mich anweist, dreimal tief durchzuatmen. Es fällt mir überraschend schwer – ich habe das Gefühl, mehrere Treppen hochgerannt zu sein. Sie lässt ihre Handflächen über mir schweben, und sofort kann ich die Wärme spüren, so als würde sie die Luft zwischen ihren Händen und meiner Haut erhitzen. Während sie sie langsam an meinem Körper entlangbewegt, höre ich, wie ihr der Atem stockt. Ich setze mich auf, obwohl ich das Prozedere eigentlich nicht unterbrechen soll. »Was ist los?«, frage ich. »Was hast du gefühlt?«

»Ich habe etwas gehört«, erwidert sie ernst. »Eine Stimme.«

Ich umklammere die Kanten der Liege. »Was ... was hat sie gesagt?«

»Sie hat gesagt ...« Die nächsten Worte kommen in einem ganz veränderten, klagenden Tonfall. »›Es ist dunkel und kalt hier unten. Es ist dunkel und kalt.‹ Nur das, wieder und wieder.«

»Ich habe keine Ahnung, was das bedeuten könnte. Vielleicht sind die Energien durcheinandergeraten«, mutmaße ich.

Sie antwortet nicht und bedeutet mir, mich wieder hinzulegen. Ich höre, wie sie tief Luft holt, als würde sie sich innerlich wappnen. Abermals schweben ihre Hände über mir. Doch schon bald hört sie wieder auf. Es folgt eine lange Pause, und ein Gefühl von Angst steigt in mir auf.

»Du bist nicht in Sicherheit«, verkündet sie schließlich. »Da ist jemand in der Nähe, der dir Schaden zufügen möchte.« Sie schließt die Augen. Als sie wieder das Wort ergreift, ist ihre Stimme tiefer – als würde jemand im Schlaf sprechen: »Ein Feind naht.«

Trotz der heutigen Hitze spüre ich ein Frösteln auf meiner Haut. »Wer? Wer ist es?«

Sie schüttelt den Kopf, als müsse sie ihre Gedanken klären. Als sie sich wieder gefangen hat, sagt sie: »Das kann ich dir nicht beantworten. Es ist eine blinde Form des Wissens – mehr wie ein Gefühl. Ich weiß nur, was ich dir gesagt habe. Ich kann dir weder ein Gesicht noch einen Namen nennen.«

»Aber … es muss doch etwas geben, um klarer zu sehen?«

Sie blickt mich stirnrunzelnd an. »Nicht mit dieser Methode«, sagt sie. »Da gibt es zwar etwas, allerdings habe ich nicht viel Erfahrung damit. Es ist eine uralte Form der …« Sie zögert. »… der Praxis.« Kurz hatte ich mich gefragt, ob sie vielleicht gleich »Magie« sagen würde. »Meine Großmutter hat sie mir beigebracht.«

»Können wir es ausprobieren?«, bitte ich sie und höre selbst, wie verzweifelt es klingt.

»Ja, ich brauche nur ein Becken mit Wasser. Und ein Ei.«

»Ein Ei?«

Sie nickt.

Ich habe seit Jahren keine Eier mehr gegessen, aber an diesem Punkt werde ich ihr sicher nicht widersprechen. Ich rufe Suze über das Telefon im Behandlungszimmer an und bitte sie, ein paar Eier aus der Küche herschicken zu lassen. Während wir warten, zündet Julie mehrere Kerzen an, und der wohltuende Duft von Vetiver verteilt sich im Raum. Dann füllt sie eine große Tonschale mit Wasser. Ein paar Minuten später klopft es.

Ein hübscher junger Mann steht vor der Tür. Es fällt mir schwerer als sonst, mich an seinen Namen zu erinnern, was ärgerlich ist, da ich mir die Vornamen extra eingeprägt habe, um das Personal wie einen Teil der »Manor-Familie« ansprechen zu können. Er reicht Julie ein Weidenkörbchen mit naturbelassenen Eiern, frisch von den hauseigenen Hühnern.

Beim Eintreten errötet er vom Hals bis zu den Wangen – vielleicht liegt es an der unmittelbaren Nähe zu mir in meinem Handtuch oder aber an der schummrigen, intimen Kerzenlicht-Atmosphäre des Zimmers.

»Danke«, sage ich und schenke ihm ein Lächeln. Seine Röte nimmt zu. Süß. »Danke dir« – es fällt mir gerade noch rechtzeitig ein – »Eddie.«

Er vollführt eine kleine, linkische Verbeugung und schließt die Tür.

Nun schaltet Julie die restliche Deckenbeleuchtung aus, sodass das einzige Licht von den flackernden Kerzenflammen kommt. Plötzlich herrscht hier drinnen eine ganz spezielle Atmosphäre. Ich beobachte, wie sie mit einer abrupten Bewegung ihres Handgelenks das Ei am Rand der Schale aufschlägt, sodass nur das Eiweiß hineinfließt. Ich registriere ein winziges Tattoo an der Innenseite ihres Arms, bevor sie den Ärmel wieder runterzieht – eine Art Symbol, vielleicht ein chinesisches Schriftzeichen. Meine Güte, ich hätte nicht gedacht, dass sie der Typ für Tattoos ist. Irgendwie passt das nicht zum großmütterlichen Image. Eine Jugendsünde? Für so etwas habe ich Verständnis.

Das Eigelb spült sie im Waschbecken runter, bevor sie sich mit der Schale in der Hand zu mir umdreht.

»Setz dich«, befiehlt sie. Ich lasse mich auf der Massagebank nieder. Sie nimmt eine Kerze und stellt sie neben mir ab. Dann hält sie mir die Schale hin. »Schau«, fordert sie mich auf.

Im Licht der Kerze kann ich die quallenartigen Umrisse des Eiweißes erkennen, die dünne Schicht, die es vom Wasser trennt.

»Was siehst du?«, fragt Julie. Ihr Atem hat sich verändert

und klingt, als würde sie etwas tun, was große Anstrengung erfordert.

Ich starre hinein. »Ich sehe nichts.«

»Näher«, befiehlt sie. »Du musst näher ran.«

Ich senke mein Gesicht, bis meine Nase fast schon das Wasser berührt. »Ich kann nichts sehen.«

»Hör auf, es erzwingen zu wollen. Du musst schauen, aber nicht mit deinen Augen. Du musst mit deinem inneren Wissen schauen.«

Sie beginnt etwas zu murmeln, doch es ist zu leise, um sie zu verstehen – es könnte sich sogar um eine fremde Sprache handeln. Ich spüre, wie ich abdrifte ... wie in dem Moment kurz vor dem Einschlafen. Seltsam, ich bin mir sicher, dass ich eine Hitze spüre, die von der Wasseroberfläche ausgeht – obwohl ich selbst dabei zugesehen habe, wie sie die Schale aus dem Kaltwasserhahn füllte.

Noch immer erkenne ich nichts Besonderes, außer dem umherwabernden Eiweiß, das Schlieren zieht, seine Form verändert ... und sich verwandelt in ...

»Ich sehe etwas«, sage ich. »Da ist etwas.« Eine Art Bild beginnt sich zu offenbaren, ein Gesicht. Da sind die Augen. Zwei kleine Augen, das Weiß nicht von der Iris abgegrenzt – sie wirken eher tierisch als menschlich. Und dann ... nein, keine Nase, auch kein Mund, sondern etwas anderes, das unter den Augen hervorsteht. Es sieht aus wie ... ein Schnabel. Ja, jetzt kann ich es ganz deutlich sehen: das Gesicht eines Vogels mit einem grausamen Hakenschnabel und kleinen wachsamen Augen.

Ein Vogel?

Mein Fokus verschwimmt. Das Bild zittert, dann löst es sich auf.

»Es ist weg«, sage ich und schaue zu Julie auf.

»Aber du hast etwas gesehen.«

»Ja, aber ... Na ja, es sah aus wie ein Vogel!« Ich stoße ein kurzes Lachen aus, das nervöser ausfällt als beabsichtigt. »Aber das ist doch albern, oder nicht?«

Sie erwidert mein Lächeln nicht. Ihre Augen sind in dem schummrigen Licht vollkommen schwarz, ohne Pupillen, ihr Mund ein grimmiger Strich. Sie macht mir Angst.

»Das Becken lügt nie«, zischt sie. »Aber was auch immer du gesehen hast – es repräsentiert in irgendeiner Form deinen Feind. Es bedeutet, du musst auf der Hut sein.«

## OWEN

Mit Borkenstücken und Sägemehl bedeckt, kehre ich schwitzend wie ein Schwein aus dem Wald zurück. Sobald ich den Schatten der Bäume verlasse, nimmt die Hitze zu. Die Gäste sitzen schlapp auf den Bänken herum und fächeln sich Luft zu. Das verweichlichte London schmilzt gerade dahin. Dieses Pack muss mehrmals im Jahr im Ausland Urlaub machen, aber über dreißig Grad in England sind offenbar eine Zumutung. Anscheinend glauben die Typen auch, dass die Verwendung von Sonnencreme in Großbritannien etwas für Warmduscher ist: Die meisten von ihnen sind schon rosa wie Kochschinken. Dabei soll es morgen noch heißer werden – Gott weiß, wie sie damit klarkommen sollen.

Unwillkürlich muss ich wieder an den Brief denken. Die an Francesca gerichtete Einladung, in den Wald zu kommen. Ich bin mir sicher, dass es keine große Sache ist und dass sie eine vollkommen vernünftige Erklärung haben wird, wenn ich sie frage. Trotzdem gefällt mir das nicht.

Ein krächzender Schrei reißt mich aus meinen Überlegungen, und mein Blick fällt auf zwei riesige Krähen, die vor mir auf dem Weg zankend um die Eingeweide eines kleinen

Nagetiers herumtänzeln, während sie mit ihren Schnäbeln an dem Fleisch reißen. Sofort fällt mir das grässliche Geschenk ein, das an unserer Tür hinterlassen wurde. Ich trete einen Schritt näher und warte darauf, dass sie wegfliegen, aber sie sind zu sehr auf ihr Festmahl konzentriert. Ich trete nach der Krähe direkt vor mir, doch sie zuckt nicht mal zurück. Stattdessen neigt sie den Kopf zur Seite und starrt mit einem Ausdruck purer Böswilligkeit zu mir hoch. Entnervt trete ich zur Seite. »Husch! Verpisst euch!«

Als ich wieder aufblicke, sehe ich Michelle den Weg entlangkommen. Keine Zeit mehr, die Biege zu machen. Meine Güte, stalkt die Frau mich eigentlich? Sie klatscht kurz und herrisch in die Hände, und sofort flattern beide Krähen auf, wobei die eine das tote Viech in ihren Krallen davonträgt. Auf dem Kies bleibt ein blutiger Fleck zurück.

»Hallo, Michelle«, grüße ich – kühl, aber höflich. Von der lasse ich mich nicht aus dem Konzept bringen.

Sie mustert mich von Kopf bis Fuß, und ich spüre, wie sie meine mit Sägemehl bestäubte Kleidung und den Schweiß unter meinen Achseln registriert.

»Also wurden sie gefällt?«, erkundigt sie sich. »Die Bäume?«

»Ja«, bestätige ich.

»Und diese Unterkünfte, die sind wirklich von einem Baumhaus inspiriert, das Francesca als Kind hatte?«

»Genau.« Ich kann mich noch daran erinnern, wie Fran mir ihre Vision erläuterte: »Wir hatten immer *so* einen Spaß, wenn wir im Wald spielten. Das waren echte Abenteuer, wie in *Der Kampf um die Insel*. Ich habe so glückliche Erinnerungen an diese Zeit!«

Michelle schweigt, während sie den Blick Richtung Wald schweifen lässt. Dann dreht sie sich wieder zu mir um. »Ich vergesse nie ein Gesicht«, sagt sie unvermittelt. »Das ist auch der Grund, warum ich meinen Job so gut mache.« Sie deutet mit dem Kopf zu einem Pärchen, das über den Rasen schlendert. »Die Hodgsons, Clifftop-Cabin Nummer vierzehn«, rasselt sie runter, wie ein Kind, das das Einmaleins aufsagt.

»Sehr beeindruckend«, sage ich. »Aber ich verstehe nicht …«

»Du bist es«, fällt sie mir ins Wort. »Nicht wahr?«

Ich schlucke, meine Kehle ist ganz trocken. »Ich weiß nicht, was Sie meinen.«

»In deinen sonstigen Klamotten siehst du ganz anders aus. Aber so …« Sie deutet auf mein verschwitztes, schmuddeliges T-Shirt und meine Shorts. »Ich kann mich noch gut an euch beide erinnern, wenn ihr vorbeikamt, um den Fang abzuliefern. Du und dein Dad. Du warst immer so still. Du hast mich kaum angesehen. Ich nehme an, das lag daran, dass sich alle über dich lustig gemacht haben. Aber schau nur, was heute aus dir geworden ist, Shrimp.«

Ich spüre, wie der Boden unter mir ins Wanken gerät. So viel zum Thema, sich von Tome und den Einheimischen fernzuhalten, um nicht erkannt zu werden. Ich bin innerhalb des Anwesens aufgeflogen.

Sie blickt mich ernst an. »Du bist zurückgekehrt. Genau wie ich. Aber so heißt es doch über Tome: Am Ende kehren sie alle zurück …« Sie schlägt sich die Hand vor den Mund und wirkt aufrichtig beschämt. Vielleicht ist ihr ja wieder eingefallen, dass nicht *alle* zurückkehren.

Einen Moment lang bekomme ich kein Wort raus. Doch dann sage ich: »Und du bist Shelly, oder? Das Mädchen aus dem Fish-and-Chips-Laden.« Mir war es nicht bewusst gewesen, aber das war der Grund, warum ich ihr gegenüber so auf der Hut gewesen war, warum ich instinktiv Abstand gehalten hatte. Deswegen habe ich alles Mögliche versucht, um Francesca davon abzubringen, sie überhaupt erst einzustellen. Michelle – Francescas übereifrige Assistentin – ist niemand anderes als das Mädchen vom Fischimbiss, wo mein Dad und ich morgens unseren Fang ablieferten.

»Aber warum bist du zurückgekehrt?« Sie wirkt irgendwie aufgewühlt.

»Tja, wenn du es unbedingt wissen musst«, sage ich und stelle mich aufrechter hin. »Es war Francesca selbst, die mich kontaktiert hat. Sie hat mich als Architekten beauftragt.«

Ich versuche dabei, nicht an diesen seltsamen Anruf aus Francescas »Büro« zu denken. An das Missverständnis bei unserem ersten Treffen. Außerdem werde ich meine Zweifel ganz sicher nicht mit Michelle teilen.

»Aber es kann doch kein Zufall sein«, wendet sie ein. »Dass du wieder hier bist.«

»Wie meinst du das?«, entfährt es mir harscher als beabsichtigt.

»Ich … Nichts.« Plötzlich scheint sie zurückzurudern. »Ich hätte überhaupt nichts sagen sollen.« Dann, als wolle sie einen Schlussstrich ziehen: »Aber schau, was aus uns geworden ist. Wir haben uns beide neu erfunden, oder etwa nicht? Das hier hat nicht mehr viel mit Fischkuttern und Imbissbuden zu tun, was?«

Nein, nicht ansatzweise, denke ich, doch im nächsten Moment verspüre ich Wut über ihre Anmaßung, uns gleichzustellen. Nein, Michelle, du gieriger Möchtegern. Ich bin kein bisschen wie du. Ich bin kein Angestellter. Ich pendle nicht hierher. Und man kann es wohl kaum »zurückkehren« nennen, wenn ich keinen Fuß in den Ort Tome setze. Ich *wohne* hier. Ich schlafe in belgisches Leinen gehüllt. Ich bin der Herr auf diesem verfickten Anwesen.

Mit einem Schlag überkommt mich die Erinnerung daran, wie ich diesen Ort zum ersten Mal richtig wahrnahm – durch den blauen Dunst der Dämmerung und einen Schleier aus Zigarettenrauch und den Dieselqualm des Außenbordmotors hindurch. Das Haus schien über den Klippen zu schweben – ein zartes Grau im flirrenden Morgenlicht. Vollkommen, makellos und unantastbar. Ein anderes Universum im Vergleich zu dem verschimmelten, heruntergekommenen Wohnwagen. Und da fällt es mir ein – kristallklar –, wie ich am selben Nachmittag mit dem Fischkutter um die Giant's Hand zurückfuhr und durch Dads Fernglas eine blonde Göttin in einem knallrosa Bikini sah. Ich war dreizehn, sie vielleicht ein paar Jahre älter als ich ... Es war, als wäre sie meinen Fantasien entsprungen. Die Nullerjahre-Version eines Märchens. Die Prinzessin oben in ihrem Schloss, betrachtet vom Sohn des bettelarmen Fischers. Und dann passierte das Verrückteste, das Spektakulärste überhaupt: Sie riss ihr Bikinioberteil weg – und mir verschlug es den Atem.

Unsanft holt Michelle mich in die Gegenwart zurück. »Ich weiß, dass es nicht einfach ist, das hinter sich zu lassen, was die anderen Leute in einem sehen. Die Etiketten, die einem anhaften ...«

»Stopp«, fahre ich sie an. »Das muss ich mir nicht anhören.«

Ich habe nicht vor, dorthin zurückzukehren – das seltsame Kind zu sein, das arme Kind. Das Kind, das früher von allen gehänselt wurde. Und viel schlimmer: dasjenige, mit dem später alle Mitleid hatten, nachdem seine Mutter sich ohne ein Wort des Abschieds aus dem Staub gemacht hatte.

Es fühlt sich an, als wäre eine Hautschicht abgestreift worden, als wäre mein wahres Ich unter der schicken Kleidung, der Hülle von Owen Dacre, dem gefeierten Architekten, bloßgelegt worden.

»Und du hast mir so leidgetan, als …«

»Verpiss dich.« Ich sehe, wie sie einen Schritt zurückweicht. Gut. »Auf dein Mitleid kann ich verzichten, vielen Dank. Du scheinst da was missverstanden zu haben, wir sind nicht gleich. Ich bin dein Chef.«

Sie runzelt die Stirn. »Streng genommen ist Francesca meine Chefin.«

Ich mache einen Schritt auf sie zu. »Tja, ich werde deiner Chefin wärmstens ans Herz legen, dein Arbeitsverhältnis mit sofortiger Wirkung zu beenden. Ich werde ihr sagen, dass die Imbissbuden-Göre nicht das Format für eine Führungsrolle hat. Kein Wunder, dass du so unprofessionell bist …«

»Ich glaube nicht, dass du das tun möchtest, Shrimp«, fällt sie mir ins Wort. Der alte Spitzname trifft mich wie eine Ohrfeige. »Ich habe hier viel weniger zu verlieren als du. Dieser Ort hier bedeutet dir alles, nicht wahr?« Plötzlich klingelt ihr Handy, und sie wirft einen Blick aufs Display. »Oh. Möchtest du mal sehen?« Sie dreht das Telefon so um, dass ich den Namen des Anrufers lesen kann. *Francesca.* Die nächsten Worte sind fast schon ein Zischen: »Weißt du, sie ist auch nicht die, für die du sie hältst. Wer auch immer dich hier reingezogen hat – ich bin sicher, es war nicht beabsichtigt, dass du dich in sie verliebst. Sie ist kein guter Mensch.«

»Was zum Teufel willst du …?«

Sie hebt eine Hand. »Ich sollte besser rangehen.«

Ich sehe zu, wie sie den Anruf entgegennimmt und von

einer Sekunde in die nächste in einen komplett professionellen Modus switcht – es ist beinahe unheimlich.

»Hallo, Francesca. Was für ein komischer Zufall. Ich stehe hier im Wald neben Owen.«

War da ein seltsamer Unterton in der Art, wie sie meinen Namen nannte? Als kleine Erinnerung daran, dass sie meine wahre Identität aufgedeckt hat?

»Ja, er ist gut mit den Baumhäusern vorangekommen. Ist das nicht toll?« Angeregt plappernd spaziert sie in Richtung des ummauerten Gartens davon.

Doch kurz bevor sie aus meiner Sichtweite verschwunden ist, dreht sie sich noch einmal um und bedenkt mich mit einem Blick. Mitten an diesem drückend heißen Sommertag verspüre ich plötzlich ein Frösteln.

*Der Tag nach der Sonnenwende*

## DETECTIVE INSPECTOR WALKER

Von der kleinen Bucht bis zum Manor ist es mit dem Auto nur eine kurze Fahrt. Die Straße schlängelt sich eine Meile landeinwärts, bevor sie wieder auf die Küste trifft. Die Spurensicherung konzentriert sich darauf, die Leiche fortzuschaffen, bevor die Flut kommt, und Detective Inspector Walker hat einen Anruf von Detective Sergeant Fielding erhalten, der bereits zum Herrenhaus gefahren ist, um mitzuteilen, dass das Feuer unter Kontrolle ist. Dennoch ist der Himmel noch immer von Rauch überzogen, und die Sonne ähnelt einer blassen, dünnen Scheibe, deren Licht getrübt ist. Kein Vergleich zum prallen Sonnenschein vom Vortag.

»Auch was Süßes?«, bietet Heyer vom Beifahrersitz an und zieht einen Dairy-Milk-Schokoriegel aus der Tasche.

»Nein, danke. Ich kann das Zeug nicht ausstehen.«

»Chef, das ist nicht normal.«

»Hab auch nie behauptet, dass ich normal bin.«

Sie zuckt mit den Schultern und schiebt sich ein Stück in den Mund. »Ich bin total unterzuckert. Auch wenn ich vorhin kurz dachte, dass ich nie wieder was runterkriege. Nach diesem ... Gesicht. Das war ...« Sie verstummt, ihr fehlen die Worte.

Walker weiß, was sie meint.

»Haben Sie oft solche Sachen gesehen, Chef? Als Sie noch in London gearbeitet haben?«

»Es gab jede Menge Tote. Aber nichts … Vergleichbares.«

»Ja … ich hab gehört, Sie haben sich eher mit ungelösten Fällen beschäftigt.«

Er zuckt mit den Schultern. »Mit ein paar zumindest.«

»Und wie ist das so?«

Er denkt nach. »Frustrierend. Langwierig. Mühsam. Und es ist oft verdammt undankbar, alte Geschichten wieder aufzuwärmen.«

»Klingt nach harter Arbeit.«

»Ja, ist es auch. Man muss noch einmal sämtliche Beweise durchgehen. Und bisweilen muss man dabei wirklich kreativ sein, da man so wenig Anhaltspunkte hat. Aber es gibt kein besseres Gefühl, als wenn es einem gelingt, einen solchen Fall zu lösen und damit ein vergangenes Unrecht wiedergutzumachen. Dem Opfer und seiner Familie endlich Gerechtigkeit widerfahren zu lassen.«

Walker hat ein gutes Gespür für Details. Er ist sich nicht zu schade, jeden Stein einzeln umzudrehen, die Kleinarbeit zu erledigen, Überstunden zu schieben – all die Klischees.

»Wie kommt es, dass Sie sich hierher haben versetzen lassen?«, fragt Heyer schmatzend, den Mund voller Schokolade. »Ist das so ein Entschleunigungsding?«

Er zuckt die Achseln. »Fühlt sich mehr so an wie eine Berufung. Und dann hat sich die Gelegenheit geboten.«

»Leben Sie mit jemandem zusammen oder …« Heyer bricht ab. Das ist genau die Frage, die man eigentlich nicht stellen sollte, oder? Sind Sie normal, haben Sie Freunde, oder sind Sie ein schräger Einzelgänger?

»Nein. Ganz allein.« Es gibt keine Formulierung, um es weniger deprimierend, weniger wie das Klischee von einem dysfunktionalen Polizisten klingen zu lassen.

Er ist nicht erpicht auf ein tiefschürfendes Gespräch, und er ist sich sicher, dass Heyer ihre Frage bereits bereut. Daher ist es fast schon eine Erleichterung, als direkt vor ihnen auf der Straße aus dem Nichts eine Gestalt auftaucht. Ein Mädchen. Im raucherfüllten Licht sieht sie wie eine Erscheinung aus. Vielleicht liegt es am silbernen Kleid, das am Saum zerrissen und schmutzig ist. Sie ist barfuß und hält ihre Schuhe in der Hand. Ihr Haar ist lang, und das knallige Rot kann nur aus der Tube kommen. Sie hat den Kopf gesenkt, hebt ihn aber abrupt, als sie das Motorengeräusch hört, und Walker entgeht nicht der Moment, als das Mädchen sie registriert, denn sie formt mit den Lippen ein stummes »FUCK«. Dabei verlagert sie ihr Gewicht ganz leicht, als würde sie überlegen, ob sie sich in die entgegengesetzte Richtung aus dem Staub machen könnte, doch dann wird ihr offensichtlich klar, dass sie keine Chance hat.

Er hält an, steigt aus dem Wagen und zeigt ihr seinen Dienstausweis.

»Ich muss nicht mit Ihnen reden«, sagt sie und reckt ihr Kinn. »Ich bin nicht verhaftet, oder?« Ihre pampige Art steht im Widerspruch zu dem verschmierten Augen-Make-up und den rußigen Tränenspuren auf ihren Wangen.

»Nein«, erwidert Walker sanft. »Wir haben nur angehalten, um uns zu vergewissern, ob mit Ihnen alles in Ordnung ist. Außerdem wollten wir uns erkundigen, ob Sie vielleicht letzte Nacht etwas gesehen haben, was uns helfen könnte, herauszufinden, was passiert ist.«

»Aber das ist doch genau das, was ihr Bullen immer versucht, oder? Die Leute dazu zu bringen, etwas zu sagen, ohne dass ein Anwalt dabei ist.«

Ah, denkt Walker, da hat wohl jemand zu viel ferngesehen.

»So ist es keineswegs«, erwidert er. »Wir versuchen nicht, Sie auszutricksen. Wir sind gerade auf dem Weg zum Hotel und haben Sie zufällig gesehen. Waren Sie letzte Nacht dort?«

»Wie kommen Sie darauf?«

»Nun, die Straße endet am Manor. Danach kommt nichts mehr. Und Sie haben sich ziemlich schick gemacht. Ich habe gehört, dass letzte Nacht dort eine Art Feier stattgefunden haben soll.«

Es folgt eine kurze Pause. Dann zuckt sie mit den Schultern. »Ja. Ich war dort. Na und?«

»Sie sind Gast im Hotel?«, schaltet sich Heyer ein.

Das Mädchen fährt sich mit der Hand über ihr fleckiges Gesicht. Schließlich schüttelt sie den Kopf. Schluckt.

»Geht es Ihnen gut?«, erkundigt sich Walker.

»Ich war ... Wir waren ...« Ihre Stimme verebbt, bevor sie noch einmal ansetzt. »Er hat gesagt ... Er hat gesagt, das würde ein Riesenspaß werden. Es sollte nur ein kleiner Scherz sein ...«

»Was sollte nur ein kleiner Scherz sein?«, hakt Walker nach.

»Nichts«, antwortet sie abrupt, als würde ihr wieder einfallen, mit wem sie spricht. »Ich ... hatte nur einen dummen Streit mit meinem Freund. Warum fragen Sie mich das alles?«

»Es gab einen Todesfall«, erklärt Walker. »Letzte Nacht. Jemand ist unweit von hier von den Klippen gestürzt.«

Ihm entgeht nicht, wie sich ihre Pupillen eine Spur weiten, ihr Atem kurz stockt.

»Wir versuchen herauszufinden, was passiert sein könnte.« Er schlägt wieder einen sanfteren Ton an. »Vielleicht können Sie uns ja helfen. Wir würden nur gerne wissen, ob Sie etwas gesehen haben. Schon das kleinste Detail könnte hilfreich sein.«

Die Augen des Mädchens huschen von Heyer zu Walker und wieder zurück.

»Nope.« Sie schüttelt den Kopf. »Ich habe niemanden gesehen.«

Heyer wirft Walker einen Blick zu. Er deutet ein Nicken an.

»Sie haben wirklich niemanden gesehen?«, hakt Heyer nach.

Das Mädchen reißt die Augen auf. »Ich habe nichts gesehen«, korrigiert sie sich. »Das ist doch nur so eine bescheuerte Redensart.« Plötzlich weicht aller Kampfgeist aus ihr. Ihre Schultern sacken herab, und irgendwie lässt sie diese Änderung in ihrer Haltung viel jünger aussehen. Sie beginnt zu weinen, und die frischen Tränen bahnen sich saubere Spuren durch ihr verschmutztes Gesicht. »Ich möchte einfach nur nach Hause«, stößt sie schluchzend aus.

»Können wir Sie mitnehmen?«, fragt Walker. »Wir sind gerade auf dem Weg zum Manor. Sonst können wir auch einen Kollegen vorbeischicken …«

Erneut reißt sie die Augen auf. »Scheiße, nein. Ich setz mich doch nicht auf den Rücksitz eines Polizeiautos. *Ich* habe nichts Falsches getan. Und jetzt will ich einfach nur nach Hause gehen. Ich bin so scheißmüde.« Sie lässt die Arme sinken. »Gestern Nacht … so war das doch gar nicht geplant. Es …« Sie stockt und verstummt, bevor sie schluchzend fortfährt: »Es sollte einfach nur … besonders werden.«

»Nun«, sagt Heyer, als sie wieder in den Audi steigen, nachdem sie es (mit einiger Mühe) geschafft haben, Delilah Raynes Personalien aufzunehmen. »Haben Sie den Ausdruck in ihrem Gesicht gesehen? Sie verheimlicht etwas. Und was hat sie gemeint mit dem Satz: ›Es sollte einfach nur besonders werden‹?«

Walker nickt. »Da ist definitiv was im Busch. Wir werden sie schnellstmöglich für eine offizielle Aussage vorladen.«

Er fährt an einem Weidegatter vorbei. Eine heruntergekommene Scheune beherbergt eine Herde wachsamer Kühe.

»Seaview-Farm«, liest Heyer vom abblätternden Schild ab. »Meinen Sie, wir sollten da nachfragen, ob sie was gesehen haben?«

»Nicht jetzt«, erwidert er. »Das würde zu viel Zeit in Anspruch nehmen.«

»Schauen Sie sich nur den Zustand der Gebäude an. Was für eine Müllhalde. Man sollte meinen, wenn man an einem so schönen Ort lebt, würde man etwas mehr auf seinen Hof achten. Und wie das hier stinkt!«

Vielleicht ist es das abfällige Naserümpfen, das Walker dazu veranlasst zu sagen: »So etwas ist unter Ihrem Niveau, Heyer.«

Sie richtet sich kerzengerade auf, als hätte er sie geohrfeigt. Hat er eine Grenze überschritten?

»Tut mir leid«, entschuldigt er sich. »Aber Mitgefühl kommt in diesem Beruf oft zu kurz. Man kennt das Leben der Leute nicht und weiß nie, was sie gerade durchmachen.«

Heyer antwortet nicht, sondern beißt leicht beleidigt ein weiteres Stück Schokolade ab. Plötzlich reißt sie die Augen auf und ruft: »Chef, schauen Sie!«

Als sie um die Kurve biegen, hat er volle Sicht auf das

Wrack eines ebenso schönen wie teuren silbernen Aston Martin Cabriolets. Jemand hat den Wagen durchs Farndickicht am Straßenrand gepflügt. Ein Vorderrad steht auf der Böschung, Glasscherben bedecken den Asphalt. Die Motorhaube ist ein verbeultes Fiasko.

Walker fährt im Schritttempo näher und liest das Nummernschild – eine personalisierte Spezialanfertigung: D4CRE.

Die Fahrertür steht offen, der Vordersitz ist leer. Niemand ist zu sehen. Doch durch die zersplitterte Windschutzscheibe ist auf dem hellen Leder des Lenkrads ein Blutfleck zu erkennen.

*Der Tag vor der Sonnenwende*

## BELLA

Als ich Tome erreiche, ist meine Bluse schweißnass. Eine schwüle Brise hebt das Haar an, das mir im Nacken klebt. Ich steuere den Dorfpub an, da ich es mir nicht leisten kann, jede Mahlzeit im Hotelrestaurant einzunehmen (nur das Frühstück ist im Zimmerpreis inbegriffen). Außerdem ist dieses Lokal auch der nächste Ort auf meiner Schatzsuche zurück in die Vergangenheit.

In Tome herrscht eine merkwürdige Ruhe. Die Straßen sind gesäumt von strohgedeckten Häusern aus dem so typischen hellgrauen Stein, an denen hin und wieder Kletterrosen oder Geißblatt emporranken. Kein Mensch ist zu sehen. Vielleicht sind alle drinnen und verstecken sich vor der Hitze. Aber ich kann mich des Gefühls nicht erwehren, dass die Leere etwas Wachsames hat. Mehrere Male meine ich hinter den Fenstern, die wie kleine, dunkle Augen unter den Strohdächern hervorlugen, eine Bewegung auszumachen.

Vor mir taucht das Dorfkreuz auf – ein mittelalterliches steinernes Gebilde, in dessen Schatten ich mich flüchte, damit die Sonne mir nicht das Gehirn verbrutzelt. Ich setze mich auf die Steinbank, die kühl ist unter meinen klebrigen Schenkeln, und wische mir den Schweiß aus den Augen, als mein Blick auf die Steintafel direkt vor mir fällt. Das Relief zeigt zwölf mit Kapuzen vermummte Gestalten, die in einem Kreis stehen, die Köpfe gesenkt, sodass ihre Gesichter nicht zu sehen sind. Sie sind von Bäumen umgeben, als stünden sie mitten in einem Wald. Mein Herzschlag beschleunigt sich. Eine der Figuren scheint ein langes, scharfes Messer in der Hand zu halten.

Mein Blick wandert zum nächsten Relief. Es zeigt einen Mann in mittelalterlicher Kleidung – eine gegürtete Tunika und spitze Stiefel –, in dessen Gesicht sich Entsetzen abzeichnet. Er hält etwas in seinen Händen.

Ich trete näher, um besser zu sehen.

»Das ist eine Feder«, meldet sich eine sanfte Stimme dicht hinter mir.

Mir bleibt vor Schreck fast das Herz stehen. Ich dachte, ich wäre ganz allein hier. Ich drehe mich um und sehe eine Frau mit schlichtem grauen Bob, die trotz der Sommerhitze ganz in Schwarz gekleidet ist. »Wunderschön, nicht wahr? Und sehr alt. Ich glaube, aus dem fünfzehnten Jahrhundert.« Sie schenkt mir ein eigenartiges Lächeln. »Wie ich sehe, haben die Steintafeln Eindruck bei Ihnen hinterlassen.«

»Ich nehme an, sie sind einfach nur sehr ... lebendig gearbeitet.«

»Nun, die Tafeln waren eine Art, die Menschen zu einem anständigen Leben zu ermahnen. Damals war das hier eine wilde, abgelegene Gegend – und im Mittelalter gab es keine Polizei, die für Ruhe und Frieden gesorgt hätte. Daher entwickelte sich eine andere Art von Ordnungshütern. Zum Schutz der Gemeinschaft und um Missstände aus der Welt zu schaffen. Um für Gerechtigkeit zu sorgen.«

»Diese Botschaften im Baum ... haben die Hüter immer darauf reagiert?«

Die Frau runzelt die Stirn und legt den Kopf schräg. »Ich habe nichts von irgendwelchen Botschaften in Bäumen gesagt. Kennen Sie etwa die hiesige Legende?«

»Oh«, erwidere ich so lässig wie möglich, »dann muss ich es wohl irgendwo aufgeschnappt haben ...«

»Nun«, sagt sie, »das kam ganz darauf an. Zum einen, ob der Überbringer der Botschaft – derjenige, der die Nachricht in den Baum gelegt hat – ein echtes Anliegen hatte. Die Vögel hatten ihre Mittel und Wege, sich ein Bild zu machen. Zum anderen hing es von der Schwere des Vergehens ab und davon, ob der Täter gebührend Reue an den Tag legte und Wiedergutmachung leistete. Aber wenn nicht ...« Sie verzieht das Gesicht. »Sagen wir einfach, das waren noch andere Zeiten. Rauer, blutiger ...«

Ich warte auf die Fortsetzung, aber die Frau verfällt in Schweigen. Erst da bemerke ich, dass das, was ich für einen leicht exzentrischen schwarzen Kittel gehalten habe, von einem weißen Kragen gesäumt wird.

»Sie sind Pfarrerin?«

»Ja«, bestätigt sie mit einem verlegenen Lächeln. »Wirkt mein Interesse dadurch irgendwie seltsam? In dieser Gegend hier waren das Heidentum und die Kirche schon immer eng miteinander verflochten.«

Ich wende mich wieder den Tafeln zu. »Aber jetzt sind sie wohl längst Geschichte. Ich meine, wahrscheinlich existiert diese Gruppe ... diese Vögel – was auch immer sie sein mögen – schon seit Ewigkeiten nicht mehr, oder?«

Ich warte darauf, dass sie antwortet, aber es kommt nichts. Als ich mich umdrehe, stelle ich fest, dass sie nicht mehr da ist.

Ich bin nervös – aufgekratzt von der Begegnung und den

Erinnerungen, die gerade an die Oberfläche steigen. Womöglich wird etwas Essen mir guttun.

Auf dem Weg zum Pub komme ich an genau den Geschäften vorbei, die man in einem Dorf wie diesem erwarten würde: einem Spar, einem Postamt, einer Buchhandlung namens The Crooked Shelf. Ich bleibe stehen, um einen Blick ins Schaufenster zu werfen. Neben den üblichen Bestsellern ist hier eine besondere Auswahl von Büchern ausgestellt: *Wyrd West Country, Occult Britain, Runes: the Definitive Guide*. Und da ist es: *Legends of Tome*. Ich wende meinen Blick ab und eile weiter.

Endlich erreiche ich den Pub. Er sieht nicht mehr so aus, wie ich ihn in Erinnerung hatte. Nur Teile des alten Fachwerkgebäudes sind übrig geblieben: etwas von der alten steinernen Fassade, die niedrige Tür und die Fensterläden. Das einstige Strohdach ist mittlerweile durch Ziegel ersetzt worden, und anstelle der antiken Bleiglasscheiben wurden moderne Flügelfenster eingebaut. Die neuen Elemente sind auf die alten aufgepfropft wie bei einer schlecht gelungenen Hauttransplantation. Das Schild jedoch ist noch immer dasselbe und schwingt in der heißen Brise hin und her. Was auch immer unten am Schild befestigt ist, gibt ein klingelndes Geräusch von sich – wahrscheinlich so eine Art Windspiel. Aber nein … als ich genauer hinschaue, sehe ich, dass das Ding aus zahllosen winzigen Knöchelchen zusammengesetzt ist.

Sobald ich eintrete, senkt sich Stille über den Raum. Nach der Helligkeit des Mittagslichts draußen kann ich im dunklen Inneren kaum etwas sehen. Außerdem ist es kühl, wahrscheinlich wegen der kleinen Fenster und der dicken Steinmauern. In der Luft hängt der Mief von Holz, Essig und verschüttetem Bier. Als meine Augen endlich etwas erkennen, kommt es mir so vor, als hätten sich all die Menschen, die ich in den leeren Straßen von Tome vermisst habe, hier versammelt. Nicht wenige von ihnen starren mich von ihren Tischen aus an. Ich lasse mich auf einem Hocker an der Bar nieder.

Ein Pärchen in meiner Nähe erregt meine Aufmerksamkeit: Sie sind jünger als die meisten anderen Gäste – oder zumindest das hübsche Mädchen mit dem roten Haar ist jünger. Auf den zweiten Blick erkenne ich nämlich, dass der Typ zwar Teenagerklamotten trägt – ausgebleichte Jeans und ein verwaschenes T-Shirt mit der Aufschrift *Es ist nur ein Verbrechen, wenn du erwischt wirst* –, aber schon etwas lichteres Haar hat und wahrscheinlich nur ein paar Jahre jünger ist als ich.

Plötzlich wird mir klar, dass ich die beiden schon einmal gesehen habe: Es sind die Anführer des Steine werfenden Mobs am Strand. Sie haben die Köpfe gesenkt und unterhalten sich gedämpft, aber einige Sätze dringen doch an mein Ohr.

Er: »Wir werden dafür sorgen, dass es ein unvergesslicher Abend wird. Ich habe mit Gaz gesprochen. Er bringt die Ausrüstung mit. Das wird richtig krass.«

Sie: »Ich weiß nicht, ob das eine so gute Idee ist, Nate.«

»Ach was, das wird mega. Komm schon, Lyles. Nur ein bisschen Spaß. Ja?«

»Es wäre besser ...« Das Mädchen wirft einen Blick in meine Richtung und erwischt mich dabei, wie ich sie beobachte, bevor ich wegschauen kann. »Lass uns später drüber reden. Hier gibt es Leute, die andere Leute belauschen. Das geht echt gar nicht.«

Jemand klopft auf die Theke, und als ich mich umdrehe, sehe ich, wie der Blick der Wirtin demonstrativ auf meiner Tragetasche mit dem Hotellogo ruht.

»Sie kommen vom Manor?« Sie ist Anfang sechzig, hat raspelkurzes wasserstoffblondes Haar und ein offenes, sonnengebräuntes Gesicht mit weißen Lachfältchen um die Augen. Mich jedoch lächelt sie nicht an. Als sie den Arm hebt, um ein Bier zu zapfen, erblicke ich die dunklen Konturen einer kleinen Tätowierung auf der Unterseite ihres Bizeps, was den alternden Punkrock-Look ihrer Frisur noch mal unterstreicht.

»Ja. Ich dachte nur, ich komme vorbei und erkunde Tome.«

Ich spüre, wie das Mädchen mit dem roten Haar und der Mann mich beobachten. Tatsächlich habe ich plötzlich das Gefühl, dass alle im Pub mich anschauen, so als hätte ich mir *Fremde* quer über die Stirn tätowiert.

»Manche hier würden wohl sagen, dass ich Sie nicht bedienen sollte«, meint die Wirtin und macht eine Kopfbewegung in Richtung der anderen Gäste. »Das Manor ist hier nicht gerade beliebt. Es ruiniert den Leuten ihre Geschäfte. Die Besitzer sperren uns außerdem den Zugang zum Land ab. Aber heute bin ich freundlich gestimmt. Vielleicht, weil Sie Tome richtig ausgesprochen haben. Die Auswärtigen sprechen es immer falsch aus. Aber sie haben ›Tomb‹ gesagt, genau wie wir. Also, was hätten Sie denn gern?«

Ich bestelle einen herzhaften Ploughman's Lunch.

»Was ist mit dem Pub passiert?«, frage ich, als sie es vor mir abstellt. »Mit der alten Einrichtung, meine ich?«

Sie blickt mich stirnrunzelnd an. »Jetzt gehen Sie aber ganz schön weit in die Vergangenheit zurück. Das ist mindestens fünfzehn Jahre her. Jemand hat versucht, es abzufackeln.«

»Oh.« Ich bin aufrichtig schockiert. Ich sehe es vor mir – gerammelt voll mit Menschen, wie jeden Abend, damals wie heute. »Das ist ja schrecklich.«

»Es wurde niemand verletzt oder getötet, hätte also viel schlimmer kommen können. Man hat den Verantwortlichen nie gefasst. Aber immerhin hat die Versicherung am Ende geblecht.« Sie beäugt mich. »*Kenne* ich Sie? Ich kann mir Gesichter gut merken. Es können Jahre vergehen, und ich erkenne die Leute.«

Mein Mund ist etwas trocken. »Ich glaube nicht«, erwidere ich. »Danke fürs Essen. Können Sie mir sagen, wo die Toiletten sind?«

»Da drüben.« Sie nickt nach rechts, ohne mich dabei aus den Augen zu lassen. »Den Flur ganz runter.«

Tatsächlich weiß ich noch genau, wo sie sind. Draußen, in Richtung des Biergartens.

Zwischen dem Herren- und dem Damenklo befindet sich eine dritte Tür, die ein Stück offen steht: *Festsaal* steht in Messingbuchstaben dran. Streng genommen nur *Fetsaal*, da ein S abgefallen ist. Durch den Spalt in der Tür erblicke ich eine Art Gebilde oder eine Konstruktion aus Hunderten – vielleicht sogar Tausenden – ineinander gewundener und verflochtener Zweige. Wenn ich die Tür nur ein klein wenig weiter aufschiebe, kann ich das Ding vielleicht komplett …

»Da können Sie nicht rein, meine Liebe«, meldet sich eine Stimme. »Das ist privat.«

Ich zucke zusammen und stelle fest, dass die Wirtin einige Meter hinter mir steht. Zwar war ihr Tonfall beschwingt, aber ihr Blick ist frostig, und das »meine Liebe« hatte nichts Warmes an sich.

»Oh, ja, tut mir leid. Ich habe nur die Toilette gesucht.«

»Die Tür mit der Frau drauf, da drüben? Und es steht auch nicht *Festsaal* drauf – ziemlich klarer Hinweis, oder?«

»Natürlich – wie dumm von mir!«

Ich kann spüren, wie ihr Blick mich den ganzen Weg durch den Flur verfolgt.

## SOMMERTAGEBUCH

### Der Wohnwagen – Tates Campingplatz

*9. August 2010*

Die letzten zwei Tage habe ich mit Mum und Dad verbracht. Ich wollte eine Pause vom Manor. Ich hatte Albträume wegen diesem Ding, das wir im Baumhaus gefunden haben. Und dann ist da noch Hugo – auch wenn er im Pub anders war, wird mir immer noch ganz schlecht, wenn ich ihn sehe. Aber irgendwie ist es langweilig, auf der Decke am Strand rumzuliegen, während Mum Maeve Binchy liest und Dad mit Lee Child auf dem Gesicht rumdöst. Mit Frankie wird mir nie langweilig.

Also bin ich eine Runde schwimmen gegangen – und habe Jake gesehen. Er war allein und hatte sein Bodyboard bei sich. Er winkte und kam zu mir rüber. Irgendwie war es mir ein bisschen peinlich, weil ich ständig an Frankies Witz über Sex mit ihm denken musste. Außerdem fühlte ich mich immer noch schäbig, nach dem, was Hugo gesagt hatte: *Dreckiges kleines Flittchen*. Aber Jake hat so ein tolles Lächeln. So lieb und nett. Und ja, ich weiß, was Frankie gesagt hat, aber ich mag seinen Akzent.

Er fragte mich, ob ich das Bodyboard einmal ausprobieren wolle. Als ich mich drauflegte, fragte er: Darf ich? Und er streckte die Hand nach mir aus, um mich in die richtige

Position zu bringen. Kurz erstarrte ich wegen dem Vorfall mit Hugo. Aber mit Jake war es anders. Er war so sanft. Außerdem hat er gefragt. Ich kann immer noch das Kribbeln an den Stellen spüren, die er berührt hat.

Als wir wieder aus dem Wasser kamen, saß Shrimp auf den Felsen und stocherte in den Gezeitentümpeln herum. Ich fragte Jake, ob Shrimp auf dem Campingplatz wohnt. Ja, sagte er. Die Familie ist ziemlich arm. Er ist ein bisschen schräg drauf, aber das ist auch kein Wunder. Er hat ziemlich miese Eltern.

Als ich wieder zur Decke zurückkehrte, meinte Mum gleich: Der ist aber süß! (Voll peinlich!) Vielleicht verbringst du jetzt etwas mehr Zeit hier unten als in dem großen Schuppen?

Ich so: Wie meinst du das?

Ich weiß nicht. Das scheint mir einfach eine ganz andere Welt zu sein. Ich frage mich, was sie in dir ... Dann hat sie den Mund zugeklappt und total verlegen dreingeschaut.

Was sie in mir sieht? Danke, Mum!

Ich glaube, es hat mich so getroffen, weil ich mich das selbst schon gefragt habe.

*10. August 2010*

Bin heute wieder zum Manor gegangen, weil es mir trotz allem gefehlt hat. Ich hatte das Gefühl, als würde ich sonst was verpassen. Als ich dort ankam, war Frankie nirgends zu sehen. Ich hab ihr gesimst: Wo bist du?

Sie hat zurückgesimst: Tennisplatz. Das kam mir seltsam vor, da sie null Interesse an Sport hat.

Als ich auf dem Platz ankam, war da Cora aus dem Pub.

Sie lag rauchend und oben ohne auf einer Sonnenliege, mit nichts an außer einem Bikinihöschen und ihren Armreifen. Ihr Körper sah aus wie der eines Mädchens aus einem MTV-Musikvideo.

Dann erschien Frankie mit zwei Eiskaffees (dabei mag sie gar keinen Kaffee!). Sie trug dicken Eyeliner und hatte ihr Haar aufgetürmt.

Oh, sagte sie, als wäre es eine Überraschung, dass ich gekommen war (dabei hatten wir uns gerade erst gesimst). Wir haben nur zwei Sonnenliegen. Ich wusste nicht, ob du dich je wieder hier blicken lässt. Sie warf ein paar Kissenpolster zu Boden.

Als Cora aufs Klo ging, fragte ich, warum sie da war.

Frankie grinste: Etwa eifersüchtig, Sparrow? Sie putzt morgens für die Alten. Sie brauchte einen Job, nachdem sie im Pub gefeuert wurde. Aber sie ist cool, also hängen wir gern zusammen ab.

So als wären drei Wochen vergangen und nicht ZWEI TAGE.

Eigentlich bin ich Künstlerin, erzählte uns Cora, als sie zurückkam. Das hier ist nur eine Notlösung. Aber es ist schwer, hier in der Pampa über die Runden zu kommen.

Opa könnte helfen, meinte Frankie. Er kennt haufenweise reiche alte Leute, die genug Kohle für Gemälde übrig haben.

Oh, wirklich? Cora setzte sich auf. Aber Frankie hatte sich bereits ihre Ausgabe von der *Heat* geschnappt und meinte so: OMG, wie die ausschaut. Das muss jetzt ihre vierte Titten-OP sein.

*13. August 2010*

Ich vermisse es, Frankie für mich allein zu haben. Cora ist JEDEN Nachmittag da. Die Zwillinge finden immer wieder eine Ausrede, um vorbeizuschauen und zu glotzen. Sie und Frankie reden über Sex – oder zumindest Frankie redet drüber, und über die Raves, auf die sie in London geht, und die verschiedenen Drogen, die sie ausprobiert hat. Aber Cora hat so eine Ausstrahlung, als hätte sie Dinge erlebt, von denen wir nur träumen können. Ich sitze dann einfach nur da und fühle mich wie eine superlangweilige Jungfrau. Ich meine, was hätte ich schon zum Thema beizutragen? Dass einer von Frankies Brüdern versucht hat, mich im Poolhaus anzutatschen? Und überhaupt, Cora hat bestimmt genug gleichaltrige Freunde, mit denen sie abhängt. Wir müssen ihr wie naive Kinder vorkommen.

Es war so heiß auf dem Tennisplatz. Wegen der Hecken drumherum stand die Luft. Aber als ich vorschlug, dass wir zum Pool gehen könnten, sagte Frankie: Cora findet den Tennisplatz besser, oder, Cor? Mit dem Wind vom Meer kühlt es sicher bald ab. WTF? Überall reden sie vom Jahrhundertsommer.

Dann schob sie hinterher: Außerdem wissen wir nicht, was die Alten davon halten würden, weißt du? Von wegen mit dem Personal abhängen und so. Aber hier sind wir in Sicherheit. Grandma spielt seit ihrer neuen Hüfte kein Tennis mehr. Und Grandpa arbeitet in seiner Hütte im Wald und telefoniert nachmittags mit seinen ach so wichtigen Freunden – Schrägstrich Geliebten.

Meinst du, du könntest echt mal mit ihm reden?, fragte Cora erneut. Wegen meiner Kunst?

Frankie kräuselte die Nase. Ja. Klar. Vielleicht. Kann ich noch eine Kippe haben?

Viel Glück, Cora.

*14. August 2010*

Heute hat Frankie eine halbe Flasche Malibu in einen Krug mit Bananen-Nesquik gekippt. Sie und Cora unterhielten sich wieder über Sex, darum konnte ich nicht mitreden. Ich schrieb Jake eine SMS. Hätte ich nicht zwei Gläser von Frankies Cocktail getrunken, hätte ich wahrscheinlich nicht den Mumm gehabt.

Hi. Was geht so bei dir?

Er schrieb sofort zurück. Bin grad bei der Arbeit. Aber wär schön, dich bald mal wiederzusehen. Am Strand?

Wem schreibst du da? Bevor ich antworten konnte, schnappte sich Frankie mein Handy und las die Nachrichten. Das ist dieser Typ, oder? Vom Fish-and-Chips-Laden?

Oh, machte Cora, wie aufregend! So von oben herab, wie Erwachsene, wenn sie so tun, als würden sie sich für Kindersachen interessieren.

Aber Frankie sah ernsthaft sauer aus. Sie hielt immer noch mein Handy fest, als würde sie es mir nicht anvertrauen wollen. Sparrow, ich habe dir doch gesagt, du hast was viel Besseres verdient. Dann wandte sie sich an Cora, beschrieb ihr Jake und sagte: Er ist von hier. Kennst du ihn?

Cora wirkte etwas verlegen und meinte nur: Ich kenne nicht viele von den Kiddies hier.

Total von oben herab! Die »Kiddies«. ÄTZEND.

Ich wünschte, ich hätte sie Frankie nie vorgestellt. Ich wünschte, sie würde sich einfach verpissen.

*15. August 2010*

Bin heute, als ich das Manor verließ, Hugo über den Weg gelaufen. Es war das erste Mal seit dem Vorfall im Poolhaus, dass ich allein mit ihm war. Er grinste mich an. Na, nicht mehr die Nummer eins? Hat Frankie dich schon aus dem Club gekickt? Oje, keiner will mehr mit dir spielen. Schätze mal, das liegt daran, dass du so eine verklemmte kleine Zicke bist.

Er musterte mich von oben bis unten, als wäre ich nackt. Übrigens sollten nur so heiße Schnitten wie die Neue Bikinis tragen. Bleib du mal lieber bei deinem Badeanzug, kleines Mädchen.

## EDDIE

Ich bin seit Stunden unten in der Küche und spüle die Teller vom Abendessen ab. Als ich zu dem kleinen Fenster hochblicke, sehe ich, dass es langsam spät wird: Die ersten Sterne zeigen sich am Firmament. Ich gehe nach oben und durchquere die Rezeption, um draußen etwas frische Luft zu schnappen.

»Eds«, flüstert Ruby vom Empfangstresen. »Komm und leiste mir kurz Gesellschaft.«

Ich spaziere zu ihr rüber. Ein paar Minuten später kommen zwei Frauen an uns vorbei, beide tragen sie die kleinen samtenen Kristallsäckchen um den Hals. Eine von ihnen berührt ihn immer wieder.

Ruby beäugt sie von der Seite. »Ich hab da so ein Meme gesehen«, erzählt sie, sobald die beiden fort sind. »Das ging ungefähr so: Wie kann es so viele Probleme auf der Welt geben, wenn es so viele reiche Schnepfen mit Kristallen gibt?« Dann dreht sie sich zu mir. »Ach ja, hast du schon gehört? Morgen zwingen sie uns auch noch, *Kostüme* zu tragen. Für das Fest. Die Gäste müssen Weiß tragen und Weidenkränze auf dem Kopf oder irgend so einen Scheiß. Ist fast so, als würden sie einen auf *Midsommar*-Ästhetik machen wollen, ohne sich den Film angeschaut zu haben, um zu wissen, wie er endet.« Sie hält inne und switcht sofort in den Arbeitsmodus, als ein älterer Typ die Rezeption betritt.

»Hallo, Schätzchen.« Der Typ steuert direkt den Tresen an und lehnt sich so weit rüber, dass sein Gesicht nur noch dreißig Zentimeter von Rubys entfernt ist. Ich bin wirklich beeindruckt, wie sie es schafft, nicht zurückzuweichen oder ihm eine Kopfnuss zu verpassen. »Hugo Meadows. Weißt du, wer ich bin?«

»Natürlich.« Ruby lächelt ihn strahlend an. »Wie kann ich Ihnen helfen, Mr Meadows?«

»Folgendes. Heute Abend kommt ein Bekannter an – er ist eine wirklich große Nummer. Ein Investor. Ich will, dass du für ihn wirklich alle Hebel in Bewegung setzt. Sei ganz besonders lieb zu ihm, ja?«

Ich frage mich, ob er es absichtlich so zweideutig klingen lässt, als würde er um eine »Spezialmassage« bitten.

»Alles klar«, erwidert Ruby.

»Danke, Hübsche.« Er beugt sich vor und fasst ihr unters Kinn.

Ruby sieht ihm nach, als er wieder abzieht. Sie holt tief Luft und stößt sie wieder aus. »Was für ein Wichser.«

Ich bin kurz davor, mich im Namen aller Männer zu entschuldigen oder so, als von draußen ein seltsamer Laut hereindringt, eine Art Heulen. Wir spähen beide durch die Eingangstür.

Ruby deutet nach draußen. »Meinst du, mit denen ist alles okay?«

Ich folge ihrem Blick und sehe einen Mann und eine Frau, die in der Abenddämmerung eilig ihre Fahrräder die Auffahrt hochschieben. Sie gehen vornübergebeugt, doch dann, auf halber Strecke, lässt die Frau scheppernd ihr Fahrrad fallen, sinkt auf die Knie und verbirgt ihr Gesicht in den Händen. Selbst von hier aus kann man ihre Schultern beben sehen. Der Typ legt nun ebenfalls sein Fahrrad ab und beugt sich über sie. Haben sie einen Streit? Tröstet er sie? Ich sehe zu, wie er sie wieder auf die Beine zieht. Doch da klappt sie erneut zusammen und – ach, du liebe Güte – kotzt auf allen vieren ins Gras. Ein paar der anderen Gäste drehen sich um und verfolgen gebannt das Spektakel.

»Scheiße«, murmelt Ruby. »Ich sollte wahrscheinlich raus und nachsehen, was mit ihnen los ist.«

Das Manor versteht, was »schlechte Energien« angeht, keinen Spaß. Dan, einer der Gärtner, hat erst vorhin erzählt, dass ein Pärchen stillschweigend gebeten wurde, früher abzureisen, da die beiden sich beim Frühstück lautstark gezofft hatten. Es war der erste Tag nach ihrer Ankunft, aber sie mussten auf der Stelle ihre Sachen packen!

Ich folge Ruby nach draußen, während sie das Pärchen ansteuert. »Hallo!«, höre ich sie freundlich rufen. »Kann ich Ihnen irgendwie helfen?«

Die Frau schüttelt den Kopf, zitternd erhebt sie sich. Doch der Mann tritt vor und murmelt etwas in Rubys Ohr. Ich sehe, wie Ruby abrupt einen Schritt zurückweicht. Dann legt sie beruhigend eine Hand auf die Schulter des Mannes und sagt etwas zu ihm. Sie deutet in Richtung Restaurant. Was zum Henker ist da los?

Ruby dreht sich um und kehrt zu mir zurück. »Ich habe ihnen gerade gesagt, sie sollen ins Restaurant gehen und sich auf Kosten des Hauses das Wildbeuter-Degustationsmenü bestellen«, erklärt Ruby. »Plus eine Flasche Wein ihrer

Wahl … Außerdem ist ihr gesamter weiterer Aufenthalt hier kostenlos … Aber es ist schon richtig heftig.«

»Was ist denn passiert?«

»Ich glaube, wir müssen Michelle holen. Sie haben … Sie sind im Wald auf Blut gestoßen.«

Ich schlucke. Was zur Hölle?

»Blut?«

»Ja. Aber nicht nur ein paar Tropfen. Der Typ meinte, es war wie in einem Horrorfilm.«

# FRANCESCA

Ich habe mich in den ummauerten Garten zurückgezogen, um mir in der Natur Linderung zu verschaffen. Die Gäste lieben Gemüsegärten, und noch mehr lieben sie die Vorstellung, dass ihr Abendessen dem Grund und Boden des Manors abgerungen wurde. Tatsächlich ist das bei einem guten Teil davon zwar nicht der Fall – meist erhalten wir eine morgendliche Lieferung frisches Obst und Gemüse von einem Zwischenhändler aus London –, aber es ist der Gedanke, der zählt.

Die Bank in der Ecke neben dem Stangenbohnenspalier bietet einen guten Sitzplatz – von hier aus kann ich jeden sehen, der durch den Torbogen kommt und geht. Den ganzen Tag schon hatte ich das Gefühl, dass mich jemand beobachtet.

Ich schließe die Augen. Einatmen. Ausatmen. Ah, das ist schon bess…

Ich öffne die Augen. War das … ein Heulen? Es klang, als käme es vom Hauptgebäude. Ich stehe auf und eile dorthin. Tatsächlich ist es eine Erleichterung, eine Aufgabe zu haben.

Ich sehe unsere Rezeptionistin Ruby und den Jungen namens Eddie mit einigen Gästen vor dem Eingang stehen.

Als Ruby mich erblickt, kommt sie auf mich zu und setzt mich in gedämpftem Tonfall in Kenntnis.

»Sie haben bitte *was* im Wald gefunden?« Ich bin sicher, dass ich mich verhört habe.

Sie wiederholt ihre Worte.

Ich habe sie also doch nicht falsch verstanden. Blut. Sie haben Blut im Wald gefunden. Kurz ist es, als würde ich über dem Boden schweben. Ich habe mich in der Vergangenheit zwar mal mit transzendentaler Meditation befasst, aber ich glaube, das ist meine erste echte außerkörperliche Erfahrung.

Ruby kaut auf ihrer Lippe. »Ich meine, soll ich die Polizei informieren?«

Das bringt mich sofort wieder zu mir zurück. »Bloß nicht«, erwidere ich. »Wir können *unmöglich* die Polizei hier herumspazieren haben.« Nicht an unserem Eröffnungswochenende, nicht wenn die Kritiker von *Mr & Mrs Smith* und *Condé Nast Traveler* bei uns logieren – das morgige Fest mit dem Mitternachtspicknick wird uns auf die Hotlist katapultieren! Ich bedenke Ruby mit meinem zuversichtlichsten Lächeln. »Ich bin mir sicher, dass es keine große Sache ist. Meine Großmutter hat hier früher Hühner gehalten. Füchse können eine schreckliche Sauerei anrichten. Wirklich grausig.«

Ich klinge definitiv wie die selbstsichere, beherrschte Francesca Meadows, wie sie alle kennen. Aber ich muss doch an das Gesicht beim Frühstück denken. An das Bild in der Tonschale. An mein Gefühl, beobachtet zu werden, das mich den ganzen Tag begleitet hat. Nein. Wann auch immer ich in der Vergangenheit mit Widrigkeiten konfrontiert wurde, habe ich stets den Sieg davongetragen. So bin ich nun mal: vom Schicksal gesegnet. Francesca Meadows passieren schlicht keine schlimmen Dinge.

»Auf keinen Fall wollen wir die Gäste beunruhigen«, sage ich ruhig. »Ruby, meine Liebe, ich wäre dir mehr als dankbar, wenn du das für mich regeln könntest. Du verstehst?« Ich warte und strahle sie an, bis ihr offenbar klar wird, dass ihr nichts anderes übrig bleibt.

»Ähm, ja. Klar. Okay.«

»Großartig. Ich danke dir. Ich wusste, dass ich mich auf dich verlassen kann! Du wirst den Gästen, die über diesen unglücklichen Anblick gestolpert sind, erklären, dass wir der Sache natürlich nachgehen, aber dass dergleichen nun mal Teil des authentischen Landlebens ist und absolut keinen Grund zur Sorge darstellt.« Während ich diese Worte sage, glaube ich felsenfest daran.

Sie nickt.

»Ruby, du bist ein Star! Du bist *mein* Star.« Dann winke ich den Jungen zu mir. »Du heißt Eddie, nicht wahr? Du hast mir vorhin die Eier in die Orangerie gebracht!«

Er räuspert sich. »Ja.« Wieder kriecht ihm die Röte den Hals hoch.

»Also, Eddie, ich möchte, dass du in den Wald gehst«, sage ich. »Nimm am besten auch etwas Wasser mit. Tu einfach, was du tun musst, um alles zu beseitigen. Die Natur mag grausam und blutrünstig sein, aber unsere Gäste bevorzugen die friedfertige, saubere Version. Klingt das machbar?«

»Äh …«

»Und geh erst, wenn es ein bisschen dunkler ist, damit du keinen Gästen über den Weg läufst.«

»Ist das …« Er scheint zu zaudern. »Äh. Ist das legal? Was, wenn …«

»Aber natürlich ist es das!« Ich lächle gewinnend. »Das ist ein Privatgrundstück.«

»Okay«, sagt er unterwürfig.

Vielen Dank, mein lieber Eddie, für deine Beschränktheit und Gefügigkeit.

Ich entdecke einen weiteren Mitarbeiter, der eine Schubkarre vor sich herschiebt. »Dan, nicht wahr?«, rufe ich. Er bleibt wie angewurzelt stehen, sichtlich verblüfft, dass ich seinen Namen kenne. »Du gehst mit Eddie, ja?«

Er nickt, noch bevor er überhaupt weiß, worum er gebeten wurde. Solche Macht über Menschen zu haben, kann berauschend sein – aber ich lasse mir so etwas nie zu Kopf steigen.

»Da wäre noch etwas, Jungs«, schiebe ich hinterher. »Nur unter uns, ja? Wie wäre es mit einem kleinen Fünfhundert-Pfund-Bonus für jeden von euch, als Zeichen meiner Wertschätzung?«

Ihre Augen werden kugelrund. Für sie muss sich das nach richtig viel Geld anhören. Es ist mir gelungen, es wie ein Geschenk klingen zu lassen, ein Zeichen der Gunst für gute Dienste. Kein bisschen so, als würde ich sie bestechen.

Kurz darauf mache ich mich auf den Weg zu meiner Privatunterkunft. Ich stehe gerade in der Küche und öffne die Dose mit dem ayurvedischen Tee, den ich für den Notfall immer dahabe, als ich merke, dass ich nicht allein bin. Owen kommt aus dem Wohnzimmer.

»Hi«, begrüßt er mich. »Ich wollte dir noch das hier geben.« Er zieht etwas aus seiner Hosentasche. »Das hat jemand heute früh unter unserer Tür durchgeschoben, ich hatte es ganz vergessen bis jetzt.«

Er hält es vor mich hin. Ein Bogen Hotelbriefpapier mit einer Nachricht drauf.

*Komm um Mitternacht in den Wald.*
*Wie in alten Zeiten? Unter dem Baum*
*mit den hundert Augen. Es ist lange her.*
*Wir haben viel zu besprechen.*

»Von wem ist das?«, fragt Owen ganz beiläufig, aber ich spüre, wie er mich dabei beobachtet.

»Liebling!«, erwidere ich fröhlich. »Ich habe nicht die leiseste Ahnung. Wahrscheinlich einer von den einheimischen Spinnern. Das könnte genauso gut an dich gerichtet sein. Du bist es doch, der gerade an dem Waldprojekt arbeitet …«

»Aber der Brief ist nicht an mich adressiert. Schau.« Erst jetzt zieht er einen Umschlag hervor, auf dem ein Name steht: Frankie.

Nein. Frankie existiert nicht mehr.

»Hört sich an, als würde dich der Absender ziemlich gut kennen«, meint Owen. »Das klingt nicht wie die anderen Beschwerden, die wir hatten. Was, meinst du, soll das bedeuten – ›wie in alten Zeiten‹?«

»Herrgott noch mal«, zische ich. »Gar nichts hat es zu bedeuten. Lass es einfach gut sein!«

Seine Augen weiten sich, und er tritt einen Schritt zurück.

»Schatz«, sage ich. »Herrje, ich habe dir einen Schreck eingejagt. Ich habe mir selbst einen Schreck eingejagt.« Die Stimme klingt gar nicht wie meine eigene. Was ist nur los mit mir? Ich lächle. »Ach, das ist der ganze Druck dieses Wochenende. Das geht mir einfach an die Substanz. Hör zu, ich habe keine Ahnung, von wem diese Nachricht stammt. Womöglich sogar von einem meiner Brüder, der mir einen kleinen Streich spielen wollte. Du weißt ja, wie sie sind!«

Sobald er sich abwendet, vergeht das Lächeln aus meinem

Gesicht. Ich habe ihm den Zettel nicht abgenommen, weil ich Sorge hatte, dass meine Hände zittern würden.

Ich muss an das Bild denken, das ich vorhin in der Schale gesehen habe.

Den Vogel.

Und ich habe sie damals Sparrow genannt … Spatz.

Bei dem Gesicht, das ich heute beim Frühstück gesehen habe, hat es sich offenbar nicht um eine Illusion gehandelt. Nach all der Zeit ist sie also zurückgekehrt. Und ich weiß ganz genau, wo ich sie treffen soll. Tief im Wald … an einem Ort, wo ich seit Jahren nicht mehr gewesen bin.

## SOMMERTAGEBUCH

### Der Wohnwagen – Tates Campingplatz

*17. August 2010*

Heute Abend im Wald, sagte Frankie. Coras erstes Mal! Bist du dabei?

Weiß nicht, antwortete ich, weil ich immer noch Albträume davon habe. Ich kapiere nicht, warum Frankie nicht mehr Schiss hat.

Und Frankie so: Okay, Cora, dann nur du und ich.

Also sagte ich, dass ich doch mitkomme. Ich weiß, das ist kindisch, aber ich wollte nicht, dass sie ohne mich gehen.

Die Jugendlichen aus Tome pflücken hier in den Wäldern Magic Mushrooms, behauptete Cora. Dann erzählte sie, wie sie sich damals auf einem Festival welche reingezogen hat. GÄHN.

Frankie war total aus dem Häuschen. Lasst uns welche suchen! Dann würde es mich auch nicht mehr so ärgern, dass die Zwillinge meinen Vorrat geplündert haben.

Cora meinte: Na ja, ich weiß nicht, ob man zu dieser Jahreszeit welche findet.

Man konnte Frankie ansehen, dass sie genervt war. So ist sie, wenn sie ihren Willen durchkriegen möchte. Doch, sagte sie, wir werden welche finden.

Es wurde gerade dunkel, als wir in den Wald gingen, aber

diesmal hatte ich Mums kleine Schlüsselbund-Taschenlampe mitgenommen. Wir kamen an der Arbeitshütte von Frankies Großvater vorbei – er war am Telefonieren und guckte ernst.

Während wir weiter in den Wald spazierten, zeigte uns Frankie ein Foto auf ihrem Handy (das neueste iPhone … so cool!), damit wir auch wussten, wonach wir suchten. Es klingt bescheuert, aber ich wollte unbedingt ein paar Pilze finden, als würde das etwas beweisen.

Cora meinte, sie müsse mal pinkeln. Ich war total vertieft in meine Suche und stocherte weiter mit einem Stock herum. Als ich aufsah, war Frankie ebenfalls verschwunden. Ich rief nach ihnen, aber niemand antwortete. Das Einzige, was ich hören konnte, waren die Rufe der Eulen hoch oben in den Zweigen.

Tatsächlich habe ich ein bisschen geweint. Ich wusste einfach, dass sie das mit Absicht gemacht hatten. Dass sie sich wahrscheinlich irgendwo versteckten und mich auslachten. Ich hatte Angst und wusste nicht, wo ich war. Immer wenn ich glaubte, den richtigen Weg gefunden zu haben, ging es irgendwann nicht mehr weiter – es kam nur Gestrüpp oder ein Bach, den ich nie zuvor gesehen hatte. Irgendwann stieß ich auf einen anderen Weg, dem ich so lange folgte, bis ich zu einer Lichtung kam, und ich sah, dass es die mit den Steinen und dem Baum mit den »Augen« in der Mitte war. Und da sah ich die Pilze. Genau wie die auf dem Foto, das Frankie gezeigt hatte. Unter einem Haufen alter welker Blätter. Im Vergleich zur dunklen Erde waren sie ganz blass, und im Mondlicht, das durch die Bäume fiel, sah es aus, als würden sie leuchten. Es war das gleiche Gefühl wie an dem Tag am Anfang des Sommers, als ich am Strand dieses Fossil gefunden hatte. So, als hätten die Pilze mich irgendwie gefunden.

Die kleinen bräunlichen spitzen Kappen sahen fast schon niedlich aus. Wie eine Kinderzeichnung – nicht wie etwas, das einen auf einen irren Trip schicken könnte.

In dem Moment überkam mich dieses wirklich heftige Gefühl, beobachtet zu werden. Wie ist es überhaupt möglich, dass man die Blicke von jemandem spüren kann? Ich leuchtete mit meiner Taschenlampe herum und meinte, zu sehen, wie sich im Dunkel etwas bewegte. Oder jemand? Da war eine Gestalt, die halb versteckt hinter einem Baumstamm kauerte. Irgendwas leuchtete ... wie Augen, die sich im Lichtstrahl fingen. Vielleicht ein Tier ... ein Dachs oder so? Aber es sah größer aus als ein Dachs.

Da bekam ich es richtig mit der Angst zu tun. Ich wollte einfach nur weg von dort. Also rannte ich los.

Und während ich rannte, hörte ich die Melodie. Eine uralte Aufnahme, die knisterte, als würde sie über ein Grammophon abgespielt werden. Dann eine unheimliche, hohe Männerstimme, die sang. Da kapierte ich, dass es dieses alte Kinderlied war: »The Teddy Bears' Picnic«. Man würde nicht glauben, dass ein Kinderreim so gruselig klingen kann. Aber dort, in den dunklen Wäldern, war es so. Die Musik schien aus allen Richtungen zu kommen und mich durch die Bäume hindurch zu verfolgen.

# OWEN

»Jetzt muss ich mich aber um ein paar Dinge kümmern, mein Schatz«, sagt Francesca. »Es gibt noch so viel zu tun ... du weißt schon, die Feier morgen. Ich liebe dich, aber die Pflicht ruft.« Sie küsst ihre Finger und drückt sie an meine Wange.

Warum sieht sie mir nicht in die Augen? Normalerweise sucht sie einen so intensiven Blickkontakt wie sonst niemand, den ich kenne. Darum scherze ich ja manchmal, dass sie mich geradezu hypnotisiert hat, damit ich das Projekt hier übernehme.

Was an der Nachricht hat sie so dermaßen aus der Fassung gebracht?

Ihr den Zettel einfach so ohne Vorwarnung vor die Nase zu halten, war ein Test. Und er hat funktioniert. Nur dass ich nicht weiß, was ich daraus schließen soll, außer dass er mir bestätigt hat, dass sie mir etwas verschweigt.

Die Tür fällt hinter ihr ins Schloss.

Aber vielleicht bausche ich das Ganze wegen der verstörenden Sache von vorhin auch nur unverhältnismäßig auf. Was hat Michelle noch gesagt? »Sie ist kein guter Mensch.« Dabei strahlt Francesca im wahrsten Sinn des

Wortes etwas Positives aus. Sie hat kein Fünkchen Dunkelheit in sich …

Und doch kann ich noch die brennenden Kratzer auf meinem Schulterblatt spüren, die am Stoff meines Hemdes scheuern. Ich muss an Francescas verborgene Seite denken, an den Dämon, den sie im Schlafzimmer von der Leine lässt. Aber das ist doch was ganz anderes, oder?

Bestimmt hat es nichts zu bedeuten. Vielleicht reagiere ich nur so, weil ich eine besondere Angst vor mysteriösen Nachrichten auf Türschwellen habe. Denn genau auf diesem Weg hat uns Mum vor all den Jahren ihre Absicht mitgeteilt:

> *Es tut mir so leid. Ich möchte mir gar nicht vorstellen, was du gerade von mir denkst, aber ich hoffe, dass du es verstehst …*

Ein schäbiger Zettel im Briefkasten, zwei Wochen, nachdem sie sich aus dem Staub gemacht hatte. Als hätte mein Vater – als hätten *wir* – nicht mehr verdient. Kurz darauf trudelte eine gepolsterte Versandtasche mit Bargeld bei uns ein. Mit zwanzig Riesen, um genau zu sein.

»Tja«, meinte Dad nur, »jetzt siehst du, wer sie wirklich war. Weiß Gott, wo sie es herhat, aber auf ehrliche Weise hat sie dieses Geld ganz bestimmt nicht verdient.« Bald darauf verließen wir Dorset. »Ich werde einen Teufel tun und hierbleiben, nur damit sich die Leute das Maul über mich zerreißen und mich bemitleiden«, erklärte er. »Und ihr schmutziges Geld will ich nicht. Betrachte es als dein vorgezogenes Erbe, Sohn.«

Ich zücke mein Handy – eine Angewohnheit von mir. Ich

checke die App gern mehrmals am Tag. Die Genauigkeit ist erschreckend gut und funktioniert auch, wenn kein 3G-Empfang vorhanden ist. Francesca durchquert gerade die Rezeption, wahrscheinlich, um sich mit Michelle zu besprechen. Ich verfolge, wie sie die Eingangstür passiert und weiter über den Rasen spaziert. Das hier ist wohl meine Art Äquivalent zu all den Entspannungstechniken, die Francesca praktiziert. Jedenfalls ist das meine Entschuldigung dafür, dass ich eine Tracking-App auf ihrem Handy installiert habe. Im Vorfeld der Eröffnung musste sie zwecks Interviews und Ähnlichem des Öfteren nach London. Außerdem logierte sie zu Recherchezwecken bei potenziellen Konkurrenten. Und immer, wirklich immer, war sie dort, wo sie gesagt hatte, dass sie sein würde. Natürlich war sie das. Dieses Wissen schenkte mir solchen Frieden.

Ich habe das Programm heimlich installiert, also weiß sie nichts davon. Es schadet ja auch niemandem, es beruhigt mich einfach nur ungemein. Und obwohl sie mittlerweile fast immer hier auf dem Anwesen ist, überprüfe ich aus reiner Gewohnheit die App immer noch drei-, viermal am Tag.

Ich hatte ein schlechtes Gewissen deswegen. Natürlich. Aber jetzt fühle ich mich bestätigt. Denn wie es aussieht, haben wir beide unsere Geheimnisse.

*Der Tag nach der Sonnenwende*

## DETECTIVE INSPECTOR WALKER

»Chef! Dort!«

Walker tritt auf die Bremse. Ein paar Meter vor ihnen sind zwei Beine auf dem Asphalt zu sehen, der restliche Körper steckt, von der Hüfte aufwärts, in der Hecke. Walkers erster Gedanke ist: Noch eine Leiche. Aber da sieht er, wie sich die Beine bewegen. Der Oberkörper eines Mannes erhebt sich steif aus der Hecke, und der Kopf dreht sich langsam zu ihnen – eine Szene wie aus *Der Exorzist*.

Der Mann hebt eine Hand. Kommt schwankend auf die Beine, strauchelt und stürzt beinahe, schafft es dann aber, sich wieder aufzurichten. Er trägt ein weißes Leinenhemd und eine helle Hose, die von Schlamm, Gras und weiß Gott noch was besudelt ist. Eine Art Kranz aus gewundenen Zweigen hängt schief auf seinem Kopf – das Ding steht in deutlichem Kontrast zu den Designerslippern und dem goldenen Siegelring.

»Aha«, sagt er gedehnt, als Walker neben ihm anhält und das Fenster herunterlässt. »Scheiße. Ich dachte, Sie wären mein Fahrer.«

»Tut mir leid, Sie enttäuschen zu müssen«, erwidert Walker.

»Kein Problem«, winkt der Mann ab. »Kann man nichts machen.«

Heyer wirft Walker einen Blick zu, nach dem Motto: Hat der Typ sie noch alle?

»Tatsächlich ermitteln wir in einem Todesfall«, sagt Walker mit dem Ziel, den Mann zu überrumpeln.

Der scheint es jedoch nicht gehört zu haben. Er ist zu beschäftigt, seine Apple Watch zu checken. »Endlich wieder im 5G-Netz. Zum ersten Mal kann ich hier mein Postfach synchronisieren. Jetzt muss ich nur noch zurück nach London.«

»Ich fürchte, das wird nicht so bald möglich sein«, bemerkt Walker.

»Sie wollen mich wohl veräppeln.«

»Nein. Können wir Sie zum Hotel mitnehmen?«

Der Mann zieht ein finsteres Gesicht. »Von mir aus.«

Halb fällt, halb klettert er auf den Rücksitz und lässt den Kopf mit einem lauten Stöhnen gegen die Lehne sinken.

»Schlimme Nacht gehabt?«, erkundigt sich Walker und beobachtet ihn im Rückspiegel, während er den Motor startet.

»Beschissen. Eigentlich bin ich nicht mal Gast im Hotel, wissen Sie. Ich bin Geschäftspartner dort. Risikokapitalgeber. Hugo und Oscar Meadows?«, erklärt er, so als müssten sie jedem, der in den richtigen Kreisen verkehrte, ein Begriff sein. »Wie auch immer. Jedenfalls wollte ich diese Woche nach Glastonbury – bin dort Teilhaber an einem Glamping-Kollektiv namens Camp Hedonist. Keine bescheuerten Jurten, sondern das volle Programm: Co-Working-Zone mit Highspeed-Internet, Wellnessbereich, erstklassiger Zimmerservice ins Zelt.«

»Klingt … authentisch«, bemerkt Walker trocken.

»Ja, Mann, richtig geil. Wie auch immer, nach dem Mist hier brauche ich stattdessen wohl eher einen Monat Therapie. Was für ein Desaster. Die Meadows-Brüder sind am späteren Abend verschwunden. Sie haben gemeint, sie wollten sich was Ordentliches zum Trinken besorgen, und sind einfach nicht mehr aufgetaucht. Waren verdammt noch mal nirgends aufzufinden. Unprofessioneller geht's nicht. Und der Architekt Dacre – voll im Eimer.«

»Inwiefern?«

»Na, bei der Party gestern Abend. Ich habe ihn in der Nähe vom Tor gesehen. Der hat definitiv irgendwas eingeworfen.« Walker vermutet, dass der Typ noch nicht in den Spiegel geschaut hat – seine eigenen Pupillen sind so groß wie Fünf-Pence-Münzen.

»Der Typ sah aus, als hätte er einen Monat lang auf der Straße gepennt. Richtig peinlich.«

Walker entgeht nicht, wie Heyer ein Schnauben unterdrückt. Was er durchaus verstehen kann. Es bedarf schon einer ganz eigenen Arroganz, so mit Urteilen um sich zu werfen, wenn man sich selbst in einem solchen Zustand befindet.

»Als ich ihn das letzte Mal sah, kam er gerade aus dem Wald gerast, als würde er um sein Leben rennen. Ganz ehrlich, der Kerl sah aus, als wäre er besessen. Dieser ... dämonische Ausdruck in seinen Augen.« Walker sieht, wie der Mann bei der Erinnerung schaudert. »War schon verdammt gruselig.«

*Der Tag vor der Sonnenwende*

## BELLA

Das tiefe Blau der Dämmerung senkt sich bereits herab, während die letzten Sonnenstrahlen sich ins Meer ergießen, doch als ich am Tennisplatz vorbeikomme, scheinen da immer noch Leute zu sein. Das Manor hat natürlich auch Padeltennis im Angebot, aber heute Abend scheint die klassische Variante auf dem Rasen mehr Anklang zu finden. Ich höre das Schlagen des Balls, Gelächter und wie jemand »Du Bastard!« ruft. Ich gehe hinüber, um einen heimlichen Blick durch die Hecke zu werfen. Der Rasen ist heute in einem exquisiten Zustand, ein herrlich sattes Smaragdgrün (offenbar gilt für das Manor kein Bewässerungsverbot). Seinerzeit handelte es sich um eine verdorrte gelbliche Steppenlandschaft mit hohen Grasbüscheln entlang dem Netz, die der betagte Gärtner mit seiner Motorsense übersehen hatte. Ein einziger Sonnengrill. Gott, wie ich es dort gehasst habe.

Ein feuchtfröhliches gemischtes Doppel neigt sich gerade dem Ende zu – man albert herum, schlürft Cocktails, schwingt Tennisschläger und grapscht sich hin und wieder an. Es ist fast, als würde man einem Grüppchen ralliger Rennpferde beim Herumtollen auf der Koppel zusehen. Die Frauen tragen fast identische Outfits (extrem knappe weiße

Kleidchen) und Instagram-Filter-Make-up im Gesicht, nur dass die eine blond und die andere brünett ist. Die Typen sind beide von der gleichen Sorte: affig, groß, etwas aus der Form geraten. Oh nein. Jetzt erkenne ich sie. Ein hässlicher kleiner Adrenalinstoß durchfährt mich. Wie groß ist bitte die Wahrscheinlichkeit, unter mehr als hundert Gästen ausgerechnet Hugo Meadows gleich zweimal an einem Tag zu begegnen?

Jetzt verlassen sie den Tennisplatz. Ich drücke mich mit dem Rücken gegen die Hecke, um ihnen auszuweichen. Mit der anmaßenden Rücksichtslosigkeit von Betrunkenen marschieren sie alle vier nebeneinander an mir vorbei, wobei die beiden Männer zu mir schauen und mich auf eine Art taxieren, an die ich mich nur allzu gut erinnern kann – gemächlich, von Kopf bis Fuß, an Brüsten und Beinen verweilend. Ihre Blicke bohren sich wie Fingerspitzen in mich. Ich kann gerade noch ein Schaudern unterdrücken. Die Scham, die Angst ... sie drängen an die Oberfläche, als wäre es erst gestern gewesen.

Hugo Meadows wendet den Blick ab – dem Mädchen an seinem Arm nach zu urteilen, habe ich mein Mindesthaltbarkeitsdatum längst überschritten. War da ein kurzes Zögern bei Oscar Meadows? Ich wappne mich bereits, doch dann sind sie auch schon aus meinem Blickfeld verschwunden. Immer noch spüre ich meinen Puls hämmern. Gott sei Dank sehe ich ganz anders aus als das magere, schüchterne Mädchen mit dem langen dunklen Haar von vor fünfzehn Jahren. Wie viel haben die beiden von der Sache damals gewusst? Ich habe nie eine Antwort auf diese Frage gefunden – aber immerhin waren sie in jener Nacht auch dort gewesen.

Ich entferne mich von der Tennisanlage und folge dem Pfad, der zwischen den Woodland-Hutches hindurchführt.

Die Schatten werden länger, der Mond geht auf. Es ist fast schon Zeit, in den Wald aufzubrechen. Mein ganzer Körper sirrt vor Adrenalin, und ich spüre schon die Angst in meinem Brustkorb. So ganz fassen kann ich es nicht, dass ich das hier tatsächlich tue. Ich kann nicht glauben, dass ich ihr womöglich nach all der Zeit von Angesicht zu Angesicht gegenüberstehen werde.

Als ich etwas tiefer zwischen die Bäume vorgedrungen bin, bemerke ich auf dem Boden eine Art kahle Stelle oder Lücke, wo die Ziegelfundamente eines Gebäudes zu sehen sind. Es dauert einen Moment, bis mir klar wird, worum es sich handelt. Das war das Arbeitszimmer ihres Großvaters, die Hütte, die er aufsuchte, um »wichtige Telefonate« zu tätigen – will heißen, seine Affären anzurufen. Ich habe den Nachruf in der Zeitung gelesen. Lord Meadows starb genau hier – *noch am Tag, als sein Herz aufgab, saß er hart arbeitend an seinem Schreibtisch.* Kein Wunder, dass sie die Hütte hat abreißen lassen.

Das Licht hier zwischen den Bäumen sieht aus, als würde es durch grünes Glas fallen. Die Luft ist nicht nur kühler – es kommt mir fast so vor, als hätte ich eine andere Klimazone betreten. Zunächst halte ich mich an den gepflegten Kiesweg, der für die Gäste mit hübsch bemalten kleinen Wegweisern versehen wurde. In wunderschöner Handschrift lese ich: *Zu den Geheimnissen des Waldes gelangt man in diese Richtung …*

Soll das ein Witz sein?

Ein weiteres Relikt der Vergangenheit, dem sie ihren ganz eigenen rustikalen Chic aufgepfropft hat. Ich wette, ich bin die Einzige, die dieses unschuldige kleine Schild so unheimlich findet. Aber ich bin nicht die Einzige, die weiß, was an jenem Tag im Wald passiert ist …

# EDDIE

Es wird schon dunkel, als Dan und ich auf zwei hoteleigenen Fahrrädern in den Wald radeln. Der Gast hat die Stelle, an der sie das Blut gefunden haben, mit what3words gekennzeichnet, daran können wir uns also orientieren. Am Anfang ist es noch ganz witzig, die gewundenen Pfade entlangzuflitzen und den Büschen und Bäumen auszuweichen – es ist allemal besser, als an der Spüle zu stehen.

Aber dann dringen wir weiter in die Dunkelheit vor. Die Bäume stehen nun näher beieinander, und die Geräusche der Außenwelt verblassen allmählich. Delilah hat sich zum Sex gern mit mir in den Wald geschlichen. Sie meinte, mein mit alten Fußballaufklebern verziertes Jugendbett und meine Mum, die unter uns in der Küche *The Archers* hörte, würden sie abtörnen. Obwohl ich mir Mühe gegeben habe, es mir nicht anmerken zu lassen, habe ich mir hier immer fast in die Hose gemacht vor Angst. Vor allem, weil Delilah manchmal dieses Lied sang, das die meisten von uns im Ort als Kinder gelernt hatten – unsere eigene, umgedichtete Version von »The Teddy Bears' Picnic«, in der es um eine andere Form von Überraschung ging, die im Wald wartete:

*Denn jeder, der je Schelm gewesen,*
*versammelt sich im Wald heut Nacht.*
*Dort treiben sie ihr Unwesen,*
*wenn die Stunde der Nachtvögel lacht.*

Mir war nie so ganz klar gewesen, ob es sich bei den Schelmen gleichzeitig um die Nachtvögel handelte. Laut der Legende könnten sie beides in einem sein.

Wenn Lila und ich hier unterwegs waren, fielen mir immer Mums Warnungen ein, nie nach Einbruch der Dunkelheit einen Fuß in den Wald zu setzen. Ständig glaubte ich Dinge zwischen den Bäumen herumhuschen zu sehen – Schatten, Gestalten … Ich wurde einfach nicht das Gefühl los, dass wir nicht allein waren. Wenn man sich erst einmal darauf eingeschossen hat, hört man überall im Wald Geräusche: Geraschel und Gescharre, das womöglich von kleinem Getier oder dem Wind stammt oder aber von jemandem, der im Unterholz umherschleicht. Und wenn wir es dann trieben, hatte ich oft Mühe, meinen Mann zu stehen (was normalerweise kein Problem für mich war). Vor allem, weil Lila mir gern so Dinge ins Ohr flüsterte wie: »Stell dir nur vor, dass *sie* uns vielleicht gerade beobachten. Irgendwie so gruselig, dass es einen wieder scharfmacht, oder?« Ähm, nein. Ich habe es zwar nie gesagt, aber mir war es viel lieber, wenn wir bei ihr zu Hause waren, sie eine Duftkerze anzündete und Lana Del Rey laufen ließ.

Aber gerade jetzt muss ich an das letzte Mal denken, als wir zusammen im Wald waren. Daran, wie wir den alten Lord Meadows tot an seinem Schreibtisch fanden. An den Ausdruck auf seinem Gesicht … Allmählich wünsche ich mir, ich könnte den Fünfhundert-Pfund-Bonus einfach zurückgeben.

Ich rufe Dan zu, er soll anhalten, damit ich unsere Position checken kann. Wie es aussieht, sind die Gäste hier irgendwo vom Weg abgewichen und den kleinen Trampelpfaden gefolgt, die tiefer zwischen die Bäume führen.

Dan kommt mit quietschenden Bremsen zum Halt, dreht sich um und platzt heraus: »Vielleicht könnten wir einfach behaupten, dass wir die Stelle nicht gefunden haben. Oder dass da nichts war. Dass die sich das bloß ausgedacht haben. Ist ja nicht so, als würde sie selbst herkommen und es überprüfen.«

»Na ja, ich glaube nicht, dass wir das bringen können. Wenn die Chefin herausfindet, dass wir unseren Job nicht richtig erledigt haben, oder Michelle es spitzkriegt …« Wir sollten gar nicht erst daran denken.

»Findest du nicht, dass das über unseren Aufgabenbereich hinausgeht?« Dans Blick huscht nervös zwischen den Bäumen umher. Er hat Angst. Und ja, ich habe auch Angst.

Wir fahren weiter, doch dann höre ich ein zweites Mal das Quietschen von Dans Bremsen. Er zeigt geradeaus. »Eds«, sagt er mit zitternder Stimme. »Was ist das da … da drüben?«

Ich bremse abrupt und folge seinem Blick.

Eine dunkle Gestalt kauert ein paar Meter vor uns auf dem Boden, das Gesicht unter einer schwarzen Kapuze verborgen. Mir bleibt die Luft weg, als hätte ich einen heftigen Schlag in den Magen bekommen. Doch da richtet sich die Gestalt zu ihrer vollen Größe auf, und ich erkenne, dass es Nathan Tate ist. Er trägt eine schmutzige Jeans, die ihm locker von den schmalen knochigen Hüften hängt, und einen schwarzen Kapuzenpulli mit dem Spruch: *Masturbieren wär mir eigentlich lieber.* Für einen Moment verharrt er reglos an Ort und Stelle wie ein gejagtes Reh, doch dann entspannt er sich. »Wenn das nicht mein alter Kumpel Eddie ist«, lallt er. Ich glaube, er ist betrunken. Dan wirft mir einen Blick zu, als wollte er fragen: Woher kennst du den Typen?

»Was tust du hier?«, will ich von Tate wissen.

»Das Gleiche könnte ich dich fragen.«

»Das Gebiet hier gehört zum Hotel«, mischt sich Dan ein, der von irgendwoher plötzlich einen Schub Selbstvertrauen mobilisiert hat. »Das ist privat.«

»Oh, tatsächlich? Für mich sieht das nämlich aus wie ein verfickter Wald, der hier schon seit zig Jahrtausenden herumsteht, wahrscheinlich schon, bevor es überhaupt Menschen gab. Und jetzt stehe *ich* hier und existiere. Mache ein bisschen *Waldbaden*. Ist das etwa ein Verbrechen?«

»Oh Mann. Nicht schon wieder.« Jetzt tritt Delilah zwischen den Bäumen hervor, eine Hand in die Hüfte gestemmt. Sie trägt eine schwarze Jeans-Hotpants und ein lila Neckholdertop, unter dem ihr Bauchnabelpiercing hervorspickt.

Ich sehe, wie Dan die Kinnlade runterfällt.

»Wie kommt es eigentlich, dass du überall auftauchst, wo ich bin? Vielleicht solltest du deinen Namen in Stalker-Eddie ändern.«

»Lass uns weiterfahren«, murmele ich Dan zu. »Die sind harmlos.«

Vielleicht ist Tates Gehör ja doch besser, als ich dachte, oder er ist nicht ganz so besoffen, wie ich dachte, denn als wir losfahren, brüllt er mir hinterher: »Das glaubst *du*, Eddie! Das glaubst du!« Das Letzte, was ich höre, ist Delilahs Lachen, das zwischen den Bäumen widerhallt.

»Komm schon«, sporne ich Dan an, wobei ich mich mutiger anhöre, als ich es tatsächlich bin. »Lass uns das einfach hinter uns bringen.« Ich checke den what3words-Standort auf meinem Handy. Der Empfang ist hier zwar komplett weg, aber ich kann immer noch die Karte verwenden, der zufolge wir ziemlich nah an der Stelle sind. Wegen des dichten Unterholzes lassen wir die Fahrräder liegen, aber als wir uns unseren Weg hindurchbahnen, stoßen wir schließlich auf eine Schneise, die aussieht, als wäre da was deutlich Größeres hindurchgetrampelt als ein Mensch. Auf einem Fleckchen nackter Erde erkenne ich einen Hufabdruck. Ein Hirsch vielleicht? Aber das müsste schon ein riesiger Hirsch sein.

Dann betreten wir eine Lichtung, und im Strahl der Taschenlampe sehe ich es. Oh Gott.

Schwärzlich-rotes Blut bedeckt den Boden vor uns und glänzt im Licht der Taschenlampe auf. Ich hebe den Strahl an und sehe, dass auch der Baumstamm daneben und sogar die Blätter der tiefer hängenden Äste damit bespritzt sind.

»Ach du Scheiße«, flucht Dan heiser. Ich schaue zu ihm rüber. Er hat sich zusammengekauert, als wolle er sich möglichst klein machen, und seine Augen huschen wild umher. »Das ist verdammt viel Blut.«

Mir fehlen die Worte. Keine Ahnung, was ich darauf erwidern soll.

# FRANCESCA

Das Blut im Wald. Das Bild in der steinernen Schale. Die Nachricht, die Owen gefunden hat. Ich versuche, geerdet zu bleiben. Alles zueinander ins Verhältnis zu setzen. Mich durch nichts von der positiven Stimmung abbringen zu lassen, die ich angesichts des Wochenendes empfunden habe. Aber langsam beginnt es doch, an mir zu nagen.

Ich gehe in die Bibliothek (das ist einer der wenigen privaten Räume im Haupthaus), suche Großvaters Kassenbuch heraus, das er in seinem Arbeitszimmer im Wald aufbewahrt hat, und schlage die letzten beiden Seiten auf. Die Buchstaben sind blass und wacklig – kein Vergleich zu Großvaters sonst so gestochen scharfer Handschrift:

*Die Vögel …*
*Ich muss Francesca warnen …*
*Ich muss ihr sagen, wo …*

Ich muss daran denken, wie er mein Handgelenk packte, seine Nägel sich in meine Haut bohrten.

Rasch klappe ich das Buch wieder zu. Nein. Dem armen alten Kerl ging es definitiv nicht gut – offenbar hatte er auf seine letzten Tage den Bezug zur Realität verloren. Denn die Vögel sind nicht real. Das weiß ich ganz genau. Ich werde mich auf gar keinen Fall von irgendeinem alten hinterwäldlerischen Aberglauben ins Bockshorn jagen lassen.

Allerdings glaube ich, dass eine gewisse Person die Finger im Spiel haben könnte.

Sie war schon immer eine Klette. Ein Anhängsel, das sich im Glanz anderer sonnte. Eine stille Beobachterin, immer auf der Lauer ... Eine Null ohne eigene Substanz. Sieht ihr ganz ähnlich, sich hier unter falschem Namen einzuschleusen. Wahrscheinlich sollte ich Mitleid mit ihr haben. Was für ein trauriges, kümmerliches Leben.

Wenn ich an die Vergangenheit denke, kommt es mir so vor, als wäre das alles jemand anderem passiert. Als wäre ich nicht wirklich da gewesen, versteht ihr? Vielleicht ist das nicht allzu verwunderlich: Wir alle enthalten eine Vielzahl von verschiedensten Facetten. Außerdem kann man nicht seine Zeit damit verschwenden, über uralte Geschichten nachzugrübeln und sich an Dingen aufzuhängen, die vor zig Jahren passiert sind. Das wäre absolut selbstzerstörerisch, oder nicht? Selbstliebe ist der erste Schritt dahin, andere zu lieben. Ich selbst glaube fest daran, dass ich das, was ich predige, auch leben muss.

Sobald ich zurück in der Wohnung bin, setze ich mich an meinen Laptop. Ich suche die Kameraaufnahmen der vergangenen vierundzwanzig Stunden für die Woodland-Hutch Nummer 11 heraus.

Das Bildmaterial ist gestochen scharf. Trotzdem sieht die Frau in dem Zimmer völlig fremd aus: der akkurate blonde Haarschnitt, der schnurgerade Pony, die Kleidung. Kein bisschen wie das dürre Mädchen aus meiner Erinnerung mit dem

Haarspliss und den billigen Nullachtfünfzehn-Klamotten. Ich beginne schon fast – *fast* –, an mir zu zweifeln. Aber dann muss ein Geräusch sie aufgeschreckt haben, denn sie hebt den Kopf, blickt geradewegs in die Kamera, ein perfekter Schnappschuss. Jetzt kann ich das herzförmige Gesicht sehen, den Schwung ihrer Augenbrauen unter dem Pony. Und da weiß ich es ganz sicher. Ich erinnere mich, wie ich damals dachte, dass nichts an diesem Gesicht viel hergab. Keine markanten Züge, nichts Bemerkenswertes. Und doch war sie relativ hübsch, auf diese Mauerblümchenart – reine Verschwendung bei ihr.

Wenn ich jetzt so darüber nachdenke, ist es durchaus plausibel, dass sie allein hier abgestiegen ist – vor allem, wenn sie über die Jahre all diese toxischen Energien in sich aufgestaut hat. So etwas ist nicht gerade hilfreich, wenn man mit einem anderen Menschen sein Glück finden will. Sie war schon immer dazu bestimmt, als verlorene, einsame Seele zu enden.

Als ich mir die anderen Aufnahmen anschaue, bleibe ich an einem Mitschnitt hängen, der vor einer halben Stunde entstanden ist. Und da ist sie – auf dem Kiesweg, der in den Wald führt. Dumme kleine Sparrow. Immer einen Schritt hinterher. Ich werde nicht zulassen, dass du mir das hier vermasselst.

## BELLA

Stück für Stück verliert sich der Weg, bis er nur noch ein schmales Band ist, kaum mehr als ein wilder Trampelpfad. Die gemalten Schilder verschwinden. Hier bin ich richtig. Auf dem Weg ins Herz des Waldes.

Ich fröstele ein bisschen, und zum ersten Mal heute habe ich das Gefühl, dass ich einen Pullover gebrauchen könnte. Hier ist weder das Rauschen des Meeres noch ein Laut vom Hotel zu hören. Nur das Säuseln der Blätter im Wind und das gelegentliche Vorbeihuschen irgendwelcher kleiner Tiere. Der Rest der Welt erscheint furchtbar weit weg, aber andererseits wusste ich, dass es so sein würde.

Das Tagebuch in meiner Umhängetasche stößt bei jedem Schritt gegen mein Bein. Ich komme an gewaltigen, mit Flechten überzogenen Stämmen vorbei, an gewundenen Eiben, die mit ihrem modrigen Friedhofsgeruch düster und hexenhaft wirken, und an flüsternden Buchen. An zwei Affenschwanzbäumen mit ihren sonderbar schwankenden Ästen, die von irgendeinem exzentrischen Urahn angepflanzt wurden. Überall um mich herum ist ein Sirren, Schwirren und Zwitschern zu hören, als ob der Wald selbst entzückt oder sogar aufgeregt darüber wäre, ein Menschenkind so tief in seiner Mitte zu empfangen. In der Luft hängt der Duft von Kiefern und altem Laub, gelegentlichen durchsetzt vom stechenden Gestank der Verwesung, dort, wo ein Tier im Unterholz verendet ist. Unverwechselbar brennt er in der Nase. Den Geruch des Todes erkennen wir instinktiv.

Endlich sehe ich ihn – den Wünschelrutenbaum, wie sie ihn nannte. Der abgestorbene Stamm ragt blass vor mir auf: zwei gegabelte Äste, weiß wie Knochen, blattlos und kahl.

Die Angst in meinem Brustkorb wird immer stärker.

Schatten wabern am Rand meines Blickfeldes. Der Pfad verschwindet immer mehr unter dem wuchernden Gestrüpp, und ich bin mir nicht mal mehr sicher, ob ich ihm überhaupt noch folge. Die Bäume drängen sich immer dichter um mich. Die Luft wird kühler und kompakter. Da ist ein Knacken in den Zweigen über mir, und plötzlich bin ich hellwach. Ich bleibe stehen und lausche, aber alles, was ich hören kann, ist mein eigener Atem.

Gerade als ich schon denke, dass ich mich ernsthaft verlaufen habe, sehe ich ihn: einen alten, knorrigen Baum, dessen raue Rinde von seltsamen Knoten und Narben übersät ist. Ich bleibe stehen und leuchte ihn mit dem Strahl meiner Lampe an.

Die Narben sind mandelförmig, die Knoten darin rund und abgekapselt. Sie sehen wirklich aus wie Augen, und aus der Ferne könnte man meinen, dass sie in die Rinde geritzt wurden, bis man näher kommt und erkennt, dass es sich dabei tatsächlich um das Werk der Natur handelt. Hunderte von ihnen starren in alle Richtungen.

*Der Baum mit den hundert Augen.*

Er sieht genauso verwunschen aus, wie ich ihn in Erinnerung hatte. Und da ... da ist auch die seltsame dunkle

Aushöhlung im Stamm. Ich beuge mich vor, um hineinzuspähen, doch da erstarre ich. Gerade habe ich etwas hinter mir gehört, ganz sicher. Ein Tier? Nein … das Geräusch klang schwerfälliger, ungeschickter. Ich wage kaum zu atmen, mein Herz schlägt mir bis zum Hals. Werde ich ihr wirklich gleich gegenüberstehen – das erste Mal nach all den Jahren? Mein gesamter Körper ist wie elektrisiert von dem Adrenalin. Und der Angst. Natürlich Angst. Schließlich weiß ich, wozu sie fähig ist.

## SOMMERTAGEBUCH

### Der Wohnwagen – Tates Campingplatz

*18. August 2010*

Cora war heute nicht im Manor.

Nur Frankie und ich. Wie in alten Zeiten. Oder auch nicht. Denn ich glaube, ich habe es so richtig vermasselt.

Im Wald ist noch etwas passiert. Ich habe es gestern nicht aufgeschrieben. Ich konnte keinen klaren Gedanken fassen und hab mich deswegen komisch gefühlt. Ich weiß nicht, ob ich das Richtige getan habe.

Ich bin noch nie in meinem Leben so schnell gerannt wie in dem Moment, als ich diese gruselige Melodie hörte. Es war, als würde sie mich verfolgen.

Ich wollte einfach nur weg. Als ich durch die Bäume hindurch Lichter sah, war ich so erleichtert. Die Hütte von Frankies Großvater. Klar, er ist alt und spießig und furchteinflößend, aber er konnte mir bestimmt den Weg zurück zum Manor zeigen. Ich war ziemlich nah, als ich Stimmen hörte. Erst dachte ich, er sei am Telefon, aber als ich mich weiter näherte, konnte ich zwei Gestalten ausmachen. Einen Mann und eine Frau. Sie standen in der halb geöffneten Tür und waren von hinten erleuchtet, weshalb ich nur ihre Schattenumrisse sehen konnte. Grandpa Meadows. Und ... Cora. Alles, was ich dachte, war: Was zum Teufel macht sie in

Grandpas Hütte? Seine Hand lag auf ihrem Oberarm. Er beugte sich zu ihr hinab … Um ihr etwas zu sagen? Um sie zu küssen? Doch genau in diesem Moment knackte ein Zweig unter meiner Sohle. Cora drehte sich um und spähte in den Wald. Da wich ich zurück und schlich davon. Ob sie mich gesehen hatte?

Ich hatte schon ein ganzes Stück zurückgelegt, als auf dem Weg vor mir plötzlich eine dunkle Gestalt auftauchte und meine Oberarme packte. Ich schrie und schrie und versuchte, mich loszumachen, aber der Griff wurde nur noch stärker.

Da hörte ich eine Stimme sagen: Sparrow, du Idiotin, ich bin's.

Frankie.

Wohin bist du vorhin verschwunden?, brüllte ich immer noch total panisch.

Hast du die Musik gehört?, fragte sie. Ihre im Mondlicht schimmernden Augen waren gerade so zu sehen. Ich habe euch verloren und … Oh mein Gott, Sparrow … Hast du auch die Musik gehört?

Ja, sagte ich. Habe ich.

Sie senkte ihre Stimme zu einem Flüstern. Sparrow, ich glaube, ich habe sie gesehen.

Deinen Großvater und Cora? Ich war irgendwie erleichtert, dass sie es bereits wusste.

Und sie so: Nein. Ich meine, diese großen, ganz in Schwarz gehüllten Gestalten … Dann hielt sie inne. Moment mal. Was meinst du mit: mein Großvater und Cora?

Ich musste es ihr sagen, oder?

Ich hab sie zusammen in der Hütte von deinem Grandpa gesehen. Mehr sagte ich nicht. Aber wenn ich mehr gesagt hätte, dann hätte es sich vielleicht nicht ganz so übel angehört. Dann hätte sie womöglich nicht andere Sachen in das Schweigen hineininterpretiert. Ich glaube, das war mir irgendwo auch klar.

Frankie wurde so wütend, wie ich sie noch nie zuvor erlebt hatte.

Was soll die Scheiße? Ich habe sie hierher eingeladen. Wenn Grandma das rausfindet … Jeder hat mich bisher enttäuscht, jeder, angefangen mit meiner verfickten Mutter. Dann starrte sie mich finster an. Das solltest du besser nicht tun, Sparrow.

*Der Tag nach der Sonnenwende*

## DETECTIVE INSPECTOR WALKER

Walker und Heyer sind mittlerweile beinahe am Manor angekommen. Oder besser gesagt dem, was davon noch übrig ist. Sie biegen um die letzte Kurve. Die beiden Torpfosten – beide gekrönt von einem steinernen Fuchs – scheinen den Zustand des Herrenhauses, das sich dahinter befindet, zu verhöhnen.

»Jesus«, murmelt Heyer. »Was für eine Katastrophe.«

Einen Moment lang schweigen sie. Das einzig vernehmbare Geräusch im Auto ist das laute Schnarchen ihres Passagiers, der sich mittlerweile – soweit der Sicherheitsgurt es zuließ – auf dem Rücksitz ausgestreckt hat. Der Speichel läuft ihm seitlich am Kinn runter, und seine verdreckten Slipper stoßen an die gegenüberliegende Tür.

Noch immer steigt Rauch aus dem Gebäude auf. Aus den oberen, vom Feuer vernichteten Stockwerken ragen zackige Stützbalken wie abgebrochene Kohlestifte in den Himmel. Es ist schwer zu glauben, dass diese makabre Spukgestalt eines Gebäudes jemals intakt war. Es sieht uralt und böse aus, als würde es schon seit tausend Jahren da kauern.

»Hey«, meldet sich Heyer zu Wort und zeigt durch die Scheibe. »Da liegt etwas, auf dem Seitenstreifen.«

Walker hält an. Sie steigen aus, um einen Blick darauf zu werfen.

»Scheint ein altes Notizbuch zu sein«, bemerkt Heyer und beugt sich darüber. Mit der Innenseite nach unten liegt es aufgeschlagen auf dem Boden. Der ramponierte Einband ist fleckig und mit Straßenstaub bedeckt, aber man kann immer noch die geprägte Schrift darauf lesen: SOMMER-TAGEBUCH.

Noch während er es betrachtet, verspürt Walker ein leichtes Kribbeln, das entweder von Aufregung oder einer Vorahnung herrührt.

Heyer kniet sich nieder. »Nicht anfassen«, ermahnt Walker sie. »Ich weiß, es sieht nicht nach viel aus. Aber alles auf diesem Straßenabschnitt, vom Manor bis zu den Klippen, könnte ein Beweisstück sein. Es könnte sogar unserem Opfer gehört haben.«

Heyer verzieht das Gesicht. Dann steht sie wieder auf. »Aber schauen Sie doch mal, Chef. Von hier kann man es sehen.«

»Was?«

»Sämtliche Seiten wurden herausgerissen.«

*Der Tag vor der Sonnenwende*

## EDDIE

»Das gefällt mir nicht.« Dans Stimme zittert hörbar, während er das Blut anstarrt. »Das ist viel zu krass.« Er dreht sich um und rennt davon, bevor ich ihn aufhalten kann.

Ich bleibe allein auf der Lichtung zurück. Ich könnte mich ebenfalls aus dem Staub machen. Aber obwohl jede Faser meines Körpers genau das tun will, stehe ich wie angewurzelt da und starre die Szenerie vor mir an. Mein Blick bleibt an etwas hängen, was aussieht wie ein schwarzer Ledergürtel mit glänzenden Schnallen. Doch es ist kein Gürtel, wird mir bei genauerem Hinsehen klar, sondern das Geschirr von Ivor, unserem Stier, das ihm angelegt wird, wenn er irgendwohin geführt wird. Und da, ein paar Meter weiter, liegt auch der große Metallring, den er durch die Nase trägt. Am anderen Ende der Lichtung scheint jemand ein Feuer gemacht zu haben. In der erkalteten Asche liegen verkohlte Knochen, die viel zu groß sind, um von einem Menschen zu stammen.

Ich schnappe nach Luft.

Es gab einen Mord, allerdings nicht an einem Menschen. Jemand hat Ivor getötet.

Während ich versuche, einen Weg zurück durch das Unterholz zu finden, wird es ganz und gar dunkel. Die Fahrräder, die wir vom Manor ausgeliehen hatten, kann ich nirgends finden – aber ich tippe, dass Dan mit seinem zurückgeradelt ist. Meine Hand, die die Taschenlampe hält, zittert so heftig, dass der Strahl kreuz und quer umherspringt. Zum Glück ist beinahe Vollmond – um ehrlich zu sein, ist er mir wahrscheinlich eine größere Hilfe als meine Taschenlampe. Mittlerweile renne ich so schnell, wie die Bäume es erlauben, und muss mir dabei die Zweige aus dem Gesicht halten. Ich achte wohl nicht so richtig drauf, wohin ich laufe, denn alles, woran ich denken kann, ist die furchtbare Sauerei dahinten auf der Lichtung und die Frage, wer das Ivor angetan haben könnte …

Bevor ich weiß, wie mir geschieht, krache ich mit etwas zusammen – besser gesagt, mit jemandem. Ein schrecklicher Schrei erklingt. Wenn ich es mir recht überlege, habe ich ihn wahrscheinlich von mir gegeben. Die Taschenlampe entgleitet mir und fällt auf den Boden.

»Du bist das!«, höre ich ein heiseres Flüstern.

Als ich in die Hocke gehe, um meine Taschenlampe aufzuheben und sie zitternd nach oben zu richten, sehe ich, dass es sich um die Frau aus der Woodland-Hutch 11 handelt: Bella. Sie blickt auf mich herab und hält dabei ihre eigene Lampe in der Hand, die von ihrem Smartphone. Ich bin so erleichtert, dass ich sie umarmen könnte.

Sie runzelt die Stirn. »Ich dachte, du wärst … Was tust du hier? Das ist ein ganzes Stück abseits vom Pfad.«

»Ich … na ja, das Hotel hat mich hergeschickt.«

»Um mich zu treffen?«

»Ähm, nein. Warum?« Das scheint mir doch eine ziemlich weit hergeholte Annahme.

»Oh, nur so … Ich habe mich … na ja, ich habe mich einfach nur gewundert.«

Ich möchte sie fragen, warum sie sich nachts im Wald herumtreibt, aber sie ist ein Gast – und die Gäste können tun und lassen, was sie wollen.

»Ich dachte, ich würde den Weg zurückfinden, aber im Dunkeln sieht alles anders aus«, sagt sie. »Du bist auch auf dem Rückweg zum Manor, oder? Kann ich mit dir gehen?«

»Klar, kein Problem.« Ich versuche, mir meine Erleichterung nicht anhören zu lassen.

Wir gehen eine Weile schweigend unseres Weges und konzentrieren uns einfach nur darauf, nicht über das Wurzelwerk zu stolpern.

»Ich habe keine Ahnung, ob wir uns dem Weg eher nähern oder ob wir uns immer weiter von ihm entfernen«, meint sie schließlich.

»Ich auch nicht.«

»Scheiße … ich hatte gehofft, du sagst, du wüsstest genau, wo wir sind.«

»Tut mir leid.«

»Egal. Ich bin jedenfalls froh, nicht allein zu sein.«

»Ja.« Geht mir zwar genauso – aber ich möchte nicht allzu sehr wie ein Weichei klingen.

»Eddie«, zischt sie plötzlich und greift nach meinem Arm. »Bleib stehen.«

Mein Herz fängt wieder an zu rasen. »Was ist?«, flüstere ich.

»Siehst du das auch?«, erwidert sie ebenfalls flüsternd. »Da vorne … Da ist etwas …« Sie zerrt an meinem Ärmel. »Hier, schnell, komm her. Hinter den Baum. Und mach das Ding aus. Deine Lampe! Mach sie aus.«

Ich kann ein Rascheln in der Nähe hören, erkenne aber zunächst nichts. Ich habe das Gefühl, als könnte ich jeden Moment vor Aufregung umkippen. Ich rede mir gut zu, dass es sicher nur Dan ist, der genauso verplant hier herumirrt wie wir. Aber dann sehe ich, was sie gesehen hat, und mir stockt der Atem.

## FRANCESCA

Meine Kopfhaut und meine Fingerspitzen kribbeln vor Aufregung. Dumme naive kleine Sparrow. Selbstverständlich werde ich mich nicht mit ihr im Wald treffen! Zum einen wäre das eine Reise zurück in die Vergangenheit – und mir geht es einzig und allein darum, in der Gegenwart zu sein. Zum anderen bin ich ja nicht vollkommen bekloppt! Als ob ich mich zu ihren Bedingungen mit ihr treffen würde. Ich möchte mich vernünftig auf unsere erste richtige Begegnung vorbereiten. Ich habe irgendwie das Gefühl, dass ich ihr das schuldig bin. Sie hat sich solche Mühe gegeben, also sollte ich das auch tun und dafür sorgen, dass dieses Wiedersehen nicht hinter seinen Möglichkeiten zurückbleibt.

In aller Ruhe kleide ich mich sorgfältig an. Ich reibe einen Hauch ätherisches Öl auf meine Pulspunkte.

Und dann – nur zur Sicherheit, versteht sich – ziehe ich ein in seiner Silikonhülle steckendes japanisches Keramikmesser aus der Küchenschublade.

Als Jugendliche habe ich es immer geliebt, mich um Mitternacht aus dem Haus zu schleichen. Diese Stunde hat etwas so Lebendiges an sich – etwas Magisches, Ursprüngliches. Als ob alles passieren könnte.

## OWEN

Ich höre, wie sich die Wohnungstür schließt. Ich schlage die Augen auf und werfe einen Blick auf den Wecker. Kurz nach Mitternacht.

Ich greife nach meinem Handy und öffne die Tracking-App. Francesca ist nach wie vor auf dem Gelände, nicht im Wald. Tatsächlich scheint sie auf dem Weg zu einer der Hütten zu sein – Woodland-Hutch 11. Was will sie zu dieser nächtlichen Stunde in einer Gastunterkunft? Wir haben dieses Wochenende kein einziges freies Zimmer. Trifft sie sich dort mit jemandem? Das gefällt mir wirklich nicht.

Ich ziehe mich an und gehe dann durch den Innenhof zum öffentlichen Teil des Gebäudes. Dort steuere ich das Mädchen an der Rezeption an – im Gegensatz zu vielen Landhotels ist hier der Empfang rund um die Uhr besetzt, um sich auch nachts um die Bedürfnisse der Gäste zu kümmern. »Wo ist Michelle?«, frage ich. »Ist sie noch da?«

Das Mädchen macht einen Schritt zurück, und ich frage mich, was sie in meinem Gesicht sieht. »Ich glaube, sie ist im Lager.«

Wenige Minuten später stoße ich die Tür zum Weinlager

auf. Der grelle Lichtschein aus dem Flur fällt in den schummrig erleuchteten Raum und den gebeugten blonden Kopf einer auf dem Boden kauernden Gestalt.

»Ich muss mit dir reden«, sage ich.

»Oh!« Michelle erschrickt beim Klang meiner Stimme. Sie steht auf, dreht sich um und klopft den Staub von ihrem Rock. Es hat etwas Befriedigendes, zur Abwechslung mal derjenige zu sein, der sie überrumpelt.

Ich schiebe die Tür hinter mir zu. Ihr Blick wandert zum Schloss, als der Riegel einrastet.

»Ich habe die Vorräte für die morgige Feier überprüft«, erklärt sie unnötigerweise, wobei sie auf die Weinkisten deutet, die neben ihr auf dem Boden stehen. »Und was machst du hier?«

Als wäre es nicht mein gutes Recht, hier zu sein. Als hätte ich keine Autorität über sie. Ich hasse es, dass sie weiß, wer ich wirklich bin. Ich hasse es, dass sie mich ansieht und in mir dieses schmuddelige, einsame, ungeliebte Kind aus der Vergangenheit sieht. Aber vorerst werde ich meinen Stolz runterschlucken.

»Wie meintest du das vorhin? Als du sagtest, dass sie kein guter Mensch ist?«

Sie windet sich. »Ach … ich … Es gefiel mir nur nicht, zu sehen, wie du dich für deine Herkunft schämst. Ich möchte nicht, dass du sie zu sehr auf ein Podest stellst.«

Ihre ganze Körpersprache, die Art und Weise, wie ihr Blick mir ausweicht, hat etwas Ertapptes. Sie wirkt schuldbewusst. Ich denke daran, wie sie aufgesprungen ist, als ich die Tür öffnete.

»Was hast du da gemacht, als ich gerade hereingekommen bin?«

»Nichts«, erwidert sie viel zu hastig. »Wie schon gesagt, ich überprüfe nur die Vorräte …«

»Ich glaube dir nicht«, unterbreche ich sie. »Sag es mir jetzt, oder … oder ich gehe direkt zu Francesca.« Ich mache einen Schritt auf sie zu.

Sie kneift die Augen zusammen und reckt ein wenig ihr Kinn. »Nein, das wirst du nicht. Ich denke, du hast große Mühe darin investiert, Owen Dacre zu werden. Du willst ganz sicher nicht, dass ich verrate, dass du eigentlich der Sohn eines Fischers bist, der unter so ärmlichen Bedingungen aufwuchs, dass es nicht einmal für ein richtiges Haus reichte. Dass du nicht nur von hier, sondern aus einer Familie stammst, auf die selbst die Einheimischen herabschauten.«

Es ist wie ein Hieb in den Magen, aber ich versuche, mit einem Bluff meinen Kopf aus der Schlinge zu ziehen. »Tja, aber vielleicht ist mir das inzwischen ganz einfach egal. Schließlich ist es kein Verbrechen, in Armut aufzuwachsen.«

»Nein. Das ist tatsächlich kein Verbrechen.« Wieder blitzt jene stählerne Seite auf, die ich vorhin schon an ihr bemerkt habe. Sie deutet auf mich, meine Kleidung.

Plötzlich überkommt mich eine ungute Ahnung. »Wie meinst du das …?«

Sie seufzt. »Der Imbiss befand sich direkt neben dem Crow's Nest, wie du sicherlich noch weißt. Wir hatten lange auf, um die hungrigen Säufer nach der letzten Runde abzugreifen. Deshalb war ich oft noch in den frühen Morgenstunden dort, lange nachdem alle anderen nach Hause gegangen waren, um sauberzumachen, den Müll rauszubringen und abzuschließen. Dabei habe ich dich gesehen. Dich … mit dieser Streichholzschachtel. Und was hattest du noch dabei? Einen Benzinkanister aus dem Boot deines Vaters?«

Oh nein. »Halt den Mund.« Ich möchte, dass sie aufhört zu reden.

»Hör zu«, beginnt sie in einem verständnisvollen Tonfall. »Ich verstehe es. Ich verstehe es wirklich. Die Leute haben dich mies behandelt, und es muss ein herrliches Gefühl gewesen sein, es ihnen heimzuzahlen.« Dann fügt sie, beinahe schon entschuldigend, hinzu: »Aber falls du versuchst, mich feuern zu lassen, dann werde ich allen erzählen, was ich in der Nacht gesehen habe, bevor du zusammen mit deinem Dad Tome verlassen hast. Ich glaube nicht, dass sich das in deinem Lebenslauf besonders gut machen würde, oder? Gefeierter Architekt als minderjähriger Brandstifter entlarvt. Ich denke nicht, dass das Francesca gefallen würde. Für sie ist Image all…«

Ihr letztes Wort endet in einem Keuchen, weil meine Hände ihren Hals packen. Ich verspüre die Versuchung, zuzudrücken, den schrecklichen Wortschwall zu ersticken, diesen Ausdruck von Hohn und Mitleid aus ihrem Gesicht zu tilgen.

Niemand sonst hat mich erkannt. Die ganze leidige Geschichte würde mit ihr ein Ende finden …

Doch da komme ich zur Besinnung. Ich lasse die Hände sinken. Was ist da gerade mit mir passiert?

»Oh mein Gott«, sage ich, und so etwas wie ein Schluchzen entweicht mir. »Oh verdammt, das tut mir leid. Ich weiß nicht, was …«

»Ist schon gut«, erwidert sie flüsternd. »Ist schon gut.«

Ich starre sie an. Sie hält meinem Blick stand.

Und dann passiert etwas völlig Verrücktes. Ich küsse sie. Oder sie küsst mich. Für einen Moment lösen wir uns voneinander, womöglich beide gleichermaßen geschockt.

Und dann küssen wir uns wieder, und sie gibt einen tiefen, kehligen, fast schon tierischen Laut von sich. Das hier ist falsch, auf so viele Arten falsch. Und doch hat es etwas Berauschendes, als derjenige erkannt und begehrt zu werden, der ich bin. Hier ist ein Mensch, der mich gekannt hat, als ich noch ein Junge war und in einem Wohnwagen aufwuchs – nach Fisch, Zigaretten und Enttäuschung stinkend. Jemand, der mich trotz alledem will. Der von meinem womöglich schlimmsten Vergehen weiß und es akzeptiert.

Ich fummle die obersten Knöpfe ihrer Bluse auf, als ich das kleine tätowierte Zeichen direkt über ihrer linken Brust erblicke.

»Was ist das?«, frage ich.

»Oh.« Sie lächelt. »Nur eine kleine Jugendsünde.« Dann bringt sie mich mit einem weiteren Kuss zum Schweigen.

Und es fühlt sich gut an. Es fühlt sich richtig, richtig gut an.

## EDDIE

Während wir im dunklen Unterholz kauern, höre ich Bellas rauen Atem. Ich spüre ihre Hand auf meinem Unterarm, ihre Finger, die ihn umklammern.

Ein Rascheln von trockenem Laub, ein Knacken und Brechen von Zweigen ist zu hören. Und dann verfolgen wir, wie ein paar Meter vor uns etwas zwischen den Bäumen hervorkommt und die Lichtung betritt. Eine dunkle, von einer Kapuze verhüllte Gestalt ... groß, so groß wie ich. Kurz denke ich, dass es wieder Nathan Tate ist. Aber dann registriere ich weitere Einzelheiten: Dass die Gestalt einen langen Stock oder eine Art Keule bei sich hat und eine Art zerschlissenen Umhang trägt, dessen Fetzen zitternd und wogend seinen Bewegungen folgen – bis mir klar wird, dass der Umhang von Tausenden schwarzen Federn bedeckt ist, die bis zum Waldboden hinabreichen, wo der Saum über die Erde schleift.

Aber das Schlimmste an der Erscheinung ist: Unter der Kapuze, wo man ein Gesicht erwarten würde ... Mich überläuft ein Schaudern. Dort, wo Nase und Mund sein sollten, ragt ein hakenförmiger schwarzer Schnabel hervor, und das Gesicht scheint keine Augen zu haben.

Es muss sich um eine Maske handeln. Unter der Aufmachung muss ein Mensch stecken. Doch die Gestalt hat nichts Menschliches an sich. Und die Art, wie sie sich in dem Umhang bewegt, ist eher eine Art Gleiten.

Ich glaube, ich habe aufgehört zu atmen.

»Oh mein Gott«, wispert Bella. »Das ist einer von ihnen.«

Noch mehr Geraschel ist zu hören, und da tauchen noch mehr auf: eine zweite Gestalt, eine dritte, eine vierte ... Alle tragen die gleichen dunklen Umhänge, die gleichen dunklen Masken mit Hakenschnäbeln und die gleichen Stöcke. Ich zähle acht – nein, neun ... Dann zehn, elf ... zwölf. Glaube ich zumindest, denn es wird immer schwieriger, den Überblick zu behalten. Sie drängen sich zu einer einzigen schwarzen Masse zusammen. Plötzlich ertönt ein lautes *Wuuusch*, und was ich für einen Stock gehalten habe, verwandelt sich in eine brennende Fackel. Die Vögel reichen die Flamme an den nächsten weiter, bis alle Fackeln entfacht sind. Der Wald drumherum wirkt auf einmal noch finsterer als zuvor. Alles, was zu sehen ist, sind die Flammen und die schrecklichen Gestalten in ihrem Lichtschein.

Das hier ist schlimmer als das Blut. Schlimmer noch, als den toten alten Mann in seiner Hütte zu finden. Ich denke an den kleinen Jungen, der ich einst war, der furchtbare Angst vor dem Wald am anderen Ende des Feldes hatte und die Vorhänge so fest zuzog, dass kein Fitzelchen Mondlicht hindurchfallen konnte. Die Szenerie hier ist genau das, wovor ich damals Angst hatte.

Aber trotz der Legenden, trotz des Blutes, das ich gefunden habe, trotz der Feder auf dem Schreibtisch des alten Mannes habe ich nie wirklich daran geglaubt. Bis jetzt.

Ich habe Angst, mich auch nur einen Zentimeter zu bewegen. Bellas Atem kommt nun in schnellen, flachen Zügen, und ich befürchte, dass selbst das noch zu laut sein könnte. Sie hält meinen Arm so fest, dass es schmerzt.

Da ertönt ein Laut: ein kreischender Schrei, der mir durch Mark und Bein geht. Er hallt noch eine ganze Weile von den Bäumen um uns herum wider. Was auch immer das war, es war nicht menschlich. Und als würden sie einem Befehl gehorchen, bewegen sich die vermummten Gestalten und bilden einen Kreis.

Jetzt ertönt ein rhythmisches Getrommel, und ich sehe, dass sie alle mit dem unteren Ende ihrer Fackeln auf den Boden schlagen. Die Flammen tanzen, steigen auf und schlagen Funken. Das Trommeln wird immer schneller, die Fackeln verschwimmen zu einem einzigen Lichterchaos, und vor dem tiefschwarzen Hintergrund des Waldes fällt es mir schwer, mich auf irgendetwas zu fokussieren. Dann, plötzlich, halten sie inne, und die Stille ist so intensiv, dass ich nun tatsächlich den Atem anhalte, weil ich sicher bin, dass sie ihn dieses Mal hören würden.

Eine Gestalt begibt sich in die Mitte des Kreises. Sie gibt ein Zeichen, und zwei weitere Gestalten treten hervor, wobei sie einen Sack hinter sich herziehen, der etwas Schweres zu enthalten scheint.

Plötzlich bin ich mir absolut sicher, dass nichts Gutes aus dem Sack zum Vorschein kommen wird. Ich möchte eigentlich nicht zusehen, verfolge dann aber dennoch, wie sie niederknien, der Anführer hineingreift und dann etwas ziemlich Großes, Dunkles herauszieht. Die anderen beiden kommen ihm zu Hilfe und heben mit vereinten Kräften das Ding aus dem Sack.

Ich höre Bella »Oh mein Gott« flüstern, und im Licht der

Fackeln erkenne ich, was es ist. Ein Stierkopf. Ivors Kopf. Jetzt stimmen die Gestalten eine Art leisen feierlichen Singsang an. Sie heben den Stierkopf höher und höher, bis er über der Lichtung schwebt, als würde er auf die Anwesenden herabblicken. Er erinnert nicht mehr an Ivor, der im Übrigen ein ziemlich sanftmütiger Bulle war. Im flackernden Licht sieht er aus wie etwas Uraltes, Böses, Mächtiges. Die Flammen spiegeln sich in seinen toten Augen, die so aussehen, als würden sie von innen glühen. Die Nüstern sind dunkel und geweitet, das Maul entblößt die großen weißen Zähne, die schwarze Zunge hängt schlaff heraus.

Oh Gott.

Da passiert es, bevor ich etwas dagegen unternehmen kann: Ich niese laut. Bella neben mir saugt heftig die Luft ein. Kurz glaube ich, dass mein Niesen in dem Gesang untergegangen ist. Doch da gibt der Anführer mit dem Arm ein Zeichen, und der Singsang endet.

Dann dreht sich die Gestalt um und deutet in unsere Richtung. Sie alle folgen ihrem Beispiel. Der Kreis stiebt auseinander, und die Vögel auf unserer Seite der Lichtung setzen sich in Bewegung, schieben das Gestrüpp beiseite, kommen durch das Unterholz näher und immer näher …

Einen Moment lang kann ich mich nicht rühren. Alles, was ich höre, ist das Rauschen des Blutes in meinen Adern.

»Eddie«, höre ich Bella flüstern, während ihre Finger sich in meinen Arm bohren. »Eddie, wir sollten besser …« Dann springt sie auf und zischt: »Lauf!«

# FRANCESCA

Mit meinem Generalschlüssel öffne ich die Tür zur Hütte. Ich glaube nicht, dass ich viel Zeit habe. Sie wird inzwischen gemerkt haben, dass ich nicht aufgetaucht bin. Dennoch verharre ich auf der Schwelle, als ich einen merkwürdigen Kitzel, einen Energiestrom verspüre. Ich bin für solche Dinge besonders empfänglich (was Gabe und Fluch zugleich ist), und an diesem Ort ist ihre Essenz deutlich zu spüren, obwohl sie sich erst seit vierundzwanzig Stunden hier aufhält. Ich kann sie in der Luft spüren, in den Habseligkeiten, die sie überall im Raum verstreut hat. Ich husche zum Bett und hebe eines ihrer Kissen hoch. Atme tief ein. Und bin fast schon überrascht, nicht den widerlich-süßlichen Duft von Tommy Girl zu riechen.

Ich lasse den Blick durch den Raum schweifen. Hier drin herrscht wirklich eine ziemliche Unordnung. Das zeugt von einem gewissen Mangel an Respekt gegenüber der umwerfenden Gestaltung des Interieurs, um die ich mir persönlich so viele Gedanken gemacht habe. Aber womöglich sollte mich das nicht überraschen. Sie war schon einmal mein Gast – und legte damals den gleichen Mangel an Dankbarkeit an den Tag.

Ich bin mir unschlüssig, wonach genau ich suche, aber ich bin mir sicher, dass ich es wissen werde, sobald ich es finde. Ich öffne den Kleiderschrank und entdecke eine Reihe transparenter Kleiderhüllen von einem Designerverleih. Typisch Sparrow, sich mit fremden Federn zu schmücken. So war sie schon damals. Eine kleine, farblose Null, die nur durch andere lebt. Ein parasitärer kleiner Einsiedlerkrebs, der sich den Panzer eines anderen borgt.

Im Grunde war es ein Akt der Barmherzigkeit, sie damals hierher einzuladen, um ein wenig von dem, was ich hatte, mit dieser plumpen, unbeholfenen Kreatur zu teilen, die ich auf dem Strand aufgesammelt hatte. Um zu sehen, ob ich etwas aus ihr machen könnte. Sie verwandeln könnte. Aber wie sich herausstellte, hatte meine Großmutter recht, wenn sie sagte, dass sich aus einem Kiesel eben kein Diamant schleifen lässt.

In der Kommode (die Baumwollunterwäsche, wie nicht anders zu erwarten, billig und angegraut) finde ich einen kleinen Stapel von Zeitungsausschnitten über mich und das Manor. Auch das ist keine Überraschung. Mir war schon immer klar, dass sie von mir und meinem Leben besessen war. Natürlich muss man mit Neid rechnen, wenn man etwas ausstrahlt, was andere begehren. Dabei hätte unsere Freundschaft eine so schöne Sache sein können. Aber manche Menschen können nur undankbar sein. Wie gesagt, ich bin von Natur aus jemand, der gibt, darum ist es ein Leichtes, mich auszunutzen …

Ach, wie ich die Fotos von Owen und mir in der Hochzeitsrubrik der *ELLE* liebe. Wir passen einfach perfekt zueinander. Er ist natürlich auch besessen von mir – aber auf die bestmögliche Art und Weise.

Ich durchsuche die Minibar. Ich schaue unter dem Bett nach. Ich sehe ihre Kosmetikprodukte im Bad durch (fieses chemieverseuchtes Zeug). Dann, als ich wieder ins Zimmer zurückkehre, fällt mein Blick auf den kleinen Safe in seiner Wandnische. Ich denke nicht, dass sich irgendwelche Wertsachen darin befinden, da ich bereits ihre Brieftasche und ihren (billigen) Schmuck entdeckt habe.

Ich probiere wahllos ein paar Codes aus – aber keiner funktioniert. Ich schließe die Augen und versuche, die Zahl hinter meinen Lidern zu manifestieren, aber da sind momentan einfach zu viele Interferenzen in meinem Kopf, um mich mit meinem tieferen Wissen zu verbinden, so wie es mir der Guru gezeigt hat, den ich früher aufgesucht habe.

Ich gehe ein paar Minuten im Raum auf und ab. Den Safe könnte ich mitnehmen – er ist nicht allzu schwer. Ich glaube, wir haben irgendwo einen Generalschlüssel, für den Fall, dass ein Gast seinen Code vergisst. Michelle wird das wissen.

Doch dann fällt mir etwas anderes ein. Vielleicht haben meine Manifestationskräfte doch Wirkung gezeigt. Ein Datum, das fünfzehn Jahre zurückliegt. Ich gebe die Ziffern ein, drücke das Schlüsselsymbol – und schon leuchtet das kleine Licht grün auf. Meine Finger wirken ungewöhnlich ungeschickt, als ich die Tür öffne.

Im Dämmerlicht sieht der Safe zunächst leer aus. Falls sich etwas darin befindet, muss es sehr klein sein. Ich greife tiefer hinein. Meine Finger bekommen etwas zu fassen – quadratisch, metallisch. Ich ziehe es heraus. Blicke es einen Moment lang nur an. Ein rosafarbener iPod mit angeschlossenen Kopfhörern.

Ich schiebe mir die Stöpsel in die Ohren und drücke Play, woraufhin der Gesang von »A Forest« in meine Gehörgänge sickert. Der Text handelt von Stimmen in der Dunkelheit, davon, sich im Wald zu verirren …

Ich drücke auf Stopp. Mehr muss ich nicht hören.

Da ist eine Erinnerung, wie wir am Pool liegen und zusammen The Cure hören, jede von uns hat einen Stöpsel im Ohr. (Seht ihr? Ich habe alles mit ihr geteilt!) Aber irgendwie glaube ich nicht, dass sie damit diese schöne Erinnerung heraufbeschwören will. Sie möchte eine Botschaft vermitteln. Es geht darum, was passiert ist.

Kurz fängt meine Hand mit dem iPod heftig zu zittern an. Mit einem Akt reiner Willensanstrengung gelingt es mir, sie zu beruhigen. Ich habe hier die Kontrolle. So wie immer schon. Es bedarf deutlich mehr, um mir Angst einzujagen.

Grandma, die eine passionierte Gärtnerin war, hat mir immer eingetrichtert, dass man ein Unkraut mitsamt den Wurzeln ausreißen oder ausbrennen muss. Man muss es vollständig ausmerzen, wenn man es loswerden will. Ich berühre den schwarzen Opal an meinem Ring. Diesmal spüre ich, wie seine Kraft in mich eindringt und mich stärkt.

Ich hasse Konfrontationen, aber manchmal muss man eben Ausnahmen machen. Selbstschutz ist schließlich eine Manifestation der Selbstliebe. Und Selbstliebe ist *so* wichtig. Erst kommt die Liebe zu dir selbst, dann zu anderen. Ich weiß, was ich zu tun habe.

Ich setze mich an den kleinen Frisiertisch. Sehe im Spiegel mein Konterfei. Und lächle.

Wenige Minuten später betrete ich wieder meine Wohnung. Der Aufenthalt in ihrem Raum hat mich ausgelaugt, und ich sehne mich nach Owen. Ich muss meine Seele mit der Wärme eines anderen Körpers nähren, meine Essenz mit der eines anderen verbinden. Ich muss mich in der Körperlichkeit, in der Fleischlichkeit verlieren. Ich brauche Erlösung.

Im dunklen Schlafzimmer lege ich mich hin und streiche mit der Hand über seine Seite des Bettes.

»Hallo, Liebster«, flüstere ich. Aber meine Finger ertasten nur die Kühle des leicht zerknitterten Lakens und die Vertiefung in der Matratze, wo sein Körper lag.

Das ist interessant. Es wäre nicht das erste Mal, dass er zu dieser Stunde umherstreift. Mir ist bekannt, dass er sich manchmal in den ummauerten Garten setzt, um dort heimlich eine nächtliche Zigarette zu rauchen (ich weiß es, weil ich ihn über die Kameras dabei beobachtet habe). Rastlos, wie er ist, wandert er manchmal auf dem Anwesen umher. Aber jetzt, aufgestört durch die Ereignisse des Tages, verspüre ich plötzlich das Bedürfnis, seinen genauen Aufenthaltsort zu wissen.

Ich klappe meinen Laptop auf und scrolle rasch durch die verschiedenen Aufzeichnungen. Da ist der verlassene Innenhof, der vom Mondlicht beschienene ummauerte Garten, die Indoor-Bar, das Weinlager, der …

Moment mal.

Wie bitte?

Ich klicke zur Aufnahme aus dem Weinlager zurück. Das sieht aus wie …

Ich zoome näher heran. Bei einer so starken Vergrößerung ist das Bild eher unscharf. Und doch brauche ich keine perfekte Auflösung, um die Stellung der beiden Gestalten zu verstehen. Und um die zweite Person anhand ihres hellen Haars zu identifizieren. Selbst in so verpixelter Form erkenne ich eine Billigblondierung aus fünfzig Meter Entfernung.

Gleißender Zorn rauscht mit einer Macht durch mich

hindurch, dass es beinahe was Belebendes, was Reinigendes hat – ein transzendentaler, elementarer Rausch. Als er wieder verebbt, zittere ich am ganzen Körper.

Plötzlich fällt mir das japanische Messer ein, das ich zu Sparrows Hütte mitgenommen hatte. Ich ziehe es aus seiner Scheide, husche ins Schlafzimmer hinüber, hebe es hoch über meinen Kopf (für einen Moment überkommt mich eine recht befriedigende Vision von mir selbst als einer Priesterin aus uralten Zeiten, die eine wichtige Zeremonie durchführt) und versenke es im Kissen auf Owens Seite des Bettes. Ich ergötze mich am Geräusch des reißenden Stoffes, am Gefühl des Messers in meiner Hand, das sich seinen Weg durch das weiche Innere bahnt, während eine Explosion weißer Federn wolkengleich aus der Hülle stiebt. Ich verliere mich darin. Ich bin euphorisch, fast schon entrückt. Mein Atem kommt in harten animalischen Stößen – ich schwitze, ich fühle mich so lebendig …

Ja. Das ist die Erlösung, die ich so dringend brauchte. Kraftvoller als jeder Orgasmus. Denn wenn man sich so lange so gut benommen hat, fühlt es sich einfach nur gut an, ein bisschen böse zu sein.

*Der Tag nach der Sonnenwende*

## DETECTIVE INSPECTOR WALKER

Walker parkt den Audi gute zwanzig Meter entfernt von dem zerstörten Gebäude. Die beiden Ermittler bleiben einen Moment lang einfach nur sitzen und lassen das Spektakel auf sich wirken.

Der Hotelgast, den sie aufgegabelt haben, beginnt sich auf dem Rücksitz zu rühren. Er reibt seine verschlafenen Augen und sieht so verdrossen aus wie ein Erste-Klasse-Passagier, der entgegen seiner Anweisung zum Frühstück geweckt wurde.

»Herrje«, beschwert er sich, »ich fass es nicht, dass ich wieder hier bin statt auf halbem Weg nach London. Was für ein beschissener Albtraum. Sieht aus wie eine Szene vom Fyre Festival.«

Auf dem Rasen vor dem Manor sind in Wärmefolien gehüllte Menschen zu sehen. Einige unterhalten sich im Flüsterton, andere schluchzen offen oder liegen in Embryonalstellung zusammengerollt im Gras. Die meisten sind in einem ähnlich derangierten Zustand wie ihr Passagier. Überall sind weiße, verdreckte Kleidung und jede Menge schief sitzende grüne Haarkränze zu sehen.

Vor dem dunklen Hintergrund des verbrannten Gebäudes

und inmitten der Rußflocken, die weiterhin zwischen ihnen herabwirbeln, wirken sie wie aus einer anderen, jenseitigen Welt: Hundert verlorene, verzweifelte Gespenster.

Drei lange Tische stehen verlassen auf dem Rasen vor den Klippen. Die weißen Tischdecken blähen sich im Wind und werden nur von den Überbleibseln eines üppigen Festmahls an Ort und Stelle gehalten. Die Stühle liegen wirr verstreut in der Landschaft herum. Ein Weidenbogen wurde umgerissen, und diverse Skulpturen, ebenfalls aus Weiden geflochten, sind auf dem Rasen verstreut. Wo man auch hinschaut, liegen Glasscherben und zermatschtes Essen. Dahinter sind die Überreste einer Art Bühne zu erkennen.

Schließlich steigen Walker und Heyer aus dem Auto und übergeben ihren empört vor sich hin plappernden Passagier in die Obhut einiger Sanitäter.

»DI Walker?«

Walker dreht sich um und sieht Detective Sergeant Fielding auf sich zukommen. Die wenigen Male, die sie sich bis dato über den Weg gelaufen sind, war er so gepflegt wie ein Erstliga-Fußballer: High-Fade-Frisur, optimale Feuchtigkeitspflege, gezupfte Augenbrauen wie Ronaldo. Aber in diesem Moment sieht er genauso mitgenommen aus wie alle anderen hier: Ruß klebt auf seinem verschwitzten Gesicht, und er ist sich offenbar so oft mit der Hand durchs perfekt gestylte Haar gefahren, dass es wie ein Entenschwanz in die Höhe ragt.

»Chef«, sagt er, »bin ich froh, dass Sie hier sind. Endlich haben sie das Feuer unter Kontrolle bekommen. Glücklicherweise waren die meisten Gäste wegen irgendeiner noblen Party draußen auf dem Rasen. Wir haben schon einige der Zeugen befragt. Es ist … na ja, Sie sollten mal versuchen, sich mit denen zu unterhalten. Müsste ich raten, würde ich tippen, dass die große Mehrheit von ihnen … Ich glaube, das einzige treffende Wort dafür ist hackedicht.«

»Ja.« Walker macht eine Kopfbewegung in Richtung ihres Passagiers, der gerade versucht, die Sanitäter abzuwimmeln. »Ich glaube, einem davon sind wir schon begegnet.«

»Ein paar von ihnen meinten, sie hätten gestern Nacht komische Gestalten hier gesehen.« Fielding blickt verlegen drein. »Hört sich alles ein bisschen nach Hokuspokus an: maskierte Gestalten, dunkle Umhänge und …«

Er bricht ab, als sich ein abruptes Schweigen über den Rasen senkt. Alle Köpfe wenden sich dem schwelenden Gebäude zu, aus dessen Ruinen gerade zwei mit Sauerstoffmasken versorgte Personen auf Krankentragen geborgen werden. Sämtliche Augenpaare verfolgen ihren Weg in das Heck eines Rettungswagens.

Der Feuerwehrhauptmann kommt auf sie zu. »DI Walker?«

»Das bin ich.«

»Die beiden haben wir im Inneren gefunden. Eingeschlossen im Weinkeller. Die Sanitäter geben ihr Bestes, aber es sieht nicht gut aus.«

Das wären dann zwei Tote mehr. Nicht zum ersten Mal denkt Walker: Dass es so weit kommen musste … Da wird ihm bewusst, dass der Hauptfeuerwehrmann noch immer mit ihm spricht. Seine Aufmerksamkeit schnellt zurück ins Hier und Jetzt. »Sie saßen da drin in der Falle«, sagt der Mann. »Sie wären nicht rausgekommen, selbst wenn sie gewollt hätten.«

»Sie erwähnten bereits, dass sie dort eingeschlossen waren.«

»Das ist nicht alles. Die Tür war von außen verriegelt. Jemand hat sie absichtlich dort eingesperrt.«

*Der Tag vor der Sonnenwende*

## BELLA

Als ich meine Hütte erreiche, zittere ich, und mir ist vor Aufregung speiübel. Ich schiebe meinen Schlüssel ins Schloss und stolpere durch die Tür. Die Vögel existieren wirklich. Und ich habe damals, vor all den Jahren, einen von ihnen im Wald gesehen. Ich wusste es.

Zwei Fragen gehen mir durch den Kopf: Haben sie uns gesehen? Warum sind sie hier?

Ich gehe auf und ab, mein Kopf ein einziger Wirrwarr aus drohenden Schatten und brennenden Fackeln, und so dauert es eine Weile, bis ich die Veränderungen in meiner Hütte bemerke. Die Nachttischlampen auf beiden Seiten des Himmelbetts sind eingeschaltet. Ich bin mir ziemlich sicher, dass ich sie nicht angelassen habe. Die Vorhänge vor den Fenstern sind zugezogen, die Bettdecke ist aufgeschlagen. Ich glaube, es wurde sogar ein Raumduft versprüht. Ich steige nie in Hotels ab, die solche Dienstleistungen anbieten, doch mir kommt der Gedanke, dass es sich hierbei um einen Wohlfühlservice handelt – was aber zu dieser Uhrzeit doch recht übereifrig erscheint. Zumal ich ein »Bitte nicht stören«-Schild an die Tür gehängt habe.

Jetzt bemerke ich auch, mit einem knisternden Gefühl der

Vorahnung, dass etwas auf meinen Kissen hinterlegt wurde. Als ich darauf zugehe, erkenne ich, dass es sich um das hoteleigene Notizpapier handelt. Obenauf liegt noch etwas: eine teuer aussehende Schokolade. Weg mit dem Scheiß. Ich schnappe sie mir und schleudere sie in den Papiereimer, als ob sie radioaktiv wäre. Mit prickelnder Kopfhaut und heftig klopfendem Herzen lese ich die Nachricht – verfasst in der nachlässig-extravaganten Handschrift eines Mädchens aus gutem Hause:

> *Hi Sparrow!*
> *Jetzt sieh mal einer an – wir schreiben uns wie die guten, alten Brieffreundinnen, die wir nie waren. Es tut mir leid, dass ich unser Wiedersehen verpasst habe. Es ist so lange her! Und es gibt so viel zu erzählen. Vor allem, wenn man bedenkt, wie sehr du in das Ganze involviert warst.*
> *Aber mach dir keine Sorgen. Ich werde es morgen wiedergutmachen.*
> *Küsschen!*

Angst und Wut ringen um die Oberhand. Die ganze Nachricht ist nichts weiter als eine elegant verschleierte Drohung. Aber es ist der mittlere Teil, der mir am meisten zusetzt: … *wie sehr du in das Ganze involviert warst* … Sie versucht, mich einzuschüchtern, damit ich weiterhin schweige. Tja, es gab eine Zeit, da hat das funktioniert. Aber heute nicht mehr.

Hätte sie Reue verspürt, dann hätte sie das hier nie erschaffen. Sie hätte alles verkauft, als sie das Haus erbte, und Reißaus genommen.

In diesem Sommer sind es fünfzehn Jahre. Ein schreckliches kleines Jubiläum. Es ist auch das Jahr, in dem ich Mutter geworden bin, was mich dazu gezwungen hat, Bilanz zu ziehen. Ich bin alles, was Grace hat. Ich muss alles für sie sein. Aber wie kann ich das, wenn ich selbst nicht mit mir im Reinen bin? In einer Sommernacht vor fünfzehn Jahren ist etwas in mir kaputtgegangen. Vielleicht kann es nie vollständig repariert werden. Dann ist es eine Last, die ich mein Leben lang mit mir herumtragen werde. Aber ich möchte meiner eigenen Tochter in die Augen sehen können. Ich muss – so abgedroschen sich das auch anhören mag – damit abschließen.

Da ist noch so vieles, was ich bis heute nicht verstehe. Seit den Geschehnissen damals lebe ich mit der Schuld. Sie hat mein Leben bestimmt. Meine Karriere, weil ich deswegen mein letztes Studienjahr nicht gepackt habe. Meine Beziehung zu Grace' Vater – weil es da immer diese große Sache gab, die ich unmöglich mit ihm teilen konnte. Genau genommen jede Beziehung, die ich je hatte. Ja, sogar das Verhältnis zu meinen Eltern, die ich seit damals auf Distanz gehalten habe. Ich musste es tun. Und es ist keine Übertreibung, wenn ich sage, dass das, was passiert ist, mein Leben ruiniert hat. Doch ich weiß nicht, ob es *sie* auch nur ins Straucheln gebracht hat. Ich musste meinen ganzen Mut zusammennehmen, um hierher zurückzukehren. Aber nun bin ich zurück, wie ein Gespenst aus der Vergangenheit. Ich werde nicht zulassen, dass sie es vergisst. Und ich weiß, was ich dazu tun muss.

Ein Scharren von Ästen an den Fensterscheiben. Auf

Zehenspitzen schleiche ich mich zur Tür und schließe sie gleich zweimal ab, dann hänge ich zusätzlich die Sicherheitskette ein. Nach kurzem Nachdenken ziehe ich den schweren Samtsessel vor die Tür.

Die Vögel, sie sind da draußen im Wald. Und *sie*, sie war heute Abend hier, in meinem Zimmer. Schlimmer noch, sie möchte, dass ich es weiß.

## SOMMERTAGEBUCH

### Der Wohnwagen – Tates Campingplatz

*19. August 2010*

Tja. Ich glaube, meine Freundschaft mit Frankie ist vorbei. Und ich weiß nicht, wie ich mich damit fühle.

Ich dachte, ohne Cora würde es vielleicht wieder so werden wie davor. Nur Frankie und ich, die gemeinsam am Pool in der Sonne abhängen und ein Buch lesen. Aber Frankie wollte lieber in ihrem Zimmer herumliegen und sich Wiederholungen von *The Simple Life* ohne Ton ansehen. Ich brachte ihr die Magic Mushrooms, die ich im Wald gefunden hatte, um sie aufzuheitern, aber sie würdigte sie keines Blickes, sondern stopfte sie einfach nur in ihre Nachttischschublade.

Es war so heiß in ihrem Zimmer und irgendwie deprimierend. Ich sagte: Wir könnten uns doch an den Pool legen wie früher. Aber sie so: Oh, Entschuldigung, entspricht es nicht deinen Anforderungen? Das hier ist kein Campingplatz. Geh zurück zu deinem Wohnwagen, wenn es dir nicht passt.

Das war fies, aber ich sah ihr an, dass es ihr nicht gut ging. Also schlug ich vor: Wie wäre es mit Musik? Ich dachte, das könnte sie aufheitern und die Stimmung bessern. Mein Blick fiel auf ihren iPod im Regal, der an die Lautsprecher angeschlossen war. Ich schaltete ihn ein, und das Erste, was ich hörte, war dieses gruselige altmodische Kinderlied über Teddybären im Wald …

Dasselbe Lied, das ich neulich Nacht im Wald gehört hatte.

Dasselbe Lied, das sich seitdem unablässig in meinem Kopf wiederholte.

Mein erster Gedanke war: Das ist aber komisch … Warum hört sie sich das an?

Aber da riss Frankie es mir aus der Hand und machte es aus. Und als ich ihr Gesicht sah, da schnallte ich es.

Ich sagte: Die Musik im Wald … das warst du?

Sie schwieg kurz, als würde sie überlegen, was sie sagen sollte. Dann verdrehte sie die Augen. *Alles* war ich, Sparrow. Alles, was wir im Wald gefunden haben.

Mein Kopf schwirrte. Ich sagte: Was …? Aber doch nicht dieses Ding im Baumhaus, oder? Der tote Vogel im Pool? Die Symbole auf den Bäumen?

Doch, du Volltrottel. Ich bin gut in so was. Das war total einfach. Grandma bekommt immer Blut vom Metzger für Grandpas Blutwurst. Ich habe Hugos Jogginganzug geklaut und ihn mit Stroh ausgestopft. Den Vogel hat Grandpas Hund Kipling getötet – ich dachte, das gibt dem Ganzen eine besondere Note. Natürlich sind die *Vögel* nicht real.

Erst wurde mir übel. Dann wurde ich wütend. Richtig wütend. Das bin ich immer noch. Allein, wenn ich daran denke, wie viel Angst ich hatte. Und sie hat sich die ganze Zeit über mich lustig gemacht? Sich amüsiert?

Warum?, wollte ich wissen. Warum zur Hölle hast du das alles getan?

Sie zuckte mit den Schultern. Keine Ahnung, meinte sie. Weil es witzig war? Weil ich diese Legenden über Tome gelesen habe und die mich inspiriert haben? Weil ich sauer auf die Zwillinge war, weil sie meinen Vorrat gestohlen haben, und ich wollte, dass sie sich vor Angst in die Hose machen, dass jemand die Vögel auf sie angesetzt hätte? Weil mir langweilig war? Sooo sterbenslangweilig.

Da sah sie wohl mein Gesicht.

Ist so, tut mir leid. Obwohl du mir so toll Gesellschaft geleistet hast, Sparrow. Du warst einfach der perfekte kleine Trottel. Du hast dich eingepisst vor Angst!

Jetzt weiß ich es also. Jetzt weiß ich, was sie in mir gesehen hat. Warum sie mich an jenem Tag am Strand ausgewählt hat.

Weil sie einen leichtgläubigen kleinen Trottel brauchte.

*Sonnenwende*

## EDDIE

Aus der Küche unten höre ich Radio Dorset FM hochplärren. »Leute, für heute ist die heißeste Sommersonnenwende seit fünfzig Jahren angesagt. Was sind eure Pläne für heute? Ruft an und erzählt es mir ...«

Letzte Nacht war es schon so heiß. Stundenlang lag ich schwitzend auf meinen Laken und dachte über das nach, was im Wald passiert war.

Die Vögel gibt es wirklich. Sie haben Ivor getötet. Was, wenn sie uns erwischt hätten? Ich muss an den alten toten Mann in seiner Hütte denken – an den Ausdruck auf seinem leichenblassen Gesicht.

Jetzt verstehe ich, Mum, warum du mich ermahnt hast, nie nach Einbruch der Dunkelheit in den Wald zu gehen. Was, wenn sie mich jetzt holen kommen?

Ich überlege hin und her, ob ich meinen Eltern von Ivor erzählen soll. Mum würde sich nur furchtbar aufregen. Und Ivor würde es nicht zurückbringen. Und was, wenn Dad eine Dummheit macht – in den Wald geht und versucht, die Vögel zur Rede zu stellen?

Ich scrolle durch mein Handy, um die Bilder zu vertreiben, die ständig vor mir auftauchen, als würden sie in Dauerschleife in meinem Kopf abgespielt: die maskierten Gestalten … der Stierkopf.

Delilah hat auf TikTok ein neues Video gepostet, in dem sie in die Kamera quasselt und dabei ständig ihr neues knallrot gefärbtes Haar zurückstreicht.

»Leute, heute Nacht wird *richtig* krass«, erzählt sie. »Keine Ahnung, wie viel ich verraten darf, aber … Ich bin jetzt schon Feuer und *Flamme!*« Es folgen ein Zwinkern und ein dicker Schmatzer in die Kamera. Dann taucht Nathan hinter ihrer Schulter auf. »Oh, yeaaah! Es wird richtig heiß!« Er stößt ein gestörtes Kichern aus.

Der Typ ist so ein Arsch. Aber nachdem ich mir das Video ein zweites und drittes Mal angeschaut habe, meine ich, etwas in seinen Augen zu sehen. Etwas Gefährliches. Ich frage mich, ob ich Michelle Bescheid geben und sie warnen soll. Aber was kann ich ihr überhaupt sagen? Ich habe keine Ahnung, ob das Ganze nur ein Bluff ist, und außerdem möchte ich keine Verbindung zwischen mir und Tate herstellen.

Mein Wecker klingelt zum dritten Mal, und ich schleppe mich aus dem Bett. In der Küche ist niemand, obwohl das Radio läuft und fröhlich vor sich hin plappert. Ich futtere eine Schale Shreddies, bevor ich mich im Besenschrank unter der Treppe auf die Suche nach Mums Nähzeug mache. Heute habe ich wieder geteilten Dienst: am Vormittag steht das Geschirr vom Frühstück an, dann ein paar Stunden Pause, und am Abend müssen wir uns alle in die Kostüme für das Mittsommerfest zwängen. Meins ist zu eng, deswegen werde ich es in der Pause an den Schultern weiter machen. Solche Sachen kann ich ziemlich gut, was Mum freut. »Das hast du von mir gelernt! Ich wollte meine Jungs immer so erziehen, dass sie nie von einer Frau erwarten, dass sie ihre Klamotten flickt oder ihr Geschirr spült.« Vielleicht habe ich das ein bisschen zu wörtlich genommen, indem ich ein richtiger Tellerwäscher geworden bin.

Der Schrank ist voller Putzmittel, daneben stehen ein paar Flaschen Teeröl und mehrere schwere Säcke voller Streusalz für den Winter. Sogar Sachen von meinem Bruder lagern noch dadrin: ein Rugbyball, den er von der Exeter-Rugbymannschaft signiert bekommen hat, und ein paar von seinen alten Jacken.

Das Nähzeug ist nirgends im Schrank zu finden. Womöglich ist es hinter den Boiler gefallen. Ich strecke meine Hand in die Lücke dahinter und spüre, wie sich Spinnweben um meine Finger legen. Da bekomme ich etwas zu fassen, bei dem es sich definitiv nicht um Mums Flickzeug handelt. Etwas Hartes, das spitz zuläuft. Schnell ziehe ich meine Hand wieder zurück. Das Material fühlt sich ein bisschen an wie ein Knochen.

Schon in dem Moment ist mir klar, dass es sich wahrscheinlich um etwas handelt, was ich nicht hätte finden dürfen. Es ist wie eine düstere Version jenes Gefühls, das ich als Kind hatte, wenn ich oben im Wäscheschrank die Geburtstagsgeschenke entdeckte und *wusste*, dass ich nicht heimlich in die Verpackung schauen sollte, aber nicht widerstehen konnte. Und ich weiß, dass ich auch jetzt nachschauen werde.

Ich stemme mich ein Stück weiter über den Boiler, greife nach unten und kriege das Ding zu fassen, das in etwas Weiches eingewickelt zu sein scheint. Als ich es rausziehe, sehe ich, dass es sich um einen dicken dunklen Stoff handelt. Während ich es auseinanderfummle, fällt das Ding darin mit einem dumpfen Geräusch auf den Boden. Kurz stehe ich einfach nur da und starre es an. Ich glaube, ich weiß, was das ist. Aber das kann unmöglich …

Ich hole tief Luft und hebe es mit zitternden Händen auf.

Eine schwarze Maske. Keine, die man auf Amazon oder in einem Partyshop bekommt. Sie hat einen langen, spitzen Schnabel mit sorgfältig gearbeiteten Nasenlöchern. Ziemlich naturgetreu. Die Maske sieht uralt aus – wie ein Artefakt aus einer Zeit, in der alles noch von Hand angefertigt wurde. Ich drehe sie um. Auf der Rückseite befinden sich zwei breite schwarze Bänder.

Ich kenne diese Maske. Aber ich verstehe nicht, was sie hier zu suchen hat.

Mein Blick wandert zu dem großen Haufen schwarzen Stoff auf dem Boden. Ich war dermaßen auf die Maske konzentriert, dass mir die aufgenähten Federn nicht aufgefallen waren. Es müssen Hunderte sein. Ich stupse mit den Zehen dagegen. Der Stoff fällt auseinander, und nun erkenne ich den langen schwarzen Umhang mit der Kapuze und ein Paar schwarze Lederhandschuhe, die ebenfalls in den Stoff eingewickelt gewesen sein müssen.

Hier im Besenschrank, im grellen Schein der nackten Glühbirne, ohne ein Gesicht oder einen Körper, der sich darunter verbringt, wirkt der Aufzug ganz anders. Dennoch geht immer noch eine Art dunkle Macht davon aus.

Meine Gedanken überschlagen sich. Alles passt. Dads spätes Nachhausekommen in der Nacht zuvor. Sein merkwürdiges Verhalten bei Ivors Verschwinden, auf das ich mir keinen Reim machen konnte. Aber jetzt verstehe ich: Er wusste genau, was dem Stier widerfahren war.

Die Vögel sind nicht nur eine Geschichte, mit der sich

Kinder gegenseitig Angst einjagen. Sie sind echt. Sie führen etwas im Schilde. Und mein Dad ist einer von ihnen.

Kurz überlege ich. Das, was letzte Nacht im Wald passiert ist, war ziemlich abgefahren. Ich möchte nicht, dass mein Dad etwas damit zu tun hat. Ich denke an jenen Abend mit der verschlossenen Garage zurück, den laufenden Traktor ... Ich muss ihn beschützen – auch vor sich selbst.

Also schnappe ich mir das ganze Bündel, haste damit zu meinem Fahrrad und stopfe es in den Korb auf dem Gepäckträger. Hier wird er nicht suchen, und solange das Zeug versteckt ist, kann er es nicht verwenden. Ja, wahrscheinlich wird er es vermissen und sich fragen, was damit passiert ist. Nun, soll er ruhig.

# OWEN

Heiß und hell bricht der Morgen an. Der Tag von Francescas Mittsommerfest. Ich liege schweißgebadet in unserem Schlafzimmer. Es ist noch früh, und doch spüre ich, wie die Hitze zunimmt – die Luft ist so schwer wie eine Wolldecke. Die Last meiner Schuld jedoch wiegt viel schwerer.

Was habe ich bloß getan?

Ich schaue zu Fran hinüber, die neben mir liegt. Ihre blonden Strähnen sind über das Kissen ausgebreitet. Sie sieht aus wie ein verdammter Engel, der den Schlaf der Seligen, den Schlaf der Unschuldigen schläft. Sie hat von irgendwoher sogar ein paar weiße Flaumfedern im Haar, die sich in ihren Locken verfangen haben und dem Gesamtbild die Krone aufsetzen.

Und daneben ich – eine durch und durch verdorbene, verabscheuungswürdige Kreatur, die nichts neben ihr zu suchen hat.

Ich habe keinerlei Entschuldigung. Was auch immer Fran letzte Nacht getrieben hat, meine eigenen Taten sind durch nichts zu verzeihen. Ich habe das Beste, was mir je passiert ist, aufs Spiel gesetzt, und das nur, weil ich so verdammt unsicher bin, weil ich mich ihr nie ebenbürtig gefühlt habe. Ich bin so ein jämmerliches Klischee.

Und Michelle? Wie konnte ich nur? Sie ist eine Viper in unserem Nest.

Ich brauche eine Kippe und einen Spaziergang, um meinen Kopf frei zu bekommen und mir meinen nächsten Schritt zu überlegen.

Es ist zehn nach sieben, was bedeutet, dass demnächst die Jungs mit dem Bagger für die nächste Phase des Baumhausprojekts eintreffen sollten. Obwohl wir erst heute Abend anfangen wollen, wenn auch das Mittsommerfest beginnt, ist geplant, den Bagger in aller Herrgottsfrühe in den Wald zu bringen, um den Gästen den unansehnlichen Anblick eines Baustellenfahrzeugs zu ersparen, das stotternd die Auffahrt hochgekrochen kommt.

Ganz vorsichtig schäle ich mich unter den Laken hervor. Ich bin noch nicht so weit, Francesca ins Gesicht zu schauen, doch als ich gerade aus dem Bett gleite, dreht sie sich zu mir um und öffnet die Augen. Sie streckt sich wohlig, bevor sie mir ihr strahlendstes Lächeln schenkt und gleichzeitig den Arm hebt, um mein Kinn zu umfassen. Ich kann mich gerade noch davon abhalten zurückzuweichen – ich fühle mich ihrer Berührung nicht würdig.

»Guten Morgen, mein Liebster«, sagt sie und versenkt ihren Blick tief in meinen. »Ich hoffe, du hast gut geschlafen?«

# BELLA

Als ich aufwache, ist es furchtbar stickig und heiß. Das Kissen ist feucht und zerknittert. Mein Haar ist zerzaust, als hätte ich mich im Bett hin und her gewälzt. Ich habe, wenn überhaupt, nur wenige Stunden geschlafen, wurde aber von finsteren Albträumen heimgesucht. Ich habe von Bäumen geträumt, von Wurzeln, die sich zwischen aufwölbenden Dielen hindurchschieben, mich umschlingen und mit sich in die Tiefe ziehen. Von Erde, die in meinen Mund dringt …

Ich habe den Eindruck, von diesem Ort erdrückt zu werden – er presst sämtliche Kraft, sämtlichen Mut aus mir heraus. Ich muss mich seinem Einfluss entziehen, und sei es nur für eine Stunde.

Kurze Zeit später betrete ich den Klippenpfad, während die Sonne über dem Horizont emporschwebt und die Kalksteinfelsen der Giant's Hand in ihr rötliches Licht taucht. Hier, mit der leichten Brise, die vom Meer heranweht, kann ich etwas klarer denken.

Ich habe ihr die Chance gegeben, sich mit mir im Wald zu treffen. Jetzt ist es an der Zeit zu handeln.

Ein gackerndes Lachen, boshaft und laut, reißt mich aus

meinen Gedanken. Ich brauche eine Weile, bis ich kapiere, woher es kommt: Über mir kreist eine riesige Schar schwarzer Vögel – Krähen, glaube ich. Es sind Hunderte. Ihre dunklen Körper bieten einen seltsamen Anblick und wirken irgendwie fehl am Platz. Ich hätte hier eher Möwen erwartet. Für einen Moment lassen sie sich am Rand der Klippe vor mir nieder. Und dann, als hätten sie ein Signal empfangen, kommt es zu einem explosionsartigen Tumult, als sie sich alle gleichzeitig unter lautem Krächzen und Flattern in die Luft erheben und als schwarzer Schwarm um die Landzunge herum nach Westen davonfliegen. In Richtung des Manors.

Mit einem mulmigen Gefühl in der Magengrube beschleunige ich meine Schritte.

Nachdem ich zum Strand hinuntergeklettert bin, lasse ich bei der Erinnerung an das grellgrüne Kitesegel von gestern rasch den Blick über das Wasser schweifen. Ich möchte sicherstellen, dass ich allein bin. Dann zwinge ich mich dazu, abermals die Höhle zu betreten. Ich bin hier, um mich zu erinnern. Um den Mut zu sammeln, den ich brauche. Im dunklen Inneren herrscht eine Kälte, die nach der morgendlichen Hitze da draußen fast schon einen Schock bei mir auslöst, aber ich glaube nicht, dass ich deswegen so unkontrolliert zittere.

Ich presse meine Stirn gegen die feuchtkühle Höhlenwand, bleibe eine Weile so stehen und lasse mich von den Geistern der Vergangenheit einhüllen.

# SOMMERTAGEBUCH

## Der Wohnwagen – Tates Campingplatz

*20. August 2010*

Heute war ein guter Tag.

Hab heute früh eine SMS von Frankie bekommen: Sorry, Sparrow. Wollte nicht so ’ne Zicke sein. Tut mir alles wirklich leid. Kommst du vorbei?

Aber ich hatte so ein komisches Gefühl nach allem, was sie gemacht hatte. Und der ganzen Mühe, die sie da reingesteckt hatte. Tote Vögel und Blut. Das ist echt gestört. Außerdem war es so heiß, und das Meer glitzerte, während ich im Liegestuhl neben dem Wohnwagen mein Müsli aß. Ich hatte ein plötzliches Gefühl von Freiheit. Ich konnte einfach nur das tun, was ich wollte. Also schnappte ich mir meinen Bikini und mein Buch und machte mich auf den Weg zum Strand. Auf halber Strecke stieß ich am Klippenpfad auf Jake. Er so: Du hast nicht auf meine SMS geantwortet. Aber er lächelte dabei. Und ich so: Ähm, du hast nicht geantwortet! Da holte er sein Handy heraus und zeigte es mir. Ich habe geantwortet. Siehst du? Das war vor einer Woche.

In der SMS stand: Hab morgen frei. Um 10 am Strand?

Ja, mein Handy ist der letzte Schrott, weil der Akku ständig schlapp macht. Aber SMS-Probleme hatte ich noch nie. Da fiel mir ein, dass Frankie mir an dem Tag das Handy weggenommen hatte, als ich gerade mit ihm schrieb. Bis gestern hätte ich gesagt: So was würde sie nie im Leben tun. Heute bin ich mir nicht mehr sicher.

Er zuckte mit den Schultern und meinte: Kein Ding. Wir können ja jetzt gehen, oder?

Ich sagte Ja.

Ich spazierte mit ihm weiter, bis er scharf seitlich abbog, als wollte er von der Klippe springen. Er lachte, als er mein Gesicht sah. Der beste Strand weit und breit. Da führt ein Weg runter. Du kannst ihn von hier aus nur noch nicht sehen.

Vorsichtig folgte ich ihm. Um nicht nach unten zu schauen, wo es steil bergab ging, konzentrierte ich mich auf den Schweißfleck auf seinem T-Shirt zwischen den Schulterblättern und die silberne Kette, die knapp den Haaransatz in seinem Nacken berührte. Ich stolperte und musste mich an einem Brombeerstrauch festhalten, wobei ich ein peinliches Quietschen von mir gab. Er drehte sich um, nahm meine Hand, steckte meinen Daumen in seinen Mund und saugte die Stacheln für mich heraus, wobei seine Haare mein Handgelenk kitzelten.

Das war das Heißeste, was mir je passiert war. Bis wir gleich darauf im Meer herumalberten. So, wie er mich in meinem Bikini ansah, waren ihm mein flacher Busen und meine orangenen Selbstbräunerflecken auf den Knien egal. Er schnappte mich immer wieder und tat so, als würde er mich untertauchen, und unsere Beine verhedderten sich unter Wasser, und die Haut an seinen Schultern war wie Seide, und er zog mich an sich, und dabei spürte ich …

Dann hob ich den Kopf und konnte gerade so das Manor sehen, das ein Stück die Küste runter auf den Klippen thronte. Die Fenster glitzerten im Sonnenlicht. Mich überkam die Vorstellung, dass sie runterschauen und uns sehen könnte. Also fragte ich, ob wir wieder zurück an den Strand könnten.

Vielleicht hatte er gesehen, wie ich hinaufgeschaut hatte, denn als wir wieder am Strand waren, fragte er: Und? Wie ist es so in dem feinen Kasten? Mit uns Bauern geben die sich ja nicht ab.

Wir lagen im Sand, die Zehen im seichten Wasser, um uns abzukühlen, während wir uns von der Sonne das Wasser von der Haut brennen ließen. Und da erzählte ich ihm alles. Vom Wald und von dem, was Frankie getan hatte. Und er so: Was? Das ist ja so was von gestört. Es fühlte sich gut an, es von jemand anderem zu hören.

Aber ich dachte, ich hätte einen von ihnen gesehen, sagte ich. Einen von den Vögeln. Als wir Magic Mushrooms sammeln waren.

Du hast Magic Mushrooms gesammelt?

Ja. Vor ein paar Tagen.

Da setzte er sich auf und sagte: Das waren ganz sicher keine.

Ich sagte, dass sie genau wie auf den Fotos aussahen.

Nee. Die wachsen nur im Herbst. Vertrau da mal lieber einem Bauernjungen. Was du gefunden hast … ist etwas anderes.

Ich fragte ihn, was.

Er meinte: Keinen Schimmer, aber du solltest vorsichtig sein. Pilze können einen killen.

Mir fiel ein, dass Frankie sie in ihre Nachttischschublade gestopft hatte, und mir kam der furchtbare Gedanke, dass sie sie vielleicht ausprobieren könnte. Und obwohl es zwischen uns gerade nicht so gut läuft, schrieb ich ihr sofort eine SMS: Wirf die Pilze weg!!! NICHT ESSEN. Sind wahrscheinlich megagefährlich.

Was die Vögel angeht, da irrt sie sich, sagte er dann. Es gibt sie wirklich. Aber sie treten nur bei wirklich großen Geschichten in Aktion. Und hier in der Gegend passieren schlimme Verbrechen nicht so oft. Das letzte Mal war vor fünf Jahren oder so. Ein Typ aus dem Ort, der sich nachts an Mädchen herangepirscht und vor ihnen sein Ding ausgepackt hat. Die Leute wussten, wer es war, aber die Polizei hat ihn nie dabei erwischt. Keine Ahnung, was genau die Vögel mit ihm angestellt haben, aber sie haben es ihm so richtig besorgt, denn eines Morgens verließ er den Ort und kam nie wieder zurück. Sein Haus steht immer noch leer. Aber das kann deine Freundin nicht wissen … Sie ist keine richtige Einheimische. Es gibt Dinge, die kann man nur verstehen, wenn man von hier kommt. Das ist kein Märchen. Mit denen will man es sich nicht verscherzen.

*21. August 2010*

Heute wurde es sogar noch heißer. In jeder Hinsicht. Gott, das hört sich ja so was von bescheuert an. Aber so war es.

Als wir wieder unten am geheimen Strand waren, sagte Jake: Hey, möchtest du was Cooles sehen? Er führte mich zurück in Richtung Klippen, blieb aber auf halbem Weg stehen und spähte blinzelnd nach oben.

Ich fragte ihn, was los sei. Und er nur so: Keine Ahnung. Ich dachte, ich hätte jemanden dort oben gesehen. Wir hielten eine Weile Ausschau. Nichts. Er meinte: Nee, muss ich mir wohl eingebildet haben.

Das, was er mir zeigen wollte, war eine Höhle. Eigentlich

eher ein Gang, der tief in die Klippen hineinführt. Nach der Hitze auf dem Sand war es dadrin richtig kalt. Wasser lief an den Wänden runter, und es roch nach faulen Eiern und war ein bisschen gruselig, aber auf die lustige Art – weil er ja mit dabei war. Er meinte, schau mal, da hinten geht es noch weiter. Bist du dabei?

Du versprichst mir aber, dass du mich nicht hierhergebracht hast, um mich zu ermorden?, meinte ich aus Spaß.

Er lachte. Dafür mag ich dich viel zu sehr, sagte er.

Das machte mich erst richtig nervös – aber auf die beste Art überhaupt. Er hob mich hoch, damit ich in den Tunnel am Ende gucken konnte, und ich spürte dabei seinen warmen Atem in meinem Nacken. Wer hätte gedacht, dass einen eine kalte, müffelnde Höhle so anmachen kann? Dann ließ er mich wieder zu Boden, aber als ich mich umdrehte, rührte er sich nicht von der Stelle, sodass wir einen Moment lang einfach nur Körper an Körper beieinanderstanden und unsere Nasenspitzen sich berührten.

Ich weiß nicht, wer wen geküsst hat. Aber ich war diejenige, die ihm die Zunge in den Mund schob. Da stöhnte er leise, und ich konnte spüren, wie sich, du weißt schon was, an mich drückte. Seine Hände waren unter meinem Bikinioberteil, und ganz kurz erstarrte ich, denn alles, woran ich denken konnte, war Hugo und das, was er über meinen flachen Busen gesagt hatte.

Doch dann sagte Jake: Du bist so verdammt schön.

Alles, was ich denken konnte, war: Ich werde in einer Höhle entjungfert, und es ist mir egal. Aber da löste er sich von mir.

Hast du das gehört? Das klang wie Schritte.

Er lachte zwar ein bisschen, wirkte aber auch genervt.

Bestimmt Nathan Tate, das sähe ihm ähnlich, sagte er. Oder noch schlimmer, die Zwillinge – wissen die überhaupt von dem Ort hier? Oder vielleicht auch Shrimp. Ich weiß, dass er manchmal herkommt.

Er ließ mich los und rannte zum Höhleneingang. Wo steckt ihr denn, ihr Arschbacken?, rief er.

Da hörte ich ebenfalls Schritte. Irgendwo über uns, auf dem Dach der Höhle.

Jake kam zurück. Die sind anscheinend abgehauen. Perverse Spanner. Ich glaub nicht, dass sie viel sehen konnten. Ist ja nicht so, als ob wir uns die Klamotten vom Leib gerissen hätten. Noch nicht.

Aber irgendwie war die Stimmung hin.

Dann sagte er: Hey, das ist jetzt vielleicht ein bisschen kitschig, aber hättest du Lust, dass wir uns morgen Abend Fish and Chips holen und dann mit meinem Moped nach Seafarer's Point fahren? Es soll einen Supermond geben. Dort hätten wir die allerbeste Aussicht.

Ich lachte. Lädst du mich gerade auf ein Date ein?

Und er erwiderte: Ja, ich glaube schon.

Es war spät, als ich sonnenverbrannt und salzverklebt mit einem bekloppten Grinsen im Gesicht zum Wohnwagen zurückspazierte. Aber ich blieb abrupt stehen.

Frankie war da. Bei meinen Eltern. Mit einer Cola in der Hand saß sie auf einem der Liegestühle. Mum und Dad lachten über etwas, das sie sagte.

Ich wollte schon umdrehen und mich verdrücken, aber da rief sie zu mir rüber: Hey, Alison!

Ich konnte mich nicht erinnern, wann sie das letzte Mal meinen richtigen Namen verwendet hatte.

Mum strahlte mich an. Ich kann nicht glauben, dass wir

Frankie noch gar nicht persönlich kennengelernt haben! Sie sagt, wir müssen mal auf ein Glas Wein vorbeikommen und ihre Großeltern kennenlernen. Mum klang komisch, irgendwie feiner als sonst, und sie sprach alle Worte ganz korrekt aus.

Frankie stand auf und kam zu mir rüber. Hi, Sparrow, ich will es wiedergutmachen. Bitte. Es tut mir leid. Wir hatten doch auch unseren Spaß, oder? Das im Wald ... das sollte nur ein Scherz sein, verstehst du? Aber jetzt ist mir klar, dass das total daneben war. Ich bin zu weit gegangen. Das passiert mir manchmal. Aber du fehlst mir. Hör mal, morgen Abend fahren die Alten zu so einem blöden Rentnerdinner irgendwo die Küste runter. Wir haben also sturmfrei. Sie streckte eine Hand aus und berührte meinen Arm.

Dann sagte sie etwas lauter: Wie wär's mit Grillen morgen Abend?

Hört sich fabelhaft an!, rief Mum. Ich habe sie original noch nie »fabelhaft« sagen hören. Ich bin mir sicher, Alison kommt sehr gerne! Du könntest doch ein paar Würstchen mitbringen, Süße.

Ich sagte nichts und dachte an Jake und Fish and Chips und den Supermond.

Da sah Frankie zu mir und grinste mir ins Gesicht. Ach ja, sagte sie ganz beiläufig. Je mehr, desto besser ... Bring doch deinen Freund mit, wenn du magst. Deinen heimlichen Schatz.

## BELLA

Ich könnte das Tagebuch ins Meer werfen – damit seine Geheimnisse sich in nichts auflösen. Ich könnte wieder den Klippenpfad hochklettern und die andere Richtung einschlagen, nach Tome. Ich könnte in einen Zug nach London steigen und nie mehr zurückblicken. Ich stehe an einem Scheideweg – genau wie in jener Sommernacht vor fünfzehn Jahren.

Wie zur Antwort blättert der Wind die Seiten des Tagebuches auf meinem Schoß um, bis er die letzte Seite aufgeschlagen hat. Die mit Kugelschreiber aufgezeichnete Karte. Die mit X markierte Stelle.

Nein. Ich kann es nicht länger in mir schwären lassen. Das ist der Grund, warum ich hier bin. Warum ich zurückgekommen bin.

Ich eile den Fußweg weiter, der knapp vor der Seaview-Farm wieder auf die Straße stößt, als ich sehe, wie jemand das Tor öffnet. Mit klopfendem Herzen bleibe ich stehen und schaffe es gerade noch, mich in die Hecke zu pressen, die mich hoffentlich ein wenig verdecken wird. Ich kann gerade niemandem begegnen, der von da kommt. Es ist ein junger Mann auf einem Fahrrad – groß, breitschultrig, mit langen Beinen –, und im ersten Moment denke ich … denke ich …

Meine Gedanken rotieren, wirbeln wild durcheinander. Ich habe Mühe zu atmen, habe Mühe zu begreifen. Er ist zu jung. Er sieht genauso alt aus wie damals … vor fünfzehn Jahren. Dann dreht er sich in meine Richtung um … verdammt. Ich schiebe mich tiefer ins Gebüsch, und mir wird klar, dass er es nicht ist. Natürlich ist er es nicht.

Allerdings kenne ich diesen Jungen. Und plötzlich ist alles ganz logisch. Warum ich mich an meinem ersten Abend so zu Eddie, dem Barkeeper, hingezogen fühlte. Wieso er mir so seltsam vertraut vorkam. Warum ich völlig den Verstand verlor und versuchte, ihn zu verführen.

Es ist sein Bruder. Sein kleiner Bruder.

# FRANCESCA

Der heutige Tag wird ein Triumph.

Es ist der Tag unseres Mittsommerfestes – der glanzvollen Krönung unseres Eröffnungswochenendes. Und es wird perfekt.

Ich spaziere zu den Fenstern rüber, reiße sie schwungvoll auf und nehme ein Bad in der Wärme, im Sonnenlicht. Die heiße, von Meersalz und Blütenduft geschwängerte Luft strömt herein. Ganz ehrlich, könnte man sie in Flaschen abfüllen, würde man ein Vermögen machen. Vielleicht sollte ich mir das tatsächlich einmal genauer anschauen – als nächstes Level unserer Wellness-Linie.

Unter mir beobachte ich die Angestellten dabei, wie sie über den Rasen wuseln, Pfosten für die Hängelaternen in den Boden rammen, die Bühne für die musikalische Untermalung aufbauen, den Feuertisch für den Spießbraten an seinen Platz tragen, die drei langen Festtafeln ein paar Meter vom Klippenrand entfernt aufstellen. Auf diesen wird in Kürze die Tischdekoration arrangiert werden – die Frau, die sie entworfen hat (Motto: »Mittsommer-Füllhorn«), ist ein wahres Genie. Sie redet nicht gern über ihre anderen Kunden, weil sie so herrlich diskret ist, aber sagen wir einfach, dass ihr beim Brainstorming zu meiner Vision versehentlich die Namen »Clooney« und »Comer See« entschlüpft sind.

Ich verspüre ein vorfreudiges Kribbeln, als ich mir die Aussicht vorstelle, die meine Gäste haben werden, wenn sie sich zum Fest begeben: die hinter den Meereswogen versinkende Sonne und die atemberaubende Kalksteinformation der Giant's Hand. Ich habe hier etwas wirklich Einzigartiges erschaffen. Ich habe die Schatten der Vergangenheit abgeworfen und eine neue Zukunft für mich und diesen Ort manifestiert.

Und da kommen auch schon meine Weidenskulpturen, auf den breiten Schultern der Jungs vom Gärtnerteam. Sie stellen mein Glanzstück dar und werden eine herrlich verwunschene Waldgeisterkulisse abgeben, durch die meine Gäste schlendern können, während sie an ihrem hochklassigen Cider nippen und den einsetzenden Klängen der Musik lauschen.

Das Treiben unter mir wird von der Morgensonne in goldenes Licht getaucht – eine Szenerie von solcher Perfektion, dass sie fast schon unwirklich anmutet. Der Inbegriff von *Pagan Chic*. Ich war schon immer gut darin, bleibende Erfahrungen zu inszenieren und Partys zu veranstalten. Tatsächlich haben wir hier als Teenager einige geschmissen. Natürlich lief es damals ein bisschen anders ab. Es gab einen Grill, Lautsprecher, den Pool. Ein bisschen pubertäres Herumgealbere. Aber die Grundprinzipien sind die gleichen.

Anstelle von Alkopops gibt es heute erstklassigen Cider, anstelle der Grillwürstchen hochwertigen Spießbraten (von Schweinen, denen sie Bach vorspielen und die sie mit handverlesenen Eicheln füttern), und anstelle des blechernen Gescheppers aus meinen tragbaren Lautsprechern werden wir unsere eigenen Live-Acts haben. Was das Line-up angeht, haben wir uns sehr bedeckt gehalten – um zu verhindern, dass irgendjemand die Presse informiert, aber auch, weil das Manor nicht mit solchen Dingen prahlt –, aber heute Abend werden einige vielversprechende Newcomer auftreten, von denen man erwarten darf, sie bald auch auf einer der Glastonbury-Hauptbühnen spielen zu sehen. Alle haben förmlich darum gebettelt, dabei sein zu dürfen!

Wir werden es so was von auf die Condé-Nast-Hotlist schaffen. Nein, mehr als das: Wir werden sie sprengen, die Konkurrenz unter unserem Erfolg zu Staub zermalmen …

Ich bin einfach so aufgeregt.

Und dabei überraschend ruhig. Aber vielleicht ist es gar nicht so überraschend, wenn man bedenkt, wie sehr ich all die Jahre an mir gearbeitet habe. Einst hätte ich zugelassen, dass meine Wut über das, was ich letzte Nacht im Weinlager mitansehen musste, mich mit sich reißt und mein Urteilsvermögen trübt. Doch heute weiß ich, dass es bei solchen Dingen weitaus besser ist, einen klaren Kopf zu behalten.

Die schlichte Wahrheit ist, dass ich sie im Moment beide benötige: Owen wegen seiner Arbeit am Baumhausprojekt und Michelle wegen der Vorbereitungen für heute Abend. Ich brauche ihren Eifer und ihre Detailversessenheit. Dennoch ist diese ganze Angelegenheit so enttäuschend. Und ich hasse es nun mal, wenn Menschen mich enttäuschen.

Na ja, egal. Zumindest heute wird nichts und niemand meinen Merkur aus seiner Bahn bringen. Ich schließe die Augen, um die herrliche Wärme des neuen Tages intensiver auf meinem Gesicht zu spüren. Es ist aber auch heiß. Hoffentlich wird es nicht sehr viel heißer. Wie als Reaktion auf diesen Gedanken spüre ich, wie die Hitze tatsächlich etwas nachlässt. Das rosarote Leuchten hinter meinen Augenlidern wird schwächer. Ist das tatsächlich mein Werk?

Ich öffne die Augen. Ein Schatten hat sich vor die Sonne geschoben. Ein paar der Angestellten unter mir zeigen zum Himmel hoch.

Ich hebe den Blick. Riesige schwarze Gewitterwolken sind über uns aufgetaucht. Das ist nicht möglich. Heute soll es absolut klar bleiben. Nirgendwo – weder in der Wettervorhersage noch in meiner Manifestation – war ein Gewitter vorgesehen. Ich starre zu den Wolken hoch und versuche sie kraft meiner Gedanken aufzulösen.

Aber die Art, wie sie sich bewegen, ihre Form verändern … Das sind keine gewöhnlichen Wolken. Ich schirme meine Augen ab und spähe hinauf. Und da erst erkenne ich – das sind … Vögel.

Sie verdunkeln den Himmel. Tilgen das Sonnenlicht. Erfüllen die Luft. Schwarze wimmelnde Schwärme. Sie sind überall, wohin ich auch sehe – in stetigen Wellen kommen neue hinzu. Ihre Flügelspitzen streifen einander, während sie in kreisenden Bögen hinabsinken, sich auf dem Rasen niederlassen, bis aufgrund der schieren Masse schwarzer Körper kaum noch ein Fleckchen Gras zu sehen ist. Auch die Tische, die Stuhllehnen und die Weidenskulpturen bleiben nicht verschont. Sie sehen aus wie ein gewaltiger Ölteppich. Erst jetzt erreicht mich die Geräuschkulisse: das Flattern und Krächzen, das sich zu einem ohrenbetäubenden Krach steigert. Plötzlich kann ich nicht einmal mehr meine eigenen Gedanken hören. Gerade als ich das Fenster schließe, um den Lärm auszusperren, fliegt einer der Vögel direkt auf das Glas zu, knallt dumpf gegen die Scheibe und prallt von ihr ab. Ein leiser Schrei entfährt mir.

Ich taste nach meinem Handy – ich brauche Michelle … Sie muss das regeln, jetzt. Ich hacke auf ihren Namen auf dem Display ein, halte das Handy an mein Ohr und warte darauf, dass sie abnimmt. Aber sie geht nicht ran. Warum geht sie nicht ran?

Selbstverständlich bin ich für ein harmonisches Verhältnis zur Natur, aber das hier geht zu weit. Das hier fühlt sich kein bisschen natürlich an. Eher wie etwas Persönliches. Wie eine Heimsuchung.

## BELLA

Sein Bruder. Jakes Bruder. Eddie an diesem Ort zu sehen, hat mir einen Schub verpasst. Ein neuerliches Bewusstsein von Dringlichkeit. Eine Erinnerung daran, was verloren gegangen ist. Was sie sich genommen hat.

Als ich auf die Tore des Manors zumarschiere, nehme ich ein Geräusch hinter mir wahr: das tiefe Brummen schwerer Motoren. Ich drehe mich um und sehe einen gelben Bagger und einen weißen Van, die in dieselbe Richtung unterwegs sind. Sie müssen wegen der Bauarbeiten am Waldrand hier sein – dem Grund für den satten Rabatt, den ich für meinen Aufenthalt bekommen habe.

Während ich so dastehe und zusehe, wie sie sich nähern, kommt mir eine Idee. Sie ist so unfassbar dreist wie simpel, dass es sich anfühlt, als ob es so vorbestimmt war. Mein Herz hämmert wie verrückt.

Ich klappe das Tagebuch auf. Mit zitternden Händen blättere ich zu der mit Kuli gezeichneten Karte auf der letzten Seite, um mich zu vergewissern. Dann drehe ich mich um, gehe auf den Bagger zu und hebe eine Hand, damit sie anhalten.

Ein X markiert die Stelle.

## EDDIE

»Ich meine, das ist schon irgendwie unheimlich«, sagt Ruby, als wir dabei zusehen, wie sich Hunderte – oder Tausende? – Vögel auf dem Rasen scharen. Das Gras ist vor lauter Schwarz kaum noch zu sehen. Ruby, ich und ein paar der anderen wurden herbeordert, um uns darum zu kümmern. »Hast du so etwas schon mal gesehen?«

Ich schüttle den Kopf: Nein. Ich weiß, was sie meint – das ist *echt* unheimlich. Die Viecher sehen aus wie eine *Game of Thrones*-Armee, die sich vor der Schlacht versammelt.

»Eds, alles okay bei dir?« Ruby mustert mich.

»Ja.« Ich muss an die Szene im Wald letzte Nacht denken. An den Umhang und die Maske, die ich zu Hause gefunden habe. Mein eigener Vater – einer von ihnen. Und jetzt diese Vögel, die sich so widernatürlich verhalten ... Aber nichts davon kann ich Ruby gegenüber erwähnen, also sage ich stattdessen: »Gibt es da nicht diesen Film, in dem die Vögel anfangen, Menschen anzufallen? Der ist total berühmt. Alt, aber berühmt. Mir fällt nur der Name nicht ein.«

»Eddie, der heißt *Die Vögel*«, sagt Ruby, wobei sie ein bisschen die Augen verdreht. »Aber die ursprüngliche Kurzgeschichte ist viel besser.« Ich nicke, als wüsste ich, wovon sie spricht. In Rubys Gegenwart komme ich mir immer ein bisschen blöd vor. »Na ja, wie auch immer«, sagt sie, »bringen wir es hinter uns.«

Gemeinsam betreten wir den Rasen. Wir versuchen es mit Schreien und Händeklatschen, aber die Viecher scheinen kein bisschen Angst vor uns zu haben. Sie weichen kaum aus, während wir zwischen ihnen hindurchgehen. Etwas an der Art und Weise, wie sie uns beäugen, behagt mir überhaupt nicht. Sie haben scharfe Schnäbel und Krallen. Ich frage mich, wie dieser Film wohl ausgeht.

Wie aus dem Nichts ertönt ein lauter Knall, und wir zucken beide erschrocken zusammen. Francesca Meadows kommt durch den Haupteingang des Manors gestürmt. Das offene Haar fällt ihr wild über den Rücken, und sie hat ein langes Seidenkleid an, bei dem es sich womöglich auch um ein superelegantes Nachthemd handelt, denn es ist ganz hell, wie ihre Haut, und man sieht alles durch, auch wenn ich mir echt große Mühe gebe, nicht hinzuglotzen (ich glaube nicht, dass es professionell ist, die Nippel seiner Chefin auszuchecken). Sie ist außerdem barfuß.

Ich sehe zu Ruby hinüber, und ihre Lippen formen ein stummes: *What the fuck?* Ein Teil von mir will loskichern, aber ein anderer Teil ist völlig verstört, weil das alles so schräg ist. Die Nachtvögel können das hier unmöglich eingefädelt haben … oder? Das wäre dann schon echte schwarze Magie oder so was.

Wir verfolgen, wie Francesca Meadows in die Mitte des Schwarms stürmt und beginnt, wild mit den Armen herumzufuchteln, um die Tiere zu verscheuchen. Es scheint sie nicht zu kümmern, dass der Saum ihres Kleides über den Boden schleift und, genau wie ihre nackten Sohlen, komplett von der grünen Vogelkacke eingesaut wird. Grüppchen gefiederter schwarzer Körper erheben sich immer wieder in die Luft und umkreisen sie wie kleine Tornados, nur um sich gleich wieder auf dem Boden niederzulassen. Sie stößt einen zornigen Schrei aus, der sich mit dem Kreischen der Vögel vermischt. Sie tritt nach ihnen und greift sie dann mit bloßen Händen an – fast schon, als wollte sie sie aus der Luft pflücken. Mich überkommt das hässliche Gefühl, dass sie, sollte sie einen zu fassen bekommen, ihn womöglich in Stücke reißen würde.

»Oh mein Gott«, flüstert Ruby fast schon ehrfürchtig. »Jetzt ist sie komplett ausgerastet. Ich wusste doch, dass diese klebrige Yoga-Prinzessinnen-Nummer nur Show war …« Sie verstummt, als Francesca Meadows den Kopf zu uns dreht. Schaumige Speichelfäden ziehen sich von ihrem Mund über ihren Kiefer. Einer der Vögel muss sie mit der Kralle erwischt haben, denn über der einen Augenbraue ist Blut. Unter ihren Achseln sind dunkle Schweißflecke auf ihrem Seidennachthemd zu sehen. Sie ringt sichtlich nach Luft.

Ruby und ich stehen wie festgefroren an Ort und Stelle. Dann dreht sie sich ganz herum, und es folgt ein kurzer Moment, in dem wir uns bloß gegenseitig anstarren.

Ruby verpasst mir einen Knuff in die Seite, und wir machen uns wieder dran, die Vögel zu verscheuchen, während nur wenige Meter weiter Francesca Meadows sich eine Art irren Kampf mit ihnen liefert.

»Warte mal«, sagt Ruby plötzlich. »Schau. Die fressen doch etwas, oder?« Sie macht einen Schritt nach vorne und geht in die Hocke, um besser zu sehen. »Ja! Ich glaube, das ist Vogelfutter.« Sie bückt sich und schnappt sich eine Handvoll Samen und Körner, um sie mir zu zeigen. »Jemand hat das hier verstreut. Auf dem ganzen Rasen. Holy Shit … deswegen sind sie hier. Das ist keine komische Laune der Natur.«

Erneut muss ich an die verhüllten Gestalten im Wald denken.

Die versteckte Vogelmaske bei uns zu Hause.

Jemand hat diese ganze Sache geplant.

## OWEN

Ich klaube meinen Tabakvorrat aus der Mauer und zünde ein Streichholz an. Noch immer genieße ich das Gefühl genauso wie der Junge damals – dieses Gefühl von Kontrolle, wenn man eine Flamme aus dem Nichts heraufbeschwört. Genauso wie damals, kurz bevor mein Dad und ich Tome für immer den Rücken kehrten, als ich das Streichholz entzündete und in eine Pfütze Benzin warf, das ich zuvor aus dem Außenbordmotor unseres Fischerbootes abgezapft hatte. Während ich dabei zusah, wie die Flammen in Windeseile an den alten Balken emporleckten, um dann auf das alte Strohdach des Crow's Nest überzugreifen, das unter einem sprühenden Funkenregen in einem gewaltigen Feuer aufging. Der Pub war das Herzstück des Ortes. Dort trafen alle zusammen. Die Menschen, die meine Familie gedemütigt, verurteilt und dann bemitleidet hatten. Von mir aus konnten sie alle verbrennen.

Während ich zusah, erlebte ich etwas vollkommen Neues. Zum ersten Mal in meinem Leben verspürte ich Macht.

Ich nehme noch einen Zug von meiner Selbstgedrehten und mache mich auf den Weg in den Wald. Plötzlich scheinen da überall Vögel zu sein. Ich sehe, wie sie sich von den obersten Ästen der Baumkronen erheben, um sich denen anzuschließen, die bereits den Himmel bevölkern. Es ist, als wären hier böse Mächte am Werk. Herrgott noch mal. Ich bin kein abergläubischer Mensch. Bei meinem Vater war das anders, was der Grund ist, warum ich es nicht bin. Meinem Vater – möge seine geplagte Seele in Frieden ruhen – hätte das hier überhaupt nicht gefallen. Er hätte es für ein böses Omen gehalten.

Unter dem ohrenbetäubenden Geschnatter der Vögel nehme ich noch ein weiteres Geräusch wahr. Ich bleibe auf dem Kiespfad stehen und lausche. Ich könnte schwören, dass ich das Brummen schwerer Maschinen aus den Tiefen des Waldes höre: das Knirschen und Malmen von Baggerarbeiten. Aber das kann nicht sein. Die Aushubarbeiten sollen erst am Abend beginnen. Die wissen ja noch nicht einmal, wo sie graben sollen.

Und doch legen die Geräusche das Gegenteil nahe. Ich laufe los. Während ich den gewundenen Pfad entlangeile, der im Zickzack zwischen den Woodland-Hutches verläuft, wächst mein Drang zu erfahren, was da los ist.

Und als ich dann auf die Lichtung gestürmt komme, sehe ich tatsächlich, wie der Gelenkarm des Baggers sich mit einer vollen Ladung Erde in die Höhe hebt.

Was zum Teufel?

Sie haben tatsächlich schon angefangen. Und sie haben es nicht nur ohne meine Erlaubnis getan, nein, sie haben auch noch an der falschen Stelle losgelegt, gut dreißig Meter entfernt von dem eigentlichen Bauplatz. Jetzt sprinte ich los, rudere mit den Armen über dem Kopf und brülle, um ihre Aufmerksamkeit zu erregen, aber ich stelle fest, dass sowohl der Mann am Boden als auch der im Führerhaus mir den

Rücken zuwenden und sie sich auf ihre Arbeit konzentrieren. Als ich noch näher komme, erkenne ich, dass sich bereits ein großes Loch im Grund befindet. Der metallene Kiefer erhebt sich erneut aus der Grube, um einen großen Batzen Erde und Gras auszuspucken.

Ich gestikuliere wie wild, doch der Mann auf dem Fahrersitz sieht mich immer noch nicht. Er kippt die Ladung auf den wachsenden Erdhaufen neben dem Bagger und bedient dann die Steuerung, um die Schaufel erneut in das Erdreich zu versenken.

Endlich scheint der Mann am Boden meine Rufe zu hören, denn er dreht sich um und schaut in meine Richtung, während ich auf ihn zuhaste. Da gibt er dem Mann im Führerhaus ein Zeichen. Endlich hält auch der Bagger inne.

»Was zum Teufel machen Sie da?«, brülle ich. »Sie hätten noch gar nicht anfangen sollen! Herrgott noch mal, Sie graben noch nicht mal an der richtigen Stelle! Was zur Hölle ist hier los?«

»Die Chefin hat schon mit uns gesprochen«, erwidert der Typ abwehrend.

»*Ich* bin der Chef!«, schreie ich.

»Sie hat gesagt, sie wäre die Besitzerin.«

»Francesca hat Ihnen gesagt, Sie sollen anfangen?«

»Ja, genau!«, erwidert er eifrig. »Francesca Meadows. So hat sie sich vorgestellt. Die Chefin.«

Ich bin wie benommen. Francesca liegt noch im Bett. Zumindest bin ich mir da recht sicher … aber das wäre ja nicht das erste Mal, dass sie sich ohne Erklärung davonschleicht.

»Sie hat uns gebeten, hier mit den Aushebungen zu beginnen. Stimmt doch, oder?«, ruft er dem Mann im Führerhaus zu, der sich herausbeugt und zur Bestätigung nickt.

»Ja. Sie meinte, wir sollten loslegen, und hat uns alles ganz genau gezeigt.«

Ich starre auf das Loch im Boden. »Aber das ist die komplett falsche Stelle. Dort drüben sollte gegraben werden ... dort, wo die Bäume gefällt wurden. Sind Sie sich sicher, dass sie das gesagt hat?«

»So sicher wie das Amen in der Kirche.« Der Mann am Boden verschränkt die Arme. »Sie schien genau zu wissen, was sie wollte. Ja, sie hatte sogar so eine Art Karte bei sich.«

Das ist alles mehr als schräg. Ich habe keine Ahnung, was hier gerade abgeht, aber es gefällt mir ganz und gar nicht.

»Hören Sie, ich muss erst mal telefonieren.« Ich deute in Richtung des Baggers. »Machen Sie das verdammte Ding aus. Alle Arbeiten werden eingestellt, bis ich grünes Licht gebe, kapiert?«

Sie schauen einander an, zucken mit den Schultern und nicken. »Ganz wie Sie wünschen, Chef«, sagt der Mann am Boden.

Womöglich ist es keine allzu große Katastrophe. Sie haben zwar ein bisschen Chaos angerichtet, aber das war's dann auch. Nichts, was sich nicht wieder zuschütten ließe. Bloß bescheuerte Zeitverschwendung. Aber das ist es nicht, was mir zu schaffen macht, sondern die merkwürdigen Umstände.

Ich versuche, Francesca zu erreichen, aber ich habe hier im Wald kaum Empfang. Also gehe ich ein Stück Richtung Hauptgebäude zurück, bis ein paar Balken auf meinem Display auftauchen, trotzdem meldet sie sich nicht. Ich rufe meine Tracking-App auf und warte, bis der kleine blinkende Punkt erscheint. Da ist sie ja – draußen, auf dem Rasen vor dem Manor.

Ich haste zu den Arbeitern zurück.

»Wie sah sie aus?«, frage ich. »Die Frau, die mit Ihnen gesprochen hat?«

»Ähm …« Sie schauen einander an, wechseln ein Grinsen. Sie fanden sie also attraktiv. Der Erste räuspert sich. »Blond, so Mitte dreißig.«

Ich kehre wieder ein Stück Richtung Hauptgebäude zurück und versuche es erneut. Immer noch keine Antwort. Ich lege auf. Ich muss wohl zu ihr gehen und mit ihr reden.

Doch da kommt einer der beiden Typen mit großen Schritten auf mich zu. »Chef«, beginnt er beinahe schon entschuldigend. »Da ist etwas. Da, wo wir gegraben haben. Vielleicht wollen Sie kurz mitkommen und einen Blick darauf werfen.«

Herrgott, denke ich. Was ist denn jetzt schon wieder?

Ich kehre mit ihm zwischen die Bäume zurück und spähe in die Grube. Erst kann ich nichts erkennen – nur Geröll, abgebrochenes Wurzelwerk, Steine und Erde. Doch da sticht mir eine Farbe ins Auge, die nicht in die Umgebung passt: ein Streifen kräftiges Blau. Ich gehe in die Hocke, um besser zu sehen. Das ist eine Plastikplane, stelle ich fest. Und sie sieht aus, als wäre sie dazu verwendet worden, etwas einzuwickeln – etwas recht Großes, das noch immer unter der Erde verborgen ist.

Ich stehe wieder auf und versuche, mein plötzliches Unbehagen einzuordnen. Das ist nur ein bisschen Plastik. Womöglich ist es überhaupt nichts. Und doch gefällt es mir ganz und gar nicht. Ich spüre ein Kribbeln in meinem Nacken. Eine instinkthafte Angst. Denn mit einem Mal bin ich mir absolut sicher: Was auch immer sich da unten befindet, es ist nicht nichts.

*Der Tag nach der Sonnenwende*

## DETECTIVE INSPECTOR WALKER

Detective Inspector Walker bespricht sich gerade mit der Feuerwehr, um sich zu vergewissern, dass im Herrenhaus keine weiteren Opfer gefunden wurden, als sich ein uniformierter Beamter nähert. »Chef, wir sind im Wald gerade noch auf etwas anderes gestoßen. Ich glaube, das werden Sie sich anschauen wollen.«

Walker überlässt Heyer die Aufsicht über das Geschehen vor Ort. Er und Fielding folgen dem Kollegen einen gekiesten Pfad entlang, der sich zwischen einem Haufen Holzhütten in den Wald schlängelt.

»Dadrin haben sie die Gäste untergebracht«, erklärt Fielding und nickt in Richtung der Hütten. »Sehen aus wie aufgemotzte Kaninchenställe, oder? Fünfhundert Kröten die Nacht.« Er zieht ein gequältes Gesicht. »Meine bessere Hälfte wollte, dass ich uns zu unserem zehnten Jahrestag eine buche. Da steig ich doch lieber im Premier Inn ab. Und wenn ich ein Bad im Freien nehmen möchte, dann kann ich mir auch eine Wanne in den Garten stellen ...«

Walker hört kaum zu. Er ist in die Betrachtung der Bäume versunken. Er horcht erst wieder auf, als er Fielding sagen hört: »Schon komisch, die Vorstellung ...«

»Was denn?«

»Na, kein Mensch wird jetzt noch hier übernachten, oder? Nie wieder. Dürfte wohl so etwas wie ein Rekord sein. Ein Hotel, das nur ein Wochenende geöffnet hatte.«

Jetzt haben sie den Wald beinahe erreicht. Fielding wirft Walker stirnrunzelnd einen Blick zu. »Ist Ihnen kalt?« Er muss Walkers unwillkürliches Frösteln bemerkt haben.

»Alles gut«, erwidert Walker. »Ich glaube, hier ist es einfach kühler. Muss an den Schatten der Bäume liegen.«

»Ihnen ist vielleicht kühl. Ich schwitze wie Boris Johnson bei einem Vaterschaftstest. Aber immerhin ist es nicht mehr so heiß wie gestern. Das war ja nicht mehr normal. Total unnatürlich.«

Plötzlich biegen sich die Äste der Bäume vor ihnen, und etwa fünfzig schwarze Vögel schießen unter boshaftem Gekrächze in die Luft.

»Oh Gott!« Diesmal gelingt es Walker, sein Schaudern zu unterdrücken.

»Es gibt zig Legenden, die sich um diesen Ort ranken«, erklärt Fielding, als sie den Wald betreten. »Für einen Londoner muss es sich wie totaler Stuss anhören. Aber Sie müssen schon zugeben, dass hier eine ganz eigene Atmosphäre herrscht.«

»Ja«, sagt Walker, »da gebe ich Ihnen durchaus recht.«

Bald schon passieren sie eine Lichtung, auf der erst vor Kurzem mehrere Bäume gefällt wurden. Die Schnittflächen der Stümpfe sind noch ganz frisch. Etwa fünfzig Meter vor ihnen steht ein Grüppchen von Polizisten, die gerade ein leuchtend gelbes Flatterband aufspannen. Innerhalb des abgesperrten Bereiches kann Walker lediglich einen dunklen Schatten auf dem Boden ausmachen. Als sie näher kommen, erkennt er, dass es sich dabei um ein Loch in der Erde handelt, in dem eine weitere Vertiefung ausgehoben wurde. Die Länge und Breite der rechteckigen Grube legt nur eine Deutung nahe.

Unwillkürlich fällt ihm das Atmen etwas schwerer.

»Na, dann wollen wir mal«, sagt Fielding und beschleunigt sein Tempo.

Ein paar Schritte weiter, und Walker kann nun vollends das zerklüftete dunkle Loch sehen, das wohl von den Klauen eines großen Baggers in die Erde gerissen wurde. Die uniformierten Kollegen machen den Ermittlern Platz.

Und obwohl er halbwegs darauf vorbereitet ist, was ihn im Inneren der Grube erwartet, holt er noch einmal tief Luft, während er näher tritt.

Der kräftige Duft frisch umgegrabener Erde schlägt ihm entgegen – der Geruch einer verborgenen Geschichte, die gerade erst ans Tageslicht befördert wurde.

*Sonnenwende*

## FRANCESCA

Wie mich diese Vögel mit ihren glänzenden schwarzen Augen anstarren. Böswillig. Wissend. Als könnten sie auf den Grund meiner Seele blicken. Ich muss an das Bild in der steinernen Schale denken, an Grandpas Geschwätz kurz vor seinem Ende ... Ich hebe eine Hand an meine brennende Wange und sehe Blut auf meinen Fingerspitzen. Ich spüre Angst durch meinen Körper sickern.

Dann sehe ich Ruby, das Mädchen vom Empfang, wie sie mit der Hand etwas vom Boden auffegt und wieder durch die Finger rieseln lässt. Ich senke meinen Blick, betrachte nun das Gras, wo ich zuvor nur Vögel und den Nebel meiner eigenen Angst gesehen habe, und entdecke die auf dem Boden verstreuten Samen. Auf der Stelle verwandelt sich mein Entsetzen in rasende Wut.

Jemand versucht, mich und alles, was ich erschaffen habe, zu sabotieren. Es ist Sparrow, da bin ich mir sicher.

»Michelle«, keuche ich an Ruby gewandt. »Geh los und hol Michelle. Jetzt.«

Ein paar Minuten später taucht sie auch schon auf – ärgerlicherweise völlig makellos in ihrer weißen Bluse, jede ihrer billigen Strähnchen an Ort und Stelle.

»Francesca«, sagt sie besorgt und mustert mich rasch von Kopf bis Fuß. »Ist … ist alles in Ordnung?« Sie zeigt auf meine Stirn. »Du … äh, du hast da eine Kleinigkeit.«

»Die Vögel«, zische ich. »Ich muss sie loswerden. Sofort.«

»Natürlich«, antwortet sie. »Wie du siehst, geben die Mitarbeiter ihr Bestes …«

Ich mustere ihre selbstgefällige, gewöhnliche Visage. Widerlich. Wie konnte er nur? Wut durchströmt mich.

»Herrgott noch mal, du dämliche Kuh!«, schreie ich. »Das reicht nicht! Ich brauche hier *jeden* Mitarbeiter. Ich möchte nämlich, dass jeder einzelne dieser Drecksvögel verschwindet. Erledigt denn hier niemand seinen Job richtig?«

Es herrscht fassungsloses Schweigen. Ich spüre, wie das Personal mich beobachtet. Gleichzeitig habe ich das seltsame Gefühl, über mir zu schweben, mich selbst zu beobachten. Doch allmählich lichtet sich der Nebel. Das ist nicht Francesca Meadows. Francesca Meadows drückt sich niemals so aus – nicht einmal in ihrem eigenen Kopf. Es ist, als hätte Francesca die Kontrolle verloren, und jemand anderes hätte kurzzeitig die Kontrolle übernommen.

Ich atme lang und tief ein. Atme lang und tief wieder aus.

»Du meine Güte«, sage ich heiter. »Ich glaube, ich brauche eine kleine Auszeit. Der ganze Druck des heutigen Tages setzt mir wohl zu. Das hat nichts mit dir zu tun, Michelle!« Für gewöhnlich entschuldige ich mich nicht, weil mir jemand mal gesagt hat, dass dies immer einem Schuldeingeständnis gleichkäme und es gefährlich sei, sich in diese Position zu begeben.

»Überlass das alles mir, Francesca«, antwortet Michelle ruhig. »Ich erledige das.«

Mein Gott, sie ist so tüchtig. Fast wünschte ich, ich könnte sie behalten.

# OWEN

Schweigend graben wir weiter.

Es ist uns gelungen, den Großteil der Erde zu entfernen. Einer der Typen hat sich in die Grube hinabgelassen, wo er Schaufel um Schaufel abträgt. Nach und nach kommt immer mehr von der Plastikplane zum Vorschein, deren intensives Blau in harschem Kontrast zu den düsteren Schatten der Bäume steht.

Wir arbeiten uns nur langsam voran, aber mittlerweile ist eine Form zu erkennen. Groß und lang. Eine Wölbung zeichnet sich darin ab. Ein gewisses Wort will sich mir immer wieder ins Bewusstsein drängen. Aber ich dränge es zurück. Es gibt keinen Grund für irgendwelche voreiligen, völlig aberwitzigen Schlüsse …

Da fällt mein Blick auf einen kleinen Riss im Material, der etwas Glattes, Gräulich-Weißes zum Vorschein bringt.

In diesem Moment lasse ich die Ahnung zu, die in meinem Kopf bereits Gestalt angenommen hat.

»Ab hier übernehme ich«, verkünde ich.

Ich bezahle die Männer und weise sie an, den Bagger hierzulassen und morgen wiederzukommen. Ich versuche, so zu tun, als sei das keine große Sache. Sie haben ihren Lohn zwar schon bekommen, aber ich bezahle ihnen noch mal mehr, bar auf die Hand. Einen deutlichen Batzen mehr. Beide werfen sie einen letzten Blick in die Grube, aber im Grunde scheinen sie nur allzu glücklich, sich aus dem Staub machen zu können.

Die restliche Arbeit erledige ich allein. Endlich ist die Plane von den letzten Erdresten befreit. Ich hole tief Luft, dann, mit ungeschickten Fingern, beuge ich mich vor und löse die Seile, welche die Plane zusammenhalten. Das ganze Ding fällt überraschend leicht auseinander, als hätte es schon seit Langem nur darauf gewartet, sein Geheimnis preiszugeben.

Gottverdammte Scheiße.

Ich kann meine Augen nicht losreißen. Der Anblick ist so vertraut – der Stoff, aus dem Halloweenkostüme und Horrorfilme sind. Und doch glaube ich nicht, dass ich je zuvor ein vollständiges menschliches Skelett gesehen habe.

Seltsam, die Vorstellung – dass das alles ist, was sich unter unserer Haut befindet.

*Der Abend der Feier*

## BELLA

Draußen ist aufgeregtes Stimmengewirr zu hören. Ich spähe aus dem Fenster und sehe die anderen Gäste in ihren weißen Outfits die Woodland-Hutches verlassen, um sich zu den abendlichen Feierlichkeiten zu begeben. Im satten goldenen Licht gleichen sie Geistern, die sich aus den Bäumen lösen. Aus der anderen Richtung, vom Rasen her, schweben Klänge von Musik herüber. Auch ich muss raus.

Die letzten Stunden habe ich mich in die stickige Enge meiner Hütte verkrochen. Mir war ganz elend wegen dem, was ich in Bewegung gesetzt habe. Zitternd vor Anspannung, darauf wartend, dass etwas passiert: ein Aufruhr, Sirenen oder Blaulicht vielleicht. Ich hatte das Gefühl, in der Nähe bleiben zu müssen, konnte mich aber nicht überwinden, mich dem Ort zu nähern.

Aber bisher ... nichts dergleichen. War es die falsche Stelle? Nein, ich bin mir sicher, dass es dort war.

Während ich in ein weißes Leinenetuikleid von Toteme schlüpfe – auch das natürlich eine Leihgabe –, muss ich daran zurückdenken, wie ich mich für eine andere Party fertigmachte. Für einen Moment erscheint mir das Mädchen, das ich einst war, so nah, dass es sich anfühlt, als könnte ich mich durch die Zeit hindurch zu ihr hinüberlehnen, um ihr etwas ins Ohr zu flüstern. Ich schüttle die Erinnerung ab und setze mir die geflochtene Krone aus Weidenzweigen auf, die ich mir an der Rezeption geholt habe – mit der Behauptung, dass meine ursprüngliche »Waldkrone« leider schon ihre Blätter habe fallen lassen. Prompt ragt auf der Wand vor mir ein grotesker Schatten auf: eine dunkle Gestalt mit einem gigantischen medusenartigen Wirrwarr an der Stelle, wo sich der Kopf befinden sollte. Ich muss mich hin und her drehen, um mich zu vergewissern, dass dieser Schatten wirklich von mir stammt.

Ich schaue in den Spiegel. Unter dem fransigen Grünzeug über meiner Stirn blicken meine Augen dunkel hervor – die Augen eines Raubtiers. Ich sehe absurd aus. Wie die Anhängerin eines heidnischen Kultes, wie eine religiöse Fanatikerin. Auf jeden Fall nicht wie ich selbst. Gut. Denn heute Abend muss ich aus mir selbst heraustreten, muss mehr sein, als ich bin. Ich muss dieses verängstige kleine Mädchen von einst hinter mir lassen. Ich probiere ein Lächeln, nur um die Wirkung zu überprüfen. Es bildet einen schauderhaften Kontrast zu meinen Augen. Ich sehe aus wie ein Mitglied der Manson-Familie auf der Anklagebank. Ich entblöße meine Zähne. Schon besser.

Dann verlasse ich die Hütte und steuere die Bäume dahinter an. Laternen wurden entlang der Pfade entzündet, bunte Wildblumen auf dem hellen Kies verstreut. Ich folge dem Weg, der sich tief in den Wald windet, bis ich den knallgelben Bagger sehe, der still auf der kleinen Lichtung kauert und dessen Klaue wie erstarrt über dem Boden schwebt. Es ist niemand zu sehen. Die ganze Szenerie hat etwas Verlassenes.

Ich gehe weiter, wobei mein Herz in meinem Brustkorb

herumzappelt wie ein Fisch auf dem Trockenen. Die Arbeiter haben definitiv gegraben – ich kann die dunklen Umrisse einer Grube im Boden ausmachen. Als ich noch ein bisschen näher komme, habe ich das Gefühl, an meinem eigenen Atem zu ersticken. Ich verspüre den Drang, mich zu übergeben. Trotzdem zwinge ich mich weiterzugehen. Zwinge mich, an den Rand der Grube zu treten, hineinzusehen und …

Nichts. Sie ist leer. Ich starre in das Loch hinab. Habe ich mich geirrt? Aber ich war mir so sicher. Natürlich ist nach so langer Zeit …

Nein. Da ist etwas. Etwas, das am Grund der Grube liegen geblieben ist – ein silbriges Schimmern, das sich hell von der schwarzen Erde abhebt. Ich lasse mich auf Hände und Knie nieder, um besser zu sehen. Es ist so lange her, aber dieses Accessoire würde ich überall wiedererkennen – so eng ist es mit dem Menschen verbunden, der es einst trug. Ich lege mich auf den Bauch, strecke den Arm, um es herauszufischen, und schaudere, als sich meine Finger um das kalte Metall schließen.

# SOMMERTAGEBUCH

## Der Wohnwagen – Tates Campingplatz

*22. August 2010, 19 Uhr*

Heute Abend ist Frankies Grillparty. Ich habe Jake von der Einladung erzählt. Auch dass ich trotz allem, was passiert ist, das Gefühl habe, ihr diesen letzten Abend schuldig zu sein, nachdem ich praktisch den ganzen Sommer dort verbracht habe. So als Schlussstrich. Danach muss ich sie nie wiedersehen.

Er meinte: Ich an deiner Stelle würde ihr sagen, dass sie sich ihre Party sonst wohin stecken soll. Ich finde nicht, dass du ihr irgendwas schuldest. Doch dann zuckte er mit den Schultern. Aber, hey, wenn es dir wichtig ist, können wir ja kurz vorbeischauen? Dann grinste er. Außerdem wollte ich schon immer mal einen Blick hinter diese Tore werfen. Um zu sehen, wie die oberen Zehntausend so leben.

Ich habe ein bisschen Bammel, Jake mitzunehmen (aber ich möchte definitiv nicht ohne ihn gehen). Ich muss ständig an das denken, was Frankie gesagt hat: über seinen Akzent, seine »billige« silberne Halskette und alles. Wird sie sich über ihn lustig machen? Wird er mir peinlich sein? Werde ich ihn dann weniger mögen? Ich weiß, das klingt total oberflächlich. Aber dafür ist ein Tagebuch doch da, oder?

Als ich vor einer halben Stunde aus dem Duschhaus gekommen bin, stand Cora davor. Ich bekam so einen Schreck, dass ich mein Shampoo fallen ließ. Sie sah irgendwie fertig aus. Hi, ich hab dich gesucht, sagte sie. Können wir reden? Ich dachte, sie würde mich darauf ansprechen, dass ich sie mit Frankies Großvater in der Hütte gesehen hatte. Aber sie sagte nur: Es hat echt Spaß gemacht, mit euch abzuhängen, weißt du? Ich kann gar nicht sagen, wie schön das für mich war. Einfach nur dummes Zeug zu quatschen, sich um nichts einen Kopf zu machen. Ich komme sonst nie dazu, so was zu tun. Das war echt toll, oder?

Ich sagte Ja, auch wenn es für mich nicht immer so toll gewesen war.

Sie fuhr fort: Außerdem brauche ich diese Putzstelle. Hier unten gibt es nicht genug Jobs für alle. Mädchen wie wir bekommen normalerweise keine Chance.

Ich glaube, sie meinte damit mich, als säßen wir im selben Boot.

Dann sagte sie: Ich habe ihr geschrieben und so, aber ich weiß nicht, ob Frankie meine Nachrichten bekommen hat. Könntest du mal mit ihr reden? Das warst doch du, oder? Im Wald?

Scheiße, sie hat mich also gesehen.

Sie sagte: Du weißt, dass da nichts lief, oder? So was würde ich nie tun. Aber ich habe versucht, mit meiner Kunst voranzukommen. Frankie meinte, sie hätte mit ihm gesprochen, aber dann ... Sie zuckte mit den Schultern. Also dachte ich, ich frage mal nach. Und ich schätze mal, so alte Säcke meinen, sie können einen ... na ja, du weißt schon, antatschen – am Arm, am Rücken, am Hintern. Aber mehr war da nicht. Ich schwöre. Das weißt du doch, oder?

Ich nickte, obwohl ich mir nicht wirklich sicher bin.

Aber das eigentlich Verrückte ist, dass es mir egal ist. Auch wenn dieser Moment im Wald erst eine Woche her ist, fühle ich mich wie ein anderer Mensch. Seit der Sache mit Jake, schätze ich. Mein Ich davor kommt mir vor wie ein dummes, eifersüchtiges kleines Mädchen.

Als ich Cora so sah, tat sie mir einfach nur leid. Außerdem hatte ich ein schlechtes Gewissen, weil sie wegen mir ihren Job verloren hatte. Ich habe ihr von den Partyplänen für heute Abend erzählt. Ich meinte, sie könnte ja vielleicht etwas später vorbeischauen, wenn Frankie sich ein bisschen lockergemacht hätte? Sie war so dankbar, dass ich mich gleich noch schlechter fühlte. Dabei bin ich mir nicht sicher, ob es irgendwas gibt, was Frankies Meinung noch ändern kann. Andrerseits, gestern, mit Mum und Dad auf dem Campingplatz, da war sie anders drauf. Also vielleicht doch?

Wie auch immer, Jake kommt mich um acht abholen, und ich gebe mir echt Mühe. Ich habe mein gelbes Satinkleid von Miss Selfridge angezogen. Darunter kann ich keinen BH tragen, deswegen habe ich meine gebleichte Jeansjacke drübergezogen, damit Dad nicht ausflippt. Ich habe mir Mums No.7-Lidschatten-Palette ausgeliehen und mir mit Eyeliner Katzenaugen geschminkt. Ich möchte, dass mein Anblick ihn umhaut.

Und vielleicht können wir ja nur ein Weilchen hingehen? Vielleicht, falls es nicht zu unhöflich ist, können wir uns früher zusammen davonschleichen. Uns auf die Klippen setzen und uns den Supermond anschauen …

Die letzte echte Sommernacht.

## EDDIE

»Das hat definitiv *Midsommar*-Vibes«, sagt Ruby, während sie die Gäste mustert, die mit ihrem Kopfschmuck und den weißen Outfits eingetroffen sind. Ruby und ich geben Champagnergläser mit Cider an die Neuankömmlinge aus, die unter dem Weidenbogen hindurchgehen, um sich zur Partygesellschaft auf dem Rasen zu gesellen.

Es ist so heiß, dass das komplette Eis, mit dem wir die Ciderflaschen kühlen, bereits geschmolzen ist. Innerlich fantasiere ich schon die ganze Zeit davon, mir das eiskalte Schmelzwasser über den Kopf zu kippen.

»Ehrlich, kannst du es fassen, dass sie uns zwingen, diese beschissenen Dinger zu tragen?« Ruby deutet auf ihre Aufmachung: die kleinen Hörner auf dem Kopf und die fließenden grünen Gewänder. Sämtliche Mitarbeiter wurden angehalten, sie anzuziehen. Bei ihr sieht es aus wie Haute Couture. Bei mir mache ich mir vor allem Sorgen, dass man meine Kronjuwelen sehen kann, weil der Stoff ziemlich dünn ist und der Wind ihn immer wieder an meinen Körper drückt. Es erinnert mich an das eine Mal in der Schule, als ich einen der »verlorenen Jungs« in *Peter Pan* spielen und eine viel zu enge Strumpfhose tragen musste. Zumindest für Dad schien es das Witzigste zu sein, was er je gesehen hatte. Das ist mir deswegen in Erinnerung geblieben, weil Dad sonst nie wirklich lacht. Sofort muss ich wieder daran denken, was ich heute früh herausgefunden habe. Dass mein Vater einer der Nachtvögel ist.

»Geht es dir gut?« Ruby sieht mich an. »Eds? Du hast eben so ausgesehen, als wärst du komplett weggetreten.«

Bevor ich antworten kann, kommt ein Pärchen auf uns zu. Die Frau zeigt auf das Tablett mit den Gläsern, das ich in den Händen halte. »Ist da Sulfit drin?«

»Ähm ... das ist Cider«, antworte ich.

Als sie wieder weg sind (sie haben sich beide trotzdem ein Glas genommen), verdreht Ruby die Augen in meine Richtung. »Eddie, das ist nicht die richtige Antwort. Du musst doch sagen: Nein, natürlich würden wir hier niemals irgendwelche fiesen, ordinären Sulfite erlauben.«

»Das kann ich nicht! Was, wenn sie irgendeinen allergischen Schock kriegt?«

»Eds, ich garantiere dir, vor ein paar Jahren hätte sie gefragt, ob es glutenfrei ist. Sulfite sind heute einfach mehr im Trend. Außerdem ... wäre das so eine Tragödie? Einer weniger von diesen Spinnern?« Sie rümpft die Nase. »Weißt du, manchmal denke ich, dass dieser Job echt in Ordnung ist. Die Bezahlung stimmt. Aber dann gibt es wieder Tage, da würde ich am liebsten jemanden zusammenschlagen. Oder gleich den ganzen Laden abfackeln.« Sie hält einen Moment inne. »Aber vielleicht nicht gerade heute Abend. Hast du auch das Gerücht gehört, dass Nick Cave auftritt? Und Wolf Alice. Hey! Hörst du überhaupt zu?«

Ich habe gerade ein Gesicht gesehen, das hier nichts zu suchen hat. »Ja? Entschuldige ... ich dachte nur, ich hätte jemanden gesehen.«

Ich suche die Menge ab, aber er ist spurlos verschwunden. Da sind nur noch mehr Gäste, die eintrudeln und sich in ihren weißen Klamotten auf dem Rasen scharen. Womöglich habe ich es mir ja nur eingebildet. Aber warum bitte sollte ich halluzinieren, dass ausgerechnet Nathan Tate wie ein ausgehungerter Wolf ständig am Rand des Geschehens herumschleicht?

*Der Tag nach der Sonnenwende*

## DETECTIVE INSPECTOR WALKER

Er wappnet sich innerlich, beugt sich vor, um in die Grube zu schauen und … Nichts. Nichts, außer schwarzer Erde.

»Da ist nichts.« Er wendet sich an den uniformierten Beamten, der sie hergeführt hat. »Ich dachte, Sie hätten gesagt, Sie seien auf menschliche Überreste gestoßen.«

Der Beamte nickt. »Ja. Aber die Überreste selbst haben wir ein Stück weiter im Unterholz gefunden. Wenn Sie mir hier entlang folgen würden.«

Walker und Fielding folgen ihm tiefer in den Wald hinein. Sie gehen einige Minuten, wobei die Bäume dunkler werden und die Stämme immer dichter stehen.

»Hier ist es.« Der Kollege deutet zu einer weiteren mit Flatterband abgesperrten Stelle, wo ein Haufen blaues Plastikmaterial liegt, aus dem etwas Blasses, Weißliches hervorschimmert. »Sieht aus, als wäre es hierhergeschleift worden – vielleicht von einem Tier oder so. Aber ich kann mir kein Tier vorstellen, das groß genug dafür wäre.«

Ganz gleich, wie viele Jahre Erfahrung Walker nun schon auf dem Buckel hat, ganz gleich, wie alt der Fall ist, diese direkte Konfrontation mit dem Tod verliert nie ihr Grauen.

Man kann nie wirklich auf den Anblick der Überreste eines Menschen vorbereitet sein.

Dieses wirre Durcheinander von Knochen, eingehüllt in ein jämmerliches Leichentuch aus Plastik, hat etwas so Mitleiderregendes an sich. Das hier war einmal ein Mensch. Mit einem Leben. Mit Angehörigen. Niemand sollte so enden, allein und verlassen, begraben in einem anonymen Waldstück.

Genau das ist der Grund, warum es ihn so zu ungeklärten Fällen zieht – zu den Ungesühnten, den Verschollenen. Genau deshalb lässt er keinen Stein auf dem anderen. Weil jeder Mensch es verdient, ordentlich bestattet zu werden. In Würde von seiner Familie betrauert zu werden.

Und jeder verdient Gerechtigkeit.

*Sonnenwende*

## FRANCESCA

Ich höre das Treiben auf dem Rasen, das Mikrofon, das getestet wird, das Dröhnen der Lautsprecher. Beinahe bin ich bereit für meinen Auftritt. Das ist mein Moment. Ich bin der Moment.

Ich fühle mich schon viel besser. Nun, da diese abscheulichen Vögel verschwunden sind, bin ich ruhiger. Für einen Augenblick war ich auf dem Rasen nicht mehr ich selbst. Aber belassen wir es dabei, ich werde mich nicht damit aufhalten.

Ich habe meine Affirmationen gesprochen. Ich habe mich in eine duftende Wolke Sacred Mist gehüllt. Ich habe Muskatellersalbei auf meinen Pulspunkten verrieben und vier verschiedene Kristalle in den Samtbeutelanhänger an meiner Halskette getan: Rosenquarz, Tigerauge und Selenit für innere Ruhe und Citrin, um negative Energien abzuwehren. Ich habe eine rasche Qigong-Gesichtsmassage durchgeführt. Jetzt fühle ich mich viel geerdeter.

Außerdem habe ich mir fünf Shots Wodka aus dem Notvorrat genehmigt. Ich bewahre ihn in einer Flasche auf, die ursprünglich das Muntermacher-Schönheitswasser aus Drachenfrucht und Rose enthielt, das ich mir von Erewhon in

L.A. bestellt hatte. Wodka ist die reinste unter den Spirituosen und eignet sich daher am besten zum Trinken. Oh, außerdem habe ich damit gleich auch noch ein paar von den Pillen heruntergespült, die ich in meiner alten ayurvedischen Teedose aufbewahre. Manchmal ist es das Wichtigste, sein Gleichgewicht wiederzuerlangen. Wie es einem gelingt, ist dabei nicht unbedingt ausschlaggebend. Ja, ich habe bestimmte Lifestyle-Richtlinien für mich etabliert, aber keine Regeln: Regeln sind gefährlich!

Ich schwebe förmlich die Stufen hinunter und hinaus auf den von Laternen beschienenen Rasen. Die umherschlendernden Gäste bieten dank ihrer Weidenkronen und weißen Gewänder einen herrlichen Anblick. Wie erwartet sehen die Weidenskulpturen einfach nur umwerfend aus. Doch das Beste von allem ist der sagenhafte Weidenbogen, den die Gäste durchschreiten müssen, um sich den Feierlichkeiten anzuschließen, ganz so, als würden sie eine andere Sphäre, ein anderes Reich betreten.

Es ist vielleicht eine *winzige* Spur zu heiß, doch das trägt nur zur generellen Atmosphäre von Jenseitigkeit, von Transzendenz bei. Ich bin mir sicher, dies wird eine Nacht, über die noch viele Jahre lang alle reden werden. Der Moment meines größten Triumphs. Ich habe hier etwas wahrhaft Schönes erschaffen, an diesem Ort, der schon immer meine Zuflucht war …

Ein kleiner, giftiger Gedankenblitz stiehlt sich dazwischen: Sie ist hier, irgendwo. Ein verbitterter Eindringling auf diesem herrlichen Fest. Sorgfältig mustere ich die Gesichter in der Menge. Wo bist du, Sparrow?

Keine Spur von ihr. Da fällt mir etwas ein. Tatsächlich entfährt mir bei der Erkenntnis ein überraschtes Keuchen.

Offenbar laut genug, dass sich ein paar Gäste nach mir umdrehen. Ich habe nach der falschen Person Ausschau gehalten. Obwohl ich dank der Kameraaufnahmen weiß, wie sie heute aussieht – blondes Haar, strenger Pony –, habe ich instinktiv nach einem sechzehnjährigen Mädchen Ausschau gehalten. Einem Mädchen mit langem, über den Rücken fallendem dunklen Haar in einem gelben seidigen Spaghettiträgerkleid. So wie ich sie an jenem letzten Abend gesehen habe.

## BELLA

Ich trete durch den Weidenbogen und bin auf einmal umgeben von tanzenden Hasen und Füchsen, springenden Hirschen, ja, sogar dem einen oder anderen Wildschwein, allesamt aus Weiden geflochten.

Aber in Gedanken bin ich noch immer im Wald, am Rand der dunklen Grube. Also hat sie die Leiche weggeschafft. Natürlich. Ich hätte es wissen müssen. Von ihr hätte ich nichts anderes erwarten dürfen. Auch wenn es ungewöhnlich schlampig von ihr war, etwas zurückzulassen. Mein Fund liegt nun als belastendes Beweisstück sicher verstaut in meiner Tasche.

Doch wo ist sie? Etwas benommen schaue ich mich nach ihr um. Die Angestellten, die allesamt smaragdgrüne, mit Stoffblättern benähte Umhänge und kleine, seltsam realistisch anmutende Hörner tragen, huschen hin und her. Laternen tänzeln wie ein Schwarm Glühwürmchen in der diesigen Abenddämmerung, und vor den Klippen sind drei lange Tafeln aufgebaut, an denen jeweils um die sechzig Gäste Platz finden. Sie quellen über von Arrangements aus grünblättrigen Zweigen, Moos, dicken roten Beeren, üppigen Blumen und langen Spitzkerzen in gläsernen Gefäßen.

Ich schaue nach rechts und sehe eine kleine grün umrankte Bühne aus Holz.

Alles so überaus geschmackvoll, so stilvoll. Dabei ist es fürchterlich heiß. Ich wette, das hat sie nicht eingeplant. Das hier ist alles, nur kein lauer englischer Mittsommerabend. Die Hitze hat etwas von einer Strafe – unnatürlich und zermürbend. Mein Kleid klebt an den Schulterblättern. Überall um mich herum fächeln sich die Gäste mit den weiß gefiederten Fächern, die verteilt werden, Luft zu, doch ihre Gesichter glänzen trotzdem unter einem Schweißfilm. Als ich mich den Tischen nähere, frage ich mich, ob das nur mein Wunschdenken ist oder ob die Blumenarrangements wirklich schon am Welken sind – die Blätter sich einrollen, die Blüten bräunlich anlaufen, die Beeren platzen und ihr Saft austritt.

Ich zucke zusammen, als ein dumpfer Widerhall aus den Lautsprechern ertönt. Und da ist sie auch schon und betritt die Bühne, demonstrativ barfuß und in ein fließendes weißes Gewand gehüllt. Das lange Haar fällt wallend auf den Rücken hinab. Sie sieht aus wie eine heidnische Priesterin. Eindringlich lässt sie den Blick über die Gesichter unter sich wandern und begutachtet die versammelte Menge. Als würde sie nach etwas oder jemandem suchen …

Plötzlich fühle ich mich völlig preisgegeben. Rasch schnappe ich mir ebenfalls einen Fächer aus dem Korb, den ein Kellner neben mir bereithält, und hebe ihn wie ein Schutzschild vor mein Gesicht.

»Ich möchte mich bedanken, dass Ihre Wahl auf uns gefallen ist«, beginnt sie milde lächelnd. »Vielen Dank, dass Sie sich dafür entschieden haben, Ihre kostbare Zeit hier zu verbringen. Denn ich sehe Sie, ich verstehe Sie. Ich weiß, wie sehr Sie sich diese Auszeit verdient haben, um innezuhalten, wieder zu Kräften zu kommen. Ich kann nur erahnen, wie unfassbar hart Sie arbeiten. Wie sehr Sie diese Pause hier benötigen.«

Als würden die Anwesenden hier ausnahmslos für Ärzte ohne Grenzen schuften.

»In diesem Moment spüre ich eine starke Verbundenheit, ja, ein Einssein mit Ihnen allen. Heute Abend sind wir durch etwas wirklich Bedeutsames verbunden.«

Was da wäre? Die Tausende von Pfund, die jeder hier für dieses Privileg hingeblättert hat? Wieder muss ich an die dunkle Grube am Waldrand denken. Mein Magen krampft sich zusammen. Sie und ich – wir sind durch weitaus mehr verbunden.

»Ich bin so stolz auf diesen Ort hier. So stolz darauf, ihn mit Ihnen teilen zu dürfen. Und ebenso stolz bin ich auf die transformative, kreative Vision unseres Architekten. Owen, mein Schatz, auf dich!«

Sie schirmt die Augen gegen das schräg einfallende Abendlicht ab und blickt sich suchend in der Menge um. Ihr Gesicht lächelt weiter, während die ausgedehnte Stille ins Peinliche kippt. Dies ist eindeutig der Moment, in dem Owen Dacre für eine Würdigung auf die Bühne kommen sollte. Doch er ist nirgends zu sehen.

Sie überspielt es elegant. »Zweifelsohne arbeitet er noch hart an den geplanten Baumhäusern. Ich kann es kaum erwarten, sie Ihnen zu präsentieren! Für diesen Herbst sind sie bereits ausgebucht – ach, ihr könnt wohl gar nicht genug von uns bekommen! –, aber ich glaube, nächstes Jahr sind noch einige wenige frei …«

Mehrere Gäste um mich herum kramen ihre Handys hervor und beginnen, hektisch auf sie einzutippen.

Sie strahlt. »Aber jetzt lassen Sie uns erst einmal innehalten, um unserer Dankbarkeit Ausdruck zu verleihen und die reinigende Seeluft einzuatmen.« Sie schließt die Augen und hält das Mikrofon in die Menge, wie um ihren gesammelten Atem damit aufzunehmen. Dann hebt sie die Lider wieder.

»Ich konnte mir für den heutigen Abend eine kleine nostalgische Note nicht verkneifen. Ein nächtliches Festmahl als Hommage an die Mitternachtspicknicks meiner Kindheit und Jugend. An die herrlichen goldenen Stunden, die ich an diesem Ort verbracht habe. Wenn Sie den Gong hören, begeben Sie sich an die Festtafel. In der Zwischenzeit ... amüsieren Sie sich gut und genießen Sie diesen märchenhaften Abend.«

Und wieder ein strahlendes Lächeln. Plötzlich verspüre ich den Drang, auf die Bühne zu stürmen, ihr das Mikrofon aus den Händen zu reißen und sie vor allen Anwesenden mit ihrer Schuld zu konfrontieren. Aber ich weiß, dass das nicht der richtige Weg ist. Vorher muss ich noch etwas anderes erledigen. Ich suche die Menge ab. Da steht er – hinter einer provisorischen, mit Grünpflanzen geschmückten Bar, die förmlich unter der Last der vielen Gläser ächzt. Eddie. Ich kann nicht fassen, dass es mir nicht schon früher aufgefallen ist. Jake war nicht ganz so blond, und sein Körperbau war etwas schmächtiger, aber sie haben doch große Ähnlichkeiten. Ich versuche, mich zu erinnern. Hat er je einen Bruder erwähnt, der damals noch ein Kleinkind gewesen sein muss?

Ich mache gerade Anstalten, zu Eddie zu gehen, als eine als Waldnymphe verkleidete Kellnerin mir mit einem Tablett den Weg versperrt: »Darf ich Ihnen vielleicht einen perlenden Cider anbieten?«

Perlen die nicht alle? »Ähm, ja ... Danke.«

Ich nehme einen winzigen Schluck aus der Champagnerflöte und bereue es sofort. Das Zeug schmeckt komisch – muffig, fast schon faulig. Womöglich liegt es an der brütenden Hitze oder an der Vorliebe von reichen Leuten für Gratisgetränke, aber alle anderen kippen das Zeug runter wie Wasser. Ich beobachte, wie ein Typ einen anderen mit einem Tablett bewaffneten Kellner aufhält und drei Gläser hintereinander runterstürzt. Ein Teil der Flüssigkeit schwappt über sein Kinn und durchnässt die Vorderseite seines Hemdes.

Als ich wieder zur Bar sehe, ist Eddie verschwunden. Dafür entdecke ich in dem ganzen Trubel ein anderes bekanntes Gesicht: Hugo Meadows, der vor einem Grüppchen, das sich um ihn schart, einen Vortrag hält. Seine Hand liegt auf dem Hintern der Frau neben ihm, die bisher die gewagteste Version des heutigen Dresscodes trägt: ein knallenges, bodenlanges Schlauchkleid mit weißem Paillettenbesatz, dessen Glitzern perfekt zu ihrer unfassbar glänzenden dunklen Mähne passt. Derselbe Hugo Meadows, der gestern wie ein mittelalterlicher König am Pool fläzte, arrogant und überheblich wie eh und je. Neben ihm steht – wie eine schräge optische Täuschung – sein Doppelgänger: Oscar Meadows. Als könne er meinen Blick spüren, wendet Oscar stirnrunzelnd den Kopf in meine Richtung, doch da wird seine Aufmerksamkeit von einer Frau abgelenkt, die gerade auf das Grüppchen zutritt. Es ist die Hotelmanagerin – in ihrer seriösen weißen Bluse und dem schwarzen Bleistiftrock sieht sie aus wie die einzige vernünftige Erwachsene unter den Anwesenden. Jetzt, wo ich darüber nachdenke – kommt sie mir nicht auch bekannt vor?

Als ich mich etwas näher heranwage, höre ich sie sagen: »Mr Meadows, Mr Meadows. Mir ist zu Ohren gekommen, dass Sie keine großen Fans unseres Ciders sind. Was für ein Jammer!«

»Ich verstehe wirklich nicht, warum ihr das Zeug serviert«, erwidert Hugo Meadows affektiert. »Schmeckt für mich nach faulen Äpfeln und Pisse. Lass mich raten, das ist vermutlich das, was sich meine Schwester unter rustikalem Chic vorstellt. Was spricht gegen einen anständigen Weißburgunder? Ganz ehrlich, das ist einfach nur peinlich – wir haben einen potenziellen Investor hier, und der ist ebenfalls nicht angetan von dem Zeug.« Er hält inne, um sich die Stirn mit einem Taschentuch abzuwischen, das er aus seiner Brusttasche gezogen hat. »Außerdem ist es bullig heiß. Ich kann bei der Hitze kaum noch gerade denken.« Als hätte die arme Frau irgendeinen Einfluss darauf.

»Nun«, sagt sie mit einem verschwörerischen Kein-Aufwand-ist-zu-groß-Lächeln, »wie wäre es, wenn Sie beide mich zum Weinlager begleiten und sich dort selbst einen feinen Tropfen aussuchen? Außerdem ist es da unten herrlich kühl, falls Sie Erholung von der Hitze brauchen. Wir haben einige wirklich fabelhafte englische Jahrgänge …«

»Das sollte *ich* wohl wissen«, fällt Hugo ihr ins Wort. »Vielleicht ist es dir nicht klar, Schätzchen, aber tatsächlich geht gut die Hälfte davon auf meine Kappe – ich habe den Kontakt zwischen Francesca und einigen meiner Geschäftsfreunde hergestellt. Wein ist quasi mein Ding. Ich denke, genau das werden wir tun, danke. Komm mit, Osc.« Er dreht sich zu seinem Bruder, der, ganz der ewige Mitläufer, stumm nickt. Dann, wie um seinen Beschluss zu unterstreichen, gibt Hugo dem Hintern seiner Frau/Freundin/Escortdame einen Klaps, und ich sehe ihnen nach, als sie der Hotelmanagerin Richtung Herrenhaus folgen.

Ich spaziere an ihnen vorbei, immer noch auf der Suche nach Eddie, und ertappe mich dabei, wie ich den Pool ansteuere, der von Hunderten schwimmender Lichter erhellt wird.

Plötzlich, wie in einer seltsamen Fata Morgana, sehe ich, was früher hier war – damals, als das Becken noch türkis und nierenförmig war und an seinem Ende eine steinerne Nymphe thronte. Durch den Qualm des Grills ist ein Grüppchen Teenager zu sehen, die in der Dämmerung träge herumliegen, ohne den Schimmer einer Ahnung, wie der weitere Abend sich noch entwickeln würde.

# SOMMERTAGEBUCH

## Der Wohnwagen – Tates Campingplatz

*23. August 2010, 2:15 Uhr*

Ich kann das Zittern meiner Hand nicht stoppen. Ich kann nicht aufhören zu weinen. Oh Gott. Das fühlt sich alles so unwirklich an. Die ganze Zeit hoffe ich, dass es vielleicht gar nicht passiert ist. Womöglich habe ich mir das alles ja nur eingebildet? Ich muss es aufschreiben, aber meine Hand hört nicht auf zu zittern.

Ich fühle mich so weit weg von dem Mädchen, das ich vor heute Abend war. Dem Mädchen, das sich Sorgen machte, ob es vielleicht peinlich sein würde, den Jungen mitzubringen. Auch weil er es mit dem blauen Hemd und der silbernen Kette ein bisschen übertrieben hatte. Er sah zwar megasexy darin aus, aber eben auch wie ein Bauernjunge, der sich für einen feinen Abend herausgeputzt hatte.

Ich würde alles darum geben, wieder dieses Mädchen sein zu dürfen. Aber sie ist für immer fort. Denn auch sie ist heute Nacht gestorben.

Ich muss ganz von vorne beginnen. Ich kann es niemandem erzählen. Ich kann es nur hier aufschreiben.

Es begann damit, dass Hugo uns auf der Auffahrt in Empfang nahm, was ziemlich unangenehm war. Er taxierte Jake von Kopf bis Fuß und meinte: Alter, der Cocktailempfang steigt woanders. Allein für die Art, wie er uns ansah, hätte ich ihn am liebsten umgebracht.

Was, wenn Jake sich hätte provozieren lassen und ihm eine reingehauen hätte, und wir wären einfach gegangen? Der Abend wäre zu Ende gewesen. Aber Jake blieb ganz cool. Er warf einfach nur einen Blick auf Hugos Kapuzenpulli und seine schlabbrige Shorts, schlug sich mit der Hand vor die Stirn und meinte so: Sorry, Alter. Dann ist das hier die Ungefickte-Gamer-Convention?

Es folgte dieser furchtbare Moment, in dem ich nicht wusste, wie es ausgehen würde. Aber am Ende meinte Hugo: Ha! Wo hast du denn den Typen aufgegabelt? Ich mag ihn. Dann musterte er mich von oben bis unten und sagte: Tja, und du siehst verdammt lecker aus, wenn ich das so sagen darf. So entjungfert steht dir ganz gut. Wie ich sehe, frierst du da unten ein bisschen.

Ich spürte, wie Jake sich verkrampfte, und nahm seine Hand, so nach dem Motto: Lass gut sein. Auch in diesem Moment hätten wir uns einfach umdrehen und gehen können …

Aber das haben wir nicht getan. Wir folgten Hugo zum Pool. Oscar war da, außerdem noch zwei Mädchen aus dem Ort. Frankie räkelte sich auf einer Liege. Bei ihrem Outfit fühlte ich mich gleich wie ein kleines Mädchen in einem Partykleidchen. Sie trug einen lindgrünen Bikini, pinkfarbene Pantoletten und ein durchsichtiges Häkeloberteil. Aber da drückte Jake meine Taille. Ich sah, wie Frankies Blick zu seiner Hand zuckte, bevor sie ihn wieder hob. Dann grinste sie. Freut mich ja so, dich kennenzulernen, sagte sie zu Jake, stand auf und kam wie ein Supermodel auf dem Laufsteg um den Pool spaziert. Oh, ich liebe ja dein Hemd. Das passt so gut zur Halskette. Ihr Blick flatterte zu mir. Sparrow hat mir so viel von dir erzählt.

Da drehte sich mir der Magen um. Ich hatte ihr so gut wie gar nichts erzählt.

Dann sagte sie zu ihm: Komm und hilf mir mit dem Eis. Ich brauche einen ganzen Berg für den Alk, und deine Muskeln sehen so schön kräftig aus.

Jake zuckte mit den Schultern und folgte ihr ins Haus. Ich nahm mir ein Bier und stand verloren am Pool herum, während Hugo und Oscar vor den einheimischen Mädchen herumprotzten. Ich fragte mich, ob ich versuchen sollte, die beiden vor den Zwillingen zu warnen.

Endlich, nachdem ich das erste Bier und dann noch ein zweites geleert hatte, tauchten Jake und Frankie wieder auf. Jake trug eine große Gefrierbox voller Eis.

Jake deutete mit dem Kopf zum Pool, grinste die anderen an und meinte: Ich kann gar nicht glauben, dass keiner von euch schwimmt! Ich hätte meine Badehose mitbringen sollen.

Gleich darauf gab es einen großen Platscher, und Jake tauchte hustend und spuckend wieder auf und sah ganz verwirrt drein. Es dauerte kurz, bis ich checkte, was gerade passiert war.

Da hast du's, Kumpel, sagte Hugo mit einem breiten Grinsen im Gesicht. Hau rein.

Fick dich, Hugo, dachte ich. Vielleicht lag es ja daran, dass ich zwei Bier auf leeren Magen getrunken hatte, denn normalerweise bin ich nicht so mutig. Aber ich dachte nicht lang nach. Ich holte einfach tief Luft und sprang hinein. Mein Kleid schwebte um mich herum auf der Wasseroberfläche. Jake lächelte und zog mich an sich. Ich hatte das Gefühl, ganz allein mit ihm zu sein, also küsste ich ihn.

Spürte, wie seine Arme sich um meinen Rücken legten. Als wir uns schließlich wieder voneinander lösten, sah ich, dass sie uns beobachtete.

Da wusste ich, dass es ein großer Fehler gewesen war, herzukommen.

## EDDIE

Es ist fast acht Uhr, aber es ist immer noch irre heiß, vielleicht sogar noch heißer als vorhin. Die Gäste kriegen nicht genug von dem Cider, und vor der Bar hat sich eine lange Schlange gebildet. Sie werden immer betrunkener, und zwar *richtig* betrunken. Inzwischen grölen sie nur noch herum. Alles ist außer Rand und Band. Wie dieser Moment bei einer Party, wenn man das Gefühl hat, dass einfach alles passieren könnte … Nur dass es sich um eine Horde sonnengebräunter, stinkreicher Millennials handelt, die sich mit fancy Bio-Cider volllaufen lassen, und nicht um einen Haufen Teenager, die sich den Supermarktfusel plus Ecstasy reinpfeifen.

»He, schau mal«, sagt Ruby. »Das muss die erste Band sein.« Ich folge ihrem Blick und schaue zur Bühne. Schaue noch ein zweites Mal hin. Wie bitte?

Da steht er: Nathan Tate mit einer Gitarre. Er trägt sein bescheuertes Message-T-Shirt mit der Aufschrift: *Bück dich, Fee, Wunsch ist Wunsch* (wobei ich bezweifle, dass er es seit vorgestern gewaschen hat). Einer seiner Kumpels, Gareth Turner, sitzt hinter dem Schlagzeug, grinst in die Menge und sieht völlig zugedröhnt aus. Sie müssen sich irgendwie reingeschlichen haben, denn es ist völlig ausgeschlossen, dass sie offiziell hier auftreten sollen.

Ich brauche einen Moment, um zu erkennen, wer die andere Person ist, die gerade die Mitte der Bühne betreten hat. Delilah sieht unglaublich aus. Sie trägt ein langes silbernes Kleid, das aus einer Art superfeinem Metallgewebe zu bestehen scheint, das sich bei jeder ihrer Bewegungen wie Wasser kräuselt. Man kann erkennen, dass sie keinen BH … vielleicht sogar gar nichts darunter trägt. Auch ihr Gesicht, ihre Arme und sogar ihre Haare sind silbern. Tatsächlich leuchtet sie, als würde sie irgendwie elektrische Energie verströmen … Aber vielleicht liegt es auch einfach nur daran, dass sie alles Licht in ihrer Umgebung reflektiert: die Kerzen auf den Tischen, die Teelichter im Pool, die flackernden Laternen.

Das Gequassel um mich herum ist verebbt. Alle sehen sie an. »Leck mich am Arsch«, höre ich einen Typen flüstern, kann aber nicht sagen, ob er flucht oder sie einfach nur ungehemmt anwinselt.

Sie tritt ans Mikrofon. Es kommt zu einer kreischenden Rückkopplung, und ein paar Leute im Publikum zucken zusammen und kichern. Trotz allem, was zwischen uns war, denke ich: *Komm schon, Lila, du kannst das.* Sie funkelt mit ihrem typischen Blick in die Menge – so, als würde sie dem Nächsten, der lacht, eine reinhauen. Dann öffnet sie den Mund und beginnt zu singen.

Die Menge verstummt. Der einzige Gedanke, zu dem ich in der Lage bin, ist: Wie ist es möglich, dass ich das nicht über sie wusste? Sie klang immer ganz gut, wenn sie im Auto oder so bei Lizzo mitsang, aber das hier ist etwas anderes. So habe ich sie noch nie gehört. Ich glaube sogar, dass ich noch nie jemanden so habe singen hören. Es klingt nicht wie eine Stimme, sondern eher wie ein Instrument. Außerdem ist es nicht nur ein Klang, sondern auch ein Gefühl – und zwar eines, das man im ganzen Körper spürt, von der Schädeldecke bis runter zu den Fingerspitzen.

»Mein Gott, die ist wie eine neue Kate Bush«, sagt ein Typ in meiner Nähe. »Aber eine heiße Kate Bush und nicht … na ja, du weißt schon: eine durchgeknallte Tussi im Nachthemd.«

»Ja«, bestätigt sein Nebenmann. »Furchtbarer Bandname, und dieser Penner an der Gitarre muss auch nicht sein, aber sie hat es drauf. Das volle Programm. Ich frage mich, ob sie schon irgendwo unter Vertrag ist. Ich sollte Otto anrufen.«

Da plötzlich gibt das Mikrofon mit einem Knall den Geist auf. Delilah hört auf zu singen und schaut sich verwirrt um. Die Lichter auf der Bühne gehen aus, und die Lautsprecher erwachen knisternd wieder zum Leben. »Firestarter« von The Prodigy dröhnt so laut los, dass ich den Bass in meinem Brustkorb und Schädel vibrieren spüre.

Die Gäste um mich herum brechen in Jubel aus und fangen an herumzutanzen, als wären sie auf einem Rave. Auf der dunklen Bühne ist noch immer Delilahs silbriges Schimmern zu erkennen. Sie steht vollkommen reglos da und starrt in die Menge. Als die Musik vorbei ist und das Licht endlich wieder angeht, sieht sie völlig geschockt aus und zugleich um einiges saurer als damals, als ich mit ihr Schluss gemacht habe.

Dann fällt mir noch etwas auf. Sie ist allein auf der Bühne: Nathan Tate und der andere Typ sind verschwunden.

## FRANCESCA

Ich bewege mich durch die Menge und lächle, lächle, lächle, als wäre alles, was gerade passiert ist, ein völlig vorhergesehener Teil des Abends gewesen. Die Gäste um mich herum scheinen das jedenfalls zu denken.

»Das war der Wahnsinn!«, höre ich jemanden sagen. »Ihre Stimme … nicht von dieser Welt, himmlisch, und dann BUMMM! Ich kam mir vor, als wäre ich beim Burning Man.«

»Ja, genau! Oder bei einem Newcomer-Act im Ushuaïa Hotel. Ibiza dieses Jahr war richtig krass …«

Es ist wie eine Maske in meinem Gesicht – dieses Lächeln, das ich in jahrelangem Training in mein Muskelgedächtnis eingegraben habe. Aber meine Wangen beginnen zu schmerzen.

Owen ist immer noch nirgends zu sehen. Dabei brauche ich ihn an meiner Seite. Und dieser Moment vorhin während meiner Rede war mehr als nur ein bisschen peinlich. Wo kann er nur sein? Ich versuche es auf seinem Handy, aber es geht niemand ran. Langsam bin ich etwas beunruhigt …

Und wo in aller Welt steckt eigentlich Michelle? Ich kann sie nirgends sehen. Sie sollte eigentlich alles im Griff haben.

Ich denke an die Aufnahmen aus dem Weinlager von gestern Nacht. Ein Schwall reiner Wut schießt durch mich hindurch.

Nein. Das ist nicht der Weg.

Einatmen bis vier, ausatmen bis ...

Es funktioniert nicht. Ich schnappe mir ein Glas Cider von einem Tablett, das an mir vorbeigetragen wird. Ich werde mir nur einen winzigen Schluck genehmigen. Heute Abend, so scheint es, muss ich meine Ansprüche ein wenig runterschrauben. Außerdem sind Äpfel voller Polyphenole. Und der Alkoholgehalt des Getränks ist unwesentlich höher als in Apfelsaft ...

In Kürze werden sich alle für das Festmahl zu Tisch begeben. In der Küche wird das Essen bereits auf den Tellern angerichtet. Aber irgendwas scheint in die Gäste gefahren zu sein ...

Ich blicke mich um. Eine Frau sitzt ein paar Meter entfernt allein im Gras und starrt ihre Handflächen an. Und da drüben hat sich ein Mann einen meiner schönen Weidenhirsche gekrallt und scheint ihn ... wie ein läufiger Hund zu besteigen.

*Barbarischer Scheißkerl.*

Ich glaube, ich habe das gerade laut vor mich hin geflüstert. Was ist nur mit mir los? Ich halte mir die Hand vor den Mund. Ruhig, Francesca. Alles ist gut.

Einatmen bis vier, ausatmen bis ...

Ich spüre, wie mir der Schweiß auf der Stirn steht und zwischen den Schulterblättern hinunterrinnt. Ich hoffe nur, mein Make-up verläuft nicht. Es hat mich so viel Zeit und Mühe gekostet, mein himmlisches Leuchten zu perfektionieren. Ich wedle so energisch mit meinem Fächer, dass sich ein paar weiße Federn lösen, trotzdem scheine ich keine erfrischende Brise zustande zu bringen.

Natürlich kann auch schlechte Energie überaus mächtig sein. Vielleicht liegt es doch nicht am Wetter, sondern an dem giftigen Karma, das von Sparrow ausgeht. Ich reagiere sehr empfindlich auf solche Dinge. Und irgendwo hier ist sie. Ganz in der Nähe. Ich kann sie spüren. Ja, ich kann sie schon fast riechen. Und doch entdecke ich sie nirgends, sosehr ich mich bemühe. Etwas Seltsames geschieht, als ich in der Menge nach ihr Ausschau halte. Ich bin fast schon sicher, dass es sich um … eine Sinnestäuschung handelt. Irgendwas in der Art. Ein Schattenspiel in der zunehmenden Dämmerung. Aber immer wieder, während mein Blick zwischen den weißen Gewändern und grünen Krönchen hin und herwandert, scheine ich eine schwarz gewandete Gestalt zu erblicken. Ein maskiertes Gesicht. Regungslos inmitten des chaotischen Treibens der Feier. Jedes Mal, wenn das passiert, bekomme ich einen kleinen Schreck. Denn die Gestalt ist immer mir zugewandt. Sieht mich direkt an. Ich blicke um mich und sehe sie mal an den Klippen, dann wieder bei den Tischen und nun neben dem Weidenbogen. Aber kein Mensch kann sich derart rasch zwischen so vielen verschiedenen Orten hin und her bewegen. Meine Sinne müssen mir einen Streich spielen.

Oder es ist mehr als nur ein Mensch.

Ich spüre eine Berührung an meinem Ellenbogen und zucke erschrocken zusammen.

Es ist nur Michelle. Das wurde verdammt noch mal Zeit.

»Ah«, sage ich knapp, »Michelle.« Ich hole tief Luft. »Ich habe nach dir gesucht, meine Liebe. Wo bist du …?«

»Es ist alles unter Kontrolle«, sagt Michelle unterwürfig. »Wegen dieser ersten Band … Ich habe keine Ahnung, wie sie hier eindringen konnten. Aber das Gute ist, den Gästen hat es wirklich gefallen. Alle reden darüber, wie grandios es war. Ich glaube, sie gehen davon aus, dass das Ganze geplant war.«

»Ja«, erwidere ich, »aber das ist nicht wirklich der Punkt, Michelle. Stell dir nur vor, es wäre *nicht* gut gewesen. Stell dir vor, es wäre schrecklich geworden. Der Punkt ist der, dass ich das Programm dieses Abends sorgfältig zusammengestellt habe – alles auf unsere Gäste zugeschnitten, auf das, wovon wir wissen, dass sie es genießen werden. Wir können hier nicht einfach ein paar Bauerntrampel herumpfuschen lassen. Das geht nicht, Michelle.« Ich schüttle den Kopf. »Das. Geht. Einfach. Nicht.«

Kurz meine ich ein Funkeln in ihren Augen zu sehen: ein kleines aufmüpfiges Aufflackern. Ist es Trotz? Vielleicht sogar Aufruhr? Aber genauso schnell ist es wieder erloschen, und sie ist wieder die Servilität in Person. Vielleicht habe ich es mir nur eingebildet.

»Francesca, es tut mir wirklich leid«, sagt sie ernst. »Wir werden diese Leute finden und dafür sorgen, dass sie vom Gelände entfernt werden.«

Sie ist kompetent. Das muss ich ihr lassen. Deshalb ist meine Wahl damals ja auch auf sie gefallen. Diese Aura von Kontrolle. Es ist ein Jammer.

»Gut«, sage ich. »Danke dir, Michelle.«

Sie eilt davon, und ich sehe ihr nach. Da kommt ein Pärchen an mir vorbei, und ich höre den Mann zur Frau sagen: »Dieses Ding am Strand, das ist mein Favorit. Das hat etwas so Rohes, Ursprüngliches an sich. Heidnisch. Die anderen Dinger sind ein bisschen schnarchig, findest du nicht? Die könnten auch … auf dem Gemüsemarkt stehen.«

»Ja«, pflichtet ihm seine Gefährtin bei. »Das am Strand

lotet wirklich die Grenzen aus. Mir gefällt, dass sie sich was getraut haben. Es ist richtig gruselig. Aber du kennst mich ja – ich liebe alles, was in diese Folk-Horror-Ecke geht.«

Wie bitte?

Die Frau wirft mir einen nervösen Blick zu. Mir wird bewusst, dass ich sie finster anschaue. Mit äußerster Willensanstrengung setze ich wieder mein Lächeln auf.

Über den Gemüsemarktkommentar werde ich geflissentlich hinwegsehen. Manche Leute verfügen über Geld, aber leider nicht über Geschmack. Ich meine, der Kerl ist vierzig und trägt immer noch Yeezys. Aber worüber können sie bloß geredet haben? Für den Strand hatte ich nichts bestellt. Noch heute früh habe ich jede einzelne Installation inspiziert, und sie stehen allesamt hier oben, auf dem Rasen.

Während ich zum Klippenrand hinübergehe, versuche ich, die Angst zu unterdrücken, die in mir aufsteigen will. Was erwartet mich unten am Strand?

## EDDIE

Vor der Cider-Bar bildet sich wieder eine Schlange. Die Gäste wollen nach dem ersten Auftritt ihren nächsten Drink. Ich kann die Gläser gar nicht schnell genug ausgeben.

»Eddie!«, höre ich eine Stimme wispern. Ich muss es mir eingebildet haben, denn als ich mich umdrehe, ist da niemand.

»Eddie! Hier unten, du Trottel!«

Ich schaue runter und erschrecke beinahe zu Tode. Ein silbernes Gesicht leuchtet mir unter der Tischdecke aus dem Dunkel entgegen, und zwei silberne Arme strecken sich nach mir aus.

»Lila?« Ich starre sie an. »Was machst du da unten?«

»Ich …« Mit weit aufgerissenen Augen blickt sie sich gehetzt um, als würde sie nach jemandem oder etwas Ausschau halten. »Komm her.« Sie winkt mich zu sich runter.

Ich habe gerade noch Zeit, mich zu vergewissern, dass Ruby mit den Ciderbestellungen beschäftigt ist, als sie mich schon zu sich unter den Tisch zerrt. Ich hatte vergessen, wie stark sie ist. Einmal hätte sie mich beinahe beim Armdrücken besiegt. Hier in der warmen Dunkelheit bekomme ich einen süßen Schwall Chanel Chance (das habe ich ihr zum

Geburtstag gekauft) gemischt mit dem Erdbeeraroma ihrer E-Zigaretten ab.

»Lila, was ist los?«, frage ich. »Was geht hier vor sich? Übrigens, dein Auftritt … ich wusste nicht, dass du so singen kannst. Das war der Hammer! Du bist …«

»Jaja, weiß ich schon«, unterbricht sie mich. »Aber darüber können wir uns später unterhalten, okay? Ich bin hier unten, weil ich mich vor Nate verstecke.«

»Warum?«

»Ich … Eddie, ich mach mir Sorgen.«

Jetzt bin ich ganz Ohr. Denn es gibt nicht viel, was Delilah Sorgen bereitet. Mich überkommt ein furchtbarer Verdacht. »Hat er … dir etwas angetan?«

»Nee, das nicht. Er hat bloß von so einer Art … Plan gesprochen. Zuerst dachte ich, es geht nur darum, dass wir hier die Party crashen, verstehst du? Einfach so die Bühne entern. Aber ich glaube, da ist noch mehr im Busch. Er ist so … wütend. Hinter seiner Fassade, meine ich. Wegen der ganzen Sache mit seinem Dad. Und jetzt ist er verschwunden. Ich glaube, er hat heute Abend noch was anderes vor. Und damit will ich nichts zu tun haben, Eds. Ich will einfach nichts Illegales tun, okay? Die Sache mit dem Singen … na ja, du hast es ja selbst gesagt: Ich bin der Hammer, oder? Ich bin einfach nur der absolute Hammer. Ich könnte richtig groß rauskommen. Ich könnte die nächste Dua Lipa werden.«

Ich muss fast schon lächeln. Das ist mal wieder typisch für Lila.

»Eds, das sage ich nicht einfach nur so: Ein Typ hat mir seine Karte gegeben und gemeint, ich soll ihn am Montag anrufen. Das könnte meine große Chance sein. Und ich will nicht, dass irgendwas dazwischenfunkt. Hast du von der

Sache mit den Steinen gestern gehört? Das am Swimmingpool?«

»Ja.«

»Das war seine Idee. Ursprünglich wollten wir nur ein bisschen Seetang hochwerfen, weißt du? Voll eklig, aber harmlos. Nur als Warnung an die Hexe. Aber er hat sich als Erster einen Stein geschnappt. Er geht immer zu weit …«

Ich höre eine Stimme über uns. »Eddie? Eddie! Wo um Himmels willen ist er hinverschwunden?«

»Scheiße«, murmle ich, »das ist Michelle, meine Chefin. Lila, ich muss los.« Ich versuche, unter dem Tisch hervorzukrabbeln, aber sie packt mein Handgelenk.

»Eds, im Ernst«, zischt sie. »Behalt ihn im Auge, ja? Tust du das?«

»Äh … okay.«

Da ist nur ein klitzekleines Problem: Ich habe keine Ahnung, wohin Nathan Tate verschwunden ist. Aber ich muss daran denken, wie er gestern Nacht im Wald drauf war. Oder neulich Abend am Strand. Das Funkeln in seinen Augen, als er meinte: »Weißt du, was ich denke? Es ist an der Zeit, dass jemand den Spieß umdreht.« Ich denke an den Zorn, der immer wieder unter seinem wichtigtuerischen Gehabe und seinen dämlichen T-Shirts aufblitzt – wie ein Springmesser, das in einem Knallbonbon versteckt ist. Er scheint immer auf hundertachtzig zu sein und bereit, die Grenze zu überschreiten. Was, wenn er es dieses Mal wirklich tut? Wie weit würde er gehen?

*Der Tag nach der Sonnenwende*

## DETECTIVE INSPECTOR WALKER

Was für eine Erleichterung, den Wald hinter sich zu lassen und wieder im Tageslicht zu stehen, denkt Walker. Die Luft ist noch immer rauchgeschwängert, dennoch scheint ihm das Atmen hier, auf dem Rasen vor dem Manor, leichterzufallen.

Heyer kommt zu ihm rübermarschiert. »Chef, alles in Ordnung?« Sie beäugt Walker. »Sie sehen ziemlich blass aus.«

»Bin wohl einfach nur im Unterzucker.«

»Wenn Sie meinen.« Sie wirkt nicht allzu überzeugt, außerdem lässt ihre angespannte Haltung vermuten, dass sie Neuigkeiten hat. »Sie haben es nicht geschafft«, verkündet sie dann auch. »Die beiden, die aus dem Gebäude geborgen wurden. Die Wiederbelebungsversuche wurden vor ein paar Minuten eingestellt. Was heißt, dass es mittlerweile drei Opfer sind. Eins am Fuß der Klippen und die zwei, die im Weinlager eingesperrt waren.«

»Vier«, ergänzt Walker, allerdings so leise, dass sie es wohl nicht hört.

»Außerdem wurde hinter dem Gebäude Brandbeschleuniger gefunden. Ein klares Anzeichen dafür, dass das Feuer absichtlich gelegt wurde.«

»Nun«, sagt Walker, »dann hat unser Brandstifter zu allem Überfluss auch noch Blut an seinen Händen. Ich komme mit und werfe einen Blick auf die Opfer.«

Walker folgt ihr zum Rettungswagen, wo die beiden Tragen stehen. Die Sauerstoffmasken wurden inzwischen entfernt, und die Sanitäter bereiten die Leichensäcke vor. Sein Blick wandert von einem Leichnam zum anderen. Und wieder zurück. Er vergewissert sich mehrfach. In der Tat, er hat sich nicht getäuscht.

Die Toten, insbesondere die Gesichter, sehen völlig identisch aus. Bis auf ein Detail – wie bei einem makabren Finde-den-Unterschied-Spiel. Die Leiche unmittelbar vor ihm hat eine auffällige weiße Haarsträhne.

*Sonnenwende*

## EDDIE

»Eddie.« Michelle runzelt die Stirn. »Was hast du unter dem Tisch gemacht?«

»Ach, ich habe nur die Vorräte überprüft.« Ich beschwöre Lila in Gedanken, unter der Tischdecke zu bleiben. »Ich glaube, uns geht der Cider bald aus«, fahre ich fort. »Ich könnte zum Weinlager gehen …« Und bei der Gelegenheit nach Nathan Ausschau halten.

»Darum kümmere ich mich«, unterbricht Michelle ihn brüsk. »Vielleicht könntest du …« Sie schaut sich um. »Die Dame da drüben sieht so aus, als würde sie sich unwohl fühlen. Gehst du zu ihr und fragst, ob du ihr helfen kannst?«

Ich drehe mich um und entdecke Bella, die mich aus einigen Metern Entfernung mit einem merkwürdigen Gesichtsausdruck anschaut. Jetzt kommt sie mit großen Schritten auf mich zu, ohne den Blick von mir zu lösen.

»Hallo«, sage ich. »Kann ich dir irgendwie behilflich sein?« Das klingt zwar etwas sehr formell nach allem, was letzte Nacht im Wald und vor allem davor passiert ist, aber ich habe nun mal keine Ahnung, wie ich mich ihr gegenüber verhalten soll.

»Eddie«, beginnt sie, »kann ich mit dir reden?«

»Ähm … ich muss arbeiten. Ich muss …«

Sie legt eine Hand auf meinen Arm. »Ich kann nicht glauben, dass ich das nicht früher bemerkt habe. Du siehst deinem Bruder so ähnlich.«

Was? Mein Herzschlag beschleunigt sich. Warum redet diese fremde Frau über meinen Bruder? Niemand redet je über ihn. Meine Familie nicht. Und auch die Leute aus der Gegend hier nicht – jedenfalls nicht, wenn wir dabei sind. Es sei denn, sie wollen meine Mum zum Weinen bringen.

Ich trete automatisch einen Schritt zurück, aber sie hält meinen Arm fest.

»Eddie«, sagt sie. »Ich kannte ihn.«

»Jake?« Meine Stimme klingt heiser. Es ist so lange her, dass ich seinen Namen ausgesprochen habe.

»Ja. Ich war sechzehn und er zwei, drei Jahre älter … ungefähr neunzehn.«

Neunzehn. Als er neunzehn war, ist es passiert. Was hat das alles zu bedeuten?

Ihr Griff um meinen Arm wird noch etwas fester.

»Bitte, Eddie. Ich muss mit dir reden, irgendwo, wo wir ungestört sind.«

Ich schaue über meine Schulter und suche krampfhaft nach einer Ausrede, um aus dieser Sache hier rauszukommen. »Ich weiß nicht«, sage ich schließlich. »Das wird doch nichts mehr bringen …«

»Aber deswegen bin ich hier«, sagt sie drängend. »Wegen dem, was damals passiert ist. Ich möchte dir nur sagen …« Sie schließt die Augen. »Das hört sich jetzt dramatisch an, aber ich weiß, wozu sie fähig ist. Francesca, meine ich. Sie tut es schon wieder, sie verwischt ihre Spuren. Ich möchte, dass du alles weißt … für den Fall, dass mir etwas zustößt.«

Ich rufe mir Jakes leeres Zimmer in Erinnerung, das so belassen wurde, wie es damals war. Die Fotos in den Alben, die ich mir so oft angeschaut habe, um zu verstehen, was passiert ist, und mich daran zu erinnern, wer mein Bruder war. Doch vergebens. Ich kann auch nicht meine Eltern fragen, da es ihnen nur Kummer bereiten würde.

Vielleicht muss ich mir doch anhören, was sie zu sagen hat. Vielleicht hat die Frau, die da vor mir steht, das fehlende Puzzleteil für mich.

Ich denke an die Arbeit, die ich hier eigentlich tun soll. An Lilas inständige Bitte, ein Auge auf Nathan Tate zu haben. Aber das alles kann warten.

»Okay«, stimme ich zu.

»Gehen wir irgendwohin, wo es ruhig ist.« Sie sieht sich um und deutet dann zu einem der zum Restaurant gehörenden Dining-Domes auf der Klippe. »Da drin.«

Ich folge Bella in eine der kleinen gläsernen Konstruktionen. Bisher war ich noch nie in einem dieser Dinger. Sie sehen aus wie gläserne Iglus, in denen man einen Rundum-Panoramablick hat. Vage nehme ich wahr, dass man den gesamten Küstenabschnitt entlang bis nach Poole sehen kann, dessen Häuser wie Weihnachtslichter über dem Wasser funkeln. Es ist, als würde man in der Luft schweben, gefangen zwischen Meer und Land. Bestimmt eine atemberaubende Aussicht, aber gerade wird mir davon einfach nur schwindelig. Ich halte mich am Türrahmen fest, um mich abzustützen.

Bella setzt sich an den runden Tisch in der Mitte, ich nehme den Stuhl ihr gegenüber. Es ist schon ziemlich dunkel, trotzdem registriere ich, dass sie blass und verängstigt aussieht. Kaum dass ich die Tür geschlossen habe, beginnt sie zu reden.

»Es ist mir erst klar geworden, als ich dich heute Morgen durch das Tor der Farm kommen sah«, beginnt sie. »Jake hatte mir erzählt, dass er den Hof seines – deines – Vaters übernehmen sollte.«

»Ja.« Ich schlucke. »Das war so vorgesehen.«

Bella begegnet meinem Blick, dann wendet sie ihre Augen wieder ab. Sie wirkt … schuldbewusst.

Schließlich greift sie in ihre Tasche und holt ein altes, abgewetztes Notizbuch hervor. Ich merke, dass ihre Hände zittern. Sie blättert darin, hält dann eine Sekunde lang inne und starrt an, was auch immer da geschrieben steht. Ihre Knöchel sind weiß vor Anspannung, als könne sie nicht loslassen. Dann nimmt sie einen tiefen, zittrigen Atemzug, legt das Buch auf den Tisch und schiebt es mir hin.

»Hier«, sagt sie und tippt auf die Seite. »Lies ab da.«

## SOMMERTAGEBUCH

### Der Wohnwagen – Tates Campingplatz

*23. August 2010, 3:00 Uhr*

Hätte ich auf Jake gehört, wäre nichts von alldem passiert. Wir wären nie auf diese Party gegangen. Ich kann nicht aufhören, darüber nachzudenken.

Als wir aus dem Pool kamen, hatten sich die Zwillinge mit den Mädchen irgendwohin verzogen. Ich hoffte, dass mit den Mädchen alles in Ordnung war. Frankie war total freundlich und gesprächig, während wir die angekohlten Hotdogs aßen (ich hatte meinen schon zur Hälfte verschlungen, als ich merkte, dass das Würstchen außen schwarz, innen aber noch komplett roh und rosa war). Sie stellte Jake lauter Fragen über die Farm seines Vaters, so nach dem Motto: Ach, ich kann gar nicht glauben, dass wir uns noch nicht kennengelernt haben, wo du so nah wohnst. Ganz so, als hätte sie ihn nie als primitiven Bauerntrampel bezeichnet. Sie lächelte und lächelte und hielt die ganze Zeit so superintensiven Augenkontakt.

Jake bemerkte meinen Blick. Er lächelte und zuckte mit den Schultern, nach dem Motto: So schlimm ist sie doch gar nicht. Ich schaffte es nicht zurückzulächeln. Ihr Verhalten war total übertrieben. War sie etwa high? Etwas mit ihren Augen stimmte nicht, ihre Pupillen waren riesig.

Ich hatte dieses schlimme, krampfige Gefühl im Magen. Aber das kam vielleicht auch nur von dem ekligen Hotdog.

Oh, sagte sie plötzlich und sprang auf. Ich vergaß – ich habe Brownies gebacken! Für unser kleines Mitternachtspicknick, Sparrow, wie in alten Zeiten.

Sie griff nach unten, schnappte sich eine Plastikdose und zog den Deckel ab. Ich nahm mir einen Brownie, wusste aber, dass ich ihn nicht essen würde – erstens, weil ich diesen Fehler schon mal gemacht hatte und lieber einen klaren Kopf behalten wollte, aber auch, weil mir von dem Hotdog schon so übel war. Jake nahm sich ebenfalls einen. Ich überlegte, wie ich ihm am besten stecken könnte, dass er ihn nicht essen sollte.

Da ertönte der Summer vom Tor, und Frankie so: Wer zum Henker ist das denn? Die Alten können es nicht sein, die haben eine Fernbedienung …

Oh, das hatte ich total vergessen. Ich glaube, das könnte Cora sein, sagte ich. Tut mir echt leid, Frankie … hab total verschwitzt, es dir zu sagen. Ich hab ihr von heute Abend erzählt, und sie meinte, dass sie unbedingt mit dir sprechen muss …

Ich dachte schon, sie würde wegen der Sache mit ihrem Großvater austicken. Aber diese neue Frankie zuckte bloß die Achseln und drückte den Toröffner. Sie lächelte ihr neues Lächeln und sagte: Je mehr, desto besser.

## EDDIE

Ich blicke von der Seite auf.

»Jake war hier?«, frage ich verwirrt und schinde gleichzeitig etwas Zeit. »Im Manor? Auf einer Party?«

»Ja.« Sie zieht eine Grimasse. Noch immer hat sie diesen gequälten, schuldbewussten Gesichtsausdruck. »Ich habe Jake an dem Abend mit hierhergenommen. Was mit ihm passiert ist … das war meine Schuld.« Sie bedeckt ihre Augen mit einer Hand. »Bitte. Lies einfach weiter. Die Aufzeichnungen werden es besser erklären als ich.«

Ich senke den Blick und betrachte das Tagebuch. Ich habe Angst vor dem, was ich gleich erfahren werde. Mein Bruder ist vor fünfzehn Jahren spurlos verschwunden.

Und ich glaube, ich bin gerade dabei herauszufinden, warum.

# SOMMERTAGEBUCH

## Der Wohnwagen – Tates Campingplatz

*23. August 2010, 4:00 Uhr*

Cora kam und setzte sich zu uns. Diesmal trug sie noch mehr Eyeliner als sonst. Sie lächelte Frankie nervös an und flüsterte mir ein Danke zu, wobei ich einen Blick auf ihren abgebrochenen Vorderzahn erhaschte.

Kurz war da dieser komische Moment, als sie zu Jake sah und er sie anblickte und ich bemerkte, wie er stutzte, so als müsste er zweimal hingucken. Hi, sagte er ein bisschen verwirrt. Hi, antwortete sie. Also kannten sie sich. Das war eigentlich nicht weiter verwunderlich, weil sie ja beide aus Tome kommen.

Cora meinte: Frankie, könnte ich kurz mit dir reden? Ich möchte ein paar Sachen erklären. Aber Frankie hatte den Kopf zur Seite gelegt und meinte: Nee, lassen wir das. Es ist ... egal. Lass uns einfach im Moment leben, ja? Wieder dieses breite Lächeln. Sie öffnete die Plastikdose und meinte: Greif zu, Süße.

Frankie ließ Musik laufen, und wir tranken noch was. Die anderen kamen zurück, wo auch immer sie gesteckt hatten, und hüpften in den Pool. Die Mädchen kreischten. Jake zeichnete durch den Stoff meines Kleides Kreise auf meine Oberschenkel. Ich wünschte mir, dass wir allein wären, nur wir zwei. Ich wollte weg von der schrägen Atmosphäre am Pool. Und dann sah ich auf und bemerkte, dass Frankie beobachtete, wie Jake mit seinen Fingern über mein Bein fuhr. Irgendwie musste ich an meinen Kater Widget denken, wenn er eine Spinne vor sich herumlaufen ließ, bevor er sich auf sie stürzte.

Da sprang Frankie auf und klatschte in die Hände.

Mir ist langweilig. Lasst uns in den Wald gehen. Und … unsere Klamotten ausziehen. Einswerden mit der Natur und so. Sie zwinkerte mir zu. Ich verspreche auch, dass es diesmal keine Überraschungen gibt, Sparrow.

Mein Herz schlug plötzlich schneller. Ich sagte: Ich weiß nicht. Ist schon ziemlich spät.

Und sie so: Ach, komm schon, Sparrow. Der Sommer ist zu Ende. Nur noch einmal. Um der alten Zeiten willen? Sie schnappte sich eine der solarbetriebenen Laternen, die am Pool hingen. Wir nehmen eine von denen mit, dann sehen wir den Weg.

Und dann, als hätten wir keine andere Wahl, folgten wir ihr durch den ummauerten Garten Richtung Wald.

Aber als wir das Ende des Gartens erreichten, ließ ich mich mit Jake hinter Frankie und Cora zurückfallen. Ich will da nicht rein, erklärte ich. Nicht nach allem, was war. Keine Ahnung, was sie hier abzieht, aber ich habe ein komisches Gefühl bei der Sache.

Klar, sagte er. Müssen wir auch nicht. Wir können uns abseilen, sobald sie nicht hinsieht, und unseren eigenen Spaß haben. Seine Lippen waren ganz nah an meinem Ohr, sein Atem ganz warm. Es gibt zig Orte, wohin wir uns verkrümeln können. Er grinste. Immerhin hat sie vorgeschlagen, dass wir uns die Klamotten ausziehen.

Ich konnte Frankies Laterne zwischen den dunklen Bäumen auf und ab hüpfen sehen, aber wegen des Supermondes war es immer noch ziemlich hell.

Also drehten wir uns um und rannten kichernd wie kleine Kinder los. Ein paar Minuten später hörte ich Frankie nach uns rufen. Ich hatte kein besonders schlechtes Gewissen. Ich nahm Jake mit zum Tennisplatz, weil der in der Nähe lag und wir hinter den Hecken gut versteckt waren.

Wenn diese andere Sache nicht passiert wäre, wäre es hier nur um eins gegangen.

Nämlich wie wir uns auf den Tennisrasen legten. Wie wir wirklich unsere Klamotten auszogen (oder zumindest einen Teil davon) und lachen mussten, weil die Grashalme piksten. Wie wir danach zusammen dalagen, mein Kopf auf seiner Schulter, und zu dem riesigen Mond hinaufsahen. Es klingt so kitschig, aber es war unglaublich schön. Ich muss es einfach aufschreiben. Um mich daran zu erinnern. Denn womöglich war es der letzte glückliche Moment meines Lebens.

Ich weiß nicht, wie lange wir so dalagen (vielleicht waren wir sogar eingenickt?), als plötzlich diese Schreie aus dem Wald kamen. Ich kann sie jetzt noch hören.

Da wusste ich, dass etwas ganz Schreckliches passiert war.

# OWEN

Als ich die Augen öffne, ist es stockfinster. Ich nehme die kühle Erde unter meiner Wange wahr, das spröde Rascheln von abgefallenen Zweigen und vertrocknetem Laub. Knorrige Wurzeln pressen sich in meinen Brustkorb und meine Schenkel. Ich höre den einsamen Ruf einer Eule irgendwo hoch über mir, die Klänge weit entfernter Musik, das rasselnde Pfeifen meines eigenen halb erstickten Atems. Einen Moment lang habe ich keine Ahnung, wo ich bin. Wie lange ich hier bin. Wie ich hergekommen bin.

Ich muss durch den Schock das Bewusstsein verloren haben.

Unter meiner Hand spüre ich das Knistern von Plastik. Es dringt gerade noch so viel Licht durch die Bäume, dass ich das kräftige Blau der Plane erkennen kann. Und das Weiß der Knochen darin.

## BELLA

»Ich kann sie heute noch hören, selbst jetzt ... diese Schreie«, erzähle ich Eddie, der mit dem aufgeschlagenen Tagebuch mir gegenübersitzt. Auch den Moment kann ich vor meinem geistigen Auge noch sehen. Wir beide, halbnackt, in der warmen, friedlichen Nacht auf unserem Bett aus Gras wie zwei unschuldige Lämmchen. Dann diese gequälten Schreie, die die Stille zerreißen. Die Panik und das Entsetzen, das mich durchfährt.

Jake und ich rappelten uns auf.

Was zur Hölle war das?, sagte Jake.

Und dann ein etwas weniger tierhafter, ein etwas menschlicherer Laut. Etwas, das sich wie ein gestöhntes »Hilfe« anhörte.

## SOMMERTAGEBUCH

### Der Wohnwagen – Tates Campingplatz

*23. August 2010, 4:00 Uhr*

Wir zogen schnell unsere Klamotten an, rannten in den Wald, brachen durch Gestrüpp und Zweige. Das Licht von Jakes Taschenlampe hüpfte über den Boden. Die Schreie wurden immer lauter. Dann wurden sie leiser. Und hörten ganz auf.

Es kam mir vor wie Stunden, bis wir sie fanden. Wahrscheinlich waren es aber nur ein paar Minuten. Frankie saß zusammengekauert auf dem Boden. Cora lag mit angezogenen Knien auf der Seite. Der Mondschein auf ihrer Haut. Ich glaube, mein Kopf war ganz durcheinander – denn alles, was ich denken konnte, war, wie irre schön sie aussah, als wäre sie gerade aus dem Waldboden geboren worden. Wie jung, obwohl sie ja eigentlich älter war als wir. Da schrie Jake: Was zur Hölle ist hier passiert? Er klang so streng, so erwachsen, dass es mich in die Realität zurückholte.

Frankies Kopf schoss in die Höhe. Ich habe nichts getan, fing sie an, sie hat nur …

Aber Jake leuchtete mit seiner Taschenlampe bereits auf Cora und die Lache von Erbrochenem neben ihr. Dann richtete er die Taschenlampe auf Frankie und sagte so laut und frostig wie bei einem Verhör: Was hat sie genommen?

Frankie starrte ihn einfach nur an. Ich konnte die Konturen ihres Schädels sehen. Ihre Augen, die in ihren Höhlen glitzerten.

Mein Blick wanderte von Cora zu Frankies Gesicht. Ich dachte an ihr Lächeln, als sie die Brownies verteilt hatte.

Was hast du mit den Pilzen gemacht?, fragte ich sie.

Es folgte eine lange Pause. Und dann, wie ein kleines Mädchen, dessen Partyspielchen schiefgelaufen war, sagte Frankie: Ich wollte doch nur, dass wir ein bisschen Spaß haben. Dann verschwand ihr Gesicht in der Dunkelheit, denn Jake hatte die Taschenlampe fallen gelassen und beugte sich über Cora.

Ich werde es mit Mund-zu-Mund-Beatmung versuchen, sagte er. Da wurde mir erst bewusst, wie schlimm es um Cora stand. Dass sie nicht mehr atmete. Ich griff nach der Taschenlampe, denn ich musste Frankies Gesicht sehen. Was hast du getan?, fragte ich. Du hast sie in die Brownies getan, oder? Ich habe dir doch gesagt, dass du sie wegwerfen sollst. Ich habe dir gesagt, dass das keine Magic Mushrooms sind.

Blitzartig konterte sie: Nein, hast du nicht.

Ihre Antwort kam viel zu schnell.

Ich habe dir eine SMS geschickt.

Ja, klar, von deinem Schrotthandy vielleicht?

Sie log, und ich wusste es.

Ich weiß es.

Doch da schrie Jake: Verdammte Scheiße, kann eine von euch einen Rettungswagen rufen? Mir fiel ein, dass ich mein Handy am Pool hatte liegen lassen. Aber Frankie hatte ihres schon rausgeholt. Sie entfernte sich ein Stück von uns und sprach hastig hinein. Einen Moment lang dachte ich, dass vielleicht doch noch alles gut werden würde.

Aber da sagte Jake: Oh, Scheiße. Ich kann keinen Puls fühlen. Ich glaube, sie ist tot.

## OWEN

Ich höre ein leises Stöhnen und realisiere, dass es aus meiner eigenen Lunge kommt. Wieder ergreift das Grauen Besitz von mir. Bruchstückhaft kommt die Erinnerung:

Der Bagger. Die Männer, die mich zu sich rufen.

Eine dunkle Grube ... in der sich unter einer knallblauen Plane eine Gestalt abzeichnet.

Die Plane, die auseinanderfällt und sich öffnet.

Der Schädel mit dem klaffenden Mund. Einer der Zähne abgebrochen. Es war einmal eine Zeit, da kannte ich jemanden mit so einem schiefen Lächeln.

Der angeschlagene linke Vorderzahn. Unverkennbar. Es ist fünfzehn Jahre her, dass ich ihn das letzte Mal gesehen habe – immer, wenn sie mich anlächelte, wenn ich am Tor vom Campingplatz auf sie wartete. Oder wenn sie verzweifelt ihr Schicksal beweinte – die großen Träume zerstört, gefangen in einem kleinen, bedeutungslosen Leben.

Ich erinnere mich, wie ich meinen Blick von dem Zahn losriss und den Schmuck sah. Die ganzen billigen Kinkerlitzchen, mit denen sie sich behängte. Die Armreife, die winzigen Stecker und Ringe an ihren Ohren – silbern schimmerten sie in der Dunkelheit.

Als ich sie das letzte Mal sah, umfasste sie mein Kinn. Und lächelte ihr schiefes Lächeln. »Owen, ich weiß, dass ich eine schlechte Mutter bin. Die Sache ist, ich war selbst noch ein Kind, als ich dich bekam. Ich hatte noch nicht gelebt. Ich weiß, ich trinke zu viel, ich treibe mich nachts herum. Aber ich verspreche dir, ich werde mir mehr Mühe geben. Du bist mein Ein und Alles. Das weißt du doch, oder? Ich würde dir nie absichtlich wehtun.«

Ich fiel auf meine Hände und Knie. Hob sie heraus, eingehüllt in ihr schreckliches blaues Leichentuch. Trug sie tiefer mit mir in den Wald. Nur um sie an die Luft zu bringen, ins Licht. Ich konnte sie keinen Augenblick länger in dieser dunklen, kalten Erde lassen, in diesem Loch, in dem sie so lange und so allein gelegen hatte.

Sie hat uns nicht verlassen. Sie hat mich nicht im Stich gelassen. Ich war es, der sie aufgegeben hatte. Kein Wunder, dass es mich hierher zurückgezogen hat. Sie hat die ganze Zeit hier auf mich gewartet.

## BELLA

Eddie hebt den Blick von der Seite. Auf einmal sieht er wesentlich älter aus als neunzehn. Wie jemand, der in sehr kurzer Zeit gealtert ist. »Da steht nichts mehr«, sagt er. »Es ... Es sieht aus, als ob das Tagebuch hier endet.«

»Ja«, bestätige ich. »Ich konnte nicht mehr schreiben.«

»Also hat sie euch allen von den Brownies gegeben«, sagt er. »Auch dir und Jake. Sie hätte euch alle umbringen können.«

»Ja, aber ich habe meinen nicht gegessen. Und Jake seinen auch nicht, weil er nämlich Schokolade ...«

»Hasste. Ja. Das haben mir meine Eltern erzählt.« Er schüttelt den Kopf. »Die arme Frau. Und Jake. Oh Gott. Wie muss es sein, jemanden direkt vor deinen Augen sterben zu sehen.«

»Das kann ich dir sagen«, erwidere ich. »Das macht dich kaputt.«

»Er war gerade mal so alt wie ich jetzt. Ich kann mir gar nicht vorstellen ... Wir hatten ja keine Ahnung ...«

»Er war unglaublich«, sage ich zu Eddie. »Das musst du wissen. Er war der Einzige von uns, der einen kühlen Kopf bewahrte. Er wollte den Notarzt rufen.«

»Und hat er das getan?«

Ich zögere. »Nein.«

Dann erzähle ich ihm den Rest. Wie Jake Cora aus dem Wald trug und sie sanft auf dem Rasen ablegte. Ich selbst war von den gleißend hellen Scheinwerfern in der Auffahrt geblendet. Der Rettungswagen war also da, dachte ich ... vielleicht sogar die Polizei. Ich sehnte mich danach, dass jemand anderes übernahm und beschloss, was als Nächstes zu tun war ... ganz gleich, was für Konsequenzen es hätte.

Aber als die Scheinwerfer erloschen, sah ich, dass es sich doch nicht um ein Einsatzfahrzeug handelte, sondern um einen weinroten Range Rover. Es war der Wagen, der immer in der Auffahrt vor dem Herrenhaus stand. Frankie lief um das Auto herum zur Fahrerseite, und ich sah eine große weißhaarige Gestalt aussteigen. Die beiden begannen, sich in drängendem Flüsterton zu beratschlagen.

Ich glaube, da dämmerte mir, dass das hier nicht so ablaufen würde, wie ich gedacht hatte.

Ich erinnere mich noch, wie ich in dem Moment herumwirbelte, weil ich einen plötzlichen Aufruhr aus dem Wald hörte. Die Kronen der vordersten Bäume erzitterten unter einer Explosion von Bewegungen. Hunderte grausiger, heiserer, krächzender Schreie erschallten, als ein Schwarm Krähen wie Todesboten von den Baumwipfeln in den Himmel aufstiegen – unter ihnen, dunkel und lauernd, der stille, wachsame Wald.

Ich erinnere mich, wie Frankie und ihr Großvater ihre kleine Unterredung beendeten und auf uns zukamen.

»Ist der Rettungswagen unterwegs?«, wollte Jake wissen.

»Du kannst dir sicher sein, dass die nötigen und angemessenen Maßnahmen ergriffen werden«, begann ihr Großvater. »Was wir jedoch auf keinen Fall gebrauchen können, ist Einmischung jedweder Art.« Dann wandte er sich an mich. »Ich hoffe, du hast nicht vor, etwas Dummes zu tun.«

»Ich habe Grandpa alles erzählt«, fiel nun Frankie ein. »Dass du es warst, die die Pilze gesammelt und sie mir gegeben hat.«

Jake trat einen Schritt auf sie zu. »Aber du hast sie in diese Scheißbrownies gepackt und ihr gegeben.«

»Außerdem habe ich dir *gesagt*, dass wir sie nicht nehmen dürfen«, protestierte ich. »Ich habe dir eine SMS geschrieben.«

Frankie verdrehte die Augen. Die Angst, die ich im Wald gesehen hatte, war wie fortgewischt. »Ja, und ich habe dir gesagt, dass ich sie nicht bekommen habe.«

»Warum hast *du* dann keinen gegessen?«, fragte Jake. »Denn du hast keinen genommen, oder?«

Frankie zuckte mit den Schultern. »Man braucht immer einen, der aufpasst. Ich wollte nur vernünftig sein.«

»Ich denke, es ist ziemlich offensichtlich, dass ihr beide ebenfalls keinen gegessen habt«, sagte ihr Großvater. »Sonst befändet ihr euch nämlich in derselben misslichen Lage. Was das angeht, seid ihr ganz offenbar nicht minder schuldig.«

»Mir war schlecht von dem Hotdog«, erwiderte ich. Und Jake meinte: »Ich hasse Schokolade.« Beide Antworten klangen so bescheuert und banal.

»Ich bin mir sicher, für die Polizei würde das alles äußerst überzeugend klingen«, erwiderte er lakonisch.

»Du hast sie gehasst«, setzte Frankie nach. »Ich habe doch gesehen, wie du sie angeschaut hast. Du warst so eifersüchtig.«

Ich schluckte. Mir war nicht bewusst gewesen, dass das so offensichtlich war. »Ich hätte niemals …«

Wir schraken alle zusammen, als ein Kreischen vom Swimmingpool ertönte … gefolgt von gackerndem Gelächter. »Frankie«, befahl ihr Großvater. »Geh und sag deinen Brüdern, dass die Party zu Ende ist. Um das hier werde ich mich kümmern.« Ich nahm an, damit meinte er Jake und mich. Und den leblosen Körper auf dem Rasen. Ich konnte mich nicht dazu überwinden, ihn in Gedanken »Cora« zu nennen.

Als Frankie fort war, wandte ihr Großvater sich wieder an uns. Zuerst an mich. »Ich denke nicht, dass du das alles jetzt auf uns abwälzen möchtest, oder?«, begann er. »Nicht nach allem, was wir dir gegeben, wie wir dich hier empfangen haben. Ich kann mir nicht vorstellen, dass du zu einer derartigen Undankbarkeit in der Lage wärst. Du hast mit Freude in unserem Pool geschwommen, unser Essen gegessen, dich in unserem Garten gesonnt … Eine deutliche Steigerung zu Tates Campingplatz, nicht wahr? Das hast du dir ganz hübsch eingerichtet.«

Ich hasste es, wie er mich darstellte – so raffgierig und berechnend.

»Und jetzt möchten wir einmal etwas von dir. Es gibt nichts, was irgendwer noch für diese arme Frau tun könnte. Ich denke, das ist uns allen klar. Was heute Abend passiert ist, war ein schreckliches Missgeschick. Darüber sind wir uns einig, oder?«

Missgeschick. Was für ein Wort. Was für eine Verharmlosung.

»Solltest du den Drang verspüren, im Alleingang irgendeine Torheit zu begehen«, fuhr er fort und sprach dabei so langsam, dass keines seiner Worte seine Wirkung verfehlte, »so kann ich dir jetzt schon sagen, dass das überaus unklug wäre. Wie wir soeben erst festgestellt haben, könnte die ganze Sache, falls die Polizei eingeschaltet wird, für dich weitaus schlimmer aussehen als für Francesca. Unsere Familie verfügt über gewisse … Ressourcen. Und wir werden nicht zögern, diese einzusetzen. Ich kenne in diesem Land Leute auf den allerhöchsten Ebenen.«

Mir wurde klar, warum er ein so erfolgreicher Politiker gewesen war. Er hatte mich mit seinen Worten eingekreist wie eine Python. Zweifellos hatte er dasselbe mit aufmüpfigen Abgeordneten gemacht und sie mit Drohungen und Druck wieder auf Linie gebracht. Und wir waren nur zwei verängstigte Kinder. Wir waren ihm kein bisschen gewachsen.

Dann wandte er sich an Jake. »Wie ich ganz zufällig weiß, hat dein Vater mit seinen Bewirtschaftungsmethoden gleich mehrfach gegen geltendes Gesetz verstoßen. Methoden, die dazu führen könnten, dass er seinen eigenen Grund und Boden verliert, sollte ich mit den richtigen Leuten sprechen.« Er ließ das Gesagte einen Moment sacken, dann fuhr er fort: »Ich schlage Folgendes vor«, sagte er ach so besonnen und vernünftig. »Niemand ruft irgendwen an. Und ihr beide bleibt heute Nacht hier. Es ist spät. Ihr seid müde. Ihr solltet euch ein bisschen ausruhen.«

Schon damals spürte ich, dass er versuchte, die Zeit gegen uns auszuspielen. Jede Minute, die wir nicht die Polizei riefen, machte es noch ein bisschen unwahrscheinlicher, dass wir es je tun würden.

Wir wurden in die Bibliothek im Erdgeschoss geführt. Er ließ uns ein paar Minuten allein und kam dann zurück, um uns je einen dicken Umschlag in die Hand zu drücken.

»Werft einen Blick hinein«, sagte er. »Bitte.«

In meinem Umschlag befand sich mehr Geld, als ich je zuvor auf einem Haufen gesehen hatte. Dreitausend Pfund, wie sich herausstellte. Mit sechzehn ein ganzer Haufen. Eine ernstzunehmende Erwachsenensumme. Schon allein der körperliche Akt, die Umschläge entgegenzunehmen, sie aus seiner Hand zu empfangen, hatte etwas verändert. Selbst wenn wir sie ihm vor die Füße geschmissen hätten, hatte dieser simple, nur den Bruchteil einer Sekunde andauernde Akt uns in gewisser Weise zu Komplizen gemacht.

»Ruht euch aus«, sagte er noch, bevor er die Tür schloss.

Der unausgesprochene Schlusssatz lautete: *Und haltet gefälligst eure verdammte Klappe.*

Jake drehte sich zu mir um. Im matten Schein der Stehlampe sah er abgespannt und blass aus. Als hätte die Nacht sämtliche Spuren des sonnengebräunten fröhlichen Jungen, den ich kannte, fortgespült.

»Cora …«, begann er. »Ich war so verwirrt, als sie heute Abend hier aufgetaucht ist.«

»Warum?«

»Sie hat ein Kind«, erklärte er. »Sie ist Mutter.«

»Was?« Mein erster Gedanke war, dass er sich geirrt hatte. Cora konnte unmöglich Mutter sein. Die Tattoos, die Piercings, der Eyeliner, das Oben-ohne-Sonnenbaden … das ging doch nicht?

»Ja, und du kennst ihren Sohn. Shrimp. Der Junge vom Campingplatz. Sie hat ihn mit ungefähr sechzehn bekommen. Oh Gott.«

Er beugte sich vornüber, und ich konnte hören, wie er weinte. Aber nach einer Weile hörte er abrupt auf, und als er wieder aufsah, war sein Gesicht ganz weiß vor Zorn. »Wir können sie nicht damit davonkommen lassen«, stieß er aus. »Sie sollte bezahlen für das, was sie getan hat.«

»Aber du hast doch gehört, was ihr Großvater gesagt hat«, erwiderte ich. »Sie werden einfach behaupten, dass wir genauso schuld sind.« Was ich wirklich meinte, war: Sie werden behaupten, dass *ich* die Schuldige bin. Schließlich war ich diejenige, die die Pilze gesammelt hatte. »Außerdem hat er deine Familie bedroht.«

In diesem Moment sah ich, wie sein Kampfgeist erlosch.

»Ich kann das nicht.« Ich erinnere mich, wie er diesen Satz wieder und wieder in die Dunkelheit flüsterte. »Ich kann das nicht.«

Ich sehe Eddie an. »Ich glaube nicht, dass ich in der Nacht geschlafen habe«, sage ich. »Aber ich muss doch eingenickt sein, zumindest für ein paar Minuten, denn als ich aufwachte, war dein Bruder fort. Das war das letzte Mal, dass ich ihn gesehen habe.«

Eddie schluckt. »So war das also«, sagt er heiser. »Ich habe mich immer gefragt, was wohl vorgefallen war. Und meine Eltern. Sie haben nie erfahren …«

»Am nächsten Tag habe ich ihm gesimst«, erzähle ich. »Aber ich bekam keine Antwort. Ich dachte, vielleicht lag es ja doch an meinem Handy. Also versuchte ich, ihn anzurufen. Und dann – am Tag unserer Abreise – ging ich schließlich zur Farm, um mit ihm zu reden. Ich hatte das Gefühl, innerlich komplett durchzudrehen, versuchte aber, mich vor meinen Eltern halbwegs normal zu verhalten. Ich wollte hören, was passiert war, hatte aber gleichzeitig Angst. Als ich zum Hof kam, sah ich das Polizeiauto mit dem Blaulicht. Eine Frau stand am Tor und weinte. Ein Mann stand neben ihr und hatte seine Arme um sie gelegt. Das müssen deine Eltern gewesen sein. Ich dachte: Er hat es ihnen erzählt. Er hat es der Polizei erzählt. Und da rannte ich den ganzen Weg zum Campingplatz zurück und wartete darauf, dass es endlich vorbei wäre.

Als Dad später zum Wohnwagen zurückkam, schaute er bekümmert drein. Ich versteckte mich in meiner kleinen Kammer, und mein Herz schlug so heftig, dass ich dachte, meine Eltern müssten es hören, während ich durch die papierdünne Tür lauschte. ›Graham hat mir gerade was Furchtbares erzählt‹, hörte ich ihn zu Mum sagen. ›Ich bin fast schon froh, dass wir abreisen. Es überschattet das Ganze. Ich meine … Es ist einfach nur tragisch.‹

Den Rest bekam ich nur noch bruchstückhaft mit. ›Junger Bursche vom Bauernhof … sein Moped ist letzte Nacht über die Klippen gestürzt … sie suchen noch nach der Leiche …‹«

Den letzten Teil habe ich Eddie erzählt, ohne ihm dabei in die Augen zu sehen, denn ich hätte sonst unmöglich alles über die Lippen gebracht. »Wie du siehst, war es meine Schuld«, fahre ich fort. »Ich habe ihn zum Manor mitgenommen. An diesen Ort. Ich war der Grund, dass er in Frankies kranke Spielchen hineingezogen wurde.« Endlich hebe ich meinen Kopf, halte seinem Blick stand. »Das ist die Wahrheit. Wenn ich nicht gewesen wäre, wäre dein Bruder nicht gestorben.«

## FRANCESCA

Ich gleite durch die Mengenmenge auf die Klippen zu, unentwegt lächelnd und strahlend, obwohl ich mich eigentlich etwas hibbelig fühle und ein bisschen … benebelt. Tatsächlich auf beinahe angenehme Art und Weise. Ein wenig so, als hätte ich gerade etwas eingeworfen, nur dass ich kaum mehr als ein paar Schlucke Bio-Cider zu mir genommen habe – ach ja, und diese kleinen Glückspillen vorhin in der Wohnung –, schließlich ist Francescas Körper auch ihr Tempel … *bla, bla, bla und der ganze Scheiß*. Ups, ich rede ja schon wieder in der dritten Person. Aber so ist das nun mal – in jedem von uns steckt eine Vielzahl von Identitäten!

Mein Handy vibriert. Ich schaue aufs Display. *Owen*. Na, endlich.

Tja, eigentlich habe ich gerade keine Zeit. Erst muss ich sehen, was unten am Strand los ist. Außerdem hatte er selbst ja offenbar kein Problem damit, meine Anrufe zu ignorieren. Womöglich ist es gar nicht so schlecht, ihm eine Kostprobe seiner eigenen Medizin zu geben.

Während ich so zwischen den Gästen hindurchschwebe, registriere ich noch mehr Menschen, die sich merkwürdig verhalten: einen Mann, der, alle viere von sich gestreckt, auf dem Boden liegt und einfach nur in den Sternenhimmel starrt, eine Frau, die einzeln die Blätter von ihrem Kopfschmuck zupft und ... *Isst* die das Zeug etwa? Etwas völlig Bizarres ist hier im Gange.

Ein Schreck durchfährt mich. Da ist wieder ein maskiertes Gesicht – und es starrt mich direkt an. Dann taucht es im Gedränge ab.

Ich gehe weiter. Lasse mich von meinen Füßen vorwärtstragen. Atme durch die aufsteigende Blase von Angst hindurch. Alles ist gut.

Da!

Auf der anderen Seite der Menge, zwischen zwei tanzenden Frauen, taucht sie wieder auf. Eine verhüllte Gestalt, die sich dunkel von der weißen Kleidung der übrigen abhebt. Dann scheint auch sie sich in Rauch aufzulösen.

Ich schließe die Augen. Das muss an dem gegenwärtigen Stress liegen. Sie sind nicht real, sie sind nicht real ...

»Schau dir das an!«, höre ich einen Mann direkt vor mir rufen.

Mehrere Gäste haben sich am Klippenrand versammelt und blicken zum Strand hinab. Ich trete auf sie zu. Erst kann ich nur einen Umriss ausmachen. Ein monströs großes Ding, dessen Spitze fast schon an die Höhe der Klippe heranreicht. Aber richtig erkennen kann ich es nicht – es ist so dunkel unten. Eine Wolke hat sich vor den Mond geschoben, und außerdem ist mein Blick wohl etwas getrübt. Vielleicht durch den Schweiß bei dieser unnatürlichen Hitze. Von allen Seiten ist ein Geschnatter und Gekrächze zu hören. Woher kommt das bloß? Es ist fürchterlich. Und dabei so nah. Ich halte mir die Ohren zu, aber ich kann es immer noch hören. Ist es in meinem Kopf?

Über dem Horizont, weit draußen auf dem Meer, ist ein Lichtstreif zu sehen. Ein Blitz in weiter Ferne. Aber die Luft ist trocken. So stickig, so heiß. Aber trocken. Ein weiterer kleiner Blitz erleuchtet kurz etwas mehr von dem Gebilde. Ich sehe ganz klar einen Kopf. Einen Körper. An den Seiten riesige ausgestreckte Arme. Nein ... Flügel. Das Gackern und Schnattern nimmt weiter zu. Ich spüre, wie sich auf meiner Kopfhaut jedes Haar einzeln aufstellt. Das muss an einer Störung in der Atmosphäre liegen, dieselbe elektrisierende Kraft, die auch die Blitze erzeugt.

Das Geschnatter steigert sich zu einem kreischenden Inferno. Es ist kaum noch zu ertragen. Aber die anderen um mich herum scheinen es nicht wahrzunehmen. Sie schauen nur verwundert zu dem grässlichen Ding hinunter, zeigen mit dem Finger drauf, stoßen aufgeregte und bewundernde Laute aus.

Der Mond gleitet hinter der Wolke hervor, und plötzlich kann ich die ganze grässliche Gestalt sehen. Mir stockt der Atem. Das Ding ist dreimal so groß wie ein Mann und nach ganz anderen Maßstäben gefertigt als die anderen Skulpturen – die anmutigen, feingliedrigen Kunstwerke, die *ich* in Auftrag gegeben habe. Das hier ist ein plumper, schwerfälliger Koloss. Der kapuzenverhüllte Kopf mit den dunklen, starrenden Augenhöhlen, der bedrohliche Hakenschnabel, die gewaltigen schwarzen Flügel, die aufgespannt fast so breit sind wie die Figur hoch. Ich nehme eine groteske Bewegung wahr – die Oberfläche scheint unablässig zu beben und zu zucken. Ich schaue noch mal genauer hin und erkenne, dass Tausende von Federn in das Flechtwerk eingewoben sind.

Sogar riechen kann ich es – ein beißender Gestank, der sich in meinem Rachen festsetzt.

»Kann es sein, dass da unten jemand ist?«, fragt eine Frau neben mir ihren Gefährten. »Schau!«

Ich glaube, sie hat recht. Flüchtig erhasche ich einen Blick auf eine schattenhafte Gestalt am Fuß des Gebildes, einen winzigen Funken. Dann ein jähes Aufleuchten, und schon geht der Koloss mit einem rauschenden Knall in Flammen auf. Die Gäste um mich herum schnappen nach Luft. Die gesamte Konstruktion muss in Benzin getränkt gewesen sein.

Der Hitzeschwall fegt mich beinahe von den Füßen. Funken und brennende Trümmerteile wirbeln durch die Luft, fliegen über die Klippe hoch ... regnen auf die Gäste herab.

Nun, da die Flammen in seinem Inneren emporlecken, scheinen seine Augen vor geballter Bosheit regelrecht zu glühen. Es ist, als würde er mich direkt anstarren.

## EDDIE

Benommen sitze ich da und versuche, zu verarbeiten, was Bella mir gerade erzählt hat.

»Aber so war es nicht«, sage ich schließlich.

»Was?« Bella runzelt die Stirn.

»Mein Bruder Jake. Er ist nicht gestorben.«

Sie sieht mich völlig fassungslos an. »Aber ... ich verstehe nicht. Ich habe gehört ...«

»Vielleicht *wollte* er sterben«, fahre ich fort. »Ich meine, ich war noch klein, und meine Eltern haben *nie* darüber gesprochen. Aber ich weiß, dass er sich irgendwo eine Menge Drogen besorgt und versucht hat, mit seinem Motorrad über die Klippen zu rasen. Ich schätze mal, er hat es sich in letzter Sekunde anders überlegt oder so. Das Motorrad ist über die Kante geschlittert und auf den Felsen darunter gelandet. Totalschaden. Zuerst gingen alle vom Schlimmsten aus, dass seine Leiche vielleicht vom Meer fortgespült worden war oder so, weil er mehrere Tage verschwunden blieb. Als er dann doch wieder auftauchte ... da konnte sogar ich sehen, dass etwas anders war. So, als gäbe es den alten Jake nicht mehr. Als wäre da ... ein Dämon in seinem Inneren. Und es wurde immer schlimmer.«

Ich erzähle ihr von den Drogen. Den Diebstählen. »Er hat den Traktor von meinem Dad verkauft. Ist eines Tages einfach damit weggefahren und hat ihn verscherbelt. Das dürfte ihm mehrere Zehntausend Pfund eingebracht haben. Es ist meinen Eltern nie gelungen, aus ihm herauszubekommen, wofür er das Geld ausgegeben hat. Wahrscheinlich für noch mehr Drogen. Meine Eltern mussten eine neue Hypothek auf den Hof aufnehmen, um einen neuen Traktor zu kaufen. Sie haben beinahe alles verloren.«

Bella starrt mich blass und entgeistert an. »All die Jahre«, beginnt sie, »habe ich gedacht …« Sie verstummt. »Aber … wo steckt er jetzt?«

»Keine Ahnung.«

»Wie meinst du das?«

»Er hat sich … wie soll ich sagen? Abgesetzt? Er könnte praktisch überall sein.« So, wie er damals drauf war, könnte er heute auch tot sein, aber ich habe mir nie erlaubt, das zu glauben. »Nach der Geschichte mit dem Traktor … da musste meine Mutter meinen Vater davon abhalten, ihn anzuzeigen. Dad meinte, er wolle ihn nie wiedersehen. Er sagte, für ihn sei sein älterer Sohn damit gestorben. Die Sache ist: Mein Dad ist ein Hitzkopf. Ich bin mir sicher, dass er es im Nachhinein bereut hat.« Ich weiß es sogar. Denn an jenem Abend hat er sich in der Scheune eingeschlossen und den Motor des neuen Traktors angeworfen. »Aber da war Jake schon fort.«

Deswegen ist es in gewisser Weise tatsächlich so, als wäre er gestorben. Ich muss an all die Jahre denken, die wir als Familie verloren haben. All die Nächte, die ich oben in meinem Zimmer lag und Mum unten in der Küche schluchzen hörte: »Ich weiß ja nicht mal, wo er jetzt steckt. Mein kleiner

Junge. Er könnte … mein Gott … er könnte irgendwo tot in der Gosse liegen.«

Ich muss an den Dad denken, an den ich mich gerade noch so erinnern kann, den Dad, der Seemannslieder aus der Gegend schmetterte und – wenn er genug intus hatte – sogar seine alte Fiedel auspackte. Ich muss daran denken, dass ich nie dieses herzhafte Lachen höre, das ich früher von ihm kannte. Daran, dass meine Eltern kaum noch ein Wort miteinander wechseln.

Und dann denke ich an all die Male, die ich an der Zimmertür meines Bruders vorbeigegangen bin, hinter der alles genauso geblieben ist wie damals, als er verschwand, da Mum jede Woche saugte und den Staub wegwischte, der sich auf den Möbeln niederließ. An all die Male, die ich mir sein Bodyboard, seine Fußball- und Rugbytrophäen, seine Bücher und die Fotos von ihm angeschaut habe. Ich habe mir ausgemalt, was er mir alles hätte beibringen können – lauter Sachen, die ein großer Bruder seinem kleinen Bruder eben beibringt. Ich habe an all die Dinge gedacht, die wir gemeinsam hätten unternehmen, all die Abenteuer, die wir hätten erleben können.

Ich erinnere mich daran, wie ich mich einmal in Jakes Zimmer geschlichen und einen Pullover aus seinem Kleiderschrank genommen habe, der noch immer nach ihm roch. Ich probierte ihn an, aber er war viel zu groß, und die Ärmel baumelten über meine Hände. Jahre später probierte ich denselben Pullover abermals an, und er passte, aber Jakes Geruch war verschwunden.

Ich denke daran, wie ich als Kind nachts im Bett lag und versuchte, mich an ihn, an den Klang seiner Stimme zu erinnern. Wie ich versuchte, ihn irgendwo da draußen zu erspüren, und mir vorstellte, wo er sein und was für ein Leben er führen könnte. Und wie ich dann stinksauer auf ihn wurde, denn, falls er irgendwo da draußen steckte, warum kam er dann nicht einfach wieder nach Hause?

Jetzt weiß ich, warum. Jetzt verstehe ich. Weil eine Frau im Wald gestorben ist, weil er dabei war, sie aber weder retten noch irgendwem davon erzählen konnte. Und dann kam Dad und sagte, er wolle ihn nie wiedersehen. Dabei war nichts von alldem wirklich seine Schuld. Wie Bella sagte, diese Frankie ist damit durchgekommen. Francesca Meadows. Sie ist ungestraft davongekommen, während meine Familie daran zerbrochen ist.

»Es gab nie eine Erklärung«, sage ich. »Wenn wir es gewusst hätten ... wenn meine Eltern es gewusst hätten ... wer weiß ...« Ich bringe die Worte kaum über die Lippen. Als ich Salz auf meinen Lippen spüre, merke ich, dass ich weine.

Bella streckt ihre Hand über den Tisch aus und legt sie auf meine. Dann sagt sie: »Eddie, deswegen bin ich hier, wegen der Leben, die sie in jener Nacht zerstört hat. So etwas kann man nicht einfach hinter sich lassen, als wäre es nie geschehen. Und man kann verdammt noch mal auch nicht einfach zurückkehren, als wäre nichts geschehen.«

Ich bin mir nicht sicher, ob sie merkt, wie fest sie meine Hand umklammert, denn meine Finger schmerzen. Ihr Gesichtsausdruck macht mir ein bisschen Angst. Mir ist zwar klar, dass sie nicht auf mich wütend ist, aber ich bin fast schon erleichtert, als die Tür zum Dining-Dome auffliegt und Ruby hereinplatzt.

»Ähm, hallo.« Sie schenkt Bella ihr blendendes professionelles Lächeln. Dann fällt ihr Blick auf Bellas Hand, die meine hält, und sie schaut mich an, so nach dem Motto: *Gib mir ein Signal, falls du bei einer Irren in der Falle sitzt.* Dann runzelt sie die Stirn. »Äh, Eddie? Es gibt da etwas, wobei ich deine Hilfe bräuchte …« Ich höre ihr an, dass sie ihre Worte mit Bedacht wählt, aber irgendwie wirkt sie sehr nervös.

»Oh.« Meine Stimme klingt, als käme sie aus weiter Ferne. »Ja. Tut mir leid. Ich komme gleich …« Ich wende mich wieder an Bella.

»Geh nur«, sagt sie. »Ich habe ohnehin etwas zu erledigen.« Ihre Stimme ist hart, entschlossen. Sie blickt durch die gläserne Außenwand in die Nacht hinaus, als wäre sie bereits woanders.

Als wir uns vom Dining-Dome entfernen, greift Ruby nach meinem Arm und murmelt: »Wer war das?«

»Ach«, sage ich, noch immer benommen. »Niemand. Nur ein … Gast.« Ein Gast, der gerade alles, was ich über meinen Bruder zu wissen glaubte, in der Luft zerrissen und zu einem komplett neuen Bild zusammengefügt hat. Jake hatte damals gar keine Wahl. Er muss solche Angst gehabt haben. Muss sich so allein gefühlt haben.

»Die kam ziemlich krass rüber«, meint Ruby.

Ich kriege ein Achselzucken zustande. »Wahrscheinlich hat sie zu viel getrunken.«

Zum Glück ist Ruby zu beschäftigt, um weiter nachzuhaken. »Hier entlang«, sagt sie und marschiert auf das Manor zu. »Es gibt da ein … Problem, bei dem ich deine Hilfe brauche.« Sie deutet in Richtung der Menschenmenge auf dem Rasen. »Oh, und hier draußen geht's wirklich ziemlich wild zu.«

»Was?« Ich habe Mühe, mich zu konzentrieren.

»Ähm … die Gäste führen sich alle richtig schräg auf. Eigentlich sollten sie jetzt an den Tischen sitzen. Aber schau sie dir an!«

Jetzt erst hebe ich den Blick und sehe, was sie meint. Das Essen wurde aufgetragen: zig Teller mit kunstvoll angerichteten Salaten und gegrilltem Fisch, edlen Arrangements aus gebratenem Gemüse, Spanferkelscheiben vom Spieß, das Ganze mit bunten essbaren Blüten übersät ... Aber es steht unangerührt im Licht der halb abgebrannten Kerzen herum. Kein einziger Gast hat seinen Platz an den Tischen eingenommen, dafür sind mehrere Stühle umgestoßen. Schon bevor ich mit Bella verschwand, war die Stimmung ziemlich locker gewesen, aber das hier ist ein ganz anderes Level. Die Gäste rennen und krabbeln umher oder stehen schwankend auf der Stelle. Ein ganzer Haufen drängt sich am Rand der Klippe und schaut auf den Strand hinunter.

Ruby streckt den Zeigefinger, und ich sehe, wie sich das Tuch, das den Tisch vor uns bedeckt, leicht hebt, sodass ich einen Blick auf nackte, sich verknotende Arme und Beine erhasche.

»Haben die etwa gerade ...« Ich blinzle, in dem Versuch, etwas zu erkennen, schaue dann aber schnell wieder weg. »Oh.« Ja, so wie es ausschaut, tatsächlich.

»Scheiße«, sagt Ruby plötzlich und hebt wieder den Finger. »Ich glaube, jetzt sind sie auch im Pool.«

Ich erblicke sich räkelnde, von der Poolbeleuchtung beschienene Leiber, höre seltsame Schreie und Jauchzer. Während wir dem Treiben zusehen, kommen immer mehr Gäste dazu, hüpfen hinein und scheinen sich nicht im Geringsten um die Leute zu kümmern, auf denen sie landen.

»Was ... was ist denn mit denen allen los?«, frage ich. »Ich kapier das nicht.«

»Sieht so aus, als ob alle komplett high wären«, erwidert Ruby. »Ich meine, ja, klar, ich hab ein paar von denen dabei gesehen, wie sie sich auf dem Klo die Nase gepudert haben. Aber die können sich doch unmöglich *alle* abgeschossen haben, oder?«

Wir sind jetzt beinahe am Hauptgebäude angelangt. Ruby führt mich nach hinten in Richtung des Personaleingangs.

»Wohin gehen wir?«, will ich wissen.

»Er behauptet, er wär ein Kumpel von dir. Und du hättest ihn eingeladen. Ich meine, klar ist das Quatsch, aber falls er ein Freund von dir ist, wollte ich dir die Chance geben, mit ihm zu reden, bevor ich die Polizei rufe.«

Mist. Ich habe kein gutes Gefühl dabei. Als ob ich gerade nicht genug andere Probleme hätte.

»Da.« Ruby hebt den Finger, und da sehe ich sie: zwei Schatten im Blumenbeet. Ich höre Gekichere und Geflüster. »Alter, verfickte Scheiße!«, ruft eine Stimme, die mir nur allzu bekannt vorkommt.

»Nathan?«, rufe ich. Die beiden erstarren und schauen hoch. Ihre Augen schimmern im Licht der Laternen, die den Weg säumen. Es sind Tate und dieser andere Typ von der Band, Gareth, der grinsende Idiot hinter dem Schlagzeug.

Während ich sie ansehe, fällt mir wieder ein, wie Nathan neulich Abend am Strand meinte: *Hab gehört, sie veranstalten da so ein beschissenes Mittsommerfest. Ein Kumpel von mir arbeitet für einen Hof, der Cider aus Bioäpfeln herstellt. Er meinte, sie hätten die größte Bestellung aller Zeiten bei ihnen aufgegeben.* Und mir fällt ein, dass, wenn man in der Gegend hier auf der Suche nach Stoff ist, Nathan Tate genau die richtige Adresse ist.

»Ruby«, sage ich. »Ich glaube, ich weiß, was mit den Gästen los ist.«

# FRANCESCA

Während ich auf das monströse Ding am Strand hinunterstarre, schwebt eine brennende Feder auf mich zu, und ich spüre ihren schmerzhaft glühenden Kuss auf meiner Wange. Das tat weh. Ich bekomme eine Gänsehaut. Meine Sicht verschwimmt. Sie sind real. Das ist es, was das Ding am Strand zu bedeuten hat. Diese maskierten Gesichter, die ich immer wieder in der Menge sehe. Großvaters Warnung, als ich ihn das letzte Mal sah. Die Vögel …

Sie kamen ihn holen. Und jetzt sind sie hier. Jetzt kommen sie, um mich zu holen …

Ich wende dem abscheulichen Ding den Rücken zu. Ich ertrage seinen Anblick keine Sekunde länger. Und da erblicke ich sie. Ich weiß nicht, wie ich sie überhaupt habe übersehen können. Stocksteif steht sie da, während die übrigen Gäste sich entlang der Klippe scharen. Sie schaut nicht runter zum Strand wie die anderen. Sie sieht mich an. Es ist beinahe eine Erleichterung. Endlich ein Problem, mit dem ich tatsächlich fertigwerden kann.

Dumme kleine Sparrow. So ein kleiner Spatz sollte sich nicht so weit ins Unbekannte wagen. Sollte nicht so nah an die Sonne heranfliegen.

*Der Tag nach der Sonnenwende*

## DETECTIVE INSPECTOR WALKER

Walkers Handy summt in seiner Tasche. Es ist die Leiterin des Spurensicherungsteams am Strand.

»Ich wollte Sie nur auf den neuesten Stand bringen.«

»Wie sieht es bei Ihnen aus?«

»Die Flut hat ihren Höchststand erreicht«, berichtet sie. »Wir haben alles, was wir konnten, davor in Sicherheit gebracht. Die Leiche wurde abtransportiert. Wir haben uns mittlerweile das Auto vorgenommen – den Aston Martin, oben auf der Klippe.«

»Okay«, sagt Walker. »Irgendwas von Interesse?«

»Am Lenkrad ist Blut. Außerdem haben wir auch eine Tasche im Fußraum gefunden, die einige persönliche Gegenstände enthielt: ein silbernes Schmuckstück, einen Ring. Außerdem einen Schlüssel – sieht aus wie der zu einem eleganten Hotel. Darauf steht«, sie räuspert sich, »Woodland-Hutch elf.«

*Sonnenwende*

## EDDIE

»Hi, Nathan«, sage ich. Obwohl es gefühlt hundert Grad warm ist, trägt er einen schwarzen Kapuzenpulli. Sogar die Kapuze hat er aufgesetzt, als würde er sich für einen Gangster halten.

»Ich lass euch mal allein«, murmelt Ruby gedämpft. »Ich soll die Gäste an die Tische bringen. Aber ruf mich, falls du Hilfe brauchst, ja?« Sie wirft mir einen demonstrativen Blick zu, bevor sie wieder ums Gebäude verschwindet.

»Ah«, sagt Tate, sobald sie fort ist. »Mein alter Kumpel Eddie, Eddie, Eddie. Was geht bei dir, du alter Halunke?«

Aber seine Augen passen nicht zu seinem Tonfall. Seine Augen sind die eines verwundeten Tieres – wie die von dem Hirsch, den Dad einmal mit der Schrotflinte erlegen musste, nachdem jemand ihn auf der Straße neben der Farm angefahren hatte. Das Feuerzeug in seiner Hand klickt und flackert unentwegt. Da erst merke ich, dass er versucht, etwas hinter sich zu verstecken, etwas Sperriges.

»Was hast du da, Kumpel?«, frage ich. Er verlagert sein Gewicht, um mir den Blick zu versperren. Ich leuchte mit der Taschenlampe an ihm vorbei: drei Benzinkanister. »Nathan, was hast du damit vor?«

»Ach, komm schon, Eddie. Ist dir dieser Laden nicht auch scheißegal? Diese Leute? Hast du sie dir mal angesehen? Die haben sich komplett die Birne zugedröhnt. Zum Schießen.«

»Auf was sind die drauf?«, frage ich so ernst wie möglich. »Ich weiß, dass du dahintersteckst.«

Tate wendet sich an den anderen Typen und übergeht meine Frage. »Gaz und ich haben uns jedenfalls gedacht, wir haben etwas Spaß auf der Party und sehen uns ein bisschen um, nicht wahr, Gaz? Alles ganz harmlos. Dann sind wir zufällig über diese Teile gestolpert, die jemand einfach hier abgestellt hat. Wir wollten nur sicherstellen, dass sie nicht in die falschen Hände geraten, weißt du? Denn das wäre wirklich ein Jammer.«

»Komm schon, Nathan, lass gut sein.«

»Nee, danke, aber ich glaube nicht, dass ich das tue. Sie hat uns alles genommen. Du hast meinen Dad gesehen. Er ist ein Wrack. Dieser Ort hat ihn so gut wie umgebracht.« Seine Stimme ist jetzt tief und rau. »Wir werden ihn nie wieder zurückbekommen.« Dann richtet er sich zu seiner vollen (nicht allzu imposanten) Größe auf und zischt: »Ich will diesen verdammten Laden brennen sehen. Du willst mir doch nicht etwa weismachen, dass dir diese reichen Wichser wichtiger sind als Tome … als deine eigenen Leute?«

Ich hege nicht die geringste Sympathie für diesen Ort. Jetzt erst recht nicht mehr. Aber es könnten unschuldige Menschen zu Schaden kommen.

»Lass es einfach, Nathan«, sage ich. »Das mit deinem Vater tut mir leid. Aber das da wird es nicht besser machen. Geh … geh einfach nach Hause, ja?«

Er nimmt einen Benzinkanister. »Gaz, gib mir das Feuerzeug.«

»Ich werde es nicht noch einmal sagen«, warne ich und mache mehrere Schritte auf ihn zu. »Und ich weiß auch, dass du heute Abend etwas in den Cider getan hast.«

»Keine Ahnung, wovon du redest.«

Ich glaube ihm keine Sekunde. Als ich Bella von meinem Bruder erzählt habe, ist mir noch etwas anderes klar geworden, etwas, das ich irgendwie immer gewusst, aber nie laut ausgesprochen habe. »Und ich weiß auch, dass du damals derjenige warst, der Jake mit Drogen versorgt hat.«

»Komm mir nicht so«, sagt er spöttisch. »Er war ein großer Junge. Er hat das alles allein getan. Sein eigenes Leben vermasselt. Nicht, dass es nicht irgendwie unterhaltsam gewesen wäre, ihm dabei zuzusehen. Von wegen Musterknabe und so.«

Ich verpasse ihm einen Schlag. Noch nie habe ich jemanden geschlagen, und meine Faust schmerzt, aber ich glaube, Tate schmerzt es allemal mehr. Er taumelt rückwärts und hält sich das Gesicht. Ich zittere am ganzen Körper. Aber ich werde nicht lügen: Nach allem, was ich heute Abend erfahren habe, bei dem ganzen Gefühlschaos, das in mir tobt, hat es auch was Befreiendes.

»Fuck!«, flüstert Gaz und klingt fast schon beeindruckt. »Alter!«

»Du kleiner Pisser!«, stöhnt Nathan durch seine Finger hindurch. Er nimmt seine Hand weg, und jetzt sehe ich, wie das Blut aus seiner Nase rinnt. Ich bin so schockiert von dem, was ich getan habe, dass ich stolpernd davonlaufe.

»Jaja!«, ruft Nathan mir hinterher. »Schon klar, auf welcher Seite du stehst, du Ratte! Aber du kannst uns nicht mehr aufhalten. Wir werden uns die Hexe holen! Sie wird nicht davonkommen!«

# BELLA

»Oh mein Gott«, flötet Francesca und kommt auf mich zugeschwebt. »Bist du es wirklich? Ich dachte mir schon, ich hätte dich gestern beim Frühstück gesehen! Aber dann sagte ich mir: Das kann nicht sein! Die Frisur hat mich wohl irritiert. Steht dir! Wie geht es dir, meine Liebe? Was machst du heute so? Es ist ja so lange her.«

Kurz bin ich völlig aus dem Konzept gebracht. Wenn ich eines nicht erwartet habe, dann das. Dieses Verhalten ist einfach nur schamlos. Aber andrerseits war sie das schon immer. Menschen ändern sich nicht wirklich. Das ganze Drumherum – die sanften Locken, die Fotoaufnahmen der naturverbundenen Göttin mit den Bauernhoftieren, die fließenden Leinengewänder –, es verbirgt etwas Kaltes und Unnachgiebiges. Unter der ganzen Maskerade war sie schon immer knallhart.

Ich mache einen Schritt auf sie zu. Ihr Blick weicht meinem aus, sie ist unfähig, mir in die Augen zu schauen. Es ist der einzige Hinweis, der sie verrät.

»Francesca, ich muss mit dir reden.«

Sie schwingt das Haar über die Schulter. »Oh«, erwidert sie aalglatt, »wie lustig! Ich hatte auch gehofft, mich mit dir unterhalten zu können!«

Ihr breites Lächeln ist so unheimlich wie das der Grinsekatze. Dennoch schlucke ich meine Angst runter und trete auf sie zu, wobei ich ihr bewusst zu nahe komme. Und es zeigt Wirkung. Sie weicht einen Schritt zurück, und ich sehe, wie etwas über ihr Gesicht huscht: Angst.

Ich verspüre so etwas wie Triumph. Offenbar hat sie begriffen, dass ich nicht mehr das schüchterne kleine Mädchen aus ihrer Erinnerung bin, dass sie mich nicht mehr einfach so herumschubsen kann. Um das ein für alle Mal klarzumachen, mache ich noch einen Schritt vorwärts und packe sie am Handgelenk, wobei ich die zerbrechlichen Knochen unter meinen Fingern spüre.

Vage registriere ich, dass sich einige Köpfe umgedreht haben und zu uns sehen. »Du kommst jetzt mit«, raune ich. »Oder ich ziehe hier und jetzt eine Riesenszene ab. Eine Szene, die weit über das hier hinausgeht. Sehr viel weiter.«

Erneut huscht ein Anflug von Angst über ihr Gesicht. »Lass uns woanders hingehen«, schlägt sie beschwichtigend vor, während ihr Blick zu den gaffenden Gästen zuckt. »Wo es ruhiger ist. Um zu reden.«

Ich folge ihr ins Hauptgebäude, am Eingang der Hotelbar vorbei, wo ich Eddie zum ersten Mal getroffen habe. »Hier«, sagt sie und öffnet eine Tür. »Ich glaube, du wirst dich an diesen Raum erinnern. Er hat sich kaum verändert. Gemütlich, findest du nicht?«

Es ist die Bibliothek. Antike Wälzer und Kuriositäten füllen die Bücherregale, die drei der Wände säumen. Die vierte wird von dem großen alten Kamin dominiert. Ich glaube nicht, dass sie sich zufällig für diesen Raum entschieden hat. Denn das letzte Mal war ich mit Jake hier. Nachdem wir dreitausend Pfund für unser Schweigen erhalten hatten.

Sie schließt die Tür, und dann sehe ich, wie sie den Schlüssel umdreht. Sofort schrillen meine Alarmglocken, und ich fahre mit der Hand über meine Umhängetasche, um die beruhigende Form der halben Ginflasche zu ertasten, die ich aus meinem Zimmer mitgenommen habe. Wenn auch ganz vorsichtig, denn bevor ich vorhin den Dining-Dome verließ, habe ich den Bauch der Flasche am Tisch abgeschlagen, sodass die Kante am Hals nun tödlich scharf ist. Eine Jugend im Londoner Süden hinterlässt nun mal Spuren …

Sobald der Riegel eingerastet ist, fährt sie mich zischend an: »Was willst du hier?« Francesca Meadows ist in ihrer Eso-Duftwolke verpufft, und vor mir steht die Frankie, die ich kannte. Beinahe verspüre ich Erleichterung. Das Kunstgebilde Francesca Meadows hatte immer was von Gaslighting. Denn Frankie … Frankie war biestig, cool und witzig. Frankie rauchte Marlboro Lights und trank mit Bananen-Nesquik gestreckten Malibu. Frankie mit ihrer coolen Reiche-Mädchen-Stimme – rauchig, abgeklärt. Frankie mit ihren Angebergeschichten von sexuellen Eskapaden auf irgendwelchen Raves in Londoner Lagerhallen. Frankie, die in mir die Sehnsucht nach einem größeren, glamouröseren Leben weckte und mir manchmal das Gefühl gab, es beinahe schon schmecken zu können.

Frankie, die mein Leben ruinierte.

»Warum bist du hergekommen?«, fragt sie.

Ich blinzle und merke, dass mich die abrupte Verwandlung so verblüfft hat, dass ich einen Moment in die Defensive geraten bin. Aber nicht lange. Ich umfasse den Flaschenhals in meiner Tasche, um mir Mut zu machen.

»Ich bin gekommen, um dich an das zu erinnern, was du getan hast. Mir scheint, du könntest eine Auffrischung gebrauchen.«

Sie seufzt leise. Als sie wieder spricht, hat sich ihre Stimme abermals verändert, und sie ist wieder Francesca Meadows, die Luxus-Eso-Göttin, und Frankie hat sich in die Schatten verflüchtigt. »Ach, Sparrow. Du kannst doch nicht dein ganzes Leben in der Vergangenheit verbringen. Das ist einfach nicht gut für dich. Du musst im *Hier und Jetzt* leben.«

»Nun, da bin ich anderer Meinung. Ich finde, du hast das ein wenig zu locker weggesteckt. Es hat dich nicht berührt, nicht wahr? Weder damals noch heute. Kein Fünkchen Reue. Eigentlich sollte es für dich unerträglich sein, hier zu sein. Es müsste dich krank machen. Wie konntest du den Journalisten von deinen idyllischen Sommerferien hier vorschwärmen und ihnen erzählen, wie du hier ständig irgendwelchen ›Schabernack‹ getrieben hast? Als wäre das Ganze nur ein großer Spaß gewesen? Ein Kinderstreich, der leider schiefgelaufen ist?«

»Ach, Sparrow. Das haben wir doch alles schon durchgesprochen, oder nicht? Das war eine schreckliche Tragödie. Niemandes Schuld.«

»Nein. Du hast sie umgebracht. Vielleicht wolltest du uns sogar alle umbringen. Und, ganz ehrlich, in gewisser Weise spielt es keine Rolle, ob du es vorhattest oder nicht. Denn was du danach getan hast und wie ihr alles vertuscht habt – das war einfach nur böse. Sie war nicht wichtig genug, nicht wahr? Eine Einheimische aus dem Ort, arm dazu. Sie war kein echter Mensch, nicht für jemanden wie dich. Die Sache ist die …«, fahre ich fort. »All die Jahre hast du mir das Gefühl gegeben, eine Mörderin zu sein. Du und dein abscheulicher Grandpa, ihr habt Jake und mich zu Komplizen gemacht und uns mit Geld abgespeist. Aber wir waren nicht die Schuldigen. Sondern du, Frankie.«

»Nenn mich nicht so«, zischt sie – wieder ein schlagartiger Rückfall von dem luftig-unnahbaren Wesen von gerade eben. Dann schließt sie die Augen und holt tief Luft. »Sparrow. Du solltest dir Hilfe suchen. Geh für ein paar Monate in ein Retreat. Meditiere. Ernsthaft. Das hat mein Leben verändert. Hat mir ein neues Ziel gegeben.«

»Schon klar«, erwidere ich. »Deswegen bin ich hier.«

»Bist du gekommen, um mich zu töten?«

Die Frage kommt heiter, fast schon im Plauderton – als wären wir auf einer Cocktailparty und würden uns höflich unterhalten. Wieder ist es ihr gelungen, mich aus dem Tritt zu bringen. Aber ich fange mich. »Ich bin hier um der Gerechtigkeit willen. Dabei spielt es auch keine Rolle, dass du die Leiche fortgeschafft hast.«

Sie kräuselt die Stirn. »Wovon um alles in der Welt sprichst du?« Einen Moment lang scheint sie aufrichtig verwirrt, daher setze ich nach.

»Denn es wird trotzdem Beweise geben. Ihr seid nicht gründlich genug vorgegangen.« Ich denke dabei an Coras silbernen keltischen Knotenring, der in meiner Tasche versteckt ist.

»Es gibt keine Leiche«, erwidert sie, wobei ihre Stimme eine Spur höher rutscht als sonst. Zum ersten Mal klingt sie verunsichert. »Grandpa hat sich um alles gekümmert … das hat er mir gesagt. Die ganze … Tragödie – er hat dafür gesorgt, dass sie verschwindet.«

Ich schaue sie an. Sie wirkt aufgebracht. Könnte es sein, dass sie wirklich nichts davon weiß?

Durchaus möglich. Schließlich ist sie gleich am nächsten Morgen abgereist.

»Ich bin damals noch mal zurückgekommen«, beginne ich.

»Am Tag, bevor wir aus Tome abgereist sind.« Ich hatte all meinen Mut zusammengenommen. »Ich wollte mit dir reden, nur wir zwei. Ich wollte dir in die Augen sehen und fragen, ob du es mit Absicht getan hast. Aber du warst schon fort.«

Ich gab am Tor den Code ein und ging die Auffahrt hoch. An der Haustür empfing mich ihr Großvater. ›Francesca und die Zwillinge sind für eine Weile mit ihrer Großmutter weggefahren‹, ließ er mich wissen. ›Ich dachte, mit dir sei bereits alles geklärt. Du hast schon genug angerichtet, meinst du nicht? Du hast hier nichts verloren. Lass uns gefälligst in Ruhe.‹ Die Drohung, für die er sich viel zu fein war, sie auszusprechen, hing in der Luft: *Andernfalls …*

Er schlug mir die Tür vor der Nase zu. Ich drehte mich um und ging die Stufen runter. Ich wäre wohl abgezogen und nie mehr wiedergekehrt, wäre mein Blick auf halbem Weg zum Tor nicht an etwas hängen geblieben … Eine Unebenheit im Boden am Waldrand. Ein Erdhaufen. Mir war klar, dass er mich wahrscheinlich vom Haus aus beobachtete, daher ging ich weiter. Drückte den Knopf, um das Tor zu öffnen. Und dann, in allerletzter Sekunde, schlüpfte ich, statt es zu passieren, seitlich wieder hinein. Ich hielt mich im Schatten der Mauer, und als ich dann die Bäume erreichte, benutzte ich die Stämme als Deckung, um mich am Waldrand entlangzuschleichen.

Die Stelle, die ich von der Auffahrt aus gesehen hatte, war kahl und aufgewühlt. Vielleicht zwei Meter lang. Eine ganze Weile lang stand ich nur da und starrte sie an, während ich hin und her überlegte, was ich mit diesem neugewonnenen Wissen anfangen sollte. Wer weiß, wenn ich älter und mutiger gewesen wäre oder wenn Jake bei mir gewesen wäre … Aber ich war verängstigt, allein auf dem Grundstück eines herrschaftlichen Anwesens, das von einer noblen alten Familie mit Geld, Macht und gefährlichem Einfluss bewohnt wurde.

Ich wusste, dass ich nichts tun konnte, außer mir die Stelle ganz genau einzuprägen: die Lage und die Bäume daneben.

Als ich zum Wohnwagen zurückkehrte, zeichnete ich eine Karte ganz hinten in mein Tagebuch. Es erschien mir wichtig. Damit jemand sich daran erinnern würde. Außerdem schickte ich eine SMS an Jake: *Ich weiß, wo sie ist.*

»Ist es möglich, dass dein heißgeliebter Grandpa nicht ganz so gründlich vorging, wie du dachtest?«, frage ich Francesca jetzt. »Immerhin war er auch ziemlich schlampig, wenn es darum ging, seine Affären zu vertuschen, oder?«

»Sei still«, sagt sie und presst eine Handfläche gegen ihre Stirn, sodass es aussieht, als würde sie nicht nur mich meinen, sondern auch sich selbst. »Halt ... Halt EINFACH DIE KLAPPE!«

Aber ich kann nicht mehr aufhören. Zu gut fühlt es sich an, sie auch nur einen winzigen Teil jener Qualen spüren zu lassen, die mich seit fünfzehn Jahren begleiten.

»Ich möchte, dass du es sagst. Du musst zugeben, was du ihr – uns – angetan hast. Ich möchte meiner Tochter in die Augen sehen können. Ich möchte in den Spiegel schauen können in der Überzeugung, dass ich trotz meiner vielen Fehler und Makel ein guter, anständiger Mensch bin. Ein Mensch, der das Richtige tut. Denn das ist es ...« Jetzt weine ich. »... was du und dein Grandpa mir in jener Nacht genommen habt.« Ich gehe auf sie zu und greife nach der Flasche in meiner Tasche. Ich sehe, wie ihr Blick zu meiner Hand zuckt. Mit etwas Glück glaubt sie, dass ich ein Messer halte.

»Ich habe sie gesehen«, flüstere ich. »Letzte Nacht habe ich die Vögel gesehen.«

Ihr entfährt ein etwas manisches Lachen. »Die Vögel? Ich habe dir doch gesagt, dass das mein Werk war, du dumme Kuh!« Sie gestikuliert in Richtung der Festlichkeiten draußen. »Ich war schon immer gut darin, Spektakel zu inszenieren, oder etwa nicht?«

»Frankie, was das angeht, liegst du falsch …«

»Nenn mich nicht so.«

»Ich habe sie schon damals gesehen …«

Ich glaube, einen Anflug von Angst zu erkennen.

Dann scheint sie sich wieder zu fangen. Und abermals fällt die Maske. »Wann denn? Während du auf den Psychopillen warst, die ich von meiner Mutter geklaut habe? Ja, natürlich hast du was gesehen.«

»Ich habe sie auch letzte Nacht gesehen. Im Wald …«

Jetzt verdreht sie sogar die Augen. »Meine Güte, Sparrow. Diese kindischen Spielchen und Märchen habe ich längst hinter mir gelassen. Du verschwendest nur meine Zeit.«

Als ich erneut einen Schritt auf sie zumache, weicht sie zurück, bis sie mit dem Rücken am Bücherregal steht.

Und da sehe ich es, in dem Fach über ihrem Kopf: mein Fossil – das Fossil, das ich an jenem ersten Tag am Strand gefunden hatte und das unwillentlich diese ganze Kette von Ereignissen in Gang gesetzt hat. Dieses kleine, gespenstische Relikt einer längst vergangenen Zeit, das doch eine so gewaltige Wirkung auf meine Gegenwart hatte.

Frankies Augen blicken gehetzt, wild. »Du warst schon immer eine Schmarotzerin«, zischt sie. »Ein Parasit, der nur nehmen kann. Aber ich werde nicht zulassen, dass du mir das hier nimmst.«

Noch bevor ich begreifen kann, was geschieht, ist da der Schmerz. Brüllend und voller Wucht. Dann spüre ich, wie meine Beine unter mir nachgeben und ich zusammenklappe, wie eine Marionette, deren Fäden gekappt wurden. Es dauert ein, zwei Sekunden, bis ich – geblendet vom rot-rauschenden Schmerz, reduziert auf die letzten animalischsten Überreste meines Ichs – dahinterkomme, was gerade passiert ist.

Sie hat mich niedergeschlagen, mit etwas Schwerem, Stumpfem. Ich liege vor ihr auf dem Boden, mein Kopf dröhnt. Verschwommen nehme ich, nur Zentimeter von meinem Kopf entfernt, ihre bloßen Füße wahr, die makellose Pediküre mit dem beigen Nagellack. Und trotz der Umstände kann ich mir die absurde Beobachtung nicht verkneifen: Natürlich trägt sie einen beschissenen diamantbesetzten Zehenring.

Plötzlich überkommt mich eine überwältigende, eine unwiderstehliche Müdigkeit. Es wird doch nicht schaden, oder? Einfach eine Weile hier liegen zu bleiben. Nur, um ein bisschen zu Kräften zu kommen.

»Schlaf gut, Sparrow«, flüstert sie, so nah, dass ich ihren süßlichen Atem riechen kann. »Ich werde nicht zulassen, dass du mir das hier ruinierst. Genauso wenig wie damals. Ich habe hier etwas Wunderschönes erschaffen. Etwas für die Gegenwart und für die Zukunft. Etwas, das so viel größer ist als alles, was in der Vergangenheit passiert ist.«

Ich spüre, wie sie mir die Tasche von der Schulter zieht. Dann, wie aus weiter Ferne, höre ich, wie sich die Tür öffnet und dann mit einem Klicken wieder schließt. Wie der Schlüssel im Schloss gedreht wird.

Ich schließe die Augen.

## FRANCESCA

Ich trete hinaus in die kochend heiße Luft. Ich rieche verbranntes Holz, versengte Federn. Die Gäste strömen mittlerweile die Stufen zum Strand hinunter, hüpfen kreischend und schreiend um das monströse Lagerfeuer herum wie Dämonen auf einem mittelalterlichen Fresko. Einige reißen sich die Kleider vom Leib und stürzen sich ins Meer, dessen Wellen von den Flammen erleuchtet werden, während das Wasser um die nackten Körper brodelt und schäumt. Andere krabbeln auf dem Rasen umher, tanzen, heulen und kopulieren sogar im Gras.

Aber im Moment ist mir das alles egal. Triumphierend schnappe ich mir ein Glas Cider von einem herrenlosen Tablett und leere es in einem Zug. Das mit Sparrow wäre somit gelöst. Ihre toxische Energie ausgelöscht. Ich kann nicht glauben, wie einfach es am Ende war, und das trotz der zerbrochenen Flasche, die ich in ihrer Tasche gefunden habe und die sie vermutlich als provisorische Waffe mitgenommen hat. Das ist das Problem mit gewissen Menschen – ihnen fehlt es schlicht an der nötigen Klarheit und Fokussiertheit, dem Selbstvertrauen, eine Sache konsequent durchzuziehen.

Gerade fühle ich mich fast allem gewachsen. Es mögen

heute Abend Eindringlinge und Saboteure anwesend sein, aber davon lasse ich mich nicht einschüchtern. Die haben keine Ahnung, mit wem sie es zu tun haben. Ich bin kein gebrechlicher alter Mann mit schwachen Nerven. Tut mir leid, Grandpa, aber so ist es nun mal. In mir ist eine Dunkelheit, eine brutale Finsternis, die ich so lange schon in Schach gehalten habe – ein pechschwarzer bodenloser Quell wie tief unter der Erde vergrabenes Rohöl. Ich schließe die Augen, atme den Geruch von brennendem Holz und Federn ein, der vom Strand hochweht, und lächle.

Owen ruft mich erneut an. Diesmal gehe ich ran.

»Liebling?«, sage ich. »Tut mir leid, dass ich vorhin nicht rankonnte. Es war … der reinste Irrsinn. Wo in aller Welt steckst du? Ich habe mir …«

»Fran.« Owens Stimme klingt seltsam. »Ich habe etwas gefunden. Eine …« Beim letzten Wort klingt seine Stimme gedämpft, fast so, als würde er sich eine Hand vor den Mund halten. Aber vielleicht ist auch nur die Verbindung schlecht.

»Liebling, ich habe dich nicht ganz verstanden. Was hast du gefunden?«

Er wiederholt sich.

Ich stoße ein helles Lachen aus, um zu signalisieren, dass mir durchaus bewusst ist, wie albern meine nächsten Worte sich anhören werden. »Liebling, die Verbindung muss wirklich miserabel sein. Denn gerade klang es tatsächlich so, als hättest du ›eine Leiche‹ gesagt.«

Wieder ist seine Stimme seltsam gedämpft, abgehackt. Doch diesmal bin ich mir sicher, dass ich das Wort *Knochen* verstehe. Dann folgt eine Reihe befremdlicher Laute, die sich – würde es sich hier nicht um Owen handeln – wie ein heftiges Schluchzen anhören würden.

Ich verspüre ein leises Unbehagen. Sparrow sprach von einer Leiche.

Aber nein. Derart nachlässig wäre Grandpa niemals gewesen. Er hat damals versprochen, dass er sich darum kümmert, dass er macht, dass alles verschwindet. »Es ist erledigt«, hatte er mich wissen lassen. »Ich habe mich der Sache angenommen.«

Und doch ... Mir fällt ein, wie ich Grandma einmal belauscht habe, als sie sich bei einer Freundin am Telefon über eine seiner Affären ausließ. »Natürlich dachte er immer, er würde seine Spuren verwischen. Und das war das eigentlich Beleidigende daran. Allein deswegen hätte ich mich beinahe schon von ihm scheiden lassen. Männer sind, was solche Dinge angeht, furchtbar schlampig, nicht wahr? Sie sind faul, das ist das Problem. Wie ein Hund, der seinen Lieblingsknochen immer wieder in demselben verdammten Blumenbeet vergräbt.«

Helle Panik durchfährt mich. Ich versuche es mit meiner Atemübung. Es klappt nicht. Ich habe bloß das Gefühl, zu ersticken.

»Liebling, ich bin mir sicher, was auch immer du da gefunden hast, ist schon uralt«, beschwichtige ich ihn. »Hier liegt jede Menge steinaltes Zeug herum.« Beinahe überzeuge ich mich damit selbst. Ich bin so gut darin. Man würde mir nie anhören, dass ich Mühe habe zu atmen.

»Nein«, erwidert er. Er holt zitternd Luft. »Nein ... Scheiße, Fran, sie ist nicht alt. Sie war in eine Plastikplane eingewickelt. Und ... Oh Gott. Ich glaube ... nein, ich *weiß* es. All die Jahre dort unter der Erde ... Fran, es ist meine Mutter.«

»Deine Mutter war Cora, die *Putze*?«

Es ist raus, bevor mir klar wird, was ich da gerade getan habe. Ich habe die Worte tatsächlich laut ausgesprochen. Ich war einfach so erschüttert. Denn es würde bedeuten, dass alles, was ich über Owen zu wissen glaubte, falsch war. Der rätselhafte Glamour, der urbane Glanz – alles, was mich an ihm angezogen hat. Und jetzt stellt sich heraus, dass er ein ... *Einheimischer* ist? Der Sohn von Cora Deeker, der Schlampe aus dem Pub?

Erst jetzt, in der darauffolgenden Stille, wird mir die Tragweite dessen bewusst, was ich soeben preisgegeben habe. Ein Schauer durchfährt meinen gesamten Körper.

Am anderen Ende der Leitung herrscht noch immer Schweigen. Vielleicht hat er aufgelegt. Ich hoffe inständig, dass die Verbindung unterbrochen wurde, bevor ich das gesagt habe. Dass er es vielleicht gar nicht gehört hat. Sechs kleine Worte. Gut möglich, dass sie in einem Funkloch untergegangen sind, oder?

Aber nein, jetzt höre ich ihn atmen. »Wo bist du, Francesca?« Seine Stimme ist jetzt anders. Hart und kalt. Er nennt mich nie Francesca. Er hat alles gehört.

## OWEN

*Deine Mutter war Cora, die Putze?*

Ich starre auf mein Display.

Meine Mutter: tot. Und Francesca … wusste es.

Es ist die heißeste Nacht des Jahres, und trotzdem klappere ich mit den Zähnen.

Ich öffne die Tracking-App auf meinem Handy.

# FRANCESCA

Ich blicke auf das Menschengewimmel, während die Angst sich in meiner Kehle ballt. Owens Stimme am Ende des Gesprächs – die Kälte darin. So habe ich ihn noch nie gehört.

»Wo bist du?«, hat er gefragt. Sucht er mich in ebendiesem Moment? Ist er auf der Jagd nach mir? Wenn ja, dann fühle ich mich hier, inmitten des offenen Rasens, plötzlich viel zu ausgeliefert.

Ich muss ihm Raum geben, bis er genug Zeit gehabt hat, sich zu beruhigen. Ich zögere, das Wort »verstecken« zu benutzen, aber genau das sollte ich tun.

Und dann fällt mir ja vielleicht doch noch ein Weg ein, ihn von meiner Unschuld zu überzeugen. Es ist gewiss kein Ding der Unmöglichkeit. Nichts ist unüberwindbar. Das habe ich vor langer Zeit schon gelernt. Alles fügt sich zum Guten. Das tut es immer. Ich spüre, wie sich der Würgegriff der Angst allmählich lockert und mein Atem wieder leichter geht.

Vor mir sehe ich Michelle, die mit einem Walkie-Talkie in der Hand das Getümmel ansteuert. In einer plötzlichen Vision habe ich wieder die Paarungsszene von vergangener Nacht im Weinlager vor Augen, all die abscheulichen Dinge, die sie mit meinem Mann angestellt hat – ein Kaleidoskop aus Schmutz und Schamlosigkeit.

Die Angst verwandelt sich augenblicklich in Wut. Ja ... Wut, damit kann ich arbeiten! Genau das Ventil, das ich für all diese schlechte Energie brauche.

»Oh. Hallo, Francesca«, sagt sie in meine Richtung, als wären wir nicht von einem vollkommen chaotischen Schauspiel umgeben. Sie wirkt völlig gelassen. Kein Strähnchen in ihrem funktionalen, hässlichen Dutt, das nicht an seinem Ort wäre, und ihr Gesicht ist wohl das einzige hier, das nicht unter einem Schweißfilm glänzt. Spürt dieses Weibsstück etwa die Hitze nicht? Wie kann sie es wagen, nicht ins Schwitzen zu geraten, wenn der gesamte Ort in Anarchie versinkt?

Ich möchte ihr eine scheuern.

»Michelle, meine Liebe«, begrüße ich sie. »Ich glaube, wir müssen uns kurz unterhalten.« Ich werfe einen Blick auf das Treiben. »Nicht hier. Irgendwo, wo wir ungestört sind.« Besser, wir werden nicht beobachtet. Ich bedeute ihr mit einem Wink, mir zu folgen.

Gehorsam, wie sie ist, trottet sie hinter mir her. Ja. Ich spüre, wie sich eine energetische Entladung anbahnt. Eine innere Reinigung von toxischen Emotionen.

Ich führe sie weg von dem Trubel, hinter die Mauern des Bauerngartens. Hier ist es schön ruhig. Außerdem habe ich beide Eingänge im Blick. Ich drehe mich zu ihr um, aber sie räuspert sich und nickt in Richtung der Bank in der Ecke, auf der zwei Gäste sitzen, die nur am weißen Schimmer ihrer Kleidung zu erkennen sind. Moment. Nein, nicht sitzen. Wie es scheint, hat sich einer rittlings auf den anderen geschwungen.

Herrgott noch mal! Aber sie hat recht. Und so gehe ich

weiter voran, quer durch den Garten und dann auf den Kiespfad in Richtung der Woodland-Hutches. Hier ist es nicht nur ruhig, sondern auch dunkel, weit abseits vom Lärm und Chaos auf der Meeresseite. Das wird seinen Zweck erfüllen.

Nur dass ich mich ein bisschen ... merkwürdig fühle. Ein wenig entkoppelt. Irgendetwas Seltsames scheint mit meinen Augen zu passieren. Denn die Hütten machen den Anschein, größer und größer zu werden ... Ich blinzele, und sie schrumpfen auf ihre normale Größe zurück. Doch gleich darauf ist es, als würden sie sich zu mir neigen. Ich hebe eine Hand, um sie abzuwehren, und lasse meine Augen noch ein Weilchen geschlossen. Als ich sie wieder öffne, befinden sie sich – zum Glück! – wieder in ihrer gewohnten Position.

»Alles in Ordnung, Francesca?«, erkundigt sich Michelle.

»Absolut!«, sage ich und vergewissere mich meines ursprünglichen Ziels, indem ich abermals die Aufnahmen aus dem Weinlager vor meinem inneren Auge visualisiere. Francesca Meadows ist in der Lage, sich über derlei Dinge zu erheben. Francesca empfindet keine echte Eifersucht. Denn ihr ist bewusst, dass es sich bei Sex und Anziehung um essenzielle natürliche Triebe handelt, die sich manchmal einfach nicht unterdrücken lassen.

*Aber Frankie ... Frankie ist verdammt wütend auf Michelle, diese hinterhältige, undankbare kleine Fotze.*

Tatsächlich glaube ich, dass ich das hier richtig genießen werde.

»Michelle«, beginne ich. »Für mich ist es ganz eindeutig, dass du alldem hier nicht gewachsen bist. Es ist an der Zeit zu gehen, meine Liebe. Ich fürchte, du hast mich ziemlich enttäuscht, und ich hasse es, wenn Menschen mich enttäuschen.«

Michelle reckt ihr Kinn, und abermals sehe ich dieses aufmüpfige Flackern in ihren Augen. Das ist nicht ganz das, was ich erwartet habe. »Nein«, erwidert sie.

»Was meinst du mit Nein?« Ich lache. Ausgerechnet …

Doch das Lachen bleibt mir im Hals stecken. Mein Blick ist zwischen den Bäumen hängen geblieben. Etwas Seltsames geht dort mit den Schatten vor sich. Sie scheinen sich zu verschieben, sich auszudehnen, aus der tiefen Schwärze des Waldes auf mich zuzustreben. Ich schüttle den Kopf.

»Die Sache ist folgende«, sagt Michelle und streicht sich eine imaginäre Haarsträhne aus dem Gesicht. »Es ist an der Zeit, dass du verschwindest, Francesca.«

Einen Moment lang bin ich so baff, dass es mir die Sprache verschlägt. Es ist, als hätte ein zahmes Haustier sich überraschend gegen mich gewendet und mir in die Hand gebissen. Meine Güte. Dabei habe ich mich unter anderem für Michelle entschieden, weil sie so brav ist. Eine denkbar einfach gestrickte Kreatur, jemanden, den ich mir zu eigen machen könnte wie einen Schoßhund.

Da bemerke ich erneut Bewegungen zwischen den Bäumen. Über Michelles Schulter scheinen meine Augen bizarre, geisterhafte Schemen auszumachen, die immer wieder mit den Schatten des Waldes verschmelzen und sich in ihnen auflösen. Dunkle Gestalten mit Vogelköpfen. Dämonische Profile, geschwungen wie Sensen. Ausdruckslose, starrende Augen.

*Die sind nicht real, nicht real, nicht real.*

»Oh, sie sind sogar sehr real«, meldet sich Michelle.

Habe ich das etwa laut ausgesprochen?

»Du kannst sie sehen«, fragt sie, »nicht wahr?«

Ich weiche einen Schritt von ihr zurück.

»Du dachtest, es gäbe in diesem Wald nichts Schlimmeres als dich. Nicht wahr?«

»Hör auf«, sage ich.

»Du hast diesem Ort gegenüber noch nie Respekt gezeigt. Unseren Traditionen.« Sie zieht den Kragen ihrer Bluse zur Seite und enthüllt ein Zeichen direkt unterhalb ihres Schlüsselbeins.

Ich kenne dieses Zeichen, weil ich es früher einmal überall im Wald aufgemalt habe, um damit andere zu erschrecken.

»Du bist ... eine von ihnen?«

»Deine widerlichen Brüder haben mich damals im Baumhaus eingesperrt«, erklärt sie. »Was sie getan haben ...« Kurz bricht sie ab und schließt die Augen. Dann öffnet sie sie wieder. »Ich war nicht die Erste. Und wahrscheinlich auch nicht die Letzte.«

Ich starre sie an. »Du bist ...«

»Shelly. Nicht, dass du dir damals die Mühe gemacht hast, auch nur nach meinem verdammten Namen zu fragen.«

Ich würde ja sagen, dass ich sie wiedererkenne, aber die Wahrheit ist, dass ich sie an dem Abend kaum richtig angesehen habe. Für mich war sie nur irgendein Mädchen aus der Imbissbude in einer Jogginghose und mit billigen Goldkreolen. »Das war nicht mal ich«, entgegne ich. »Das waren meine Brüder ...«

»Du hast sie nur allzu gern machen lassen, oder nicht? Aber ja, du hast recht, mein persönlicher Groll richtet sich vor allem gegen sie.«

Auf einmal hat sich alles auf unheimliche Weise gefügt. »Die ganze Zeit über hast du ...«

»Das Vogelfutter auf dem Rasen. Der Cider.« Sie deutet eine spöttische Verbeugung an. »Ja, meine Wenigkeit. Der tote Hahn, der gestern an deine Tür genagelt wurde – das war jemand anderes aus unserer Truppe. Und ich hoffe doch sehr, dir hat unsere Installation am Strand gefallen.«

Ich habe keine Ahnung, was sie mit dem Cider oder dem Hahn meint. Aber das Vogelfutter? Das war sie? Dieses Ding am Strand?

Jetzt verspüre ich mehr Wut als Angst. Ich habe ihr eine Vertrauensposition gegeben, meine Vorbehalte gegenüber ihrem grauenhaften Stil und ihrem zweifelhaften Akzent überwunden. Und so dankt sie es mir? Wie kann sie es nur wagen? Diesmal versuche ich gar nicht erst, meine Gefühle zu unterdrücken. Ich brauche keine beruhigenden Atemzüge. Denn meine Wut ist meine dunkle Macht.

»Nun, dann ergibt ja jetzt alles einen Sinn«, sage ich. »Einmal Schlampe, immer Schlampe. Ja, du dämliche Kuh, ich habe dich gesehen. Gestern Nacht, im Weinlager. Ich habe dich heute nur deswegen nicht rausgeschmissen, weil ich dachte, du könntest dich vielleicht noch als nützlich erweisen. Aber ganz offensichtlich hast du ausgedient.«

Ich gehe auf sie zu. Kaum mache ich einen Schritt, spüre ich, wie die grotesken Schatten zwischen den Bäumen hervorkriechen. Nun sind die in Kapuzen gehüllten Köpfe zu sehen, die bösartigen Schnäbel. Sie strecken sich nach mir aus, als wollten sie mich umhüllen. Mit ihnen hält ein teuflisches Gekicher und Geschnatter Einzug, das sich zu einem ohrenbetäubenden Gebrüll steigert. Ich presse mir die Hände auf die Ohren, aber ich kann es noch immer hören. Ist es etwa in meinem Kopf?

»Jemand hat uns eine Nachricht hinterlassen«, sagt Michelle. »Am alten Ort. Auf die alte Art. Dieser Jemand beschuldigt dich eines noch schlimmeren Verbrechens. Du sollst jemandem das Leben geraubt haben. Eine Bewohnerin von Tome getötet haben. Genau hier, in diesem Wald. Und du hast es vertuscht. Du und der Alte.«

Zusammengesunken in seiner Hütte im Wald ... draußen die Nacht, die offene Tür ... Sein verängstigtes, wirres Gerede kurz vor seinem Tod ...

Der Boden unter mir scheint zu kippen und zu schwanken. Das kann nicht wahr sein. »Ich war das nicht«, sage ich. »Du hast keine Beweise.«

Sie lächelt. »Wir brauchen keine Beweise. Kapierst du das nicht? Wir kümmern uns auf unsere Weise um die Dinge – so wie wir es immer getan haben. Aber wir wollen dir noch eine Chance geben. Verschwinde auf der Stelle, innerhalb einer Stunde, und komm nie wieder.«

Was für eine Dreistigkeit. Was für eine bodenlose Unverschämtheit, mich von meinem angestammten Grund und Boden vertreiben zu wollen.

»Das ist *mein* Land«, zische ich. »Mein Erbe.« In diesem Moment fällt mir die zerbrochene Flasche in der Tasche ein, die ich Sparrow abgenommen habe. Ich greife hinein und spüre, wie das gesplitterte Glas mir in die Fingerspitzen schneidet. Ja. Scharf genug, um seinen Zweck zu erfüllen.

Meine Hand schließt sich um den Hals. Ich will ihn gerade herausziehen, als ich eine weitere Gestalt erblicke, die aus einer anderen Richtung auf die Lichtung tritt. Sie ist überaus real, eindeutig menschlich. Wenn auch vollkommen verändert, ganz anders als der Mann, den ich kenne. Sein Gesicht ist von Zorn entstellt.

Owen.

Ich drehe mich um und renne los.

## OWEN

Einen Moment lang stehe ich einfach nur da, als wären meine Füße festgenagelt, und sehe dabei zu, wie sie davonrennt.

Ich bin dem blinkenden Punkt auf meinem Display bis zum Waldrand gefolgt. Bin durch die Bäume gehastet, bis ich zu den Woodland-Hutches kam und Francesca dort stehen sah. Ich wollte, dass sie mir in die Augen blickt. Ich wollte, dass sie es mir erklärt. Denn ein Teil von mir wünschte sich verzweifelt, davon überzeugt zu werden, dass sie trotz dem, was sie am Telefon gesagt hatte, irgendwie doch unschuldig war. Alles andere … undenkbar.

Aber der Ausdruck in ihrem Gesicht, als sie mich gerade eben erblickte, verriet mir alles. Die Schuld darin wie ein brennendes Leuchtfeuer.

Das – und die Tatsache, dass sie weggelaufen ist.

Ich habe diesen Ort für sie geschaffen. Für die Mädchengöttin, die ich vor all den Jahren zum ersten Mal hier erblickt hatte. Für den Traum von Perfektion, den sie und dieses Gebäude repräsentierten. Für die Frau, die allem einen Sinn verlieh. Meine Liebe. Mein Licht.

Eine Mörderin? Die Mörderin meiner Mutter?

Jetzt ist alles klar – so tödlich klar wie damals, als ich als Junge mit dem brennenden Streichholz in der Hand dastand. In Voraussicht der Veränderung, die ich sogleich im Gefüge der Welt vornehmen würde.

Ich weiß, was ich zu tun habe.

## FRANCESCA

Ich stürze in Richtung des Manors davon. Ich bin fast am Hauptgebäude angelangt und überquere gerade den Personalparkplatz, als ich dort die zwei schmierigen Einheimischen stehen sehe, die vorhin die Bühne gestürmt haben. Der ältere Typ – der erbärmliche Abklatsch eines erwachsenen Mannes, der in einem pubertären T-Shirt mit einem ekelhaften Spruch drauf steckt – hält eine meiner brennenden Laternen in der Hand. Einen Moment starre ich sie an, und sie glotzen zurück wie zwei in die Enge getriebene Hunde. Da ist der Gestank von Benzin, die offene Flamme, die glänzenden Lachen auf dem Boden zwischen ihnen und dem Gebäude. Und in ebendiesem Moment fällt mir ein, dass Sparrow, die einzig wahre Zeugin dessen, was damals geschehen ist, dort in der Bibliothek eingesperrt ist. Was habe ich gesagt? Das Universum liefert stets, was ich brauche.

»Na los!«, rufe ich. »Tut es. Traut euch. Na, kommt schon, traut euch!«

Noch immer zögern sie. Sie wirken eingeschüchtert. Ich glaube, sie haben Angst vor mir. Vielleicht hat mich diese Begegnung am Waldrand irgendwie verändert, mir eine überirdische Kraft verliehen.

»Herrgott noch mal!«, schreie ich. »Muss ich denn alles selber machen?« Ich mache einen Satz auf sie zu, schnappe mir die Laterne und schleudere sie in eine der schimmernden Pfützen. Schon rast eine flüssige Kette aus Feuer, schneller als man schauen kann, auf das Gebäude zu – und womöglich ist es das Schönste, was ich je gesehen habe.

Dieser Ort ist die Schöpfung eines ganzen Lebens. Er ist der einzige Ort, an dem ich mich jemals wirklich glücklich gefühlt habe. An dem ich wirklich ich selbst war. Aber jetzt ist er vergiftet. Unwiderruflich verseucht. Das hier könnte die Antwort sein. Ein schreckliches Feuer, das von verbitterten Einheimischen gelegt wurde. Und wenn sie versuchen, etwas anderes zu behaupten, werde ich sie vor Gericht fertigmachen. Eine der Maximen meines Großvaters lautete: Gehe nie irgendwohin, ohne einen Anwalt dabeizuhaben.

Ein Neuanfang. Eine Reinigung von allem, was vorher war. Ja – jetzt kann ich es ganz deutlich sehen: die reinigende Kraft der Flammen. Eine phönixgleiche Auferstehung aus der Asche und den Überresten dieser Tragödie.

Und davon einmal abgesehen, bin ich auch hervorragend versichert.

Kurz laufe ich los und gehe im Schatten des Hauses in die Hocke, um dabei zuzusehen, wie die Flammen immer weiter emporklettern. Dann mache ich kehrt und eile zum Personalparkplatz zurück, wo Owens Aston Martin wie ein silberner Streitwagen bereitsteht, um mich in Windeseile fortzutragen.

Ich muss hier weg. Ich benötige ein wenig Abstand zu alldem. Um meinen Kopf frei zu bekommen. Denn das alles … nun, es ist eine ganze Menge auf einmal, oder?

Langsam nimmt ein Plan in mir Gestalt an. *Natürlich* wusste ich nichts von der Leiche, die auf dem Anwesen vergraben war. Eine hässliche kleine Überraschungserbschaft. Aber zufällig war mir bekannt, dass Großvater eine Affäre mit der Putzfrau hatte – das werde ich sagen. Immerhin war er vorbelastet aufgrund all der früheren Skandale, die Grandma in den Wahnsinn trieben. Und womöglich ist dann eines Nachts, draußen im Wald, in seiner Hütte, die Situation vollends entgleist …

Grandpa war schließlich selbst Pragmatiker durch und durch. Man kann das Andenken von Toten nicht verunglimpfen, sagte er einmal, nachdem er seine Memoiren veröffentlicht und darin gleich mehrere verstorbene Kollegen den Wölfen zum Fraß vorgeworfen hatte. Und man kann Tote auch nicht mehr für irgendwas verurteilen. Wisst ihr, ich glaube, dass es ihm tatsächlich nichts ausmachen würde. Jedenfalls denke ich, dass er Verständnis dafür hätte. Ja, womöglich würde er es sogar gutheißen?

Denn Grandpa war einfallsreich, so wie ich. Als ich ihm von einer Nachricht erzählte, die Cora mir hinterlassen hatte, um sich wieder mit mir gutzustellen, nachdem sie sich zu ihm in die Hütte geschlichen hatte, erklärte er mir, dass er das zu unserem Vorteil nutzen würde:

*Es tut mir so leid. Ich möchte mir gar nicht vorstellen, was du gerade von mir denkst, aber ich hoffe, dass du es verstehst …*

Was könnte einfacher sein, als so eine Nachricht zu einem anderen Zweck zu nutzen? Sie Coras Mann zuzuspielen und es so aussehen zu lassen, als wäre sie abgehauen? Als hätte sie ihr beschissenes Leben auf dem Campingplatz hinter sich gelassen. Wahrscheinlich wäre es ohnehin nur eine Frage der Zeit gewesen.

Ich nehme einen tiefen, wohltuenden Atemzug. Jetzt geht

es mir schon wesentlich besser. Langsam kann ich vor mir sehen, wie alles sich zum Guten fügen wird. Grandpa wird posthum die Schuld auf sich nehmen. Ich bin die Geschädigte. Das Opfer der Sünden unserer Väter, Großväter und so weiter und so fort. Das Gift des Patriarchats. Wir können dem Ganzen auch einen feministischen Anstrich verleihen. Oder nein, vielleicht ist es doch besser, das Ganze weniger wütend, mehr traurig zu gestalten. Als Heilungsprozess.

Ich weigere mich, für etwas bestraft zu werden, was vor so langer Zeit passiert ist. Das Mädchen, das ich einst war, kommt mir mittlerweile vor wie eine weit entfernte Verwandte. Ich schätze, das Einzige, was ich mit ihr gemeinsam habe, ist, dass wir beide Überlebenskünstlerinnen sind. Beide haben wir all jene Momente überlebt, in denen Menschen uns enttäuscht und im Stich gelassen haben.

Schlitternd komme ich vor dem silbernen Auto auf dem Kies zum Stehen. Ich ziehe den Schlüssel aus meiner Handyhülle, und der Motor erwacht zum Leben, während hinter mir alles in Flammen aufgeht.

## BELLA

Ich öffne meine Augen. Um mich herum nur dichter, rotflammender Schmerz. Ich krabble zur Tür – verschlossen. Sie ... sie hat mich niedergeschlagen, oder? Ja ... ich kann das blutige Fossil sehen, das auf dem antiken Teppich liegen geblieben ist. Ich kämpfe mich durch den Schmerz hindurch und konzentriere die Gedanken auf das Wesentliche. Dann greife ich nach dem Fossil, schätze sein Gewicht und zerschmettere damit das Fenster. Ich schlage so viele der verbliebenen Scherben wie möglich aus dem Rahmen, steige auf einen Stuhl und klettere durch das Loch hinaus. Vage nehme ich die Schnitte an meiner Haut wahr, aber das ist nichts im Vergleich zu den brüllenden Schmerzen in meinem Kopf.

Der Sprung vom Fenster auf den Kiesweg ist tiefer als gedacht, und ich lande unglücklich. Schwankend komme ich wieder auf die Beine und eile stolpernd zur Vorderseite des Manors. Meine Sicht ist so trüb, als wären meine Augen unter Wasser. Ich rieche Rauch. Die Hitze scheint weiter zugenommen zu haben.

Da höre ich das Brummen eines Motors und erhasche einen Blick auf ein silbernes Auto, das die Auffahrt entlangrauscht. Hinter dem Steuer eine blonde Gestalt.

Mein einziger Gedanke: Sie fährt weg. Sie entkommt. Nichts erscheint im Moment wichtiger, als sie aufzuhalten. Aber ich kann nicht klar denken … der Schmerz vernebelt alles. Könnte ich von hier aus irgendwie das Tor blockieren? Nein, dafür reicht die Zeit nicht mehr …

Ich stolpere weiter Richtung Auffahrt, aber vergebens. Es ist ausgeschlossen, dass ich sie einhole. Aber da sehe ich, wie jemand sie verfolgt. Eine Gestalt, die aus dem Wald gerannt kommt. Als sie sich nähert, stelle ich fest, dass es sich um Owen Dacre handelt, der wie ein Besessener hinter dem Auto herjagt. Erst jetzt kann ich die anderen schemenhaften Gestalten ausmachen, die ein Stück weiter aus dem Wald und auf das Tor zuströmen. Nach letzter Nacht würde ich diese makabren Silhouetten aus jeder Entfernung wiedererkennen.

»Oh mein Gott«, höre ich eine Stimme. Ich drehe meinen Kopf und sehe Eddie. »Geht es dir gut? Dein Kopf … deine Arme … Du blutest. Komm, ich glaube, du solltest dich hinsetzen …«

»Eddie …«, keuche ich und greife nach seinem Arm. »Sie hat mich niedergeschlagen. Und jetzt haut sie ab!«

Ich deute auf das silberne Auto, das unaufhaltsam auf das Tor zugleitet.

»Ich kann sie nicht gehen lassen!«, stoße ich aus. »Ich muss verhindern, dass sie noch einmal davonkommt!«

## EDDIE

Ich eile zur Rückseite des Manors. Ich habe Bella versprochen, einen Eisbeutel für ihren Kopf zu holen. Beim Rugby habe ich schon viele Gehirnerschütterungen gesehen, und ihre scheint ziemlich übel zu sein. Ich habe versucht, sie dazu zu bringen, sich hinzusetzen, aber als ich losrannte, war sie noch immer auf den Beinen. Ich hoffe bloß, dass sie nichts Dummes vorhat.

Als ich um die Ecke biege, renne ich in Nathan Tate hinein. Seine Augen blicken ganz irr, und er sieht noch durchgeknallter aus als sonst.

Da ertönt ein dumpfer Knall, und irgendwo über uns explodiert ein Fenster. Zersplittertes Glas regnet auf uns herab. Als ich nach oben schaue, sehe ich Flammen durch die Öffnung schlagen.

»Oh mein Gott«, keuche ich. »Nathan, was hast du getan?«

»Das war ich nicht«, erwidert er. »Das war diese gestörte Hexe. Ich schwöre.« Dann stürzt er nach vorn und packt mich an den Oberarmen. »Eddie, ich hab dich gesucht.« Er verzieht das Gesicht. Seine weiteren Worte sprudeln nur so aus ihm heraus: »Also … jetzt kommt's, okay? Ja, ich habe

Jake damals das H besorgt. Ich habe … ja, hör zu, ich habe mich seitdem richtig scheiße deswegen gefühlt. Es hat mich fertiggemacht. Und … es tut mir echt leid. Aber du hättest ihn sehen sollen. Er hat das Zeug gebraucht, aus welchem Grund auch immer. Er brauchte was, um sich besser zu fühlen. Er war einfach so verdammt traurig.« Er schaut zur Auffahrt runter. »Ich kann nicht glauben, dass sie gerade ihren eigenen Schuppen angezündet hat. Was für eine gestörte Psychopathin.« Seine Stimme wird härter, sein Blick düster, er ballt die Fäuste. »Selbst das musste sie mir nehmen! Und jetzt kommt sie auch noch damit durch. Scheiße, Mann. Nein, so nicht!«

Ich schaue ihm nach, als er losrennt.

## OWEN

Ich sehe die Rücklichter meines eigenen Autos unterwegs zum Tor verschwinden. Aber ich fühle mich geradezu übermenschlich, von Kopf bis Fuß erfüllt von einer unnatürlichen Kraft und Geschwindigkeit. Mein gesamter Körper pulsiert vor Adrenalin und Wut, als könnte ich einen Menschen mit bloßen Händen in Stücke reißen.

Jetzt verstehe ich es. Deshalb wurde ich hierher zurückgebracht.

Ich denke daran, wie Francesca ein Leben unter der Sonne geführt und in Licht und Luxus geschwelgt hat, während meine Mutter verlassen und allein in der kalten, dunklen Erde lag. Es ist nicht zu fassen, dass sie all die Jahre ihrer gerechten Strafe entkommen ist.

Doch das hat heute Nacht ein Ende.

Heute wird sie nicht davonkommen.

## FRANCESCA

Ich nähere mich dem Tor. Im Rückspiegel sehe ich Flammen aus den Fenstern im Erdgeschoss züngeln. Verstohlen, beinahe schon heimtückisch. Fast wünschte ich, ich könnte bleiben und zusehen. Ich spüre einen Anflug von Erregung. Die gleiche Erregung wie damals, als ich darauf wartete, das Entsetzen auf Sparrows Gesicht zu sehen. Oder an dem Abend, als ich die Brownies verteilte, die ich gebacken hatte, und darauf wartete, dass die Wirkung einsetzte.

Dann richte ich den Blick wieder durch die Windschutzscheibe. Ich meine mehrere dieser schrecklichen, in Kapuzen gehüllten Gestalten zu erkennen, die vom anderen Ende des Waldes herübergehuscht kommen. Beim nächsten Blick in den Rückspiegel sehe ich jemanden rennen, der immer weiter zu mir aufschließt. Owen. Und als ich mich den Torpfosten nähere, tritt jemand aus deren Schatten hervor. Ich erkenne das Schimmern von hellblondem Haar: Michelle – mit grimmigem, entschlossenem Gesicht.

Aber die schmiedeeisernen Flügel öffnen sich, um mich in die Freiheit zu entlassen, und ich drücke meinen Fuß aufs Gaspedal, rase hindurch und lasse sie alle hinter mir zurück.

Nun, da das Tor sich schließt, kann ich wieder atmen. Ich werde davonkommen. Genau wie damals.

Jetzt liegt das alles hinter mir, und ich bin schneller unterwegs als irgendwer zu Fuß, selbst auf dieser gewundenen Landstraße. Mit einem Mal habe ich alle Zeit der Welt. Als ich in einer scharfen Kurve abbremse, fällt etwas aus der Tasche, die ich Sparrow abgenommen habe, und rutscht in den Fußraum. Ich erlaube mir, kurz anzuhalten, um es aufzuheben. Es sieht aus wie eine Art Tagebuch. Rasch blättere ich es durch und registriere die Datumsangaben. Meinen Namen. Ich reiße die Seiten heraus und lasse sie von der warmen Brise davontragen. Dann schleudere ich die leere, nun aller Macht beraubte Hülle hinter mich. Es fühlt sich so gut an. Eine Art physische Reinigung der Vergangenheit.

Dann trete ich wieder aufs Gas.

Jetzt nehme ich die Kurve, die zu dieser stinkenden Farm auf den Klippen führt und dem Schandfleck von Campingplatz dahinter.

Ich werde ganz klar eine neue Location benötigen. Irgendwo im Ausland. Vielleicht können wir uns ein wenig umorientieren: Therapiesitzungen anbieten, Retreats für einen mentalen Neustart. Eine Mayr-Kurklinik, aber ohne den ganzen Masochismus. Ich kann schon die tiefschürfenden Interviews vor mir sehen. Man sollte meinen, so etwas, diese Art von Skandal – denn ich nehme an, dazu wird es sich entwickeln –, würde die Leute abschrecken. Weit gefehlt.

Der warme Wind spielt sanft mit meinem Haar, die laue Luft der Sommernacht streicht über mein Gesicht, das ich dem Himmel zugewandt habe. Die Sterne sind so hell. Tatsächlich scheinen sie nur für mich zu strahlen. Sie glühen und pulsieren förmlich mit einer wahnsinnig schönen Energie – als würde das Universum direkt zu mir sprechen, wie es das so oft tut. Ich senke den Blick und bemerke, dass einige Sterne auch auf meinem Schoß verstreut sind und zu mir herauffunkeln. Ich blinzle. Wie seltsam. Wie wunderbar!

Ich nehme eine Handvoll und werfe sie in die Luft.

Sie landen am mitternächtlichen Himmel wie Glitter oder wie die Sprengsel in meinem schwarzen Opalring. Ich lache, und mein Lachen wird von der sanften Brise davongetragen wie eine vom Wind verwehte Blüte. Ich fühle mich ein wenig komisch. Aber nicht schlimm komisch. Nur irgendwie … entfesselt. Ich lasse meinen Blick über das Meer schweifen, träume von neuen Horizonten.

Als ich wieder nach vorne schaue, steht da jemand mitten auf der Straße. Ich wedle mit der Hand, um ihn wegzuwischen, so wie eben, als ich die Sterne verstreut habe. Doch nichts geschieht. Ich schließe die Augen und öffne sie wieder. Die Gestalt ist immer noch da. Eine dunkle Ahnung befällt mich. Ein schlechtes Gefühl. Ich versuche, zu den Sternen und dem warmen, sanften Wind zurückzukehren. Ich weiß, dass es sich um eine Sinnestäuschung handelt, ein Streich der nächtlichen Schatten, der meine Sicht trübt.

Nein, das ist nicht real.

Aber auch wenn ich blinzle, ist sie immer noch da – die große Gestalt in Schwarz, mit dem Umhang, der sich hinter ihr aufbläht. Sie hat die Arme erhoben, wie um mir zu signalisieren, dass ich anhalten soll. Als ich weiter auf sie zurase, sehe ich die fratzenhafte Kontur des Kopfes, den Hakenschnabel.

Das dunkle Gefühl wallt in mir auf – eine Pilzwolke aus

Angst. Etwas Seltsames passiert mit meinen Augen, denn auch die Gestalt vor mir scheint anzuschwellen und zu wachsen. Ihre ausgestreckten Arme werden zu zwei schwarzen Flügeln, die sich öffnen, um mich ganz zu umhüllen. Ich bin jetzt fast direkt vor ihr, aber sie rührt sich nicht vom Fleck. Ich schlage das Lenkrad ein wenig ein, versuche auszuweichen. Ich hupe. Aber sie kommt mir nur noch näher. Es sieht aus, als wolle sie mich anspringen, direkt auf die Motorhaube meines Autos. Ich reiße mich und das ganze Auto zur Seite herum, und es ertönt ein dumpfer Schlag, begleitet von einem Klirren und Prasseln. Als ich wieder aufs Gaspedal drücke, passiert nichts, da ist nur ein grässliches Schleifgeräusch. Ich stoße die Tür auf, hebe den Kopf und sehe sie kommen.

Um mich herum ertönt ein Heulen – ich heule, das Universum heult. Ich glaube, ich kann auch *ihr* Heulen hören, damals, vor all den Jahren, als sie auf dem Waldboden zusammenbrach.

Ich stoße mit den Händen in die Luft, stoße die dunkle Gestalt von mir, und etwas Kleines, Weiches bleibt dabei an meiner Hand hängen. Jetzt renne ich. Renne davon.

Bin ich im Wald? Irgendetwas schlingt sich um meine Beine … Äste? Nein … es sind Brombeerranken. Ich schiebe mich durch das Gestrüpp, und plötzlich gibt es so leicht nach, als wären es Rauchwolken. Und jetzt ist da nichts mehr unter mir, nichts mehr vor mir, nur die warme Luft der Mittsommernacht. Ich segle, ich schwebe in den sternenklaren Himmel.

Oh. Jetzt schwebe ich nicht mehr, ich stürze, ich falle und …

*Die Schatten verschmelzen wieder mit dem Wald. Ziehen sich zurück, versammeln sich am Baum mit den hundert Augen. Ein Schwarm schattenhafter Gestalten, denen es noch immer gelungen ist, für Gerechtigkeit zu sorgen. Denn sie sind eins mit der Natur. Und die Natur findet immer einen Weg.*

# DANACH

*Der Tag nach der Sonnenwende*

## EDDIE

Der Rauch verzieht sich allmählich, und dahinter ist keine Wolke am Himmel zu sehen. Alle sitzen auf dem Rasen herum, die meisten sind in die Rettungsdecken der Sanitäter gewickelt, obwohl es schon warm ist. Aber das kann ich schon verstehen. Nach dem ganzen Schock und überhaupt.

Mein Rücken bringt mich um. Meine Schultern fühlen sich an, als wären sie aus den Gelenken gerissen worden. Das Atmen tut immer noch weh. Sie nennen mich einen Helden, wegen der ganzen Leute, die ich noch aus dem Manor geschafft habe, bevor es bis auf seine Grundfesten niederbrannte. Als ich hochblickte und das in Flammen aufgehende Gebäude sah, dachte ich keine Sekunde lang nach. Wie auf Autopilot rannte ich los, um zu helfen. Schnappte mir die Leute, die orientierungslos herumtorkelten und den Ausgang suchten. Einige waren komplett weggetreten – keine Ahnung, ob es am Cider, am Rauch oder an irgendwas anderem lag. Ich brachte einen nach dem anderen in Sicherheit, weg von den herabregnenden Stein- und Glassplittern. Immer wieder ging ich hinein.

Ich höre das Knistern eines Walkie-Talkies. Zwei Polizisten – einer in Uniform, einer in Zivil – stehen wenige Meter entfernt und unterhalten sich in gedämpftem Tonfall. Trotzdem schnappe ich Bruchstücke auf: »Das heißt, es ist eine Frage der zeitlichen Abfolge ... Wie kann es sein, dass sie eine Meile von hier entfernt am Fuß der Klippen gelandet ist, während das Gebäude hier abbrannte ...«

»Mein Gott, Eddie.« Ruby kommt auf mich zugestolpert, und ich kriege nicht mehr mit, was die Polizisten sagen.

»Alles okay bei dir, Ruby?«

Sie schüttelt nur den Kopf, ohne ein Wort rauszubekommen. Ich stehe auf, und sie tritt auf mich zu, um sich in den Arm nehmen zu lassen. Vielleicht umarme ich sie zu lang oder zu fest, denn sie löst sich ein bisschen aus der Umarmung und sieht mich an.

»Alles okay bei *dir*, Eds?«

Ich öffne den Mund, finde aber keine Worte. Ich weiß nicht einmal, wo ich überhaupt anfangen soll.

»Du warst unglaublich, Eds. Machst du dir Gedanken, weil es zwei Leute gibt, die du nicht retten konntest? Mach dir deswegen kein schlechtes Gewissen. Du konntest nicht wissen, dass noch jemand drinnen war. Ich kann dir doch ansehen, dass dir das zu schaffen macht.«

Es stimmt, ich wollte möglichst viele Leute retten. Deshalb bin ich so oft in das brennende Gebäude zurückgerannt.

Ja, es gab zwei, die ich nicht rausgeschafft habe. Wir haben alle die Leichensäcke hinten im Rettungswagen gesehen. Aber deswegen habe ich kein schlechtes Gewissen. Mir ist klar, dass ich höchstwahrscheinlich nichts für sie tun konnte. Ich schätze mal, dass Ruby mich mittlerweile schon ziemlich gut kennt und mir ansieht, wie es mir geht. Aber was sie zu sehen meint, ist nicht das ganze Bild.

## BELLA

»Halten Sie still«, weist mich der Sanitäter an, während er das letzte Klammerpflaster über der Wunde an meiner Stirn anbringt.

Hier sitze ich, in meine Rettungsdecke gehüllt, die Augen zusammengekniffen vor Schmerz, während ich versuche, die Gespräche um mich herum aufzuschnappen. Es gibt offenbar Gerüchte, dass jemand gestorben ist, vielleicht sogar mehrere Menschen.

Mittlerweile ist auch die Polizei eingetroffen. Ich schaue ihnen dabei zu, wie sie zwischen den Grüppchen herumgehen und sich mit den Anwesenden unterhalten. Ich will nicht mit ihnen reden. Nicht jetzt. In erster Linie, weil ich die Ereignisse der letzten Nacht noch nicht verarbeitet habe. Mein Schädel schmerzt brutal – anscheinend habe ich eine ziemlich üble Gehirnerschütterung davongetragen. Das Letzte, woran ich mich noch erinnere, ist das Bild von Francesca, wie sie in diesem silbernen Auto davonfährt. Mein Gedanke, dass ich sie auf keinen Fall entkommen lassen darf.

Bin ich gleich danach ohnmächtig geworden? Ich denke schon. Denn danach ist nur noch Leere in meinem Kopf.

Das Einzige, woran ich im Moment denken kann, ist

meine Tochter. Ich möchte einfach nur nach Hause, zu ihr, zu meinem kleinen Mädchen. Zurück in mein beschauliches, sicheres Leben. Aber ich ahne, dass es bis dahin noch ein Weilchen dauern wird.

Heute verstehe ich Cora besser. Sehnsüchte und Wünsche verschwinden nicht, nur weil man Mutter wird. Das gilt vermutlich umso mehr, wenn man bei der Geburt selbst noch ein halbes Kind ist. Cora machte auf uns einen coolen, weltgewandten Eindruck, während wir für sie zwei Teenie-Girls waren, die keine Vorstellung davon hatten, was für eine Verantwortung zu Hause auf ihr lastete. An diesem magischen Ort – den ich damals als eine Art Narnia empfunden hatte – war es ihr möglich, für ein paar Stunden in eine andere Welt zu entfliehen.

Ich hebe meinen Blick, als ich das Knistern eines Funkgeräts vernehme. Wo man auch hinschaut, sind uniformierte Polizisten zu sehen, darunter eine Handvoll Beamte, die in Zivil gekleidet sind. Mein Blick fällt auf einen bestimmten. Einen Mann in meinem Alter mit kurz geschorenem, an den Schläfen ergrautem Haar. Er ist der Größte in der Truppe und scheint über die meiste Autorität zu verfügen. Gerade dreht er sich in meine Richtung, und das Sonnenlicht fällt auf sein Gesicht.

Das kann nicht sein.

## DETECTIVE INSPECTOR WALKER

»Es ist ein Wunder, dass es nicht mehr Opfer gab«, sagt Fielding zu Walker. »Ich habe angefangen, eine Liste der wichtigsten Zeugen zusammenzustellen, so, wie Sie es verlangt haben. Ich kriege immer wieder zu hören, dass ein junger Mann vom Küchenteam, ein Spüler, sich als echter Held hervorgetan hat. Angeblich hat er eine Menge Leute da rausgeholt. Ein netter Junge, steht aber noch ein bisschen unter Schock. Er scheint sich selbst auch nicht als Held zu sehen, was bei echten Helden häufig der Fall ist. Man sollte ihn für eine dieser öffentlichen Tapferkeitsauszeichnungen vorschlagen. Er sitzt gleich da drüben. Kommen Sie, ich stelle ihn Ihnen vor.«

Walker folgt Detective Sergeant Fielding zu einem kräftigen jungen Kerl, der erschöpft und blass im Gras sitzt und mit leerem Blick in die Ferne starrt.

»Da ist er«, sagt Fielding. »Wie war doch gleich dein Name?«

»Eddie«, antwortet er. »Eddie Walker.«

Fielding wendet sich an Detective Inspector Walker. »Ein Namensvetter, was für ein Zufall. Aber gut, der Name ist ja recht geläufig.« Sein Blick wandert zu dem Jungen, dann wieder zurück zu Walker. »Witzig. Also, wenn ich es nicht besser wüsste, würde ich sagen …« Er verstummt und schaut verwirrt drein. Walker kann förmlich sehen, wie er versucht, sich einen Reim auf das Unmögliche zu machen.

Jetzt steht der Junge – oder vielmehr der junge Mann – auf, ohne den Blick auch nur eine Sekunde von ihm zu lösen. Walker erkennt exakt den Moment, in dem es dem Jungen klar wird.

»What the fuck …«, sagt Eddie.

Der unbeholfenen Art, wie er das Wort *fuck* ausspricht, entnimmt Walker, dass Eddie es nicht oft benutzt. Mum hat ihre Jungs dazu erzogen, nicht zu fluchen.

»Wenn Sie uns einen Augenblick allein lassen würden?«, bittet Walker seinen Mitarbeiter.

»Ja sicher, Chef.« Doch noch im Weggehen dreht Fielding sich um und wirft ihm einen ratlosen Blick zu.

Walker wusste, dass dieser Moment kommen würde, in dem er sich aus diesem Fall zurückziehen muss, da er zu befangen ist, um weiter daran zu arbeiten. Einem Moment, in dem er offenbaren muss, wie tief seine Wurzeln in diesen Teil der Welt reichen. In dem er zugeben muss, dass er zwar aus London hierhergekommen ist, dass die Hauptstadt aber nicht der Ort ist, aus dem er eigentlich stammt.

Er spürt, wie ihn Fielding aus einiger Entfernung weiter beobachtet. Und er weiß, dass er einiges erklären muss. Eine Menge sogar. Ja, es besteht sogar die Möglichkeit, dass dies ein Disziplinarverfahren oder Schlimmeres nach sich zieht. Aber darüber kann er sich jetzt nicht den Kopf zerbrechen. Denn vor allem muss er sich nun diesem Jungen erklären, der vor ihm steht. Er schluckt.

»Ich bin's«, beginnt er. »Jake, dein großer Bruder. Ich bin zurück.«

## EDDIE

»Nein«, sage ich. »Das kann nicht sein.«

Das muss ein schlechter Scherz sein. Jake war total am Ende, ein Junkie. Er hat Dads Traktor geklaut. Er ist auf die schiefe Bahn geraten. Völlig ausgeschlossen, dass er jetzt einfach so hier aufschlägt – und dann ausgerechnet als Polizist.

Aber er ist es. Auch wenn sein Gesicht schmaler wirkt und er älter geworden ist, kann ich darunter noch den Jungen aus den Fotoalben erkennen. Ich habe sie mir oft genug angesehen, oben in meinem Zimmer, habe versucht, mich an ihn zu erinnern, so wie er war, mir vorzustellen, wie er heute wohl aussehen würde.

Jetzt weiß ich es.

Aber nach letzter Nacht weiß ich auch, dass niemand das ist, was er zu sein scheint.

»Eddie«, sagt er mit belegter Stimme. Ich sehe Tränen in seinen Augen glänzen. »Ich kann es nicht glauben. Ich weiß, es klingt blöd … Ich weiß, wie viel Zeit vergangen ist. Aber in meinem Kopf bist du immer noch dieser kleine blonde Junge, der in seinem Planschbecken herumtollt. Mein Gott, wie hast du dieses Planschbecken geliebt.« Er bedeckt seine Augen, und ich sehe, wie er tief und zitternd Luft holt. Dann räuspert er sich und strafft die Schultern. Reißt sich zusammen. »Es tut mir leid. Ich habe so oft über diesen Moment nachgedacht. Aber irgendwie kann ich immer noch nicht fassen, dass du jetzt hier so vor mir stehst, als erwachsener Mann. Und sie sagen, dass du ein Held bist, Eddie. Mein kleiner Bruder! Ich habe gehört, was du getan hast. Wie du letzte Nacht Menschen gerettet hast. Hör zu ... ich weiß, dass ich nach all der Zeit kein Recht habe, das zu sagen. Aber ich bin so stolz auf dich.«

»Nein«, entgegne ich schnell. »Ich bin kein Held.«

»Aber ...«

»Bin ich nicht.«

»Okay.« Er nickt, als wolle er es vorerst dabei belassen. »Hör zu. Ich ... ich kann mir vorstellen, dass du einige Fragen hast.«

Ich fühle so vieles auf einmal, habe so viele Fragen, dass ich gar nicht weiß, wo ich anfangen soll. »Aber ... aber wo bist du die ganze Zeit gewesen?«, bringe ich schließlich hervor. »Ich dachte, du wärst im Gefängnis ... oder vielleicht sogar ...« Das Wort *tot* kann ich nicht aussprechen. »Aber ... aber wenn man dich so anschaut, geht es dir offenbar gut. *Blendend* sogar.« Das klang jetzt wütend. Und ich *bin* wütend. Wenn es ihm gut geht, wofür dann das alles?

»Ach, Eddie«, antwortet er. »Mir geht es nicht gut. Mir geht es besser als früher – das könnte man wohl sagen. Aber damals war ich in einem schlimmen Zustand. Nach allem, was ich Mum und Dad angetan hatte. Nachdem Dad mich dann rausgeschmissen hatte. Aber das war nicht alles, Eddie. Damals ist etwas wirklich Schlimmes vorgefallen. Danach konnte ich nicht mehr hierher zurückkehren – nicht einfach so.«

»Ich weiß«, erwidere ich. »Ich weiß von der Frau, die gestorben ist.«

Alle Farbe weicht aus seinem Gesicht. »Woher?«, flüstert er.

»Sie hat es mir erzählt.« Ich zeige auf die Stelle, wo Bella sitzt und von einem Sanitäter gerade den Kopf verarztet bekommt. Sie starrt uns an. Nein, sie starrt Jake an.

»Sie ist also gekommen«, murmelt er fast schon wie zu sich selbst. »Ich war mir nicht sicher, ob sie es tun würde. Nach all der Zeit. Ich hatte mich gefragt, wie sie mit der Sache zurechtgekommen ist, ob es auf sie so schlimme Auswirkungen gehabt hat wie auf mich. Schau, ich musste damals einen Weg finden, wie ich weiterleben konnte. Dieser Job hat mir gutgetan. Morde aufzuklären – das war wie ... eine Art Buße für mich. Ich habe mich auf ungelöste Fälle spezialisiert, Eddie. Ich bringe die Wahrheit über Verbrechen ans Licht, die lange Zeit unaufgeklärt geblieben sind. Immer auf der Suche nach Gerechtigkeit. Vielleicht hätte ich wissen müssen, dass es nur auf diese Weise enden konnte.«

Er fährt sich über den Bürstenschnitt, senkt den Blick und atmet flach und schnell. Dann scheint er sich wieder zu fangen. Er hebt den Kopf und sieht mir in die Augen. »Ich habe es selbst oft genug miterlebt. Ich weiß, dass die Chancen für eine Anklage in einem Fall wie diesem – fünfzehn Jahre später – gegen null gehen. Und an dieser Sorte Menschen bleibt ohnehin nie etwas hängen. Sie haben die besten Anwälte, Beziehungen auf höchster Ebene ... und vor allem einen unerschütterlichen Glauben an die eigene Unbesiegbarkeit. Es ist, als würden sie ihn zusammen mit allem anderen in die Wiege gelegt bekommen.« Er verzieht das Gesicht. »Sie haben mich damals erpresst – sie haben unsere Familie bedroht. Da war diese schreckliche Ironie, dass es bei meiner Arbeit buchstäblich darum ging, Morde aufzuklären, ich aber ausgerechnet bei dem einen verdammten Mord, den ich mit eigenen Augen mitangesehen hatte, nichts unternehmen konnte.« Seine Stimme verändert sich. Sie wird harscher, wütender. »Mir war immer klar, dass ich sie nicht ungestraft davonkommen lassen konnte …« Da verstummt er und blickt über meine Schulter.

Ich drehe mich um und sehe Bella, die ein paar Meter von uns entfernt steht.

»Jake?«, fragt sie vorsichtig.

Er nickt. Räuspert sich. »Hi«, sagt er. »Es ist lange her.«

Falls das locker klingen sollte, war das ein Schuss in den Ofen. Ich frage mich, ob die beiden gerade an das letzte Mal zurückdenken, als sie sich gesehen haben. Zwei verängstigte Teenager.

Einen Moment lang starren sie einander einfach nur an. Dann schließt Bella die Augen und seufzt, als wäre ihr gerade eben etwas klar geworden.

»Du warst das«, sagt sie und sieht ihn wieder an. »Nicht wahr? Du hast mir den Zeitungsausschnitt geschickt. Du hast mich hierher zurückgebracht.«

Er nickt. »Du wusstest, was sie mit der Leiche gemacht hatten. Es tut mir leid, dass ich damals nicht auf deine SMS geantwortet habe. Mir ging es ziemlich … mies. Aber ich habe es immer bereut – nichts getan, nichts gesagt zu haben. Besonders, seit ich Polizist bin, mit dem Schwerpunkt auf ungelösten Fällen. Doch dann kam *sie* wieder hier angetanzt – so, als wäre nichts geschehen – und machte sich daran, alles zu übertünchen, den Ort, die Vergangenheit. Sie hatte es auch auf das Land unserer Eltern abgesehen und fing an, über den Gemeinderat Anspruch darauf zu erheben, da es angeblich ihr gehörte. Es lässt sich alles offen auf der Webseite nachlesen. Also habe ich mich auf die Suche nach dir begeben.«

Jetzt deutet er in die andere Richtung, und ich drehe mich zu Owen Dacre um, der, den Kopf in die Hände gelegt, im Gras sitzt. Er sieht aus, als wäre er am Boden zerstört. »Er war der Erste, den ich kontaktiert habe«, erklärt Jake. »Der Erste, den ich hierher zurückgebracht habe, noch vor dir. Auf gewisse Weise mag das grausam erscheinen. Aber mir war die Vorstellung unerträglich, dass er sein Leben lang glauben müsste, seine Mutter hätte ihn einfach so verlassen.«

»Oh Gott.« Bella reißt die Augen auf. »Ich komme mir so blöd vor. Wie konnte ich es nicht sehen? Er ist es ... natürlich ist er es. Jetzt erkenne ich ihn. Aber ich kannte ihn immer nur als den kleinen Shrimp. Ich schätze, es lag an den Klamotten und am Namen.« Sie verzieht das Gesicht. »Und auch an dem Umstand, dass er sie geheiratet hat ...«

Jake schüttelt den Kopf. »Wenn man die Wunden der Vergangenheit auf diese Weise aufreißt, kann das Auswirkungen haben, mit denen man davor niemals gerechnet hätte. Mir wäre nie in den Sinn gekommen, dass er ihr verheimlichen würde, wer er wirklich ist. Ich war davon ausgegangen, dass beizeiten die Gelegenheit käme, mit ihm in Kontakt zu treten, ihm zu erzählen, was passiert war. Aber da war er ihr schon verfallen. Und da wurde mir klar, dass ich mehr brauchte. Also habe ich dich ins Spiel gebracht.«

Bella schüttelt nur den Kopf, es scheint ihr die Sprache verschlagen zu haben. Schließlich sagt sie: »Aber du *wusstest* doch gar nicht, ob ich, ob einer von uns beiden kommen würde.«

Jake nickt. »Natürlich nicht. Aber ich habe wenigstens versucht, etwas in Gang zu bringen. Ich wusste nicht, was passieren würde, aber ich dachte mir, irgendwas wird schon in Bewegung kommen. Denn genau das ist es, was man bei ungelösten Fällen macht: Man kehrt zu den Hauptzeugen zurück, man holt die Hauptakteure wieder ins Spiel. Zieht erneut an jedem losen Faden. Probiert die unterschiedlichsten Perspektiven aus. Stellt noch einmal alles auf den Kopf.« Er runzelt die Stirn. »Ich bin mir allerdings nicht sicher, ob ich das alles hätte vorhersehen können. Ich …« Er verstummt.

»Was?«, hakt Bella nach.

Er wirft einen Blick über die Schulter zu seinen Kollegen. Dann senkt er die Stimme. »Das darf ich euch eigentlich nicht erzählen. Es könnte meine Suspendierung zur Folge haben. Aber vielleicht ist das jetzt auch egal. Da liegt eine Leiche am Fuß der Klippen … Wir müssen die offizielle Identifizierung noch abwarten, aber sie ist es. Ich weiß, dass sie es ist.«

Bella saugt scharf die Luft ein.

»Es waren die Vögel«, sagt Jake. »Der alte Graham Tate schwört, dass er sie gesehen hat. In ihrer Hand hatte sie eine schwarze Feder.«

»Sie ist tot?« Ich schlucke, als wäre mir etwas im Hals stecken geblieben. »Du … Du willst damit sagen, dass sie tot ist? Francesca Meadows?«

»Ja.« Jake nickt. Dann sieht er mich genauer an. »Eddie? Alles in Ordnung mit dir?«

Seine Stimme scheint wie aus weiter Ferne zu kommen. Denn plötzlich ist es, als wäre ich nicht wirklich hier. Ich bin wieder dort. Letzte Nacht …

*Sonnenwende*

## EDDIE

Ich betrachte die silberne Silhouette des Wagens, der sich durch die Dunkelheit auf das Tor zubewegt. Nathan Tates Worte hallen in meinem Kopf nach. ›*Aber du hättest ihn sehen sollen. Er hat das Zeug gebraucht, aus welchem Grund auch immer. Er brauchte was, um sich besser zu fühlen. Er war einfach so verdammt traurig.*‹

Ich denke an meinen verlorenen Bruder. Meinen gebrochenen Vater. Meine Familie – zerstört durch das, was Francesca Meadows getan hat. Ich verstehe, was Bella meint. Francesca ist reich, sie ist aus gutem Haus, sie ist schon vor fünfzehn Jahren damit davongekommen. Und natürlich wird es wieder so sein.

Was kann ich tun? Denn *irgendwas* muss ich tun. Ich habe noch nie zuvor in meinem Leben jemanden gehasst. Aber nach dem, was ich erfahren habe, nach allem, was sie getan hat … Ja. Ich glaube, ich hasse sie.

Es bleibt nicht viel Zeit. *Denk nach, Eddie.* Die Straße macht einen großen Schlenker landeinwärts, bevor sie wieder auf die Küste trifft, und mehr als zwanzig Meilen die Stunde kann man darauf nicht fahren. Der Klippenpfad ist viel kürzer, direkter. Vielleicht könnte ich …

Ich sprinte zu den Fahrradständern und schnappe mir mein Rad. Wie verrückt trete ich in die Pedale und rase an Nathan Tate vorbei, der keine Chance hat, sie einzuholen. Beinahe verliere ich das Gleichgewicht, als ich Owen Dacre erblicke, der mit wutverzerrtem Gesicht auf das Tor zurennt. Kurz gerate ich ins Schlingern, als ich auch an Michelle vorbeikomme, die mit grimmiger Miene die Auffahrt hochstarrt. Und als ich durch das Tor fahre, meine ich am Rand meines Sichtfelds mehrere dunkle Gestalten zu sehen, die mir nachschauen.

Aber dann sind sie allesamt weit hinter mir, und da bin nur noch ich. Ich rase den Klippenpfad entlang, als hinge mein Leben davon ab. Schlittere über Kieselsteine und Schlaglöcher hinweg, während meine Beine unablässig in die Pedale treten. Meine Lunge brennt, der Schweiß läuft mir in die Augen. Der Mond, der riesig und schwer über dem schwarzen Wasser hängt, leuchtet mir den Weg. Meine Brust schmerzt, ich habe das Gefühl, mich vor Anstrengung übergeben zu müssen. Aber ich kann nicht anhalten. Ich weiß nur, dass ich rechtzeitig dort sein muss.

Endlich erreiche ich die Stelle, wo die Straße beim Campingplatz wieder auf die Klippen trifft. Keuchend springe ich vom Rad.

Ich spähe in beide Richtungen, lausche gegen das Hämmern in meinen Ohren auf irgendein verräterisches Geräusch. Es ist kein Auto zu sehen. Ich bin zu spät. Sie muss schon vorbeigefahren sein. Aber dann …

Ja, ich höre das Brummen eines Motors. Über eine leichte Erhebung der Straße hinweg sehe ich das Leuchten von Scheinwerfern, die sich aus der Richtung des Manors nähern. Dann ein silbernes Aufblitzen. Sie ist es. Mein Herz schlägt noch heftiger. Das ist meine Chance.

Aber ich brauche etwas anderes … ich brauche mehr. *Ich* muss mehr sein. Mehr als der gute alte Eddie Walker, der nicht einmal eine Spinne zerquetschen kann, wenn seine Freundin ihn darum bittet. Ich brauche etwas, um sie aufzuhalten.

Das Dröhnen des Motors wird lauter. Es ist kaum noch Zeit. Ich werfe mein Rad zu Boden, wobei der Korb mit dumpfem Knall auf dem Asphalt aufschlägt, und da fällt mir die Maske ein. Der Umhang und die darin versteckten Handschuhe. Ich denke an den furchterregenden Anblick der finsteren Gestalten im Wald.

Ich hebe die Maske vom Boden auf, doch plötzlich scheint sie mehr als nur eine Maske zu sein. Es kommt mir so vor, als würde sie unter einer seltsamen Kraft vibrieren … aber vielleicht ist es auch nur das Zittern meiner Hände. Da ist dieser eine Moment, außerhalb von Raum und Zeit, in dem ich innehalte, sie anstarre und mich frage: Werde ich es wagen? Und mit einem Mal fühlt es sich an, als wäre es so vorherbestimmt gewesen. Der einzige Weg.

Ich setze die Maske auf. Dann lege ich den Umhang an, und obwohl es hier draußen irre heiß ist und der mit schwarzen Federn übersäte Stoff dick und schwer ist, fühlt er sich seltsam kühl an auf meinen Schultern. Ich fröstle – zum ersten Mal in dieser Nacht ist mir kalt.

Ich stehe da und warte. Da höre ich einen Ruf vom Campingplatz her. Im Mondlicht erkenne ich den alten Graham Tate, der sich mit einer Whiskyflasche in der Hand an den Holzzaun klammert und mich mit großen, schreckgeweiteten Augen anstarrt. Es dauert einen Moment, bis mir klar wird: Er sieht nicht mich, Eddie. Sondern einen der Vögel. Und er hat schreckliche Angst.

Dieses Ding, das ich trage, ist mehr als nur Stoff und Federn. Es verwandelt mich in jemand oder etwas anderes. Eine dunkle Macht dringt in mein Inneres. Und als die Scheinwerfer um die letzte Kurve schwenken, trete ich einfach mitten auf die Straße, hebe die Hände, sodass der Umhang im Wind hinter mir aufwallt, und schreie: »HALT!« Es ist auch nicht mehr meine Stimme. Sie klingt anders, wie ein wildes Kreischen. Es ist ein Laut, den ich nie zuvor ausgestoßen habe, ein Laut, den kein Mensch je von sich geben sollte.

Da erhasche ich durch die Windschutzscheibe einen Blick auf ihr entsetztes Gesicht.

Gut.

Denn ich bin nicht mehr Eddie. Die Angst ist weg, die Zweifel sind weg. Geblieben ist der Zorn, ein schwermütiger, dumpfer Schmerz – nicht nur mein eigener Zorn wegen meiner zerstörten Familie. Nein, dieser Zorn ist viel größer als ich – mächtiger, gefährlicher. Beinahe schon erregend. Als wäre irgendwo tief in mir drin ein Feuer entzündet worden. Und ich höre ein schnatterndes Kreischen in meinem Kopf, wie das Gekreische der Vögel heute früh vor dem Manor.

Das Auto kommt immer näher, aber sie wird anhalten müssen. Denn ich stehe hier. Ich werde sie nicht vorbeilassen. Doch sie rast weiter auf mich zu, und ich höre das Motorengeräusch, das immer lauter wird, und vielleicht wird sie ja doch nicht anhalten … Ich habe keine Zeit mehr, ihr auszuweichen. Durch die Windschutzscheibe sehe ich ihr bleiches Gesicht, den zu einem Schrei aufgerissenen Mund. Im allerletzten Moment reißt sie das Lenkrad herum, und das silberne Auto kracht in die Böschung am Straßenrand, gefolgt von dem Prasseln von berstendem Glas.

Für einen Augenblick herrscht Totenstille. Kurz denke ich, das war's. Ist sie …?

Nein, ist sie nicht, denn jetzt reißt sie die Tür auf und klettert vom Fahrersitz. Sie dreht sich um und starrt mich an. Ich sehe, dass sie Angst hat, aber das reicht nicht. Es genügt nicht, dass sie Angst hat. Ich brauche mehr. Die Vögel brauchen mehr. Das Schnattern und Kreischen wird lauter, steigert sich zu einem Brüllen. Da wirbelt sie herum und rennt davon, und womöglich fühlt sich ein Raubvogel genau so, wenn er eine Feldmaus durchs Gras laufen sieht, denn kaum, dass ich sie fliehen sehe, spüre ich, wie der Zorn wächst, wie das Verlangen wächst. Ich setze ihr nach.

Und ich hole auf, aber sie prescht durch das Brombeergestrüpp am Straßenrand, und eine leise Stimme in meinem Kopf, ein letzter Rest von dem, was noch von Eddie übrig ist, denkt: *Warum da lang? Nicht da lang …*

Ich folge ihr durch das Gestrüpp, höre, wie die Dornen am Umhang reißen. Beinahe habe ich sie eingeholt. Ich spüre die Dunkelheit auf der anderen Seite, die Schwärze, die Leere, das Nichts. Da dreht sie sich in letzter Sekunde zu mir um, als hätte sie es sich gerade noch mal anders überlegt, ihre Hand schießt hervor, und ich spüre, wie sie eine Feder ausreißt.

Noch ein Schrei. Ich kann nicht einmal sagen, ob es ihrer ist oder meiner, ob er real ist oder doch nur in meinem Kopf, aber auf einmal ist sie verschwunden.

Ich stehe allein oben auf der Klippe.

Von irgendwoher riecht es nach Rauch.

Und es ist ganz still, nichts ist zu hören, außer der heiße Wind, der vom Meer her über das Land fegt.

Oh Gott.

*Zwei Monate später*

# EPILOG

## OWEN

Ich habe alles geerbt. Als ihr nächster Angehöriger. Ein Einheimischer, ein Junge, der auf einem Campingplatz aufgewachsen ist, ein Junge, der sich einst geschämt hat, so arm zu sein, ist zum Herrn über das gesamte Gut geworden, zum Lord of the Manor. Oder zumindest von dem, was davon übrig ist.

Das wirklich Kranke daran ist, dass ich Francesca manchmal vermisse. Oder besser gesagt, ich vermisse die Francesca, die ich zu kennen glaubte. Ihre Ausstrahlung, ihren Glanz. Dann rufe ich mir in Erinnerung: Diese Person war ein Phantom. Eine geniale – und dabei durch und durch zynische – Schöpfung.

Meine erste instinktive Reaktion war, alles zu verkaufen, es loszuwerden, um nichts mehr mit diesem Ort zu tun zu haben. Kaum, dass das Anwesen auf dem Markt war, kamen die potenziellen Käufer aus ihren Löchern gekrochen. Allesamt vom gleichen Schlag: Bauunternehmer, die neue Luxusimmobilien hochziehen wollen, Hedgefonds-Manager auf der Suche nach einem Schlupfloch abseits von London, hier und da auch ein Nobelhotelier, der sich von der ganzen Tragödie nicht abschrecken ließ. Denn eine solche Location –

mit einer Aussicht, für die man töten könnte – kommt einem nicht oft unter.

Aber ich konnte es nicht. Denn vor allem anderen ist es eben auch die letzte Ruhestätte meiner Mutter. Also musste daraus etwas entstehen, was ihrer würdig ist.

Es ist mein erstes Projekt, das sich an die Öffentlichkeit richtet. Anstelle des imposanten uralten Steinklotzes wird eine ultramoderne, lichtdurchflutete Galerie entstehen, in der ausschließlich Werke von Künstlern aus der Region ausgestellt werden. Eine neue Destination für Kulturinteressierte an diesem so abgelegenen Flecken Erde. Außerdem wird es ein neues Gemeindezentrum für die ortsansässigen Familien geben, mitsamt Schwimmbad und Tennisplätzen. Der ummauerte Garten wurde bereits in eine Kleingartenanlage verwandelt. Der Wald ist wieder vollständig für die Öffentlichkeit zugänglich.

Ich habe es für sie gebaut. Für den Jungen, der ich einst war. Und für diesen Ort. Denn zu guter Letzt hat sich Tome doch für meine Familie eingesetzt. Sie haben mir meine Mutter zurückgebracht. Sie haben sich um die Ihren gekümmert. Die Einheimischen, die kleinen Leute. Die wahren Erben dieses Landes.

## EDDIE

Ich sitze in meinem Zimmer und blicke in die Dunkelheit hinaus. Die Sterne sind heute Abend so hell. Ich kann sie dort oben sehen: den Großen Bären, den Kleinen Bären. Die Sterne – immer dieselben. Der Wald – immer derselbe. Aber ich … für immer verändert.

Aus dem Wohnzimmer unten ertönt Stimmengemurmel. Dann ein herzhaftes, dröhnendes Lachen. War das etwa … Dad? Was für ein ungewohnter Klang. Dann sagt Mum etwas. Und dann eine andere Stimme, eine neue-alte Stimme. Jake.

Er ist nach Hause gekommen. Nach fünfzehn Jahren ist mein großer Bruder nach Hause gekommen. Wir sind alle wieder unter einem Dach vereint – eine Familie. Allerdings immer nur für ein, zwei Stunden am Stück. Kleine Schritte. Aber heute ist er zum Sonntagsessen vorbeigekommen und danach geblieben, um eine Weile mit uns zusammen am Kamin im Wohnzimmer zu sitzen. Manchmal fühlt es sich noch schräg und irgendwie peinlich an, so, als würden wir versuchen, die Rolle von Familienmitgliedern zu spielen, ohne unseren Text gelernt zu haben. Wenn Jake und Dad beispielsweise gleichzeitig nach der Sauce greifen und sich sofort beieinander entschuldigen, als wären sie Fremde.

Aber wir sind Fremde. Die verlorenen Jahre werden wir nie wieder zurückbekommen.

Manchmal erwische ich Jake dabei, wie er Dad, wenn der gerade nicht hinsieht, einen seltsamen Blick zuwirft, und dann denke ich mir: Er hat ihm nicht verziehen. Noch nicht. Vielleicht wird er es nie tun. Und dann wieder bemerke ich, wie Dad Jake beobachtet, mit einem verschämten, traurigen Ausdruck. Und ich weiß, dass da noch einiges auf uns zukommt ... schwierige und traurige Dinge, die es zu verarbeiten gilt, was aber nicht möglich ist, solange sie nicht das Stadium der höflichen Fremden hinter sich gebracht haben.

Aber heute wollten wir alle gut miteinander auskommen, und wir aßen Brombeer-Crumble, bis wir pappsatt und ein bisschen angeschickert vom Alkohol waren, den wir zum Essen getrunken hatten. Jake meinte, dass er Mums selbst gemachte Vanillecreme so vermisst habe, woraufhin Mum ganz glasige Augen bekam und die Hand ausstreckte, um ihm durchs Haar zu wuscheln ... Dann witzelte er, dass er sogar die Klümpchen in der Creme vermisst habe, und Mum tat so, als würde sie ihm gleich eins hinter die Löffel geben. Das war der Moment, in dem ich mich entschuldigen und auf mein Zimmer verkriechen musste, um allein zu sein. Denn für mich ist diese peinliche Unbeholfenheit völlig in Ordnung. Eigentlich ist sie mir sogar viel lieber. Denn so kann ich mich dahinter verstecken und die Veränderung in meinem Inneren verbergen.

Ich habe Jake ein-, zweimal dabei erwischt, wie er mich komisch ansah. Und wenn wir unter uns sind, öffnet er manchmal den Mund, als wollte er etwas sagen, schließt ihn dann aber wieder, als hätte er es sich anders überlegt oder als würden ihm die passenden Worte fehlen. Ich schätze, bei seiner Arbeit ist er ihnen schon häufig begegnet – den Schuldgefühlen.

Das Schlimmste ist, dass mich alle für einen Helden halten. Sie erzählen mir, was für einen tollen Job ich während des Brandes geleistet hätte, indem ich die ganzen Leute da rausgeschafft habe – nachdem ich mit dem Rad zum Manor zurückgefahren war, weil ich nach dem, was vorgefallen war, auf keinen Fall nach Hause konnte. Nach dem, was ich getan hatte.

Ob ich es drauf angelegt hatte? War mir bewusst gewesen, was passieren könnte, als ich diesen Umhang überzog? Als ich mich auf die Straße stellte, um sie aufzuhalten? Als ich, Eddie Walker, zum Mörder wurde?

Ich schrecke zusammen, als es leise an meiner Zimmertür klopft. Noch bevor ich was sagen kann, streckt Mum ihren Kopf durch den Spalt, denn sie wartet nie ab, obwohl man meinen sollte, dass sie gelernt hätte, nachdem sie zwei Jungs im Teenageralter gehabt hat, ihnen wenigstens dreißig Sekunden Zeit zu geben.

»Alles gut bei dir, Liebes?« Sie kommt ins Zimmer, steht da und sieht auf mich herab. Ich fühle mich, als wäre ich bei etwas Unanständigem ertappt worden, obwohl ich gerade nur auf meinem Bett sitze und in die Dunkelheit hinausschaue. Ich schätze, das liegt daran, dass mir keine Zeit geblieben ist, meine Maske aufzusetzen – die alte Version von Eddie, die ich mittlerweile anlegen muss wie ein Kostüm.

»Ja«, erwidere ich. Meine Stimme klingt ein bisschen heiser.

»Ich fahre gleich zu meiner Lesegruppe«, sagt sie. »Ich glaube, Jake bricht auch jeden Moment auf, falls du dich verabschieden möchtest.«

»Klar.«

Mum öffnet den Mund, als wolle sie etwas sagen. Schließt ihn dann aber wieder. Ich wünschte, sie würde aufhören, mich anzusehen. Ich wünschte, sie würde einfach gehen, damit ich mich nicht so anstrengen muss, ihr etwas vorzuspielen.

Und da rutscht ihr etwas aus der Hand. Etwas, das mit einem leisen Plumps auf den Boden fällt. Beide blicken wir auf das kleine dunkle Etwas auf den Dielen.

»Hoppla«, sagt Mum. Aber es folgt eine Pause, bevor sie sich danach bückt, um es aufzuheben. Eine Pause, die mir Zeit gibt, den Gegenstand auf dem Boden zu erkennen: Es ist ein langer schwarzer Lederhandschuh. So gar nicht der Stil, den Mum normalerweise trägt (ich weiß das, weil ich einmal richtig lang gespart habe, um ihr die beigefarbenen Kaschmirfäustlinge zu kaufen, die sie den ganzen Herbst und Winter über trägt). Doch das ist nicht der Grund, warum ich plötzlich am ganzen Körper fröstle. Der Grund ist, dass ich solche Handschuhe schon einmal gesehen habe.

»Mum ... was ist das?«

Meine Mutter hält den Handschuh einen Moment lang in beiden Händen, als müsse sie erst überlegen, was sie als Nächstes sagen soll. »Du warst es«, beginnt sie schließlich. »Nicht wahr, Liebes?«

Einen schrecklichen Moment lang starre ich sie einfach nur mit wummerndem Herzen an. Ich habe das Gefühl, mich übergeben zu müssen. Will sie damit etwa sagen ...?

Da fährt Mum fort: »Ich meine, du warst es doch, der die ... die Sachen aus dem Besenschrank unter der Treppe genommen hat, oder?«

Halb bin ich erleichtert, halb verwirrt. Ich habe die Sachen an mich genommen, um Dad davon abzuhalten, sie zu benutzen, um ihn zu schützen. Dad – einer der Nachtvögel. Dad, der seine Maske, seinen Umhang und seine Handschuhe dort versteckt hielt.

War es etwa gar nicht …?

»Dann war das wohl ein dämliches Versteck«, sagt Mum kopfschüttelnd. »Ich brauchte einen Ort, der schnell erreichbar ist und wo dein Dad nicht herumstöbert. Da er ohnehin nie putzt, dachte ich, der Besenschrank wäre ideal. Zum Glück konnte ich mir einen Ersatz borgen.«

Dann war es also gar nicht Dad. Sondern Mum. Ist oder war sie etwa einer der Nachtvögel?

Aber … nein. Das kann nicht sein. Es kann einfach nicht sein. Mum steht für mich für Zuhause und Sicherheit, für Geborgenheit und Cottage-Pie, für gemeinsam Kochsendungen anschauen. Mum spaziert nicht mit Kapuzenumhang und Maske mitten in der Nacht durch den Wald.

Aber vielleicht sollte mich mittlerweile gar nichts mehr wundern. Die ganze Welt steht Kopf. Niemand ist, was er zu sein scheint.

Das gilt auch für mich selbst.

»Aber …«, stammle ich und versuche, die richtigen Worte zu finden, ohne zu wissen, wo ich anfangen soll. »Ich dachte … ich war mir so sicher, dass Dad …«

»Du dachtest, dein Dad wäre einer der Vögel?« Mum seufzt leise. »Dein Dad ist abends immer nur nach nebenan in den alten Schuppen gegangen, um mit irgendwelchen Fremden im Internet bis in die Puppen Fortnite zu zocken … oder wie das heißt. Wir mussten beide einen Weg finden, mit unserem Leben klarzukommen, verstehst du? Nach allem, was passiert war.«

»Du …« Ich kann das Ausmaß dieser neuen Erkenntnis

immer noch nicht begreifen. Ich beginne mit dem Ersten, was mir in den Sinn kommt – dem Blut im Wald, den in Schwarz gehüllten Gestalten. »Du warst das also«, sage ich. »Du hast unseren Stier Ivor getötet?«

Wieder seufzt sie leise. »Ivor war alt und krank. Er hatte Arthritis in sämtlichen Gelenken und ständig Schmerzen. Er hatte ein gutes Leben, und seine Zeit war gekommen. Wir brauchten ein Opfer für die Sonnenwende. Wie auch für Samhain und Beltane … und die anderen keltischen Feste. So ist es Tradition. Das vergossene Blut soll uns bei unseren Unternehmungen Glück bringen. Und zu dieser Sonnenwende waren wir ganz besonders darauf angewiesen.«

Ich starre sie an. Ihre Stimme klingt ganz anders als sonst. Es kommt mir so vor, als ob jemand anderes – etwas anderes – von Mums Körper Besitz ergriffen hätte.

Dann sieht sie mich an und sagt mit ihrer normalen Stimme: »Ehrlich, Eds. Jedes Mal, wenn ich in Ivors armes altes Gesicht sah, hatte ich das Gefühl, als würde er sagen: ›Hilf mir.‹ Und diese Todesart war wesentlich schonender, als ihn zum Schlachthof zu bringen.«

»Aber … aber Dad sah so schuldbewusst aus …«

»Oh, ja, dein Vater *hatte* ein schlechtes Gewissen, weil er sich nicht erinnern konnte, ob er das Tor offen gelassen hatte. Er dachte, es wäre vielleicht sein Fehler gewesen, dass Ivor abgehauen war. Er hatte an dem Abend getrunken, und du weißt ja, wie er ist, wenn er trinkt.«

Während sie sprach, ging mir noch ein Licht auf. »Moment mal. *Deswegen* hast du also im Hotel angefangen?« Ich sehe sie vor mir, in ihrer weißen Arbeitskleidung, wie sie den Wagen mit der blutbefleckten Bettwäsche herumschob. »Die Laken«, sage ich, »mit dem Blut drauf …«

Mum zuckt mit den Schultern. »Nun … ich war gerade auf dem Weg … eine Nachricht zu überbringen, als ich dich traf.«

Mir schwirrt der Kopf, während ich mich an die Nacht im Wald mit Delilah zurückerinnere, die nun schon eine ganze Weile her ist. An die schwarze Feder auf dem Schreibtisch.

»Und der Alte in der Hütte? Lord Meadows?«

»Wir haben ihm bloß einen Besuch abgestattet … oder zwei. Wie heißt es so schön: Ein schlechtes Gewissen verfolgt einen ein Leben lang. Und wer weiß? Vielleicht ist es tatsächlich so, dass man sich zu Tode erschrecken kann.«

Francesca Meadows' Gesicht in jener letzten Nacht. Der starre Blick, der zum Schrei aufgerissene Mund …

Mum hebt den schwarzen Handschuh in die Höhe, als wäre er mehr als nur ein Stück Leder, und ich schätze, das ist auch so. »Das hier hat mir einen Sinn gegeben. Wenn ich die Maske und den Umhang anziehe … bin ich etwas anderes. Ich bin mächtig. Ich bin mehr als ich selbst.«

Ihre Worte hallen einen Moment in der Stille nach. Ich spüre, wie sie mich ansieht, aber ich kann mich nicht dazu durchringen, ihren Blick zu erwidern.

Ein Laut von unten durchbricht plötzlich die Stille – ein weiteres herzhaftes Lachen von Dad.

Mum macht einen Schritt auf mich zu und legt ihre Hände auf meine Schultern. Endlich schaffe ich es, meinen Blick zu heben und ihr in die Augen zu sehen. »Dieses Lachen«, sagt sie, »ist dir klar, was für ein Wunder das ist? Ich dachte, ich würde deinen Vater nie wieder glücklich sehen. Endlich, *endlich* kann unsere Familie anfangen zu heilen. Genauso wie Tome – das jetzt befreit ist von einem tödlichen Parasiten. Denn die Vögel sind wie die Natur. Und die Natur findet immer einen Weg.«

Dann nimmt sie mein Gesicht in ihre Hände. »Mein lieber Junge. Weine nicht. Bitte weine nicht.«

Danach bin ich wieder allein hier, im Dunkeln, allein in der Stille. Nur die Sterne blicken auf mich herunter. Und ich verstehe, was Mum meinte, als sie davon sprach, jemand – etwas – anderes zu werden. Ich verstehe es, weil ich es in jener Nacht selbst gespürt habe.

Dennoch, ich habe sie getötet. Dessen bin ich mir bewusst. Ich spüre es wie eine Wunde tief in mir drin, die keiner sonst sehen kann. Trotz allem, was meine Mutter über Heilung gesagt hat, weiß ich nicht, ob oder wie ich mich jemals davon erholen kann. Wahrscheinlich werde ich es nie tun.

Ob ich es noch einmal tun würde, wenn ich die Gelegenheit hätte, in die Vergangenheit zurückzukehren? Doch. Ich denke, das würde ich.

## BELLA

Ich sitze am klebrigen Tresen, nippe an meinem kleinen Bier und höre der Wirtin zu, die sich mit den beiden Stammgästen auf den Barhockern neben mir unterhält.

»Hab gehört, bei den Untersuchungen soll rausgekommen sein, dass sie was intus hatte, genau wie der ganze Rest von ihnen«, sagt der Typ zwei Hocker weiter. »Die ist völlig high ins Auto gestiegen und hatte wohl eine Art Horrortrip, eine Halluzination oder so was. Ist über die Klippe gerast, und weg war sie.«

Nicht einmal Francesca Meadows war es möglich gewesen, sich aus einer solchen Lage hinauszumanifestieren.

Das Geständnis, wegen dem ich eigentlich hergekommen bin, habe ich nicht bekommen. Auch nicht die erhoffte Erlösung von der seit fünfzehn Jahren an mir nagenden Schuld. Aber vielleicht war das auch ein naiver Wunsch. Wie es aussieht, bleibt eine Wölfin im Schafspelz immer eine Wölfin – selbst wenn sie sich unter irgendeinem Eso-Wellness-Quatsch und weißem Leinen verbirgt.

Im Grunde ging es auch gar nicht um meine Absolution – das ist mir mittlerweile klar. Ich wurde wegen der toten Frau hierhergeführt, die in einem einsamen, unbekannten

Grab in den Wäldern von Tome lag. Schon irgendwie seltsam. Wo es doch Francesca selbst war, die behauptet hatte, mir fehle es in meinem Leben an Sinn. Und was die letzten fünfzehn Jahre angeht, hätte sie damit auch recht gehabt. Aber indem ich hierher zurückgekommen bin, habe ich einen Sinn gefunden. Jetzt kann ich meiner Tochter in die Augen blicken. Womöglich werde ich selbst nie wieder ganz heil werden, aber ich kann ihr etwas Besseres mit auf den Weg geben.

Es ist an der Zeit, diesem Ort Lebewohl zu sagen. Deshalb bin ich heute, für diesen einen Abend, hergekommen. In einer Stunde treffe ich mich, um der alten Zeiten willen, mit Jake Walker zu einem Spaziergang über die Klippen. Als zwei Menschen, die für kurze Zeit wiedervereint und endlich von den Schatten der Vergangenheit befreit sind.

Davor muss ich mir allerdings noch ein wenig Mut antrinken. Denn es ist schon eine Weile her – vom Rest ganz zu schweigen. Ich nehme noch einen Schluck von meinem Bier und lausche erneut dem Gespräch an der Bar.

»Aber ihr wisst natürlich auch, was der alte Tate gesagt hat«, meint der Typ neben mir. »Er schwört Stein und Bein, dass *sie* es waren …«

»Graham Tate könnte einen Flaschenhals nicht vom anderen unterscheiden«, fällt ihm die Wirtin ins Wort, »also sollte man seine Ammenmärchen mit Vorsicht genießen. Außerdem, wenn ihr mich fragt, sein Sohn hat ausgesagt, er habe mit eigenen Augen gesehen, wie sie selbst das Hotel angezündet hat. Das eigene Haus abfackeln … also, wenn das nicht nach einem ausgewachsenen Drogenrausch klingt, dann weiß ich auch nicht.«

Nachdem sie ihre Brüder Hugo und Oscar Meadows im

Haus eingesperrt hatte, wo sie elendig erstickt sind. Selbst für Francescas Verhältnisse ist das an Grausamkeit nicht zu überbieten.

»Mag sein«, erwidert der Typ neben mir und dreht sich zu seinem Kumpel um. »Du hast die Leiche gesehen, oder?«

»Ja.« Sein Trinkkumpane schüttelt sich. »Bin gerade vom Fischen zurückgekommen. Üble Sache. Ich war kein Fan von dem Hotel oder der Familie, aber so ein Ende wünscht man keinem.«

»Ach, und habt ihr auch die Geschichte vom verlorenen Sohn gehört? Kommt nach Jahren zurück, und dann ausgerechnet als Bulle! Ich dachte ja, wir würden nie wieder was von Jake Walker hören. Das wird ein seltsames Weihnachten für seine Familie.«

»Psst.« Der andere Typ knufft ihn in die Rippen. »Seine Mutter ist heut Abend hier.«

Ich folge seinem Blick zu dem langen Tisch ganz hinten. Ein Tisch voller Frauen, die in dieser recht maskulinen Örtlichkeit ein wenig fehl am Platz wirken. Die meisten von ihnen sind schon im fortgeschrittenen Alter (viel graues Haar, hier und da ausgewachsene Ansätze). Sie unterhalten sich leise und ernst.

Jetzt, da ich genauer hinsehe, meine ich einige Gesichter wiederzuerkennen. War die Blonde, die Jüngste von ihnen, nicht die Managerin des Manors? Und ist das …? Ja, den Kragen kenne ich – er gehört zur Pfarrerin, die ich am Dorfkreuz getroffen habe.

Die Wirtin kommt mit einem Tablett voller Getränke hinter der Bar hervor und stellt sie unter Beifall auf dem Tisch ab. Dann zieht sie einen Stuhl hervor, um sich zu den Frauen zu setzen.

Der erste Typ dreht sich wieder zum Tresen. Er zuckt mit den Schultern und trinkt einen Schluck von seinem Bier. »Was machen eigentlich die ganzen alten Hühner hier? Ihr Geschnatter ist ja kaum auszuhalten.«

## Danksagung

Wo soll ich anfangen? So viele engagierte, kreative Menschen haben zur Entstehung dieses Buches beigetragen, und ihnen allen bin ich so dankbar –, dass ich es kaum in Worte fassen kann. Ich denke, ich sollte mit dem unvergleichlichen Lektoratsteam beginnen: Kate Nintzel, Kimberley Young – Charlotte Brabbin haben wirklich hart gearbeitet – unermüdlich, schnell und vor allem mit einem großartigen Humor. Keine Rückfrage, kein verrückter nächtlicher Einfall war euch zu unbedeutend, und alle meine panischen Last-Minute-Korrekturen und Einwände habt ihr gelassen weggesteckt. Ich bin euch so dankbar, und noch nie ist es mir so ungerecht vorgekommen, dass nur ein Name auf dem Umschlag steht!

Der nächste Dank geht an meine traumhaften Literaturagentinnen, Cathryn Summerhayes und Alexandra Machinist. Ihr seid absolute Rockstars – zielstrebig, brillant und dabei so lustig. Vielen Dank euch beiden für eure beispiellose Klugheit, Intelligenz und euren treffsicheren Instinkt. Ich empfinde es als Privileg, Zeit mit euch verbringen zu dürfen und von euch beiden vertreten zu werden.

Ein ganz spezielles Dankeschön an Cath dafür, dass du

in elend krankem Zustand mit mir um isländische Vulkane herumgeschlappt bist, und dafür, dass du mich auf dem Zebrastreifen in L.A. gerettet hast. Ich liebe es, mit dir zusammenzuarbeiten und Ideen zu schmieden.

Alexandra, ich danke dir für feuchtfröhliche Mittagessen in Soho mit fabelhaftem Klatsch und Tratsch. Wenn ich einmal groß bin, möchte ich so sein wie du.

Danke an den großartigen Jason Richman. Bevor ich dich kannte, haben alle von dir geschwärmt, und jetzt weiß ich auch, warum. Deine Gesellschaft ist wirklich angenehm, und du bist so brillant in dem, was du tust. Das Jahr unserer Zusammenarbeit war für mich einfach nur großartig – gerne mehr davon!

An Katie McGowan und Aoife MacIntyre – danke für euer unermüdliches Bemühen, für meine Bücher auf der ganzen Welt eine Heimat zu finden!

An Annabel White und Jess Molloy – danke für alles, was ihr tut, und danke auch dafür, dass ihr es immer so gut gelaunt und so unglaublich effizient tut! Es ist mir immer eine Riesenfreude, euch im Büro zu begegnen.

An Annabelle Jansens – vielen Dank für deine harte Arbeit und deine Geduld mit dieser unorganisierten und eigensinnigen Autorin!

An meine beiden wunderbaren PR-Agentinnen auf beiden Seiten des großen Teichs: Emilie Chambeyron und Eliza Rosenberry. Ich danke euch für euren Einfallsreichtum, euren Fleiß und euer Durchhaltevermögen, aber auch dafür, dass ihr alles so elegant und humorvoll erledigt. Es ist eine Freude, nach einer kleinen Pause wieder mit euch zusammenzuarbeiten.

Danke schön an das traumhafte Marketingteam. Sarah

Shea, Abbie Salter, Vicky Joss, Kaitlin Harri und Amelia Wood – vielen Dank, dass ihr euch dieses Buches mit so viel Herzblut und Einfallsreichtum angenommen habt … Hoffentlich haben wir Spaß bei der Vermarktung! CBD-Cocktails für alle?

An die fabelhafte Holly Martin – was für eine wunderbare, unerwartet aufregende Zusammenarbeit … Ich würde mich gern mit dir zum Mittagessen davonschleichen, wo wir uns in Geheimcodes unterhalten und Al und Harry neidisch machen können!

An die brillante Frankie Gray – danke, dass du die Leitung mit solcher Eleganz und einem solchen Selbstvertrauen übernommen hast. Was für ein Vergnügen, wiedervereint zu sein … Headline Girls for life.

An die herausragenden Teams bei HarperCollins US und UK: Brian Murray und Charlie Redmayne, Liate Stehlik und Kate Elton, Roger Cazalet, Tom Dunstan, Bethan Moore, Emily Scorer, Ben Hurd, Fionnuala Barrett, Sophie Waeland, Jennifer Hart, Kelly Rudolph, Maya Horn, Jeanne Reina, Andrea Molitor, Pam Barricklow, Jessica Rozler, Michele Cameron, Marie Rossi, Rhian McKay und Linda Joyce. Ich danke euch allen für eure harte Arbeit und euren Glauben an meine Bücher!

Ich danke der wunderbaren, hochtalentierten Anna Barrett von The Writer's Space – für ihr kluges, präzises Gegenlesen, das mein Selbstvertrauen befeuert hat. Weitere Infos zu Anna findet ihr unter: www.the-writers-space.com.

Danke, Graham Bartlett, für deine brillante Polizeiexpertise. Sämtliche Fehler (und eine kleine Prise künstlerischer Freiheit!), die mir in den Detective-Inspector-Walker-Kapiteln unterlaufen sind, gehen auf mein Konto. Ich bin so dankbar für deine Hilfe. Und liebe Leser, werft mal einen Blick in Grahams Bücher – sie sind fantastisch!

Vielen Dank, Jordan Moblo, für deinen Glauben an mich und meine Bücher.

Ein besonderes Dankeschön geht ans Juniper und ans La Follia – dafür, dass eure kulinarischen Köstlichkeiten mir das Schreiben versüßt haben!

Ich danke meinen wunderbaren Eltern Sue und Paddy und meinen fantastischen Schwiegereltern Liz und Pete für all eure Unterstützung und Liebe und für eure Hilfe mit den Kleinen!

Ein Dankeschön an die besagten Kleinen – meine verrückten, lustigen Jungs, die mein Leben mit reiner Freude erfüllen.

Lieber Al, alles beginnt und endet mit dir. Du bist mein Co-Autor, mein erster Leser und kluger Berater in Personalunion. Du hast unsere Babys gehalten, mich beruhigt, wenn ich nervös war, und den Laden am Laufen gehalten. Ich schätze mich glücklich, dich an meiner Seite zu haben, und ich werde es hier schriftlich festhalten, damit du es weder abtun noch belächeln kannst! Ich danke dir für alles.